CATHERINE WEBB

Die Dämonen der Nacht

Buch

Lisana, die frisch gekrönte Königin von Haven, dem Paradies der Träumer, ruft Laenan Milan zu sich. Sie überträgt dem Magier und Herrscher aus dem kleinen Königreich Sturmkap die Oberaufsicht über das Silberhand-Konsortium. Bald erfährt Laenan von seinen Agenten, dass der König von Sonnenkap zu Tode gekommen ist. Und als dessen Sohn Rylam mit einer Leibdienerin, dem Magier Xavian und einer Träumerin in Haven eintrifft, ereignen sich sogleich mehrere mysteriöse Todesfälle. Königin Lisana scheint in großer Gefahr zu schweben, und tatsächlich befördern Laenan Milans Untersuchungen schon bald Spuren eines Komplotts um den Thron von Haven ans Licht ...

Autorin

Catherine Webb lebt in London. Das Romandebüt der jungen Autorin hat in England einen großen Medienrummel ausgelöst. Ihre ganze Leidenschaft gilt der fantastischen Unterhaltung, ein Gebiet, auf dem ihr weitere große Erfolge prophezeit werden.

Von Catherine Webb lieferbar:

Der Zauberer der Nacht. Roman (24270)
Die Dämonen der Nacht. Roman (24276)

Weitere Titel sind in Vorbereitung.

Catherine Webb

Die Dämonen der Nacht

Roman

Ins Deutsche übertragen
von Imke Brodersen

BLANVALET

Die englische Originalausgabe erschien unter dem Titel
»Mirror Wakes« 2003 bei Atom Books,
an imprint of Time Warner Books UK, London.

Umwelthinweis:
Alle bedruckten Materialien dieses Taschenbuches
sind chlorfrei und umweltschonend.

Blanvalet Taschenbücher erscheinen
im Goldmann Verlag, einem Unternehmen
der Verlagsgruppe Random House GmbH.

1. Auflage
Deutsche Erstveröffentlichung 4/2004

Published by arrangement with Catherine Webb
Dieses Werk wurde vermittelt durch die Literarische Agentur
Thomas Schlück GmbH, 30827 Garbsen
Umschlaggestaltung: Design Team München
Umschlagillustration: Agt. Schlück/Cherry
Satz: deutsch-türkischer fotosatz, Berlin
Druck: GGP Media, Pößneck
Titelnummer: 24276
Redaktion: Manuela Schomann
V. B. · Herstellung: Peter Papenbrok
Printed in Germany
ISBN 3-442-24276-2
www.blanvalet-verlag.de

EINFÜHRUNG

SONNENLICHT UND SCHATTEN

Es gibt einen Ort gleich jenseits des Schattens. Man kann ihn nicht sehen, man kann ihn nicht hören und auch nicht berühren. Je angestrengter man hinschaut, desto weniger ist er vorhanden. Nur wer gar nicht hinsieht, wer daliegt und schläft, für den lichtet sich der Schatten, und er kann von seiner Welt hinüberwechseln in meine. Nur dann.

Wer einen traumlosen Schlaf schläft, für den ist die Leere Wirklichkeit. Gewaltig, ewig und lautlos, ist sie der leere Raum, der von jenen Millionen von Menschen auf der Erde erzeugt wird, die gar nichts träumen. Und aus ebendieser Leere vermag ein geschickter Magier – mit ein bisschen Glück und jeder Menge Magie – alles nur Erdenkliche zu schöpfen. Denn der Stoff der Leere ist die Möglichkeit als solche, die keinen Regeln unterworfen ist.

Wer aber träumt, für den sind die Königreiche der Leere Wirklichkeit. Für die Frau in Afrika, deren Traum vom Fliegen handelt, gibt es das riesige Königreich Himmelskap. Für den Mann irgendwo in Asien, der von Donnern und Blitzen träumt, gibt es mein eigenes kleines Königreich Sturmkap. Und für den Mann in Europa, der träumt, sein toter Hund sei wieder auferstanden, für den wird dieser Hund irgendwo, in einem verborgenen Winkel der Leere, auch tatsächlich weiterleben. Denn durch das Träumen verändert der Mensch die sinnlich wahrnehmbare Erscheinungsform der Welt. Wenn er sie erträumt, wird sie zur Wirklichkeit.

Einst träumte jemand von mir, aber sie ist verschwunden, und ich kann sie nicht wiederfinden. Anders als die meisten Träumer, die Geistern gleich durch die Leere driften, hatte sie ihren Traum gefunden, ohne aufzuwachen.

Leider gibt es eine ziemlich große Anzahl Menschen, die Alpträume haben – und absolut alles, was es auch sei, wird in der Leere Wirklichkeit. So sitze ich also in Sturmkap, meinem Königreich aus stabiler Realität, das ich allein durch meine Willenskraft aus der Leere geschaffen habe. Den Schlüssel und damit die Macht, alles Geschehen innerhalb seiner Grenzen in bestimmte Bahnen zu lenken, trage ich sicher in mir. Ich beobachte und schaue zu, wie Haven, die Stadt der Träume, grollend auf Nachtburg, die Stadt der Alpträume, herabblickt, und hoffe Däumchen drehend darauf, eines schönen Tages werde jemand auf der Flucht vor den Alpträumen aus der Leere auftauchen und dabei einen Traum entdecken. Denn ein Träumer, ein schlafender Mensch, dessen Geist frei ist von der Vergänglichkeit fleischlichen Verlangens, ist praktisch ein Gott. So sind die Regeln – allein kraft ihrer Wünsche sind Träumer imstande, die Landschaft der Leere zu verändern, denn die Leere reagiert auf sie. Sie bewegen sich mit der Geschwindigkeit von Gedanken, und Gedanken genieren sich nicht, auf ihrem Weg von A nach C keinen Umweg über B zu machen. Trotzdem kommt es selten, wirklich selten vor, dass ein Träumer seinen Traum, sein Paradies in der Leere findet. Denn Träumer sind schwach. Sie wachen auf, sie vergessen, was sie soeben gesehen haben, und alles war umsonst.

Wir hingegen vergessen nicht, wenn wir träumen. So wie Träumer von der Leere träumen, träume ich von der Erde, und ich erinnere mich sehr wohl an alles, was ich sehe. Aber auch noch an etwas anderes, etwas, was den ewigen Krieg zwischen Haven und Nachtburg plötzlich sehr viel bedeutsamer erscheinen lässt. Wenn es sich so verhält, dass der Geist eines vom Reich der Alpträume träumenden Mannes voller Düsternis und Verzweiflung ist, während der Geist einer Frau, die helle, herzliche Träume träumt, erfüllt ist von Licht und Freude, dann haben die Leere und wir, ihre Bewohner, Einfluss auf den Geist der schlafenden Menschen auf der Erde und können die Grenze zwischen den Welten überschreiten.

Träumer beeinflussen die sinnlich wahrnehmbare Erscheinungsform unserer Welt, wir beeinflussen ihre Psyche. Wer verfügt damit über die größere Macht?

1. KAPITEL

WILLKOMMEN, LIEBER TRÄUMER …

Es begann an jenem Morgen, als Lisana ohne Vorankündigung hereinrauschte. »Milan«, begann sie in forderndem Ton, »was haltet Ihr von einer Stellung?«

Es war noch früh. Ich hatte eben erst die langsame Reise aus den Wonnen des Unbewussten zum Tagesbewusstsein angetreten. In einem Hauch von Weiß war sie in den Raum gesegelt und hatte die Vorhänge zurückgerissen, woraufhin das hereinflutende Licht meinem benebelten Zustand mit schmerzhafter Plötzlichkeit ein Ende setzte. In Haven, Hauptstadt der Träume und Residenz der Könige, scheint das Dekret zu gelten, dass Sonnenschein grundsätzlich strahlend hell ist, ob man es nun mag oder nicht. In den wenigen Wochen, die ich wegen der Krönung und der damit einhergehenden, endlosen Festlichkeiten dort verbracht hatte, hatte ich bereits Heimweh entwickelt. Immer häufiger vermisste ich mein eigenes, kleineres Reich Sturmkap, den Traum vom Sturm, wo ich als dessen Gouverneur normalerweise dafür sorge, dass es spät hell und früh wieder dunkel wird.

»Einer Stellung?«, rief ich aus, um gerade noch rechtzeitig hinzuzufügen: »Majestät.«

Man mag sich fragen, ob selbst eine frisch gekrönte Königin – und Lisana betrug sich wirklich äußerst königlich – einfach so bei jemandem hereinschneien würde. Wenn die Königin der Träume ein Gespräch mit Laenan Milan, dem legendären Magier, wünscht, wäre doch ein gewisser Umgangston angebracht. Zum Beispiel möchte man meinen, ein solches Gespräch fände im Thronsaal statt.

Doch Lisana ist eine Frau voller Widersprüche – nicht zuletzt, weil sie stets anderen ihren Willen aufzwingen will. Der einzige Unterschied liegt in der Art und Weise. Dieser Überfall auf mich, der ich sie immerhin zur Königin gemacht hatte, war ihre Art, uns beiden vorzugaukeln, dass ich alles tun würde, was sie sagte. Außerdem ist es natürlich die optimale Vorgehensweise, wenn man jemanden überrumpeln will – hineinzuplatzen, solange derjenige noch friedlich vor sich hin döst. Lisana mag mich sowieso am liebsten, wenn ich nicht auf der Hut bin.

»Aber ja! Genau das biete ich Euch an«, erwiderte sie, als hätte ich nicht das geringste Recht, überrascht zu reagieren. Als hätte sie mir nicht damals, als sie noch die Mätresse des Königs war und bei Hofe auf ihre Chance lauerte, eine Anklage wegen Hochverrats angehängt. Kein Wunder, dass sie mir nicht einmal jetzt in die Augen blicken konnte.

»Einen Moment noch, bitte. *Ihr* habt eine Stellung für *mich*?«

»Seid Ihr früh am Morgen immer so?«, erkundigte sie sich mit ihrem üblichen taktvollen Mitgefühl.

In Eurer Nähe immer, Majestät. »Worum handelt es sich denn?« Ich war versucht, das Gespräch in die Länge zu ziehen, nur um zu sehen, wie sie sich wand.

Dann aber lächelte sie, und das war kein gutes Zeichen. Lisana verfügt über ein breites Lächelrepertoire. Sie beherrscht das strahlende Lächeln für die Höflinge, die sie eigentlich zum Teufel jagen will, das ehrliche, schüchterne Lächeln, mit dem sie einen Fremden in ihr Bett lockt, und auch das langsame, berechnende, das sich auf ihrem Gesicht ausbreitet, wenn sie die Schwachstelle in der Rüstung ihres Feindes entdeckt. Dieses jetzige Lächeln hingegen war durch und durch boshaft. »Genau Euer Metier.«

Ich gebe zu, ich mag Lisana noch immer nicht. Nachdem sie es über einige leichte Wendungen des Schicksals bis auf den Thron geschafft hat, hält man sie gemeinhin für eine ›gute‹ Königin, so wie man einen siegreichen Feldherrn nicht als Sieger, sondern als ›Friedensstifter‹ ansieht. Sie ist groß und blond, kleidet sich meistens in Weiß und verfügt über eine Mischung aus angeborener Grazie und fester Entschlossenheit, welche die meisten, die sie zu Gesicht bekommen, unwillkürlich die Knie beugen lässt.

Aber ich kenne die wahre Lisana. Die Frau, die nach dem Tod ihres königlichen Liebhabers keine Träne vergossen hatte. Die Frau, die in jeden Plan einwilligen würde, auch wenn der Himmel selbst seinen Zorn zu entfesseln droht. Sie ist skrupellos, ehrgeizig und berechnend und – bei den Träumen! – eine verdammt gute Königin. Es ist traurig, aber wahr: Die Freundlichen und Sanftmütigen dieser Welt sind einer solchen Verantwortung einfach nicht gewachsen. Doch diejenigen, die Rang und Privilegien am wenigsten verdienen, die einzig auf ihren eigenen Status bedacht sind, machen ihre Sache oft ausgezeichnet.

Dennoch bot Lisana *mir* eine Stellung an!

Ich nannte meine Gehaltsforderung.

»Ein Gehalt?«, rief sie entrüstet, als wäre ihr ein solcher Gedanke vollkommen fremd. »Es ist Euch doch sicher eine Ehre, diese Aufgabe für die Träume, das Gute und das Licht zu übernehmen!«

»Nein!«, gab ich zurück. »Für Geld. Und weil es sich so anhört, als wäre die Arbeit nötig, und weil ich gerade nichts Besseres zu tun habe.«

Seufzend gab sie nach: »Also gut.«

So also kam ich zu dem Titel »Verbindungsmann zum Silberhand-Konsortium und dessen angegliederten Organen«. Die meisten Leute nannten mich allerdings einfach Silberauge. Es war eine bemerkenswerte Aufgabe – halb Spion der

Königin persönlich, halb Silberhand und damit Mitglied des gleichnamigen Spionagerings, der mit dem Volk der Träume verbündet ist und sich einem Ideal verschrieben hat, das ihr Träumer als »Kommunismus« bezeichnet. Es dürfte niemanden überraschen, dass das Konsortium – jener Zusammenschluss aus Spionen und Dieben, der die wichtigste Waffe der Träume darstellte, die zum Glück noch niemand wirklich wahrnahm – und die Krone stets Abstand voneinander gehalten hatten. Der König war sich der Existenz der Silberhände kaum bewusst gewesen. Eine Zusammenarbeit, wie locker auch immer, war eine ganz neue Idee.

Beiläufig fragte ich Lisana daher: »Und warum möchtet Ihr, dass ich das tue?«

»Drückt Euch präziser aus«, herrschte sie mich an. »Warum ich ausgerechnet Euch dafür möchte? Oder warum ich über Euch die Verbindung zum Konsortium suche?«

»Beides.«

Sie reagierte etwas verlegen. »Als Haven überfallen wurde und Ihr mit dem Konsortium die Revolte organisiert habt, um die Stadt zu befreien, hätte das Konsortium leicht selbst die Macht über Haven übernehmen können. Hat es aber nicht. Also kann ich nicht bestreiten, dass es seine Loyalität bewiesen hat. Dennoch ist es aus meiner Sicht ein Sicherheitsrisiko, wenn ein so mächtiger Zusammenschluss existiert, ohne dass ich weiß, wer ihn anführt und was er gerade vorhat. Das Konsortium wacht über die Träume, das stimmt. Aber mitunter ist es notwendig, dass einer diese Wächter über die Träume wacht.«

»Ich?«

»Ja.«

Ich dachte darüber nach. »Lisana?«

»Ja?«

»Wer überwacht den Wächter über die Wächter?«

Sie schenkte mir ein strahlendes Lächeln. »Milan, das Konsortium respektiert Euch. Deshalb seid Ihr für diese Stellung wie geschaffen. Und ich, ich kann Euch den ganzen Tag und länger beobachten, unermüdlich und ohne Euch aus den Augen zu verlieren. Ihr wacht über die Wächter, und ich, die Person, der ich am allermeisten vertraue, wache über Euch.«

Erstaunlicherweise erwies sich meine neue Stellung als ideal. Gute Arbeitszeiten! Nur eine Woche pro Monat musste ich in Haven und in Silberkap, dem Hauptquartier des Konsortiums, Bericht erstatten. Alle anderen Informationen landeten per Kurier direkt in Sturmkap. Auch der Lohn war ganz ordentlich. Und die Beziehungen. Immerhin war ich schon einmal zum Anführer des Konsortiums aufgestiegen, denn ich war bei den Silberhänden beliebt, weil ich solche Dinge wie das magische Netzwerk der Naturgeister (Wesen, die direkt aus der Leere herbeibeschworen werden) und die Kantine in Silberkap für Agenten auf der Durchreise ersonnen habe. Praktisch war auch, dass der gegenwärtige Anführer des Konsortiums, ein gewisser T'omar, mir noch einige Gefallen schuldete.

»Ihr habt mich auf diesen verfluchten Posten gesetzt«, murrte dieser, als ich ihm in Silberkap von meiner Ernennung durch Lisana berichtete. »Also könnt Ihr es mir nicht verdenken, wenn ich meine Sache ordentlich mache und die Königin auf Armeslänge von mir fern halte.«

T'omar, ein ehemaliger Soldat und noch nicht einmal hundert Jahre alt, war einer der jüngsten Männer, die je als Anführer des Konsortiums fungiert hatten. Er entstammte der traditionellen Schule der Silberhände, war also davon überzeugt, dass alle Angehörigen des Königshauses Idioten waren, die jemanden brauchten, der ihnen den Rücken deckte. Dennoch erkannten er und Lisana, dass sie vom gleichen Geist geprägt waren, denn beide waren von skrupelloser Entschlossenheit.

»Lisana kann das Repräsentieren und dergleichen übernehmen«, hatte er erklärt. »Wir kümmern uns um die Intrigen.«

»Die kann T'omar gerne haben«, hatte sie mir daraufhin erwidert, »solange er mir davon *erzählt*. Das Konsortium ist lange genug im Schatten herumgeschlichen, ohne jemandem zu erklären, was es da tut.«

»Ist doch klar«, hatte ich eingewandt. »Spione zeigen sich ungern in der Öffentlichkeit. Außerdem ist es nicht gerade ungefährlich, Königen zu erzählen, was sic nicht hören wollen.«

Sie hatte gelacht, das bittere Lachen einer Frau, die bereits mehr wusste, als sie eingestehen wollte. »Deshalb seid nur Ihr als mein persönlicher Agent geeignet. Ihr seid der Einzige in der gesamten Leere, der dumm genug wäre, mir die Wahrheit zu sagen.« Ich blieb ungerührt, während sie mich aus dem Augenwinkel scharf beobachtete. »Oder«, fügte sie hinzu, »der mir Informationen vorenthalten, aber dennoch das Richtige tun würde.«

»War das ein Kompliment?«

»Von mir, lieber Milan?«

»Klingt unwahrscheinlich, nicht wahr?«

Das Konsortium widmete sich weiterhin den Menschen fern der Krone, während ich in erster Linie für das Wohlergehen von Lisana verantwortlich war. Die ersten Monate ihrer Regentschaft waren nicht gerade einfach. Konsortium und Königin mussten sich gezwungenermaßen verbünden, um zu verhindern, dass der Gouverneur irgendeines zweitrangigen Reiches oder andere sich selbst an ihrer statt zum König ausriefen. Das roch nach Totalitarismus, doch nachdem das erste Attentat nicht nur entdeckt, sondern auch verhindert wurde, überlagerte das Gefühl eines rechtmäßigen Sieges, das Lisana, ihre Wachen, das Konsortium und mich erfüllte, bald alle Zweifel. Selbst im Traum braucht man jemanden, der die Drecksarbeit erledigt, behauptete T'omar. Für diese Aufgabe war ich einfach der richtige Mann. Milan der Held konnte weiterhin die Barden beglücken, indem er Könige und Schwarzmagier erschlug – in Wirklichkeit machte ich mir ganz gern bei anderen Dingen die Hände schmutzig.

Manchmal allerdings musste ich doch den Helden bemühen. Schon nach wenigen Monaten in meinem neuen Amt kam es zu einem Vorfall, wo ich als Laenan Milan aus der Beobachterposition heraustreten und wieder der Magier in Weiß werden musste.

Ich hatte mich schon stundenlang damit abgemüht. Aber entweder war das Glas zu dünn oder meine Zauber waren zu kompliziert, oder ich hatte mit den angestrebten Illusionen zu wenig Erfahrung. Der Umriss, der sich in der Flasche zu formen begann, war noch unscharf, und die in die Ecke gekehrten Scherbenhaufen lieferten den Beweis für die Schwierigkeit der Aufgabe, die ich mir auferlegt hatte.

Jeder Trottel kann Illusionen hervorbringen. Aber wie man Illusionen erschafft, die bei der einfachsten Handlung – zum Beispiel, wenn man eine Flasche öffnet – auf das Zehnfache ihrer ursprünglichen Größe anwachsen, ist eine Kunst, die ich noch immer nicht beherrsche.

Da hämmerte jemand gegen die Tür, so dass ich beinahe meinen sorgfältig vorbereiteten Zauber verpfuscht hätte. Mehrere schreckliche Sekunden kämpfte ich darum, ihn aufrechtzuerhalten, doch das Klopfen wiederholte sich. Jemand brüllte: »Milan! Gouverneur Milan!«

»Verzieh dich«, knurrte ich in mich hinein, während ich mich hektisch bemühte, den Zauber in eine andere Flasche zu schieben. Er schimmerte gefährlich. Jeden Augenblick würde er meinem Zugriff entgleiten.

Der Lärm dort draußen steigerte sich zum Tumult. Schließlich stieß jemand die Tür auf. Ich fuhr herum und klappte schon empört den Mund auf, aber ich starrte in T'omars aufgebrachtes Gesicht.

Die Illusion zwischen meinen Fingern verblasste. Ein schöner Spruch verschwendet. Aber ich wollte mich nicht beschweren, dass T'omar meine Arbeit unterbrochen hatte.

Er war aus Silberkap gekommen, um Untersuchungen bezüglich eines Schatzmeisters zu überwachen, der des Diebstahls verdächtigt wurde. Gerüchten zufolge wurde mit dem Geld eine Bande Wegelagerer finanziert, welchc den Karawanen durch die Leere zusetzte. Schlimm genug, dass der Schatzmeister seinen Anteil an der Sache als hübsche, kleine Investition ansah. Schlimmer jedoch war die wahrscheinliche Verbindung der Räuber zu dem vermutlich abtrünnigen Wüstenreich Sonnenkap. Da ich selbst in diesem Reich geboren war, hielt ich diese Verbindung instinktiv für überaus logisch.

Das Konsortium hatte der Königin mitgeteilt, dass es diesen Schatzmeister bereits beschatten ließ. Ich sollte in der Zwischenzeit so tun, als wäre ich nur in der Stadt, um höfischen Pflichten nachzukommen. Um dieses Alibi aufrechtzuerhalten musste ich leider tatsächlich an solchen Anlässen teilnehmen. Nicht enden wollende Tanzerei und Lächeln, bis es wehtat, in einem Ballsaal nach dem anderen, wo die Höflinge ihrem nichtsnutzigen Leben nachgingen, während ich innerlich vor Neugier schier platzte. Ich wollte endlich wissen, wie es stand.

»Wir haben den Verbindungsmann entdeckt.«

Fassungslos starrte ich T'omar an. »Den, der den Schurken ihr Geld abnimmt?«

»So haben die Dummköpfe aus Silberkap es mir erzählt. Und ich will, dass Ihr ihn zum Geständnis bewegt.«

»*Ich?* Wieso?«

Er zählte die Gründe an den Fingern ab. »Erstens: Es geht um einen Magier, der jeden anderen viel zu leicht durchschauen würde. Zweitens: Er ist ein bisschen romantisch veranlagt und versinkt in Ehrfurcht, wenn jemand etwas halbwegs Dramatisches vollbracht hat. Drittens: Ihr seid der Einzige, dessen Wort bei Hof akzeptiert wird, wenn wir ihn zur Hölle jagen. Viertens: Falls eine Verbindung nach Sonnenkap besteht – Ihr stammt von dort, Ihr kennt die Bräuche. Fünftens: Es ist Eure verdammte Pflicht. Schließlich arbeitet Ihr mit Lisana und dem Konsortium zusammen, und hier geht es um eine gemeinsame Aufgabe – Euer Gebiet. Sechstens.« Er zögerte. »Hört mal, ich bin einfach total überarbeitet. Wenn Ihr die Sache übernehmt, wäre alles viel einfacher. Tut es um der alten Zeiten willen.«

Ich rümpfte angewidert die Nase. »Der Hof traut mir nicht von hier bis dort.«

»Euch traut man mehr als einem unbekannten Spitzel. Und bei diesen ganzen noblen Abendessen und Bällen werdet Ihr Euch doch wenigstens ein paar Freunde gemacht haben.«

Lisana beschwor extra für diesen Zweck einen Raum mit hohlen Wänden, zwischen die sich ein Spion des Konsortiums quetschen konnte. Es war ein schöner Raum mit hohen Fenstern, die eine kühle Brise hereinließen. Seit Lisana den Schlüssel zu Haven und damit die Macht, Stadt und Palast nach Gusto zu verändern, erhalten hatte, hatte sie ihren minimalistischen, an Zen gemahnenden Geschmack voller Inbrunst ausgelebt. Kühle Steinböden, helle, scharf begrenzte Sonnenstrahlen, Holzmöbel von erschütternd schlichtem Design, offene Wandelgänge und zart vergoldete Wasserbecken. Nur nichts Extravagantes. Dennoch sehnte ich mich von Zeit zu Zeit nach einem gemütlichen Plüschsofa.

Dieser Raum bildete keine Ausnahme: Wände aus blauem Marmor, eine schalldichte Tür, ein Tisch und dazu passende Stühle. Das Einzige, was nicht recht hineinpasste, war ein Bücherschrank, der vor Papieren und Schriftrollen geradezu überquoll. Aus zuverlässiger Quelle wusste ich, dass die Schriftstücke in den vergangenen Monaten nach irgendeinem Schema geordnet worden waren. Das musste ich nun einfach glauben.

T'omar hatte versprochen, dass der Mann, den ich verhören sollte, mich nicht als Laenan Milan erkennen würde. Dennoch hatte ich meine unverschämt widerspenstigen Haare für diese Gelegenheit nach hinten gebunden und die Uniform eines Gerichtsschreibers angelegt. Mit etwas über fünfhundert Jahren gelte ich unter meinesgleichen als Mann in den besten Jahren. Auch die blauen Augen und die schwarzen Haare tragen dazu bei, dass ich nicht der üblichen Vorstellung von einem Magier entspreche. Bei einem Magier denken alle gleich an einen alten Graubart mit spitzem Hut und langem Stab. Einen anständig geladenen Stab weiß ich gelegentlich durchaus zu schätzen, aber spitze Hüte sind völlig aus der Mode, und ohne einen ausgesprochen gemeinen Fluch eines Widersachers wächst einem Mann auch nicht über Nacht ein grauer Bart. Andererseits habe ich zwar durchaus romantische Stunden erlebt, doch als gut aussehend würde mich niemand bezeichnen. Wenn einer zwei Könige auf dem Gewissen hat, ist »legendär« das passende Wort. Was es auch nicht richtig trifft, denn der Milan der Legenden ist jener muskelbepackte Kerl mit den großartigen Prinzipien und den weißen Roben. Das Einzige, was wir gemeinsam haben, ist der Name.

Es ist schon merkwürdig. Sobald Balladen über einen gesungen werden, erkennen immer weniger Leute einen als den, der man ist. Wie viele Legenden handeln von einem mickrigen Kerl mit etwas knochigem Gesicht, knapp 1,80 Meter groß? Auf der Erde habe ich aus dem »Fernsehen«, einer gewissen Technologie, die ich immer noch nicht ganz verstehe, gelernt, dass man leider nur dann als Legende eingestuft wird, wenn das Aussehen den Taten entspricht. In jener Welt wird Hunderten unbesungener Helden, die womöglich Tausende von Leben gerettet haben, zugunsten von Nichtsnutzen mit klassischem Profil und täglichem Aufenthalt im Fitnessstudio der verdiente Ruhm versagt.

Auch hier in den Königreichen der Leere gibt es Unterschiede zwischen der Legende und dem echten Mann – zumindest in meinem Fall. Als die Mächte des Reichs der Alpträume in Haven einfielen, war es der legendäre Milan, der sie zu besiegen hatte. Ein weiser Magier, der alles sieht und stets dem Guten und den Träumen gedient hat. Zweifellos hat dieser Held auch sehr heroisch ausgesehen, als der König der Alpträume den Tod fand.

Der wahre Laenan Milan allerdings hat nichts dergleichen vollbracht. Er stand zitternd vor Angst vor jenem König, und als er kämpfte, handelte er allein aus Reflex. Der Kampf hatte auch nichts mit Ehre zu tun, sondern zwei blutüberströmte Gestalten prügelten mit dem letzten Quäntchen körperlicher und geistiger Kraft aufeinander ein. Der wahre Milan scherte sich zu diesem Zeitpunkt auch nicht im Geringsten um Träume oder das Gute oder das Lächeln seiner Liebsten. Wenn er zuschlug, ging es nur noch darum, dass der Feind nicht mehr zurückschlagen konnte.

Dennoch ist es richtig, dass der Held und ich Könige der Alpträume getötet und überlebt haben. Zumindest hierin kreuzen sich unsere Pfade …

Als unser Verdächtiger, ein gewisser Dislas Barilor, eintrat, sah ich einen kräftigen, jungen Mann vor mir, der so aussah, als wäre er viel lieber Soldat geworden. Angesichts seines winzigen bisschens Magie hätte das auch viel besser zu ihm gepasst. Er trug Magiergewänder und betrat den Raum mit dem unruhigen Blick eines Schuldigen.

»Oh, bitte, tretet ein!«, forderte ich ihn auf. »Ihr seid …«, ich überprüfte meine eilig zusammengekritzelte Liste, um das vollendete Bild eines Schreiberlings abzugeben, »… Dislas, nicht wahr?«

»Ja«, bestätigte er zögernd. »Was ist denn los?«

Noch ein Schuldeingeständnis, dachte ich mit innerlichem Lächeln. »Was ist denn los?«, sagt man einfach nicht, wenn nichts los ist, was einen etwas angeht. Es war eine tölpelhafte Reaktion.

»Oh, wir überprüfen da gerade ein paar Dinge, und ich habe mich gefragt, ob Ihr mir wohl dabei helfen könnt.«

»Natürlich. Worum geht es?«

Ich wies auf den anderen Stuhl. Während er sich setzte, blätterte ich zum Schein einige Papiere durch.

»Ah, ja, hier ist es ja. Nun, unsere Königin muss sich in ihrer neuen Rolle bekanntlich erst zurechtfinden. Deshalb hat sie befohlen, diese Akten völlig neu zu sortieren. Zum Kuckuck, das ist wirklich harte Arbeit, Ihr glaubt es kaum. Und ich bin sowieso unterbesetzt, darum habe ich darum gebeten, mir ein paar mehr Leute als Hilfskräfte zuzuweisen. Stattdessen bekam ich ein paar hirnlose Rechenkünstler, die einfach überhaupt nichts taugen!« Verständnis heischend schaute ich ihn an. »Findet Ihr diese schlüsselgebundenen Kreaturen nicht auch entnervend? Sie wissen immer nur so viel wie ihr Gouverneur – und wie viele Gouverneure kennen den Unterschied zwischen einem 3B-Bericht und einem 3A-Bericht? Genau: Keiner!«

»Was kann ich für Euch tun?«, erkundigte er sich, um den Raum möglichst bald verlassen zu dürfen.

»Nun, es handelt sich um eine Kleinigkeit, aber ich habe da ein Problem mit einigen Abrechnungen. Da wurden Zahlungen aus der Schatzkammer verbucht, ohne dass die Akten mir verraten, an wen und zu welchem Zweck. Ich dachte, Ihr könntet mir dabei vielleicht behilflich sein.«

»Wieso ich?« Seine Stimme war etwas lauter geworden, und sein Gesicht rötete sich. Um mich kurz zu fassen, Dislas war einer der miserabelsten Agenten, die ich je erlebt hatte. Kein Wunder, dass das Silberhand-Konsortium seine Machenschaften so lange übersehen hatte. Selbst als Laufbursche gab es keinen unwahrscheinlicheren Verdächtigen.

»Nun, das Geld wurde in großen Säcken aus den Gewölbekellern gebracht. Diese Keller waren natürlich durch Magie versiegelt und wurden von Geschöpfen der Königin bewacht. Doch nicht einmal, als das Geld verschwand und die Schutzzeichen unberührt blieben, hielten diese Geschöpfe es für nötig, Alarm zu schlagen. Ich dachte, Ihr als erfahrener Hofmagier wüsstet vielleicht, wie ein Dieb so etwas angestellt haben könnte.«

Er entschied sich für eine nachdenkliche Miene. »Schwierig.«

»Wenn es natürlich *kein* Dieb war, führt uns das auf eine viel unangenehmere Schiene.«

»Allerdings«, bestätigte er. Unter Druck blieb er immerhin gelassen.

»Soweit ich weiß, seid Ihr für die Überwachung der Schätze verantwortlich«, fuhr ich fort. »Illusionsgeld, falsche Geschenke, verfluchte Geschenke, Schutzrunen – alles Mögliche eben. Ihr müsst furchtbar überarbeitet sein.«

»Die Königin hat mir eine Menge hilfreicher Geister zur Seite gestellt«, erwiderte er vorsichtig.

»Ach ja! Aber wir wissen, was die taugen – für praktische Aufgaben einfach nutzlos!« Mit ernster Miene beugte ich mich vor. »Es geht hier um etwas, wozu ich wirklich Euch befragen muss, nicht Eure Vorgesetzten, denn die stehen leider selbst unter Verdacht. Ihr seid noch ein junger Zauberer, loyal und ohne Feinde. Manch einer unter Euren Vorgesetzten dürfte, nun, eine längere Geschichte vorzuweisen haben. Deshalb berate ich mich zuallererst mit Euch.

Was glaubt Ihr, wer ein Motiv haben könnte, die Schatzkammern zu bestehlen? Es haben so viele Leute Zugang dazu, dass ich keine Ahnung habe, wo ich anfangen soll. Was ich brauche, ist eine persönliche Einschätzung. Jeder, der

Geld entnimmt, muss den Zweck, den Zeitpunkt und den Namen des Empfängers angeben. Habt Ihr je mitbekommen, dass jemand dies unterlassen hätte? Hättet Ihr zumindest einen Verdacht, wer sich diesen Papierkram großzügig erspart hat?«

»Ich, ich weiß nicht«, stammelte er.

Ich setzte mich zurück. Den Papierstoß zog ich wie einen guten Freund an mich. »Wisst Ihr, es ist erstaunlich einfach, die Abrechnung zu fälschen. Man nimmt eine Summe, schreibt auf, dass man weniger genommen hätte, und holt sich zugleich – mal hier, mal da – ganz erhebliche Mengen Bares. Natürlich immer davon ausgehend, dass sowieso niemand nachrechnet, denn wegen der Kriegswirren und der neuen Königin hätte schließlich niemand dazu Zeit.«

»Allerdings«, wiederholte er. Er schien eine Menge Trost aus diesem Wort zu ziehen, so als stellte es ihn auf dieselbe Stufe mit dem, der ihn verhörte.

»Dennoch – ein Name«, beharrte ich. »Hat einer Eurer Kollegen vielleicht Schulden? Ist es einfach ein Fehler in der Buchhaltung? Der Schatzmeister versichert mir, dass ein Fehler sehr wahrscheinlich ist, nur sind seine Aufzeichnungen ausgesprochen ungenau. Ich meine«, hier legte ich eine Pause ein und setzte ein befremdetes Gesicht auf, »er wird für seine Dienste zwar großzügig bezahlt, doch er besitzt ein Landhaus, das seine Verhältnisse bei weitem übersteigt! Darüber hinaus scheint er sich nie dort aufzuhalten! Es ist wirklich unverständlich.«

»Vielleicht steckt der Schatzmeister dahinter«, platzte Dislas heraus. Die Vielzahl an Vorschlägen hatte ihn verunsichert.

Ich tat überrascht. »Haltet Ihr das für denkbar? Er macht doch den Eindruck eines sehr ergebenen Mannes. Warum sollte er so etwas tun? Welche Verwendung hätte er für das Geld, das er veruntreut, außer …« Ich ließ meine Stimme verklingen. »Oh nein! Wenn er nun etwas ausheckt! Aber – nein! Nicht der Schatzmeister. Es gehört doch so viel Arbeit dazu. Außerdem bräuchte er ein Motiv, und der Schatzmeister ist ein so entgegenkommender Mensch, nie beklagt er sich. Darüber hinaus bräuchte er jemanden, der für ihn dies und jenes erledigt, sofern sich jemand dafür hergeben würde. Ich meine, ein Mann seines Ranges wäre doch nie in der Lage, etwas auszuhecken, ohne dass es jemand merkt. Er bräuchte einen Jüngeren für so etwas. Sonst wäre alles einfach viel zu kompliziert geworden.«

Dislas schwieg, was ich ihm nicht verübeln konnte. Wenn er bis jetzt noch nicht erkannt hatte, wie tief er in der Patsche steckte, so würde es ihm bald dämmern.

»Jetzt kommt mir eine Idee!«, rief ich aus, als wäre es mir eben erst eingefallen. »Wenn der Schatzmeister tatsächlich etwas Böses im Schilde führt und dafür Gelder entwendet, sollten wir vielleicht die Einträge ab dem Tag überprüfen, an dem die Unregelmäßigkeiten begannen. Wenn die Verluste mit *seinen* Entnahmen aus der Schatzkammer zusammenhängen, wissen wir, dass er ein falsches Spiel spielt. Nur wozu? Und was könnte er damit im Sinn haben? Und wer ist der Mittelsmann, denn ohne den wäre es nicht gegangen?« Ich seufzte. »Tja, wer es auch ist, er wird bald Probleme bekommen. Schließlich soll es nicht heißen, Laenan Milan hätte einen Verräter ungestraft entwischen lassen.«

Dislas musterte auf einmal nicht mehr die Maserung der Tischplatte, sondern mich. »Laenan Milan?«

»Ja?«

»Ihr seid Milan?«

»Ach was, lasst Euch davon nicht beeindrucken«, meinte ich gönnerhaft. »Die Leute reden so viel – ihrer Meinung nach müsste ich graue Haare haben und in irgendwelchen Bibliotheken herumsitzen. Ich weiß wirklich nicht, wie ich in diese Position geraten bin. Ist gar nicht meine Art, Verrätern zuvorzukommen, sie aufzuspüren und umzubringen. Ich habe mich immer als eine Art Musiker angesehen, aber das hat nie geklappt ...

Und der Papierkram, oje! Erst die Haftbefehle, dann die gesonderten Verhörgesuche, wie es so schön heißt, damit man Magie benutzen kann, um die Wahrheit herauszufinden, und dann erst, wenn eines zum anderen führt, die Todesurteile und so! Habt Ihr schon mal versucht, die Gedanken eines Magiers zu lesen, der sich jaulend in Eurem Griff windet? Es dauert Stunden, bis man endlich die Schutzschilde abgepult hat, und dann sitzt der arme Kerl faselnd und wie ein geprügelter Hund da, ehe er seine Informationen überhaupt preisgegeben hat.«

»Ich wusste gar nicht, dass man bei Magiern Gedanken lesen kann.«

»Oh, das ist auch nicht einfach und für das Opfer gewöhnlich eine echte Tortur, aber mitunter sind solche Dinge einfach nötig. Für die Königin, für die Träume. Ich glaube, deshalb halten sie es für sinnvoll, einen wie mich für die Drecksarbeit zu engagieren.«

Er schluckte. »Der ... der Schatzmeister. Was macht Ihr mit ihm, wenn er schuldig ist?«

»Oh, der wird vermutlich mitsamt seinen Genossen hingerichtet. Nach all der Mühe, die es gekostet hat, ihnen auf die Spur zu kommen, haben sie nichts anderes verdient. Und bis ich endlich den habe, der das viele Geld gestohlen hat, dürfte ich *sehr* schlechte Laune haben.«

»Alle hinrichten?«

»Sicher. Sofern nicht jemand vortritt und gesteht. Ein treuer, ehrenhafter Mann in einer dummen Geschichte hat stets seinen Wert, auch wenn er zunächst auf Abwege geführt wurde. Wozu gibt es schließlich Gnade?«, fragte ich mit einem Auflachen.

Er sah mir in die Augen. Ich erwiderte seinen Blick. Wir

brauchten keine Magie, um zu wissen, was der andere dachte. Schon jetzt grub sich die Erschöpfung in seine Züge ein. Vor meinen Augen nahm er die unterwürfige Haltung eines Gefangenen ein.

Ich stand auf, schob meine Papiere zu einem sauberen Stapel zusammen und stellte den Stuhl an den Tisch. »Danke für Eure Hilfe, Meister Barilor.«

Die Tür ging auf. Zwei Palastwachen betraten den Raum, gefolgt von ihrem Hauptmann und einem Magier. Dislas' Augen folgten mir bis zur Tür, wo ich dem Hauptmann zunickte und wortlos auf den Gang trat.

An jenem Tag war es die Legende, die Dislas das Genick brach. In seinem nachfolgenden Geständnis nannte er den Schatzmeister, zwei Wachen der Schatzkammern und alle beteiligten Söldner. Er beschwor sogar magische Bilder von ihrem Äußeren und beschrieb ihre Gewohnheiten. Außerdem denunzierte er den Gouverneur eines kleinen Königreiches der Träume als Mittäter, einen Mann, dem Lisana vor kurzem erst eine Geldstrafe wegen Unbotmäßigkeit aufgebrummt hatte.

Ganz am Ende der Reihe stand tatsächlich Sonnenkap. Aber dieser Teil der Geschichte wurde mit geschickter Hand vertuscht. Das Gleichgewicht der Macht – oder wenigstens der gegenseitigen Bequemlichkeit – zwischen Haven und dem neutralen Königreich, in dem ich geboren war, schien dieses Vorgehen zu erfordern. Immerhin hielt man es in Sonnenkap fur angemessen, Haven nach dieser raschen Aufdeckung des Komplotts ein überaus großzügiges Geschenk zu übergeben. Ich bin mir nicht sicher, was es war, aber es schien zu genügen.

Wie selbstzufrieden wir alle an jenem Tag waren! Ich platzte geradezu vor Stolz. Ja, vor Stolz, weil ich meine Sache so gut gemacht hatte. Aber auch, weil ich ungern in die Zukunft blicken wollte. Damals dachte ich zum offiziellen Abschluss des Falls nur, dass ich diese Verschwörung ohne den Einsatz des Namens Laenan Milan nie so rasch und ordentlich hätte aufdecken können. Und Unordnung war mir schon immer ein Graus gewesen.

2. KAPITEL

IN FRIEDENSZEITEN

Dann kam wieder mein kleines Sturmkap zum Zug, das Königreich, das ich vollkommen gemäß meiner Phantasie umgestaltet hatte. Die beiden Imperien der Leere, das Reich der Träume und das der Alpträume, umfassen Hunderte kleinerer Reiche. Jedes Einzelne verkörpert einen Aspekt aus den Träumen der Erdbewohner. So wie Sturmkap der Traum von den Stürmen ist, steht Himmelskap für den Traum vom Fliegen. Nachtburg ist die Stadt der Alpträume, so wie Haven die Stadt der Träume ist.

Hier in Sturmkap habe ich wiederholt das geruhsame Leben des Verfemten geführt und die phantastischen Kreaturen erschaffen, die hier lebten und spielten. Hier war ich auch von den Verwundungen genesen, die ich mir bei meinem Einsatz für Haven zugezogen hatte. Ich hatte Zauber entwickelt, die allein ich beherrschte, und die Landschaft so vollendet geformt, dass ihr Anblick mir stets ein Lächeln entlockte. Jede Nacht grollte der Donner am Horizont. Kräftige Regengüsse erfrischten das Gras und hinterließen in der Luft jenen unverkennbaren, sauberen Duft. Im verzauberten Wald widmeten sich die Elfen der neuesten Mode und dem perfekten Makeup, während die Nixen sich wie Otter im Fluss tummelten und die Phönixe am Himmel Balzritualen nachgingen, die wirklich unbeschreiblich waren.

Sturmkap hatte auch schon andere Zeiten erlebt. Ehe ich den vorherigen Gouverneur getötet hatte, einen Zauberer, der eher dem Reich der Alpträume zugeneigt war, hatte es den Traum von Dornen verkörpert. Ein öder, trostloser Ort, der nur bei den Träumen geduldet war, weil die Eroberung einfach nicht zu lohnen schien. Als später die Alpträume die Stadt Haven überrannten, hatte Sturmkap Tausende von Flüchtlingen beherbergt, die meine Schwester, Saenia Milan, hierher geführt hatte. Ich gebe offen zu, dass Saenia von Magie schon immer mehr verstanden hat als ich; dafür war ich der Mann, der bei der Befreiung Havens von den Alpträumen immerhin eine nicht ganz unbedeutende Rolle gespielt hatte. Das ist eine lange Geschichte voller Erzmagie, Schwerter, Abwasserkanäle und einem Haufen ziemlich begriffsstutziger Feuergeister. Alles in allem: Wenn ich hier sitzen und von irgendwelchen Dummbeuteln in Haven, die es nicht besser wissen, als »großer Erzmagier« tituliert werden darf, ist Saenia vermutlich über alle Titel erhaben.

Eines besonders lauschigen Abends saßen Saenia und ich zusammen und stritten über den Sonnenuntergang. Wir hatten gerade zehn Minuten lang die Himmelsfarben neu gemischt, um genau das richtige Pink zu erhalten, mit goldenen und orangefarbenen Streifen an ganz bestimmten Stellen und einer hinreißenden Struktur, die durch das Spiel des Lichts vor einer Wolkenwand erzeugt wurde. Infolge unseres Geplänkels war der Sonnenuntergang schon etliche Minuten überfällig, und die Kobolde der Nacht, die endlich herauskommen und im Dunkeln herumtollen wollten, flüsterten schon ungeduldig am Fuße unseres Turms. Wir fanden, dass wir für unsere Bemühungen ein dankbareres Publikum verdient hätten, als wir so am Fenster hockten und über dies und jenes plauderten.

»Ich habe heute zwei Träumer hier gesehen«, bemerkte Saenia gerade.

»Wirklich? In letzter Zeit waren mehr Träumer hier, die von freundlicheren Königreichen träumten.«

»Möglich, dass sie der Leere Form geben, aber wir beeinflussen ihre Gefühle und Gedanken«, meinte sie, während sie gedankenverloren mit der Katze spielte, die ihr zurzeit nicht von der Seite wich. Nach der Rückeroberung von Haven war Saenias viel zu junger Liebhaber, ein Mann, den ich auf den ersten Blick verabscheute, abgezogen, um sein eigenes kleines Reich zu regieren, da sein Vater im Kampf gegen die Alpträume gefallen war. Meine Schwester, die zarte, aber mächtige Saenia, lebte seitdem in Sturmkap.

Ich hatte meine Zauberkünste immer für einzigartig gehalten. Immerhin hatte ich selbst die Zauber ersonnen, die mich vor dem Blick der anderen Gouverneure verbargen, selbst wenn ihr Königreich versuchte, ihnen mitzuteilen, wo ich war. Aber sie ist selbst meiner Magie überlegen und weiß sicher mehr, als sie jemals preisgibt.

»Wir beeinflussen ihre Gedanken und Gefühle«, wiederholte sie, »und da nun wieder alles in Butter ist, sind sie glücklich.« Seufzend streckte sie sich, ehe sie geradezu hinterhältig beiläufig fragte: »Was macht die Arbeit?«

»In letzter Zeit gab es keine Gerüchte über Verschwörungen. Lisana will nichts vom Konsortium und wir nichts von ihr. Ich fühle mich nahezu überflüssig.«

»Und der Hof? Vertragt ihr euch noch?«

»Wieso fragst du das?«

Sie lächelte. »Du hast das Talent, andere gegen dich aufzubringen.«

»Besten Dank.«

Meine Schwester schnitt eine Grimasse, schwieg jedoch. Meistens brauchte sie nicht zu reden. Ihre Gegenwart vermittelte ausreichend, was ihr auf der Seele lag. Da wir nicht nur beide Magier, sondern auch Verwandte waren, spürte ich viele ihrer Gefühle und teilte sie. Was sie jetzt ausstrahlte, war Befriedigung.

Dennoch äußerte sie: »Es wird nicht lange dauern, wie du weißt.«

»Was?«

»Das hier.« Sie wies auf den Sonnenuntergang. »Ist doch immer das Gleiche bei dir, Laenan. Du kommst nach Hause, entspannst dich, und wenn du endlich die Ernte einfahren könntest, taucht irgendetwas Schlimmes auf, und schon schickt man dich wieder quer durch die Leere, um Leuten das Leben zu retten und dich erschießen zu lassen.«

»Ich fahre keine Ernten ein.«

»Du weißt, was ich meine. Du ziehst den Ärger an wie ein Magnet, und diese Stellung als Silberauge wird alles nur noch schlimmer machen. Bei Hof wird man dich nie leiden können.«

»Besten Dank.«

»Es stimmt aber. Deine Herkunft ist zu gering, und du besitzt zu viel Macht.«

Saenias Worte über den Ärger und mich passten durchaus dazu, dass ich schon wochenlang unruhig war. Immerhin hatte ich Zeit, meinen Zauber zu perfektionieren. Deshalb war es eine ziemlich verschrobene Idee, dass ich im Arbeitszimmer hockte, um mit einem rebellischen Lila zu ringen.

Saenia war nach dem Abendessen gekommen, weil sie den Zauber begutachten wollte. »Und wozu soll das gut sein?«

In diesem frühen Stadium waren mir alle Erklärungsversuche peinlich. »Nun, es ist sozusagen ein ... ach, du weißt schon.«

»Nein, weiß ich nicht.«

»Hat was mit meiner Arbeit zu tun. Du weißt doch, wie das ist, wenn so ein Killer ...«

Sie musterte mich.

»... und man weiß nicht, wer ihn geschickt hat. Aber man wüsste es halt gern.«

Inzwischen untersuchte sie den Zauber bereits mit ihren Magiersinnen, die schon immer schärfer waren als meine.

»Es ist eine Weissagung«, befand sie schließlich. »Aber auch eine gewöhnliche Sonde. Du versuchst, feindselige Absichten zu wittern, aber – aha! Hier ist es! Das eine Ende bleibt ungebunden, richtig? Damit du deinem Mordgesellen den Zauber anhängen und ihm bis nach Hause folgen kannst?«

»Bloß klappt es noch nicht. Ich habe ihn unter Laborbedingungen ausprobiert, da hat er sich sauber an den Killer angeheftet. Die Hellsehfunktion schaltete sich auch korrekt ein und fand alle dazugehörigen Personen mit feindseligen Absichten.«

»Aber es ging trotzdem schief?«

»Es geht nur bei einem lebenden Killer, und auch bei diesem bloß eine Sekunde. Doch wenn so jemand noch lebt, bist du selbst bald dran. Außerdem haftet der Zauber eher an den Gedanken des Killers als an seinen Erinnerungen. Deshalb bekam ich lauter Bilder von Messern und Toten, aber keine Information darüber, wer ihn geschickt hatte.«

»›Unter Laborbedingungen‹?«, überlegte sie. »Ich stelle lieber keine Fragen.«

»Oh, es war wirklich alles ganz harmlos!«

»Eines Tages hast du mal ein echtes Problem, Brüderchen. Wart's …«

»… nur ab«, wollte sie sicher hinzufügen. Aber genau da waren meine Ferien zu Ende. Saenias Prophezeiung hatte sich wie immer bewahrheitet.

Ich hatte die ersten Regungen einer Kontaktierung gespürt. Saenia begriff sofort. »Kennung?«, flüsterte sie.

Ich nickte, denn ich war bereits dabei, demjenigen zu antworten, der das Symbol verwendet hatte, das einen Weg zu meinem Bewusstsein eröffnete.

Meine Schwester erhob sich mit wissender Miene. »Ich gehe runter.«

Wieder nickte ich, während ich nachspürte, wer mich kontaktierte, um dann zu antworten. »T'omar! Was gibt's?«

»Milan, Ihr habt keine Ahnung, was hier los ist.«

»Muss ich das wissen?«

»Ich kann nicht mehr, Milan!«

»Ja?«

»Kommt einfach nach Haven, okay?«

»Wie – jetzt?«

»Ja, jetzt! Am besten auf der Stelle.«

»Als wer?«, erkundigte ich mich vorsichtig. Wir wussten beide, dass dies aus meinem Mund eine gute Frage war.

»Egal! Kommt als Silberhand, als Silberauge oder als berühmter Magier, aber bringt vor allem Euren kühlen Verstand mit!«

»So ernst ist die Sache?«

»Kann man wohl sagen«, erwiderte er. »Und – Milan?«

»Anwesend.«

»Macht Euch auf Verschwörungen der schlimmsten Sorte gefasst. Wenn Ihr in Silberkap Station macht, werde ich Euch alles erklären.«

Daher stand ich am nächsten Tag zu aberwitzig früher Stunde mit einem Reisesack auf der Schulter vor Saenia.

»Schieß los«, kommentierte sie, ehe ihr diese Worte ein unsicheres Lachen entlockten. »Oder sollte ich lieber nach Feuer in der Leere und gestürzten Königen Ausschau halten?«

Es war bereits an der Zeit, den Blick nach innen zu wenden, auch wenn ich mich äußerlich noch sagen hörte: »Solange ich fort bin, betätigst du dich in *meinem* Königreich aber nicht als Künstlerin!« Nachdem ich den Schlüssel zu Sturmkap aus seinem Versteck in meinem Inneren aufgescheucht hatte, zog ich ihn hervor. Diese kleine Kugel Magie war dazu auserkoren, das Königreich von Anbeginn bis zu seinem fernen Untergang zu beherrschen. Stille senkte sich herab, als ich den Schlüssel hielt, ehe ich ihn Saenia übergab. »Bewahre mein Reich gut.«

Wortlos nahm sie den Schlüssel an, musterte ihn kurz und zog ihn dann mit einer Geste in ihr Inneres. Er versank, als hätte sie nicht mehr Substanz als Dampf. »Jetzt ist es mein Reich«, kommentierte sie. Ohne Ironie fügte sie hinzu: »Pass auf dich auf, Laenan.«

»He! Ich bin der vorsichtigste Mann, den es gibt!«

Sie legte den Kopf zur Seite. »Nein, du bist bloß nicht zum Helden geboren.«

Aus der behaglichen Vertrautheit von Sturmkap trat ich in den stummen, temperaturlosen Nebel der Leere ein. Lautlos umtanzten mich die wirbelnden Farben, die ohne das umgebende Nichts schön gewesen wären.

Kommt auf der Stelle, hatte T'omar gesagt. Inzwischen war eine Nacht verstrichen. Außerdem war es ein einsamer Weg durch die Leere, und je schneller ich irgendwohin kam, wo es etwas zu sehen, zu riechen oder zu hören gab, desto besser. Ich schob meinen Reisesack zurecht und marschierte los.

Gegen Mittag erreichte ich das Reich Heilkap. Es ist berühmt für seine Blumen, seine allgegenwärtige Freundlichkeit und seine geradezu krankhaft netten Bewohner. Die Erste, die ich auf dem schattengesprenkelten Weg durch sanft im Winde wogende Wiesen traf, war eine Priesterin, die mir wohlwollend Brot anbot. »Willkommen in Heilkap, Reisender.« Es fiel mir schwer, ihr zu danken, ohne mich angesichts der Ernsthaftigkeit dieses Ortes zu winden. Aber ein Teil von mir erinnerte sich daran, wie man sich fühlt, wenn man Mitgefühl braucht. Deshalb nahm ich das Brot mit der passenden Erwiderung an.

Ich wusste, dass ich lieber ohne Aufenthalt weiterziehen sollte. Zum Glück nahm mich der Gouverneur angesichts der vielen Besucher in seinem Reich nicht wahr. Ich war Saenia dankbar, dass sie meinen Schlüssel übernommen hatte, denn der hätte höchst unwillkommene Aufmerksamkeit erregt.

Wenn der Gouverneur herausgefunden hätte, wer ich war, hätte er sicher versucht, mir zu helfen – weil ich mich nun einmal im überaus hilfsbereiten Heilkap befand, aber auch, weil ich Lisana nahe stand. Bei Hof war bekannt, dass ich einer der wenigen war, auf welche die Königin hörte, auch wenn sie für gewöhnlich mit einem ungläubigen »Muss ich das wirklich wissen?« oder einem kühlen »Das ist jetzt nicht der richtige Zeitpunkt« reagierte.

Das sanft gewellte, grüne Land von Heilkap versank hinter mir, als ich in die Leere zurückkehrte und die hellen Lieder der Vögel abrupt verklangen. Inzwischen waren mehr Leute unterwegs, vor allem kranke Pilger, die auf der Suche nach Genesung nach Heilkap reisten. Hier und dort schleppten die Verwandten eines Leidenden eine Sänfte, nur weil sie dessen Leben unbedingt verlängern wollten, ob aus zutiefst menschlichem Mitgefühl oder aus familiären Gründen, die nur ein argwöhnischer Kopf wie meiner in Betracht ziehen würde.

Ich erinnerte mich an eine andere Reise, die dieser hier ganz ähnlich gewesen war. Damals war ich auf dem Weg zu einer Krönung gewesen. Und zu einer gefährlichen Schlacht um Haven, von der ich noch gar nichts ahnte. Wovon ich damals ebenso wenig gewusst hatte, als ich so durch die Leere zog, war meine bevorstehende Begegnung mit Renna, der mächtigsten Träumerin von allen.

Die furchtlose Renna mit der glatten Stirn und dem lebhaften Blick. Eine Komapatientin, die in einem Traumzustand gefangen saß, aus dem sie sich nicht befreien konnte. Während ihr Körper auf der Erde langsam starb, überdauerte ihr Geist hier in der realen Welt. Nur durch sie hatten wir unsere Armeen ins besetzte Haven verlagern und in Gedankenschnelle reisen können. Wenn ich damals für jemand anderen als für mich gekämpft hatte, dann für Renna. Kurz nach dem endgültigen Sieg war sie verschwunden und nie wieder aufgetaucht. Ich fürchte nicht um ihre Sicherheit, denn jetzt kann niemand mehr auf sie zugreifen, da sie ein unsterbliches Wesen ist. Die Leere ist voller Möglichkeiten. Renna wird perfekt hineinpassen.

Ich erreichte Sternenkap planmäßig genau zu dem Zeitpunkt, als sein Gouverneur einen langen Sonnenuntergang enden ließ. Die Nächte in Sternenkap sind unendlich reizvoll. Mitunter verdunkelt sich nur der halbe Himmel, damit er durch einen langsamen Sonnenaufgang, der urplötzlich in einen Sonnenuntergang umschlägt, besser zur Geltung kommt. Zu anderen Zeiten wird der gesamte Himmel von Silber, Violett, Blau und feurigem Gold überflutet, was von sich aus so viel Licht verbreitet, als wäre die Sonne gerade aufgegangen. Pompöse Planeten und Monde ziehen über das Firmament, bis man glaubt, irgendwo da oben säße ein Gott, der sie nur für einen selbst tanzen lässt.

Das Gasthaus, in dem ich Rast machte, lag an einem See in der Nähe einer jener ewig silbrigen Straßen, die Sternenkap von einem Ende zum anderen durchziehen.

Mein Mahl verzehrte ich allein an einem Tisch im Freien, wo ich das Kommen und Gehen der zahlreichen Reisenden beobachten konnte. Im Haus wurde es allmählich voller. Ich rückte zur Seite, um zwei grobschlächtigen Kerlen Platz zu machen. Anfangs unterhielten sie sich, als wäre ich gar nicht da, wofür ich dankbar war. Beide entpuppten sich als Menschen, die fest an ihr eigenes, nichtiges Leben glaubten, das sie notfalls mit Zähnen und Klauen verteidigen würden.

Weil ich ihrem Gespräch nur mit halbem Ohr zuhörte, entging mir der Zeitpunkt, zu dem sie betrunken genug waren, sich ein größeres Publikum zu wünschen. So überraschte es mich, als einer von ihnen fragte: »Wo kommt Ihr eigentlich her, mein Freund.«

»Mein Freund« – schon diese nichts sagende Anrede ließ bei mir die Alarmglocken schrillen. »Sturmkap«, antwortete ich dem Mann mit der roten Nase, der mich angesprochen hatte.

»Nie was von gehört.«

»Ist gar nicht weit von hier.«

»Ihr seid also von dort?«

»Geboren bin ich in Sonnenkap.«

Das ließ den einen aufhorchen, während der andere sich an seinem Bier verschluckte. »Sonnenkap?«, wiederholte der Erste. »Dann wisst Ihr also alles über *die*.«

»Kommt drauf an, wer ›die‹ sind.«

Er vollzog eine abwehrende Handbewegung. »Ihr wisst schon. Der Gouverneur. Ist erst vor einigen Tagen hier vorbeigekommen. Erstaunlicher Bursche. Ganz in Weiß, sehr höflich – vom Scheitel bis zur Sohle ein König. Unter uns gesagt, mal ganz ehrlich, ich finde Euch aus Sonnenkap ganz in Ordnung. Wenn Ihr mich fragt, also, wenn Ihr mich fragt, wird es nicht mehr lange dauern, ehe sie ganz offiziell zu den Träumen gehören.«

Das war nicht die Heimat, an die ich mich erinnerte. Bisher hatte man in der ganzen Leere voller Verachtung auf das verkommene Wüstenreich Sonnenkap geblickt. Ich war zwar dort aufgewachsen, doch als ich damals ging, war ich fest entschlossen gewesen, nie wieder zurückzukehren. Seit wann, überlegte ich, ritt ein Prinz aus Sonnenkap, einem neutralen Reich, durch Sternenkap, ohne sich sinnlos zu besaufen und sich wie ein Tyrann aufzuführen? Seit wann glich ein solcher Prinz einem echten König? Und seit wann stieß man im Reich der Träume bereitwillig auf ein neutrales Königreich an?

Seit wann war Sonnenkap überhaupt ein Objekt der Bewunderung? Das Letzte, was ich gehört hatte, war, dass sie Schätze gestohlen hatten, um Söldnertruppen gegen die Glorie der Träume einzusetzen. *Halt, stopp, davon weißt du gar nichts, Milan! Immerhin gab es da ein sorgfältig gewähltes Geschenk von großer diplomatischer Bedeutung.*

Es kostete mich etwas Zeit, meine beeindruckenden Gefährten abzuschütteln, deren Geschwätz mit jeder Minute nachdrücklicher wurde. Aber als ich dann endlich in meinem Zimmer lag, wollte der Schlaf nicht gleich über mich kommen. Ohne Jacke und Schuhe, nur in Hemd und Hose setzte ich mich an den See, der die Mitte des Königreiches beherrschte. Im Wasser schimmerten die Spiegelbilder der Sterne. Ich gab mich ganz der Kühle, dem Wind, den Küchendüften aus dem Gasthaus und den fernen, undeutlichen Lebenszeichen der Einheimischen hin, die sich amüsierten. Nach der Stille der Leere wollte ich etwas Festes sehen, hören und fühlen, und jede Art von Empfindung war mir willkommen.

Da regte sich etwas in mir. Magiersinne haben ihre eigenen Regeln. Augenblicklich wurde ich neugierig. Ich horchte tiefer in mich hinein, denn ich fragte mich, weshalb ich so alarmiert reagierte. Eine Warnung flackerte auf. Bei mir sind grundsätzlich immer Schutzzauber aktiv, um nahende Gefahren frühzeitig zu entdecken. Weil ich unsicher war, woher in meiner Nähe Gefahr drohte, stand ich auf und spähte ins Dunkel.

Nichts. Jedenfalls nichts, was ich sehen oder fühlen konnte. Das war allerdings noch beunruhigender, als wenn eine ganze Armee auf mich losgestürmt wäre. Ich verbarg mich hinter meiner magischen Schutzsphäre, wo ich mich etwas sicherer fühlte. Als mich etwas am Ohr kitzelte, fuhr ich herum.

Niemand da. Wie so oft, wenn man Angst hat und einem eingebildete Gefahren real erscheinen.

»Komm schon, komm schon«, flüsterte ich. »Wo du auch steckst.«

Wieder drehte ich mich um. Diesmal hatte ich abwehrend die Hände erhoben, um jede Gefahr zurückzustoßen, die mir drohen mochte. Da erstarrte ich.

Renna. Sie wirkte nervös, aber zugleich so körperlich und

sterblich wie an dem Tag, als ich sie zum ersten Mal zu Gesicht bekommen hatte. Obwohl ihr Körper meines Wissens keine Temperaturen spüren konnte, wirkte sie blass und zitterte in der nächtlichen Kälte. Es musste also ihr Wunsch sein, Kälte und Wärme wahrzunehmen.

Verwundert rief ich sie leise an, worauf sie mich mit einem unsicheren Lächeln bedachte. Ihre Augen waren groß, und sie hatte die Arme um ihren schlanken Leib geschlungen, als könnte sie durch diese verzweifelte Umklammerung ihre Existenz zusammenhalten.

»Ich muss ihnen ebenbürtig werden«, raunte sie. »Aber versprecht mir, dass Ihr dem Mädchen nichts tut.«

»Ihr sprecht so unverständlich wie ein – ein Orakel«, gab ich zurück. Ihr Drängen beunruhigte mich. Orakel, lieber Träumer, sind für ihre Unverständlichkeit berühmt. Nur so bleiben sie im Geschäft.

Bebend hob sie eine Hand. »Hand in Hand ist frommer Waller Kuss.«

»Frommer Waller?« Ich begriff überhaupt nichts.

»Shakespeare.«

»War das nicht ein Verseschmied von der Erde?«

»Ja. Habt Ihr von ihm geträumt?«

»In letzter Zeit nicht.«

Sie holte tief Luft und schien daraus Kraft zu beziehen. Dann griff sie *durch* meinen Schild, den ich vor lauter Überraschung nicht gesenkt hatte, nach meiner rechten Hand und drückte sie mit ungezügelter Kraft gegen ihre eigene. Hand in Hand. Ihre Haut prickelte. Obwohl ich es nur unklar wahrnahm, war sie von Kopf bis Fuß von einer Art Magie erfüllt.

»Ihr müsst das verstehen. Das Mädchen hält den Mann für real. Sie hängt noch zwischen den Welten, aber auf der Erde bleibt ihr jetzt nur noch der Tod. Sobald sie stirbt, kann ich sie holen, aber bis dahin brauche ich Euch, Milan. Ich *brauche* Eure Sterblichkeit.«

»Was soll ich für Euch tun?«, wollte ich wissen.

Sie lächelte. »Nichts. Es kommt von selbst, und dann kämpfen und siegen wir gemeinsam.«

Zu spät bemerkte ich, wie ihre freie Hand nach oben schoss. Als sie mir den Dolch quer übers Handgelenk zog, entsprang der Schmerz des Schnitts vor allem meiner Überraschung. Hinzu kam das Wissen, dass eine solche kleine, saubere Bewegung mich tödlich verletzen konnte.

Halb empört, halb ungläubig krächzte ich ihren Namen.

Sie warf den Dolch weg und legte eine Hand auf die Wunde, so dass mein rotes Blut über ihre Finger rann. Und da geschah etwas, was selbst ich, der berühmte Magier, noch nie gesehen hatte: Mein Blut wurde von ihrem Fleisch aufgesogen, als wäre es eine Mullbinde. Ihre Finger streiften meine Haut, sanken in sie ein, vereinigten sich mit meinem Blut. Mich durchlief es wie flüssiges Eis. Mit einem Mal verging mir Hören und Sehen, angesichts ihres Verrats konnte ich nur noch laut aufschreien.

»Wer seid Ihr?«, gellte ich.

»Ihr«, erklang ein Flüstern in der Dunkelheit um mich herum. Und in mir, bis dieses Wort meine Welt anfüllte und das Einzige war, das blieb. Doch hinter dem ohrenbetäubenden Wort, dem eiskalten Schmerz und der Finsternis hörte ich eine leise, tröstende Stimme: »Es tut mir Leid, Milan. Es tut mir so Leid.«

Dann war alles verschwunden.

3. KAPITEL
VERSCHWÖRUNGEN

Als ich wieder zu mir kam, war ich von Dankbarkeit erfüllt. Ich lag zwar höchst würdelos und unbequem da, halb auf, halb neben dem Bett, noch immer in den Kleidern vom Abend zuvor, die Füße im Laken verstrickt, aber ich war am Leben. Damit hatte ich, ehrlich gesagt, nicht gerechnet.

Ich setzte mich auf. Meine Augen waren verquollen, meine Kopfhaut juckte von dem vielen Sand, der mir ins Haar geraten war, und meine Kleider waren zerknittert und stanken. Aber ich war am Leben. Zögerlich hob ich die rechte Hand – bei solchen Dingen war ich stets zimperlich gewesen – und drehte sie um. Schließlich wollte ich sehen, wo Renna oder jemand, der sich für sie ausgab, mir die Pulsadern geöffnet hatte.

Es gab nicht den geringsten Kratzer. Keine Narbe, keine Schwellung, kein blauer Fleck – nichts! Ungläubig rollte ich meinen Ärmel hoch. Vielleicht hatte ich den Ort ihres Angriffs verwechselt, und sie hatte mir in Wirklichkeit eine Ader in der Ellenbeuge aufgeschnitten, ohne dass ich es bemerkt hatte. Dabei stellte ich fest, dass sogar die alten Brandnarben von meinem Kampf gegen den König der Alpträume verschwunden waren. Diese Narben hätten mir doch bis ans Ende meiner Tage erhalten bleiben müssen! Schließlich waren sie durch Magie, zudem durch die Magie eines Sterbenden verursacht. Aber nein, auch sie waren geheilt.

Je mehr ich suchte, desto weniger fand ich ein Zeichen für das, was in der Nacht geschehen war. Außerdem hatte ich mich seit Jahren nicht mehr so wohl gefühlt. Vielleicht ein bisschen müde, aber nicht so durch die Mangel gedreht, wie man hätte erwarten können.

Als ich mich jedoch bewegte, verspürte ich ein unangenehmes, reißendes Gefühl. Erstarrt bemerkte ich das geronnene Blut an meinem Hemd, das bis auf die Haut gelaufen war.

Ich weiß nicht, wie lange ich dort saß und diesen einzigen Beweis, dass ich mir das alles nicht eingebildet hatte, anstarrte. Dann aber kreisten immer dieselben Worte in meinem Kopf.

Das war nicht Renna.

Ich redete mir ein, dies würde mich wenigstens etwas beruhigen, was ich gerade mehr als je zuvor benötigte.

Ich erhob mich automatisch, zog mein Hemd aus und schrubbte das Blut mit einer Entschlossenheit ab, die ich nicht begriff, denn sie grenzte an Ängstlichkeit. Währenddessen bohrte sich ein kleiner Gedanke in mein Gehirn.

Warum?

Wie warum?, wehrte ich ab.

Warum nicht Renna?

Weil sie weg ist. Sie ist nicht sterblich und hätte keinen Grund, mir die Pulsadern aufzuschneiden.

Woher weißt du das?

Weil ich sie kenne und damit basta!

Doch sofort erhob meine Silberhand-Seite Einspruch. Von Gefühlen geleitet, flüsterte sie. Vielleicht ist Renna verrückt geworden. Vielleicht wird sie nicht damit fertig, dass sie keinen Körper mehr hat. Vielleicht …

Vielleicht war es gar nicht Renna! Vielleicht war es in Wirklichkeit ein Magier oder eine andere Träumerin. Ränkeschmiede, Intriganten, die andere benutzen, wie es mir in diesem verfluchten Leben schon öfter passiert ist! Nimm's hin, da gibt es endlose Möglichkeiten.

Erschöpft rubbelte ich das Blut aus meinem Hemd, sah zu,

wie das Wasser im Abfluss sich rot färbte. Dann fiel mein Blick auf mein eigenes, hageres Spiegelbild. Etwas in diesem Gesicht kam mir fremd vor, fehl am Platze. Aber was? Erschauernd drehte ich mich um und schwor mir, jeden mir bekannten Zauber einzusetzen, um die Magie dieser Nacht loszuwerden. Jede Faser in mir verlangte danach, etwas zu tun, auf das Geschehene zu reagieren.

Aber ich hatte keine Ahnung, was ich machen sollte, außer mein Leben fortzusetzen und zu hoffen, dass das Wesen, das Rennas Gesicht getragen hatte, gutartig war.

Wenn nicht, würde ich es bald herausfinden.

Mit diesem Gefühl vollkommener Machtlosigkeit brach ich später auf als geplant. Ich trug mein einziges Ersatzhemd, und mir war ziemlich kläglich zumute. Meine Gedanken überschlugen sich vor Erklärungsversuchen, die teilweise einem absurden Verfolgungswahn entsprangen, teilweise aber wenigstens auf bruchstückhaften Tatsachen beruhten. Unwahrscheinlich waren alle.

Wenigstens hatte ich nun etwas, worüber ich in der Leere nachdenken konnte. Auf diese Weise konnte ich die Stille um mich herum ignorieren.

Die zweite Nacht verbrachte ich in Turmkap, einem alten Königreich voller Berge, Seen und Drachen. In meinem einsamen Zimmer, von dem aus ich ein Land überblickte, in dem ein kühler Wind dem Mond trotzige Worte zuraunte, saß ich lange wach. Ich wagte nicht, mich schlafen zu legen. Nicht, dass ich es nicht versucht hätte! Ich umgab mein Bett mit dicken Schutzschilden, schob einen Dolch mit Scheide unter mein Kissen und rollte mich unter den Decken zusammen, die ich bis ans Kinn zog, als könnte das mich vor einem Messer im Dunkeln oder einem Zauber von oben bewahren. Stundenlang warf ich mich von einer Seite auf die andere, als könnte mich ein Angreifer von hinten erwischen, sobald ich mich für eine Seite entschied. Dann wieder lag ich auf dem Rücken und wünschte, ich hätte mehr Arme, die ich um meine verletzliche Brust und den Bauch schlingen könnte.

Erschöpft vom unablässigen Weben der Schutzzeichen schlief ich irgendwann doch noch ein. Meine sich überschlagenden Gedanken zu Haven, Renna und Sonnenkap hatten mich derart ausgelaugt, dass der Schlaf sich einstellte, obwohl meine Augen im Halbschlaf ständig auf der Suche nach meinem Feind nach rechts und links gewandert waren.

Dennoch war es ein ausgesprochen müder Laenan Milan, der spät am nächsten Tag in Silberkap eintraf.

Jemand, der nicht über das Konsortium Bescheid weiß, kann Silberkap leicht übersehen. Früher war es einfach ein Königreich, das sich der Verwaltung widmete. Von hier aus schickte man Steuereintreiber los, und Würdenträger, die nach Haven wollten oder auf dem Rückweg von dort waren, verbrachten hier die Nacht. Mit der Zeit hatte das Konsortium sich in diesem kleinen Fleck Realität inmitten der Leere eingenistet, bis es ihn schließlich ganz übernommen hatte. Auf den Karten galt es immer noch als Verwaltungssitz. Fremde, die Einlass begehrten, wurden höflich darüber informiert, dass sie am falschen Ort wären.

Um die Wahrheit zu sagen, sah es wenig beeindruckend aus. T'omar hatte es immerhin ein wenig aufgepeppt. Die ursprünglichen, langweiligen Holzhäuser, die ähnlich wie im Wilden Westen alle einzeln gestanden hatten, waren einem eindrucksvolleren Steinkomplex gewichen. Wohnungen, Büros, Foyers und was noch so dazugehörte, gruppierten sich um einen hübschen Hof mit Springbrunnen.

»Wenn es uns nichts kostet – warum nicht?«, hatte T'omar zu mir gemeint.

»Weil wir unauffällig bleiben sollen, T'omar.«

»Das hier ist verdammt unauffällig! Ich habe es satt, Akten

in einem düsteren Keller zu sortieren, wo das Rattenloch das interessanteste Merkmal ist.«

Als ich Silberkap betrat, ging die Sonne unter. Ich fiel schon fast um vor Müdigkeit, während ich den schlüsselgebundenen Wachen am Torhaus, die nur dazu erschaffen waren, andere draußen zu halten, meinen Namen preisgab.

»Milan!« Jemand kam strahlend über den Hof gelaufen. »Wie schön, dich wiederzusehen!« Es war Virisin, ein Wirt aus Haven, den das Konsortium schon vor langer Zeit als Mitglied angeworben hatte. Wirte hören alles, heißt es.

Er schlug mir übertrieben kräftig auf die Schultern und grinste dazu über das ganze Gesicht. Früher waren wir beide unbedeutende Männer gewesen, die ihr eigenes, bescheidenes Leben geführt hatten. Damals hatten wir uns nächtelang über alles ausgelassen, was wir nicht ausstehen konnten. Wir waren gute Freunde gewesen. Meine zunehmende Berühmtheit hatte das in vielerlei, kaum merklicher Weise verändert. Zum Beispiel ließ Virisin sich gern in meiner Gesellschaft sehen, um wenigstens anderen Silberhänden zu beweisen, dass er mehr war als ein Wirt, der gut zuhören konnte. Ich hätte ihm gern klar gemacht, dass es solche Mitglieder, die ihr Leben lang in dunklen Gassen auf unwahrscheinliche Begegnungen warten, nur gab, weil *sie* gut im Zuhören waren.

»Was machst du denn hier, Milan? Ich dachte, du wolltest eine Auszeit nehmen?«

»Das stimmt, und ich wünschte, sie hätte länger gedauert.« Achselzuckend registrierte ich seinen verständnislosen Gesichtsausdruck. »Ich wurde zurückgerufen. T'omar meint, es sei dringend.«

Jetzt dämmerte ihm etwas, auch wenn er keine Miene verzog.

»Was ist denn, Virisin?«

»Willst du nach Haven?«, erkundigte er sich vorsichtig.

»Ich glaube schon.«

Er holte tief Luft. »Hat T'omar etwas von Sonnenkap gesagt?«

»Nein, hat er nicht«, antwortete eine argwöhnische Stimme. T'omar war ebenfalls herausgekommen, um mich zu begrüßen. Er sah so müde und gestresst aus wie ein typischer Leiter des Konsortiums in Krisenzeiten.

»Sonnenkap?«, hakte ich nach, während T'omar mich durch einen neuen Arkadengang zu seinem Büro führte.

»Ich freue mich, dass Ihr gekommen seid, Milan.«

»Blödsinn. Ich will alles über Sonnenkap wissen.«

Er leitete mich in einen Raum, der ihm gehören musste. Schmierige Teller, von denen er während der Arbeit gegessen hatte, und ein scheinbares Chaos aus Akten, die über jedes freie Plätzchen verteilt waren, jede einzelne davon in Gebrauch. Nachdem er einen Teil davon beiseite geräumt hatte, bot er mir einen Stuhl an. »Habt Ihr schon gegessen?«

»Noch nicht. Erzählt mir von Sonnenkap.«

Er seufzte. »Wann seid Ihr von dort weggegangen? So ungefähr – als die Leere noch jung war und Ihr auch.«

»Das ist Jahrhunderte her. Ich war siebzehn. Mit fünfundzwanzig war ich ein Dieb im Reich der Alpträume. Mit achtundzwanzig Schusterlehrling im Reich der Träume.«

»Wer war damals der Herrscher von Sonnenkap?«

Ich überlegte. »Der alte Giroign. Ein Mistkerl durch und durch.« Noch immer sah ich ihn vor mir. Er erinnerte mich an ein ausgesprochen stumpfsinniges Nashorn.

»Giroign ist tot.«

»Das überrascht mich nicht. Er war schon damals nicht mehr der Jüngste.«

»Seine Söhne dürften uns noch beschäftigen. Der Ältere, der derzeit an der Regierung ist, ist kein überragender Magier, sehr schwache Magie. Der jüngere Sohn hingegen, Rylam –« Er zögerte, als wüsste er nicht recht, wie er seine Gedanken in Worte fassen sollte.

»Er ist nicht sauber, Milan. Ich fühle es. Der Kerl taucht auf, ganz in Weiß auf einem weißen Ross und mit einem edelsteinbesetzten Langschwert. Einfach auffällig.«

Ich erinnerte mich an den guten Eindruck, den er auf die beiden Trunkenbolde in Sternenkap gemacht hatte. »Wo taucht er denn auf?«

»Oh, in Haven. Ist schon fast eine Woche her – übrigens vielen Dank, dass Ihr so schnell gekommen seid. Unsere Silberhände dort haben mir mitgeteilt, dass sich Rylam – der Erbe von Sonnenkap, bis sein Bruder sich zusammenreißt und einen Sohn hervorbringt – wie gesagt in Haven aufhält und die Königin um eine Audienz ersucht. Wenn Haven ihm gegen seinen älteren Bruder beisteht, will er angeblich den Träumen die Treue schwören.«

»Damit würde er uns ein wichtiges Königreich verschaffen«, stellte ich fest. »Aber wo bleibt der Notfall? Wozu ruft Ihr mich?«

T'omar reagierte verlegen. »Rylam kam mit einem kleinen Gefolge. Am Tag nach seiner Ankunft wurde einer der beiden Leibdiener tot aufgefunden. In diesem Moment sprang Rylam auf und bezichtigte seinen Bruder Feilim eines Komplotts gegen die Königin. Wir hätten nichts darauf gegeben, wenn ein Magier bei seiner Patrouille nicht einen halb fertigen Infernozauber entdeckt hätte. Er war in einem Zimmer neben dem der Königin vorbereitet worden.«

»Hat Rylam auch einen Magier mitgebracht?«, wollte ich wissen. T'omar nickte.

»Ich gehe davon aus, dass Ihr ihn überprüft habt.«

»Der war nicht lange genug in Haven, um diesen Zauber einzuleiten, ohne dass wir es bemerkt hätten. Glaubt mir, Milan, wir haben ihn ab dem Moment, da er das Reich der Träume betrat, beschatten lassen.«

»Weiß Lisana von diesem Anschlag?«

»Ja, dummerweise. Sie hat sich hinter ihren Wachen verschanzt, verdächtigt jeden und lässt nicht einmal unsere Mitarbeiter in ihre Nähe.«

»Nicht gerade hilfreich. Aber was soll ich jetzt unternehmen?«

»Findet heraus, wer den Zauber gewirkt hat. Überzeugt Euch, ob Rylam eine reine Weste hat. Überprüft, ob Feilim tatsächlich so hohl wäre, Haven direkt zu drohen. Nichts Schwieriges.«

»Danke für das Kompliment«, äußerte ich trocken.

Er seufzte, als wäre ich ein Kind, das einmal zu oft um Süßigkeiten gebettelt hätte, und fügte hinzu: »Ich stehe in Eurer Schuld, Milan.«

Ich erhielt ein Zimmer in Silberkap. Jede Silberhand, an der ich vorüberkam, starrte mich unverhüllt an. *Das ist Laenan Milan, unser einstiger Anführer.*

Ich musste an den Hof, so viel stand fest, denn ich musste mit Lisana sprechen und Rylam mitsamt seinem Magier observieren. Aber dort würde man mich erkennen, und ich wollte nicht jedem neugierigen Höfling erklären müssen, was ich gerade tat. Deshalb brauchte ich einen Vorwand, der mir Zugang zum Hof verschaffte, mir jedoch auch ein Schlupfloch ließ. Ein Klassentreffen mit den Magiern meines Jahrgangs? Nein, davon müssten zu viele Leute wissen. Ich konnte ja auch in der großen Bibliothek von Haven an einem komplizierten Zauber arbeiten – nein, auch nicht. Es wäre ein Leichtes, die Bibliothekare zu befragen, ob sie einen Mann gesehen hätten, auf den meine Beschreibung passte.

Es musste doch einen Weg geben, mich ganz offen zu verstecken. Mir würde schon etwas einfallen.

Als ich in dieser Nacht unter meinen Decken steckte, ließ ich mich rasch von tiefem Schlaf übermannen. Erst vor zwei Nächten war ich von einem Wesen in Gestalt von Renna angegriffen worden, und am Vorabend hatte ich voller Ängste wach gelegen. Noch jetzt erschien Schlafen mir bedrohlich.

Menschen, diese seltsamen Erdbewohner, träumen von der Leere. Sie können sich an ihre Träume kaum erinnern, und zu meinem Leidwesen hinterlassen Alpträume bei ihnen oft nachhaltigere Eindrücke als Träume. Ein Kind, das von seiner Mutter träumt, reist gedankenschnell zu der Frau, die dieser am ähnlichsten ist, in welchem Königreich der Leere auch immer sie sich aufhält. Es heißt, dass kaum ein Mensch ohne Doppelgänger ist. Irgendwo träumt irgendwann immer irgendwer auf der Erde von jemandem bei uns, ob in Gestalt eines Liebhabers oder eines verhassten Feindes.

Ich für meinen Teil träume von der Erde. Ich habe die Verbotene Stadt gesehen, bin in einer Stunde über den Pazifik geschwebt, kenne die schicken Hundeausführer auf den Boulevards von Paris, doch die Menschen als solche werde ich wohl nie verstehen. Zugegeben, ich habe einige ihrer wissenschaftlichen Ideen übernommen, aber ohne den Einsatz von Magie konnten in der Leere bisher nur unzuverlässige Gewehre und ziemlich marode Wasserleitungen nachgebaut werden.

Allerdings habe ich den meisten Träumern, welche die Leere besuchen, etwas voraus: Im Gegensatz zu ihnen erinnere ich mich an alles, was ich träume, und kann selbst bestimmen, wohin ich gehe und was ich dort höre und sehe.

Jedenfalls weitestgehend. Nur wenige Male hatte ich das Gefühl, das die Menschen so gut kennen, dass ich in einem Traum stecke, dessen Verlauf jemand anderer bestimmt. Dieser andere jedoch musste von erheblicher, geradezu erschreckender Macht sein, um in den schlafenden Verstand von Laenan Milan – oder jedes anderen Magiers – eindringen zu können.

Natürlich habe ich nicht nur positive Erfahrungen auf der Erde gemacht. Wer so neugierig ist wie ich, zahlt mitunter den

Preis dafür. Deshalb kam es mir durchaus gelegen, dass mein Aufenthalt in Silberkap dazu beitrug, dass ich mich etwas sicherer fühlte, als ich in einen gnädigerweise traumlosen Schlaf versank. Hier fühlte ich mich zu Hause. Hier lebten Leute, die ich kannte und auf die ich mich – trotz der Mauern meines Silberhand-Misstrauens – verlassen konnte.

Als ich am nächsten Morgen nach Haven aufbrach, freute ich mich daher auch über die Begleitung zweier Silberhände. Der eine, Rinset, war jung, voller Tatendrang und bereit, um jeden Preis die Leere zu retten. Die andere, Shael, musste in meinem Alter sein. Sie bedachte Rinset bei jeder Gelegenheit mit abfälligen Blicken. Ihr Äußeres war unauffällig, aber nicht hässlich, gerade so durchschnittlich, dass sie deswegen nicht auffiel. Ich merkte bald, dass sie zu den Leuten gehörte, die ihr Aussehen im Handumdrehen von Grund auf verändern können.

»Shael ist die Beste«, hatte T'omar erklärt. »Sie hört alles, sieht alles und mogelt sich überall rein. Sie weiß alles, was es über etwas zu wissen gibt – fragt einfach, dann werdet Ihr schon sehen.«

»Wie heißt sie wirklich?«

»Oh, danach habe ich sie nie gefragt. Sie ist in Silberkap geboren und aufgewachsen. Wenn sie sich Shael nennen möchte, bitte schön.«

»Warum bin ich ihr noch nie begegnet?«

»Sie ist Agentin in Nachtburg.«

Ich nickte schwer beeindruckt. Der Posten einer Agentin in Nachtburg war äußerst gefährlich. Ich war dankbar, dass man mich nie dorthin geschickt hatte. Wenn diese Frau mit einem solchen Auftrag im Reich der Alpträume gewesen war, hatte sie allen Respekt verdient.

Bei unserer ersten Begegnung stellte ich bald fest, dass sie allen Vorschusslorbeeren gerecht wurde.

»Für einen Herrscher von Sonnenkap ist Feilim gar nicht

verkehrt«, teilte sie mir mit, als wir durch die Leere vorrückten. Die Straßen wurden zunehmend verkehrsreicher, je näher wir Haven kamen. »Jedenfalls besser als sein Vater.« Sie schnaubte. »Trotzdem ein Dreckskerl. Sklaverei, Bigamie und alles, was dazugehört, sind in seinem Reich immer noch legal. Der Export läuft jedoch gut, was die Mehrheit der Bewohner einigermaßen bei Laune hält.«

»Und Rylam?«

»Zu gut, um wahr zu sein«, erklärte sie mit Nachdruck. »Er ist charmant, höflich, ein ausgezeichneter Fechter, ein fähiger Magier, immer weiß gekleidet, vermutlich sogar im Bett keine Niete. Ein echter Herzensbrecher. Die weiblichen Silberhände, die ihn beschatten sollten, haben einen Narren an ihm gefressen.«

»Klingt richtig abartig.«

»Er war schon immer so. Einer seiner Lehrmeister muss ihm beigebracht haben, wie wertvoll ein Lächeln zur rechten Zeit sein kann.«

»Wollt Ihr die Königin warnen?«, erkundigte sich Rinset mit hoffnungsvollem Blick. *Wenn du nicht innerhalb von vier Wochen tot bist, dürftest du schwer enttäuscht sein,* sann ich.

»Wieso warnen?«

»Vor Rylam!«

Es gelang mir, ihrer schroffen Antwort zuvorzukommen. »Das würde ich ja nur zu gern«, erwiderte ich, »aber schließlich hat er unseres Wissens nichts verbrochen.«

»Auch wenn er ein ekelhaftes Stinktier ist«, warf Shael erbost ein.

»›Oh, Majestät‹«, fuhr ich fort, ohne sie zu beachten, »›ich misstraue diesem Mann, denn er sieht besser aus als ich, jedenfalls etwas besser – könntet Ihr ihm bitte den Kopf abschlagen?‹«

»Ach so.« Rinset wirkte niedergeschlagen.

Wenn das Konsortium Mordanschläge ausführen würde, wäre alles so viel einfacher, überlegte ich. *Aber das verstößt gegen unsere Grundsätze. Morde lassen den Mörder glauben, dass er jeden Beliebigen umbringen kann, und die Welt ist so schon chaotisch genug. Es wäre alles einfacher, wenn das Konsortium überhaupt irgendwelche Befugnisse hätte, die über ein paar Erkenntnisse von hier und dort hinausgehen! Wieso ist das Leben nur so frustrierend?*

Nun sieh mal einer an, wer hier heute Morgen mit dem falschen Bein aufgestanden ist, kommentierte die rationale Seite meines Bewusstseins. *Du kennst die Antwort doch! Manchmal fürchtet man sich einfach vor dem Wandel.*

Gegen Mittag trafen wir in Haven ein, wo wir aus der Leere in einen herrlichen Frühlingstag traten. Die Stadt der Träume wirkte weißer, sauberer und freundlicher denn je. Jedes Haus war höher und ansprechender geworden, und überall blühten prachtvolle Dachgärten. Nach der Stille der Leere traf mich der Lärm wie ein Hammer. Tausend, vielleicht auch eine Million Stimmen auf einmal, wenn auch keine lauter als die Rufe der Händler, prasselten auf uns ein, als wir uns auf der Hauptstraße zum Palast hinaufkämpften.

Auf einem Platz, wo sich eine Fontäne aus weißem Licht bis über die Dächer erhob und silberne Funken herabregnen ließ, trennten sich unsere Wege. Rinset suchte seine Kontaktpersonen in der Stadt auf, während Shael »die Dienerschaft unterstützte«, also die Silberhand-Informanten, die im und um den Palast arbeiteten, neu instruierte.

Ich hingegen musste meine Aufwartung bei Hof machen. Immerhin widerstand ich der Versuchung, Lisana ein Warnsignal zu schicken, und beschloss, sie einfach mit der üblen Nachricht meines Bleibens auf unabsehbare Zeit zu überrumpeln.

So suchte ich mir einen Weg durch die Straßen, wo ich die

fröhlichen Gesichter der Bewohner registrierte, die glücklicherweise keine Ahnung hatten, wer ich war und was ich in ihrer Stadt zu suchen hatte. Wachen – schlüsselgebundene Wesen mit ausgesprochen wenig Hirn – marschierten blind an mir vorbei. Dahinter folgten einige andere, diesmal echte Wachen mit eigenem Kopf und eigenen Einfällen, die geruhsam plaudernd die eigentliche Arbeit ihren schlüsselgebundenen Kameraden überließen.

Schließlich erreichte ich die Außenmauer des Palastes. Marktstände schmiegten sich an den reinweißen Stein, und hier schoben sich vornehmlich Leute in Uniformen oder schönen Gewändern hin und her. Als ich der Mauer folgte, stellte ich fest, dass das Palasttor seit meinem letzten Besuch in Haven verschoben worden war. Doch das war bei neuen Herrschern so üblich. Sie wollten die Welt auf ihre Weise formen, und wir Übrigen hatten uns daran zu gewöhnen.

»Laenan Milan«, teilte ich den Torhütern mit. »Gouverneur von Sturmkap.«

Über dem Tor hockte ein schlüsselgebundener Falke auf den Zinnen. Als er meinen Namen hörte, reckte er den Hals, um mich genauer zu betrachten. Eine knappe Sekunde später fühlte ich, wie Lisanas Gedanken meine berührten. Sie hatte meine Anwesenheit in ihrer Stadt wahrgenommen.

»Milan. Wie überaus nett von Euch, so prompt zu erscheinen.«

»Für Euch jederzeit«, sendete ich ähnlich gestelzt zurück.

»Ich weiß, warum Ihr hier seid.«

»Völlig zu Recht. Ich habe nicht vergessen, wer mein Brötchengeber ist.«

»Kommt herauf in mein Arbeitszimmer. Es liegt noch am gleichen Ort.«

Also stapfte ich weiter, ohne mein Gepäck abzulegen oder etwas zu essen, obwohl mir inzwischen der Magen knurrte.

Eine Treppe hoch, den Gang entlang, einmal rechts, noch

mal rechts, noch eine Treppe, diesmal weniger lang, erste Tür links, die Wachen möglichst beruhigend anlächeln, höflich anklopfen.

»Tretet ein, Milan.« Ihre Stimme war wie immer seidenweich, enthielt jedoch die feine Härte des Befehls. Ich gehorchte und sah sie hinter einem großen Schreibtisch stehen, der von Papieren überquoll. Obwohl sie für ihre Begriffe eher schlicht gekleidet war, wirkte sie mal wieder überaus königlich. Es war schon merkwürdig: Ich hatte ihr zwar höchstpersönlich zum Thron verholfen, aber noch immer wagte ich nicht, mich in ihrer beeindruckenden Gegenwart unaufgefordert zu setzen.

Lisana betrachtete mich von oben bis unten, ehe sie zu sprechen anhob: »Ihr seht aus wie ein Bandit.«

Erst als ich mich daraufhin kritisch musterte, wurde mir klar, wie verschwitzt und schmutzig ich daherkam, dass meine Jacke nicht richtig saß und mein nicht mehr blütenweißes Hemd noch schwache Flecken aufwies, wo mein Blut geklebt hatte. Aus unerfindlichen Gründen hatte nicht einmal Magie die letzten Reste entfernen können.

»Ich hatte einen Unfall.«

»Dafür habt Ihr Talent.« Sie nickte zu dem Stuhl vor dem Tisch hin, um mir zu bedeuten, dass ich mich setzen dürfe. Nachdem sie mir gegenüber Platz genommen hatte, verschränkte sie die Arme und starrte mich mit kaum verhohlenem Argwohn an. »Also hat das Konsortium Euch hergerufen? Als mein illustres Silberauge?«

»Ja.«

»Dachte ich mir schon. Das Konsortium ist so auf seine kostbare Geheimhaltung bedacht, dass es nur Euch schicken würde.«

»Könnt Ihr Euch gar nicht vorstellen, Majestät, dass ich aus ehrlicher Sorge gekommen bin?«

Sie lachte. »Oh, bitte. Selbst wenn das wahr wäre, würdet

Ihr es nie zugeben.« Sogleich wurde sie wieder ernst. »Erzählt mir, was das Konsortium unternimmt. Und erzählt mir von Rylam.«

»Rylam.« Trotz allem, was ich zu Rinset und Shael gesagt hatte, wiederholte ich, was ich wusste. »Und ein ermordeter Bediensteter sowie ein halb fertiger Infernozauber innerhalb eines Reflektorschilds.«

»Soll ich Reflektorschilde innerhalb des Palastes verbieten«, überlegte sie plötzlich. »Wäre einfacher für den Sicherheitsdienst.«

»Wenn Ihr das tut, setze zumindest ich nicht mehr freiwillig den Fuß in diese Gemäuer.« *Wie Ihr sehr wohl wisst.*

Sie wechselte das abgeschmetterte Thema, als hätte sie es nie erwähnt. »Nun, bitte fahrt fort.«

»Ich habe noch keine Beweise, aber vorläufig können wir folgende Schlüsse ziehen.« Stirnrunzelnd beugte ich mich vor. »Zum einen wurde der Schirm über dem Infernozauber von einem komplizierten Schutzkreis gehalten. Um so etwas aufzubauen, ohne Alarm auszulösen, bräuchte man mehr Zeit und Heimlichkeit, als Rylam zur Verfügung stand. Das Konsortium hat ihn beschattet, seit er Haven betreten hat. Außerdem konnte er diesen Zauber in der kurzen Zeit seiner Anwesenheit nicht wirken.«

»Er war es also nicht«, hielt Lisana fest, als wäre dieses Thema damit abgeschlossen.

»Sofern er nicht an zwei Orten gleichzeitig sein kann. Und noch etwas spricht für Rylam«, fuhr ich fort. »Der Ermordete war so treu, dass er Sonnenkap verlassen und sich mit seinem Herrn auf gefährliches Territorium begeben hat. Welches Motiv sollte Rylam haben, ihn umzubringen?«

»Dennoch sagt Ihr, vorläufig wisst Ihr gar nichts.«

»Es freut mich, dass meine Königin weiterhin in jede Richtung denkt.«

Sie zuckte mit den Schultern. »Ich ziehe es vor, nicht in Lebensgefahr zu schweben. Glaubt Ihr Rylam? Dass Feilim bezahlte Killer schickt?«

»Dazu habe ich keine Meinung, und diesen glückseligen Zustand werde ich mir erhalten, bis es weitere Beweise gibt.«

Einen langen Augenblick betrachtete sie mich von oben bis unten. Das war ihre Art, halbwegs offen einen zähen Verdacht abzuschütteln. »Ihr würdet Euch gut als Kommissar machen«, befand sie schließlich, als würde sie damit einer meiner Bemerkungen widersprechen. »Das war mir natürlich von vorneherein klar. Obwohl ich Euch nur als Höfling kenne, der sich lächelnd verneigt, aber irgendwie immer danebenliegt.«

»He, wer hat sich denn damals in Euer Zimmer geschlichen und den Beweis gefunden, der Euch Hausarrest eingetragen hat?«, erinnerte ich sie leichthin.

»Einer der Gründe, weshalb Ihr diese Stellung innehabt, mein lieber Milan. Da Ihr aber nun hier seid – was braucht Ihr?«

»Eine Ausrede.«

Sie zog die Brauen hoch. »Was für eine Ausrede?«

»Eine, die mir gestattet, in den Palast zu kommen und zu gehen, ohne dass jemand nach dem Grund fragt.«

Auf ihrer Stirn bildeten sich Falten. »Ihr habt nicht zufällig einen sterbenden Angehörigen?«

»Allerhöchstens in Sonnenkap.«

»Wirklich? Oh, ja, natürlich. Könnt Ihr nicht einfach einen demnächst verscheidenden, entfernten Angehörigen erfinden?« Sie dachte nach. »Vielleicht habt Ihr Verwandte in der Weststadt bei den Kasernen und Händlern. Wie glaubhaft muss die Ausrede sein?«

»Sie soll den Hof und den Mörder überzeugen, mir nicht zu folgen.«

»Dann muss es definitiv die Weststadt sein, damit Ihr jeden Höfling abschüttelt, der etwas auf sich hält.«

»Ich dachte, heutzutage würde die ganze Stadt der Träume in Reichtum und Luxus schwelgen. Warum sollte jemand das Westviertel meiden?«

»Dort geht es sehr, sagen wir, wechselhaft zu. Es ist die Anlaufstelle für alle Händler, welche die halbe Leere durchquert haben, und – was schwerer wiegt – die Soldaten sind dort stationiert. Ich kann schöne Gebäude und prachtvolle Sehenswürdigkeiten beschwören, aber ich kann die menschliche Natur nicht verändern. Ein müder Soldat oder ein Händler, der gerade durch die endlose Leere gereist ist, hat kein Interesse daran, leise zu sein. Bei Nacht ist dort die Hölle los. Die Diebe dieser Stadt scheinen genau zu wissen, wann ich aufwache und einschlafe. Sobald ich schlafe und die Straßen nicht mehr überwachen kann ...« Sie ließ die Schultern herabsacken, als trauere sie über die Unvollkommenheit der menschlichen Natur. »Manchmal glaube ich, ich bin zu gut für diesen Ort.«

»Einverstanden. Ich habe also eine sterbende, oh, nehmen wir eine Tante in der Weststadt. Sie hat ihr Leben lang als ... als was gearbeitet?«

»Versteht Ihr etwas vom Weben?«, wollte sie wissen.

»Nein.«

»Dann sollte sie lieber Bäckerin sein.«

»Gut. Ich habe also eine sterbende Tante, die mal Bäckerin war, bis sie die Arbeit nicht mehr bewältigte. Ihre gesamte Familie ist fortgezogen oder gestorben, so dass ich, ihr Lieblingsneffe, gekommen bin, um stellvertretend die Pflichten der Familie zu erfüllen. Wo genau könnte sie wohnen?«

Lisana schloss die Augen, und ich fühlte, wie der Schlüssel in ihr sich rührte, als sie sich auf den Westteil ihrer Stadt konzentrierte. »Es gibt da eine alte Dame, die gleich neben dem Bäcker in der Adlerstraße wohnt.«

»Das dürfte reichen«, willigte ich ein. »Außerdem gibt es noch einen Grund, diese Seite der Stadt zu wählen.«

»Tatsächlich?«

»Dort hat man die Leiche des Leibdieners gefunden.« Ich konnte es mir nicht verkneifen: »Und ich dachte, Ihr würdet Eure Stadt sauber halten.«

Ihr Gesicht verriet keine Regung, doch sie ballte die Hände zu Fäusten. »Treibt es nicht auf die Spitze, Milan.«

Bedenkt man meine Beziehung zu Lisana, so erhielt ich ein ganz hübsches Zimmer. Es lag abseits des Trubels der Ballsäle und Küchen, und es bot einen Blick auf den reichsten, ansehnlichsten Teil der Stadt. Jemand hatte sogar ein Paket mit leerefester Kleidung auf dem Bett hinterlassen. An dem Paket hing eine Nachricht, die Lisanas präzise Handschrift trug: »Tragt das.«

Verstimmt riss ich das Papier auf, denn ich rechnete mit dem Schlimmsten. Zaubererroben mit Sternen, Pluderhosen, lachhafte Hüte – die ganze Mode bei Hofe schien ersonnen, um mich zu martern.

Was ich herauszog, war eine durchaus angenehme Überraschung. Manche Farben, die traditionell in Haven getragen werden, sind ziemlich schlicht: Weiß für Träume, Schwarz für Alpträume, Grau für jemanden, der niemandem die Treue geschworen hat. Die Robe in dem Paket war nicht richtig grau, eher eine Art dumpfes Silber, das mit meinem Lieblingsblau durchzogen war, doch Lisana hatte damit dennoch eine Botschaft beabsichtigt. Trefft die richtige Wahl, Milan, denn heutzutage zahle ich den Lohn. Die Kleider enthielten noch eine zweite Nachricht – befolgt die Regeln des Palastes, solange Ihr hier seid. Und Regel Nummer 1 war einfach: Kleidet Euch pompös genug, um in der Menge unterzugehen.

Das Gewand war noch weich. Es musste erst vor kurzem direkt aus der Leere herbeigerufen worden sein, der Qualität und dem Anschein nach von einem recht talentierten Magier. Zudem passte es perfekt. Aber ein Einfaltspinsel war ich nicht. Etwas so Exquisites zaubert man nicht einfach aus der Leere heraus, dazu gehört stundenlange Mühe. Lisana hatte also gewusst, dass ich komme, vermutlich noch vor mir. Schlaue Königin. Mein Respekt vor ihr, das einzig positive Gefühl ihr gegenüber, stieg um ein paar Grad.

Zunächst stattete ich dem Schauplatz des Infernozaubers einen kurzen Besuch ab. Wenn das Ding losgegangen wäre, wäre dies der exakte Mittelpunkt eines rauchenden Kraters von einer halben Meile Durchmesser gewesen. Es überraschte mich nicht besonders, dass man ihn in einem kleinen Bad neben einem leeren Gästezimmer gefunden hatte. Badezimmer waren ein beliebter Ort für Reflektorschilde, und der Boden war für denjenigen, der hier seine Symbole gezeichnet und Worte angestimmt hatte, glatt genug. Ein übereifriger Magier hatte bereits die letzten Spuren des Zaubers von Wänden und Boden getilgt, aber ich konnte den Nachgeschmack der Magie noch wahrnehmen.

Eigenartig. Ich hätte erwartet, dass die Magie schneller verflogen wäre, nachdem der Zauber gebrochen war. Doch sie haftete immer noch an dem Raum, als wäre er ein Lagerplatz für rohe Macht, nicht einfach ein Zimmer in einem Königreich. *Sehr eigenartig.*

Da ich irgendwo die ersten Antworten entdecken musste, begab ich mich als Nächstes auf die Suche nach den Stadtwachen.

Die Wachen von Haven sind ein Völkchen für sich. Allgemein heißt es, dass Patrouillengänge durch die Straßen von Haven zu den leichtesten Arbeiten zählen, die es gibt, wenn man die Natur dieses Ortes bedenkt. Aber man weiß auch, dass die schlimmsten Verbrechen am tiefsten begraben liegen.

Wenn es also in einem Königreich der Alpträume fünf kleinere Diebstähle und einen Mord pro Woche gibt, findet man in Haven nur einen kleineren Diebstahl, eine lange Ruhephase und plötzlich einen grausigen Mord, der allen den Magen umdreht. Nur weil die Stadt als solche als Augenweide gilt, heißt es nicht, dass sie einzig von lächelnden Charmeuren bewohnt wird. Die materiellen Dinge dieser Welt verändern die Natur der Leute nicht vollkommen.

Also ein sehr ungewöhnlicher Posten, wie man in dem Moment feststellt, da man den kleinen Hof betritt, in dem die Wache stationiert ist. Er ähnelt übrigens dem Hauptquartier des Konsortiums in Silberkap. Die Wachen, die nicht schlüsselgebunden und daher unermüdlich sind, hängen quasselnd herum. Am liebsten lassen sie sich über die Feinheiten des einen Falles im Gegensatz zu einem anderen aus. Sollen die Schlüsselgebundenen doch die Verbrecher verhaften, sagten sie, wir finden die Beweise.

Alle warten auf die Katastrophe, dachte ich, während ich die Mienen der Männer betrachtete, die nur zu gut wussten, wie launisch das Schicksal sein konnte. *Sie haben das Schlimmste gesehen, was Träume zu bieten haben, und jetzt erwarten sie, dass es hier geschieht. Tja, Jungs, man weiß ja nie …*

»Ich komme wegen eines Mordes«, erklärte ich dem schlüsselgebundenen Wachmann, der an seinem Schreibtisch saß.

»Name?«

»Lenian Manil.«

»Ich sehe mal nach, ob der Wachtmeister da ist.« Der Mann stand auf, verschwand in einem Hinterzimmer und tauchte einige Minuten später mit einem rotäugigen, ziemlich übernächtigten Vorgesetzten wieder auf.

»Ja?«, schnauzte der Wachtmeister. Er war seit Tagen nicht rasiert, und auf seiner Uniform prangten Flecken von praktisch jeder Sauce, die günstig auf dem Markt zu haben war.

»Ich komme wegen eines Mordes.«

»Welchem?«

»Dem von dieser Woche. Der Diener aus dem Gefolge von Sonnenkap.« Ich nannte ihm den Namen des Toten, Corbe.

»Richtig. Ist gerade mein Lieblingsfall – ich hoffe, Ihr habt einen guten Grund für Euer Kommen.«

»Kann ich mich unter vier Augen mit Euch unterhalten?«, bat ich mit einem Blick in die Runde. »Man hat mich im Palast an Euch verwiesen.«

Bei der Erwähnung des Palastes schnaubte der Wachtmeister abfällig, führte mich aber immerhin in ein kleines Büro, das mich mit seinem allgegenwärtigen Chaos in jeder Hinsicht an das von T'omar erinnerte.

»Der Letzte«, fluchte er, »den der Palast geschickt hatte, war vom Haushofmeister persönlich angewiesen, nichts über den Mord verlauten zu lassen. Aber hat er uns auch nur einen einzigen brauchbaren Hinweis geliefert? Nein! Er sagte bloß, Corbe sei von ›diplomatischem Interesse‹ und die ganze Angelegenheit äußerst delikat.« Voller Zweifel in seinen müden Augen blickte er mich an. »*Ihr* seid doch nicht gekommen, damit ich weiter stillhalte? Ich untersuche diesen Fall seit Tagen ›im Stillen‹ und komme damit keinen Schritt weiter. Wir wissen nur, dass ihm jemand in der Weststadt die Kehle durchgeschnitten hat.«

»Ich muss Euch etwas gestehen – nein, nicht das«, fügte ich hastig hinzu, als sein Gesicht sich aufhellte. »Man hat mich zwar aus dem Palast zu Euch geschickt. Aber zuvor kam ich aus Silberkap.«

Das Leuchten in seinen Augen ließ nach. »Ihr seid ein verdammter Spion.«

»Nein, nicht nur ein Spion.« In knappen Worten erläuterte ich ihm, was mich hergeführt hatte. Dass der Ermordete ein Leibdiener von Rylam war. Dass Rylam Lisana ersucht hatte, seinen Anspruch auf Sonnenkap zu unterstützen. Und von dem halb vollendeten Infernozauber in der Nähe des königlichen Schlafgemachs.

»Der Zauber wird gestört, Rylam trifft ein, Rylams Diener wird in einem Stadtviertel aufgefunden, wo er überhaupt nicht hingehört. Warum?«

»Sagt Ihr es mir«, forderte er mich auf. »Bei den Träumen, ich hasse Politik.«

»Dann haben wir eines gemeinsam. Und was Eure Frage angeht, Ihr wisst jetzt ebenso viel wie ich.«

Es folgte ein langes Schweigen, währenddessen mich sein wachsamer Verstand einzuschätzen versuchte. »Für einen Agenten seid Ihr ziemlich direkt.«

»Wenn jemand im Palast der Königin Infernozauber wirkt, sollte man sich nicht lange mit Umwegen aufhalten.«

»Gute Einstellung. Also schön, was wollt Ihr?«

»Im Augenblick möchte ich erfahren, warum dieser Diener sich in der Weststadt aufhielt.«

»Habt Ihr etwas Zeit?«

»Da dies vermutlich die einzige Spur ist, die ich habe – ja. Reichlich.«

Wachtmeister Janyvir Reshin war ein Mann, der seine Verbrechen gern bis ins Detail aufklärte, wie ich bald feststellte. Äußerlich gab er sich wie ein Gammler. Seine Uniform war seit Jahren nicht gereinigt worden und wirkte daher so proper wie ein Hund, der sich gerade im Dreck gewälzt hat. Sein Büro schien im Müll zu ersticken, der über Tisch und Boden verstreut war. An einer Wand hatte er Bilder, Karten und komische Diagramme aufgehängt, die mich an Spinnen erinnerten und ebenso gut in einer fremden Sprache hätten abgefasst sein können.

Unabhängig von seinem abstoßenden Äußeren und seiner Lebensweise bemerkte man bei genauerem Hinsehen rasch, dass der wahre Janyvir nicht so chaotisch war, wie der erste Eindruck nahe legte. Er war schlank, weil er tagsüber durch die Straßen marschierte. Seine Hände zeigten Schwielen vom

Schwerttraining, und seine Augen waren hellwach, weil sie Akte um Akte studiert und Dinge gesehen hatten, die gewöhnlichen Sterblichen niemals aufgefallen wären. Er bewegte sich wie eine aufgeregte Taube, die auf Futter hoffte. Ständig ging sein Kopf hin und her, weil er überall Gefahren befürchtete, während der restliche Körper vor Spannung beinahe auf und ab hüpfte. Ja, es bestand kein Zweifel: Wachtmeister Janyvir war das personifizierte Quecksilber.

Nachdem seine Männer keinen Hinweis auf den Mörder gefunden hatten und der Palast strenges Stillschweigen geboten hatte, hatte er den Fall daher persönlich übernommen.

Wir begannen in einem schlichten, kleinen Raum, in dem die Kisten bis zur Decke gestapelt waren. Janyvir zog eine Kiste von ganz oben herunter, stellte sie unsanft auf einen leeren Tisch und hob den Deckel ab.

»Hier habt Ihr Euren Mann. Sehr unmoderne Kleider ausländischer Machart.«

»Sonnenkap, ja«, bestätigte ich, als er das Bündel weißer, blutbefleckter Kleider herausnahm. Als einziges Wüstenreich in der Leere hatte Sonnenkap seinen ganz eigenen Kleidungsstil. Selbst auf Reisen schienen seine Bewohner sich instinktiv wenigstens für Hochsommer, wenn auch nicht gerade für die Wüste zu kleiden.

Ich sah zu, wie er in der Kiste herumkramte.

»Ein Beutel, leer aufgefunden.«

Ich nahm den kleinen, unhandlichen Beutel zur Hand und drehte ihn nach allen Seiten. Er war schmucklos und ausgesprochen unpraktisch.

»Ein Fläschchen grüner Tinte, gerade erst geöffnet.«

»Grün?«

»Und noch etwas.« Vom Boden der Kiste zog er eine Geldkatze hervor, die er hin und her schwenkte, damit ich die Münzen darin klirren hörte. »Ein Geldbeutel – *voll.*«

Ich nahm das Säckchen entgegen. »Zur Hölle!«

»Ganz meine Meinung. Welcher Mörder greift jemanden an, stiehlt, was in seinem Beutel steckt, lässt aber das Geld liegen? Was *war* in diesem Beutel, wenn es viel wertvoller als Geld war?« Janyvir lächelte humorlos. »Und dann befiehlt der Palast mir Stillschweigen. Also mehr als ein normaler Mord. Geradezu eine Hinrichtung.«

»Von einem sehr dummen Killer verübt. Die guten nehmen *immer* das Geld mit, damit es wie ein Raubmord aussieht.«

»Oh, der Mörder ist sogar noch interessanter. Ihr seid hoffentlich nicht zimperlich.«

Ich bedachte ihn mit einem langen Blick von der Seite. »Wenn Ihr vorschlagen wollt, dass ich mir kurz vor dem Essen eine Leiche ansehe, vergesst es. Gebt mir einfach eine Zusammenfassung.«

»Wie Ihr wollt. Man hat die Leiche drüben in der Weststadt gefunden. Jemand hatte dem Mann die Kehle durchgeschnitten, aber das war noch nicht alles. Es gab keinen Hinweis auf einen Kampf. Niemand konnte sich an einen Hilfeschrei oder einen Aufschrei erinnern, und der Mann war kräftig gewesen. Ein ziemlich flacher Schnitt im Dunkeln hätte ihn nicht umbringen sollen.«

»Er war demnach schon auf andere Weise ermordet worden?«

»Ja. Und dann hat ihm jemand völlig amateurhaft die Kehle durchtrennt, damit es wie ein normaler Überfall aussieht.«

»Wollt Ihr damit sagen, dass er durch Magie umgekommen ist?«

»Haargenau. Kennt Ihr einen Magier, der ihn gern tot gesehen hätte?«

»Da fällt mir nur einer ein, der mit ihm in Verbindung stand«, meinte ich, als ich Rylams Gefolge durchging. »Aber der hatte bestimmt kein Motiv. Außerdem wurde derjenige beschattet. Ihr wisst sicher besser als ich, welche magiebegabten Killer sich in der Stadt aufhalten.«

Er dachte nach. »Ein paar aus dem Reich der Alpträume vielleicht. Ein oder zwei Magier, die nicht ins Kolleg aufgenommen wurden, haben sich dem Bösen verschrieben.«

»Ich wünsche eine Liste aller magiebegabten Bewohner, die sich möglicherweise dem Bösen zugewandt haben.«

»Das geht nicht so schnell. Wie viele Killer kennt Ihr, die sich unter einem echten Namen und ihrer wahren Adresse registrieren lassen?«

»Irgendwo müssen wir schließlich anfangen.«

Der Himmel nahm eine rosa Tönung an. Die Palastglocken riefen schon zum Abendessen, als ich in mein Zimmer zurückkehrte.

Nach dem Umziehen bemerkte ich mein Spiegelbild und hätte angesichts des Fremden, den ich dort sah, beinahe aufgelacht. Das war nicht der intrigante Abgesandte des Konsortiums, der mit allen Wassern gewaschen war, sondern ein Herr in den feinen Gewändern des Palastes. Mit all dem Silber und der blauen Seide wirkte ich wie ein echter Höfling. Dabei hatte ich stets einen Dolch im Gürtel stecken und kannte jeden erdenklichen Trick, um einen Gegner zu Fall zu bringen. Dennoch gab ich mich gerade mal wieder für einen wahren Edelmann aus.

Achselzuckend machte ich mich auf die Suche nach etwas Essbarem.

Lisana tanzt gern und auch ganz ordentlich. Daher strahlte der große Saal, den ich als Steinhalle mit langen Tafeln in Erinnerung hatte, die dem Rang gemäß abgestuft waren, im Licht der vielen Kronleuchter. Er verfügte über eine hohe Galerie für die Musikanten und eine geräumige Tanzfläche, auf der sich die Höflinge bereits vergnügten. Ganz am Ende stand ein Thron, der von schlichteren Stühlen umgeben war, welche – wie so häufig – weit komfortabler waren. An den Wänden entlang hatte man Tische mit köstlich arrangierten Speisen aufgestellt.

Es wimmelte nur so von großen Namen in glänzenden Gewändern, doch es war ein Leichtes, die Alten und die Jungen unter den Tänzern zu unterscheiden. Die älteren Höflinge, welche die Invasion der Alpträume nach Haven überlebt hatten, traten immer noch ungeniert in den extravaganten Roben auf, die der vorherige König geschätzt hatte. Jüngere, die sich als Lisanas neue Generation betrachteten, bevorzugten raffiniertere Kleidung, die ähnlich klar geschnitten war wie meine. Dennoch waren sie ein zusammengewürfelter Haufen. Jedes Königreich pflegte seine eigenen Vorlieben, und dies trat nirgendwo deutlicher zu Tage als an diesem Treffpunkt der Gouverneure und anderer offizieller Besucher.

Ich schlüpfte im Schutz der Menge in den Saal, so dass der arme schlüsselgebundene Mann, der die Eintretenden bekannt gab, die Übersicht verlor und mich überging. Anschließend harrte ich in Wandnähe aus, denn ich bin kein überwältigender Tänzer. Erneut zahlte sich diese »Taktik des kleinen Mannes im Hintergrund« aus. Wer mich bemerkte, übersah mich einfach und drehte sich nicht noch einmal nach mir um. Diese Art Unauffälligkeit war mir sehr recht, als ich mich beim Essen bediente. Es war delikat serviert – Lisana litt wirklich an einem Übermaß an gutem Geschmack –, doch ich konnte mir nicht vorstellen, dass all diese Häppchen, Küchlein und appetitlich angerichteten Fischscheibchen den ganzen Saal sättigen konnten.

»Probiert ruhig. Es wird Euch bestimmt schmecken.«

Ich drehte mich um und wollte schon widersprechen, doch ich blickte in das unbewegte Gesicht von Eisirrn. Mit unerklärlicher Leichtigkeit hatte dieser Silberhand-Koch sich flugs umgestellt und servierte der Nachfolgerin des alten Königs keine riesigen Braten mehr, sondern raffinierte, kostspielige kleine Törtchen.

Es war erleichternd, in der Menge ein freundlich gesinntes Gesicht zu entdecken, obwohl wir so tun mussten, als würden wir einander nicht kennen. Deshalb nahm ich den Keks mit der roten Sauce an, den er mir anbot. »Danke. Das Rezept ist sicher nicht einfach.«

»Allerdings«, sagte Eisirrn mit größtem Ernst. »Und wenn ich erst herausgefunden habe, wie es gemeint ist, werde ich es Euch gern verraten.«

Ich unterdrückte meine Enttäuschung. »Ihr könnt es nicht hier erklären?«

»Leider bin ich ebenso perplex wie Ihr.«

Er schlüpfte in dem Moment in die Menge, als eine Fanfare Lisanas Einzug verkündete. Zusammen mit dem Rest der Menge verneigte ich mich, verharrte in dieser Position und beobachtete aus dem Augenwinkel heraus, wie sie in aller Pracht durch den schweigenden Hofstaat stolzierte. Am Ende des Saals drehte sie sich anmutig um, verharrte einen kurzen Augenblick vor dem Thron und setzte sich. Zugleich winkte sie den Höflingen zu, sie dürften sich erheben. Es war ein perfektes Schauspiel königlicher Autorität, das jedem eindeutig klar machen sollte, wer hier das Sagen hatte. Die Musik hob wieder an, und die Gespräche wurden fortgesetzt.

Ich ließ die Königin nicht mehr aus den Augen, das war schließlich meine Pflicht. Ein dünner, aber beständiger Menschenstrom zog an ihr vorbei. Prahlerische Jünglinge buhlten um einen Moment ihrer Aufmerksamkeit (oder mehr), alte Ratsherren beugten sich vor, um ihr etwas zuzuflüstern, und entlockten ihr ein Stirnrunzeln oder ein Lachen, wenn sie den Gegenstand der Unterhaltung betrachtete.

Inzwischen nahm man auch von mir Notiz. Verschiedene ältere Fürsten hatten mich erkannt und stießen unter verstohlenen Worten ihre Nachbarn an. Ein paar der jüngeren, schlaueren Gouverneure schienen bereits eins und eins zusammengezählt zu haben, weil sie bemerkt hatten, wie stark die Magie in mir loderte – vermutlich auch, wie bekannt mir alle Abläufe bei Hofe waren.

Am Ende des Saals rührte sich etwas, worauf meine Augen sich wieder dem Thron zuwandten. Dort kniete ein junger Mann in Weiß vor der Königin. Sie schien seine drängenden Worte nur mit unverbindlichen Bemerkungen zu beantworten.

Dunkle Haare, dunkle Augen, braune Haut. Das musste Rylam sein.

Lisanas Augen wanderten kurz zu mir. Sein Blick folgte dem ihren. Da wusste ich, dass sie meine Anwesenheit in Haven erwähnt hatte. Quer durch den Saal musterte er mich einen langen Augenblick. Dann wandte er die Augen wieder ab, als hätte er sich das Gesicht seines Feindes hiermit gründlich eingeprägt und würde mich jetzt jederzeit wiedererkennen.

Nach einigen weiteren Worten erhob er sich und mischte sich unter die Anwesenden. Ich nahm mir noch ein paar Häppchen, während ich weiterhin alles beobachtete.

»Fürst Milan.«

»Fürst Rylam«, erwiderte ich, ohne mich umzusehen.

Ich hörte das kurze Luftholen und fühlte die kaum unterdrückte Besorgnis, die unter seinen ziemlich gewöhnlichen Zauberschilden hervorsickerte. Ohne mich umzudrehen, malte ich mir aus, wie sich seine Muskeln verspannten, und verspürte eine gewisse Befriedigung, ihn so leicht aus der Fassung gebracht zu haben.

»Die Königin hat mir mitgeteilt, weshalb Ihr hier seid. Ich hoffe, es geht Eurem Onkel bald wieder besser.«

»Tante«, stellte ich richtig, denn mir war vollkommen bewusst, dass er gerade mein Alibi überprüfte.

Noch ein unterdrücktes Atemholen, als ihm klar wurde, wie leicht ich dieses uralte Spielchen durchschaut hatte.

Dann ergänzte ich: »Das hoffe ich auch, doch es ist unwahrscheinlich. Wir sollten lieber hoffen, dass sie in Frieden stirbt. Aber ich brenne vor Neugier – warum hat die Königin mich erwähnt?«

»Ach, nur als ehemaligen Bürger meines Königreiches.«

›Meines‹ Königreiches? Das deines Bruders, meinst du wohl. Überstürze nur nichts, Kleiner. Lisana hat dir nur von meiner Herkunft erzählt, damit ich einen Vorwand habe, mit dir zu sprechen. Fertig, aus.

»Ich fürchte, das ist lange her.«

»Nicht so lange«, entgegnete er, als wären die paar hundert Jahre gar nicht von Belang. »Eure Familie kommt gut zurecht, wie ich höre. Auf dem Land sind die Milans angesehene Leute.«

Nur nicht wegen ihrer Magie.

»Das freut mich.«

»Ich hoffe, wir sehen uns wieder. Dann könntet Ihr mir von Euren faszinierenden Taten erzählen.«

»Taten?«, gab ich zurück, weil das Wort mir auffiel. Irgendwie passte es nicht zu meiner eigenen Definition von den zahlreichen unangenehmen Ereignissen, in die ich hineingeraten war. Aber vermutlich musste ich mich damit abfinden.

Nachdem Rylam mir taktvoll seine Enttäuschung darüber gezeigt hatte, dass er den Held nicht aus der Reserve locken konnte, zog er weiter. Ich sah ihm nach. Shael hatte Recht, entschied ich. Dieser Mann war zu höflich, zu nett, zu charmant, um wahr zu sein. Jeder muss mindestens eine Schwäche haben, und je besser diese versteckt ist, desto wahrscheinlicher ist es eine üble Kehrseite.

»Man sagt, Ihr wärt ein großer Magier.«

Eine junge Frau, etwas größer als ich, mit neckisch gesenktem Kinn und Stupsnase stand vor mir. Sie starrte mich an, als hätte ich ein hinterhältiges Verbrechen begangen, und sie wolle nun das Urteil über mich sprechen.

»Das sagt man mir auch, aber ich ziehe es vor, nichts auf das Gerede zu geben.«

In ihren Mundwinkeln zuckte der Anflug eines Lächelns, das sie rasch unterdrückte.

Unwillkürlich erwiderte ich ihren Blick. Was war so besonders an ihr, das mir zugleich so vertraut vorkam? Etwas in mir rebellierte heftig. Und mein Handgelenk begann zu jucken; je mehr ich es ignorierte, um diese Frau zu mustern, desto schlimmer wurde es. Sie war jung, sehr jung, doch sie strahlte eine entschlossene Selbstsicherheit aus, die ich bei Frauen ihres Alters selten erlebt hatte.

»Ist es wahr, dass Ihr Euch in eine träumende Prinzessin verliebt habt?«

»Nein, zumindest das eine stimmt nicht.«

»Was?«

»Das mit der Prinzessin.«

Sie zog die Brauen hoch. »Ihr habt Euch in eine Träumerin verliebt?«

»Damals kam es mir nicht wie Liebe vor.«

»Das ist bei der Liebe immer so«, befand sie. »Erst wenn sie verflogen ist und man ohne Wind in den Segeln herumdümpelt, merkt man, wie sehr man vom Atem der Geliebten abhängig geworden ist.«

Ich kämpfte gegen eine Vielzahl von Reaktionen auf dieses überkandidelte Zeug an. Meine Gefühle reichten von mitleidigem Beipflichten bis hin zu Ungläubigkeit. Waren das wirklich ihre eigenen Worte? Ungerührt und mit neutraler Stimme erwiderte ich: »Das dürfte so zutreffen.«

Ich merkte, dass ich mich dort kratzte, wo die Narbe hätte sitzen sollen, und hörte abrupt damit auf. Der Grund, weshalb sie mir so bekannt vorkam, musste auf der Hand liegen, doch noch immer begriff ich nicht.

»Miriam?«

Ein Mann, der voller Magie steckte, löste sich aus der Menge. Ich erkannte Xavian in ihm, den Magier, der mit Rylam aus Sonnenkap an den Hof gekommen war. Er war ein ganzes Stück älter als Miriam, aber kaum älter als ich. Als er mich wahrnahm, erstarrte er ganz kurz, ehe er seinen Schützling am Arm nahm und sanft, aber nachdrücklich von mir fortzog.

»Miriam, ich habe überall nach dir gesucht«, schalt er. »Guten Abend, Fürst. Ich hoffe, Ihr nehmt keinen Anstoß an meiner Freundin. Sie ist noch ein wenig instabil.«

Ich sah ihm nach, als er sie in die Menge lenkte.

Obwohl das unnatürliche Jucken jetzt nachließ, drehte ich mein Handgelenk um. Ich wollte sehen, wo ich mich gekratzt hatte. Meine Fingernägel waren unbemerkt so tief eingedrungen, dass es blutete. Kleine Tröpfchen formten eine Art Perlenschnur, wo Rennas Messer mich geschnitten hatte. Bei diesem Anblick wurde die Wunde unvermittelt eiskalt, und in meinen ganzen Arm schienen sich Messer hineinzubohren. Der Schmerz kam so plötzlich, dass ich die andere Hand auf den Schnitt drückte, wodurch die unnatürliche, blutige Linie sofort verschwand.

Allein die Bewegung meiner Hand hatte die Kratzer heilen lassen. Jede Spur des Blutes war verschwunden.

Du bist also immer noch hinter mir her – wer du auch sein magst.

Ich atmete einmal langsam durch und blickte auf, um mich zu vergewissern, dass niemand diesen Zwischenfall bemerkt hatte.

Warum jetzt? Wann hat der Juckreiz begonnen?

Als Miriam in meine Nähe kam.

Aber warum? Was ist an Miriam besonders? Wie hat sie es ausgelöst?

Halt mal. Es hat schon vorher einmal gejuckt, als ich von einem Ort auf der Erde träumte.

Ich suchte in der Menge nach ihr, bis ich sie entdeckte. Sie stand neben dem Magier und unterhielt sich mit ernstem Gesicht mit einem Paar aus einem Handelsreich nahe der Grenzen des Reichs der Alpträume. Als ich meine magischen Augen auf sie richtete, nahm ich es wahr – das vertraute Schimmern der Unwirklichkeit, das die Träumer kennzeichnet.

Fast hätte ich vor Überraschung aufgeschrien. Im Nu rief ich meine Magie zurück. Eine Träumerin! So real und stabil wie Renna. Vielleicht noch eine Komapatientin?

Aber damit eine Träumerin so stabil wurde, musste sie hier in der Leere etwas oder jemanden finden, das oder der *ihrem* Traum entspricht, *ihren* Gedanken unten auf der Erde.

Es war ebendiese Nähe, die den Träumern Realität verlieh, bis sie unter uns kaum noch auffielen.

Aber wenn sie im Koma liegt, versteht sie dann, was sie sein könnte? Ich hatte meine Zweifel. Wenn Miriam das Ausmaß ihrer Kräfte ahnte, würde sie kaum mit einem Magier von zweifelhaftem Ruf in Haven herumhängen. Dazu die Art, wie sie mich befragt hatte ...

»Ihr habt Euch in eine Träumerin verliebt?«

Was hatte das zu bedeuten? Sie hatte gehört, dass Laenan Milan sich mit einer Träumerin eingelassen hatte, und erhoffte sich nun Ratschläge von mir? Träumer waren mehrheitlich die instabilsten Wesen in der Leere, weil sie nicht wussten, wohin sie wollten oder woher sie kamen. Sie vergaßen praktisch alles und hüpften nur gedankenschnell von einem Ort zum anderen.

Komaträumer bewahrten immerhin einen halbwegs zurechnungsfähigen Geist. Doch Renna war die Erste, der ich je begegnet war, die ihre wahren Kräfte genutzt hatte.

Sie ist noch ein wenig instabil, hatte der Magier gesagt. Hieß das, Miriam war auf der Suche nach dem, was eine Träumerin in ihrem Zustand tatsächlich vermochte?

Gewiss wusste niemand außer mir und Renna, wozu Komapatienten in Wahrheit fähig waren. Andere hatten sich an ihr festgehalten, als sie uns im Handumdrehen durch die Leere in die Schlacht um Haven transportiert hatte. Aber *ich* war derjenige gewesen, der sie zu der gemacht hatte, die sie war. *Ich* hatte die Visionen von einem Ort auf der Erde gehabt, an den die Träumer kamen, die nie mehr erwachten. *Ich* war derjenige gewesen, der ihren körperlichen Tod mitgeträumt hatte, während ihr Geist weiterlebte.

Wollte dieser Magier, der so besitzergreifend zu Miriam hinüberblickte, dasselbe Rätsel lösen, das ich geknackt hatte?

In diesem Moment beschloss ich, Miriam rund um die Uhr von mindestens einer verdammt guten Silberhand beobachten zu lassen.

Der Abend nahm seinen Lauf.

»Ach, dann hoffe ich, dass es Eurer Tante bald besser geht!«

»Ja, es wäre doch entsetzlich, wenn etwas Schlimmes geschehen würde.«

»Wie steht's denn in Sturmkap?«

»Wie ich höre, sind die Karawanen wieder teurer geworden, obwohl wir doch den Krieg gewonnen haben.«

»Reiner Wahnwitz. Die Leere ist so sicher wie seit Jahren nicht mehr.«

Ich hasse euch alle. Warum sitze ich hier mit so verblendeten, selbstzufriedenen Schmarotzern wie euch? Bestimmt nicht wegen Lisana, wahrscheinlich auch nicht um des Guten und des Lichts willen, wie gern ich das auch glauben würde. Aber wenn ich die Qual eurer Gegenwart um meinetwillen ertrage, kann ich auch gleich aufgeben.

Ich setzte ein Dauerlächeln auf und nickte weiterhin allen in der Runde wohlwollend zu. Dem reichen Kaufmann mit seiner dünkelhaften Frau (»Oh, Ihr seid also Laenan Milan! Welche Überraschungen die Leere doch birgt.«) Dem alten Gouverneur, der die Gesetze erklärte. (»Das war natürlich lange vor Eurer Zeit, aber ich erinnere mich gut, wie wir diesen

Schurken aus Schwertkap gezeigt haben, wer hier wer ist.«) Und seinem jungen Erben, der gerade genug von Geschichte wusste, um sich zu erinnern, dass der Krieg zwischen Schwertkap und Haven doch sehr, sehr lange her war – wenn sein Vater also nicht schon in der nächsten Woche tot umfallen würde, war er doch jedenfalls schon ziemlich altersschwach.

Ich hasse euch alle. Ich hasse euer Getue, eure Arroganz, euren blinden Glauben an die eigenen Fähigkeiten.

»Ich bekomme bald diese Lieferung aus Baumkap.«

»Aber wenn der Gouverneur nun nicht liefert?«

»Er wird.«

»Aber wenn nicht?«

»Ach was, er wird.«

Dennoch lächelte und lauschte ich weiter, denn das war meine Aufgabe und letztlich für einen guten Zweck. Wie ich mir gern einredete.

Doch gegen Mitternacht, als mein Kopf von zu viel Alkohol benebelt war und ich mit nur halb ausgezogenen Stiefeln auf dem Bett lag, war ich immer noch keinen Schritt weiter. *Es steckt noch mehr dahinter.*

Mit dem Infernozauber, der Lisana drohte, oder mit Sonnenkap hat es wohl nichts zu tun. Aber mit dem, was mir zugestoßen ist. Ich beschloss, beides als völlig getrennte Vorfälle zu behandeln, auch wenn ich mittlerweile eine gewisse Verbindung vermutete. Silberhände glauben nicht an Zufälle, und zumindest diese Regel zählt zu meinen Grundüberzeugungen.

Mich greift etwas an, das sich für Renna ausgibt – nennen wir es ›R‹. R verletzt mich mit einem Messer, übt irgendeine Magie mit Hilfe meines Blutes aus, ich werde dabei ohnmächtig – danke, Laenan, dass du wenigstens während der nützlichen Teile noch wach warst.

Als ich wieder zu mir komme, ist die Verletzung spurlos verheilt, aber das Blut an meinen Kleidern beweist, dass ich oder zumindest irgendwer tatsächlich verwundet wurde.

Immer noch keine Verbindung zu Sonnenkap bis auf ein ziemlich unwahrscheinliches, zeitliches Zusammentreffen.

Ich treffe in Haven ein. Dort begegnet mir eine Träumerin, und sofort reagiere ich. Frage: Habe ich unterwegs andere Träumer getroffen und auf sie reagiert? Ich dachte darüber nach. *Nein. Also könnte meine Reaktion auf Miriam einfach eine Reaktion auf alle Träumer sein, die durch das ausgelöst wird, was R mir angetan hat. Womit sich die nächste interessante Frage ergibt: Was hat R getan, warum hat R es getan, und, wichtiger noch, ist es gefährlich?*

Wenn es nicht gefährlich ist, wozu dann die Entschuldigung? Und überhaupt, was kann ich dagegen tun? Ich kann nicht etwas nachjagen, was es nicht gibt. Ich kann nicht mit Magie etwas aus meinem Blut vertreiben. Meine Magie liegt mir im Blut. Das wäre, als würde man versuchen, ein Staubtuch mit ebendiesem Staubtuch abzustauben. Aber obwohl R vermutlich gefährlich ist, bin ich noch nicht durchgedreht, oder? Außerdem sah es aus wie Renna, redete wie Renna und fühlte sich an wie Renna. Wenn es also Renna war, muss sie ihre Gründe gehabt haben. Das sollte mich wohl trösten. Die Probleme: Zu viel zu tun und nicht genug Zeit, Macht und Kunstfertigkeit oder grundlegendes Verständnis dazu!

Renna, ich hoffe inständig, dass du selbst in mir steckst.

In dieser Nacht träumte ich von Heimweh. Jedenfalls dachte ich das zunächst.

Ich war überrascht, als ich in einem geradezu magischen Wald erwachte – oder sollte ich besser sagen »schlief«? Er ähnelte Sturmkap so sehr, dass ich einige Sekunden lang beinahe glaubte, ich wäre wieder zu Hause. Ich sah den Fluss, in dessen Wellen sich das Sonnenlicht spiegelte, wenn sie über die Kiesel hüpften. Auch die hohen Bäume waren da und die Tiere, die in den grünen Tiefen des Waldes verschwanden.

Dann hörte ich Menschen lachen. Ein junges Mädchen

brach in der Nähe aus dem Unterholz. Sie kicherte über einen Scherz, den sie gerade jemandem zugerufen hatte, der noch unsichtbar war. Sie kniete sich neben mich an den Fluss und spritzte sich Wasser ins erhitzte Gesicht, ohne meinen Blick zu bemerken. Nach einer Weile jedoch verging ihr der Schabernack. Verwirrt sah sie sich nach rechts und links um. Das überraschte mich nicht. Menschen können uns normalerweise nicht sehen, sofern sie nicht das zweite Gesicht haben, aber mitunter spüren sie es, wenn wir sie anschauen. Wir sind der kühle Windstoß, die Augen aus dem Nichts, das Flüstern in der Nacht. Sie blickte durch mich hindurch und runzelte die Stirn, als würde sie sich für ihre kindischen Impulse rügen.

Ganz außer Atem und über das ganze Gesicht grinsend, tauchte ein Mann aus dem Wald auf. Das Mädchen lachte bei seinem Anblick, sprang auf und flitzte zu ihm, um ihn bei der Hand zu nehmen. Ich merkte, wie ich mich fragte, *was* ich da eigentlich gerade träumte. Es gibt Zeiten, wo man sich selbst ohne Körper lieber nicht einmischt.

Da erschütterte ein Schrei den Frieden des Waldes. Eine zweite Frau kam mit weit aufgerissenen Augen angelaufen. Den Ausdruck auf ihrem Gesicht möchte ich nicht noch einmal sehen. Bei ihrem Anblick konnte ich mich nicht rühren, so dass sie mitten durch mich hindurch in die Arme der anderen stürzte.

»Was ist denn los?«, rief das junge Mädchen. Es schrie geradezu. Sein Gesicht war angstverzerrt.

»Mary«, keuchte die andere Frau.

Das Paar wechselte einen Blick, als würde sie eine schreckliche Vorahnung erfassen und sich festsetzen.

»Kommt schnell«, flehte die Frau.

Instinktiv wollte ich sie tröstend berühren, aber meine Hand glitt durch sie hindurch. Die geisterhafte Berührung erschütterte sie womöglich noch mehr, denn diesmal erschauerte sie und brach in Tränen aus, die sich schon die ganze Zeit angestaut hatten.

Sie liefen los, den Hang hinauf und in den Wald. »Oh, lieber Gott«, keuchte der Mann, »mach, dass sie keine Dummheit getan hat!«

Ich folgte ihnen, bis ein Bungalow mit Holzveranda in Sicht kam. Ehe ich sehen konnte, wo sie ins Haus verschwunden waren, wurde mir auf der Treppe plötzlich der Weg versperrt. Die größte, schwärzeste Katze, die ich je gesehen hatte, war aus dem Nichts vor mich gesprungen und hatte mich zu Tode erschreckt. Den Schwanz grüßend erhoben, fixierte sie mich. Katzen können uns körperlose Fremde ebenso gut erkennen wie wir die Träumer.

»Miez, Miez«, murmelte ich, obwohl meine Stimme in jener Welt nicht zu hören war. Ich wollte das Tier streicheln, auch wenn ich wusste, dass meine substanzlosen Finger einfach hindurchgleiten würden. Sofort fuhr eine Tatze vor. Sie fegte durch die Luft und landete in meinem Handgelenk, obwohl dies körperlos war.

Nach diesem Angriff hätte die Katze angesichts dieses Eindringlings, der durch Wände spazieren konnte, wegspringen müssen. Stattdessen wendete sie sich mit geradezu menschlichem Blick ab und stolzierte scheinbar zielgerichtet davon.

Doch wie überrascht war ich! Dieses Wesen aus einer anderen Welt hatte in die Luft geschlagen. Seine Tatze war durch meinen Arm geglitten, als wäre dieser nicht da, aber dennoch fühlte ich Schmerzen! In keinem meiner Träume von der Erde hatte ich je körperliche Gefühle gehabt, doch das hier, das war Schmerz!

Da wusste ich, was für ein Wesen dies war. Ein Gestaltwandler, ob Freund oder Feind. Jemand, der mir etwas mitteilen wollte, das ich wissen musste – nur was? Oder jemand, der mich quälen und täuschen wollte ...

»Was?«, schrie ich lautlos. »Was ist das? Wer bist du?«

Aber meine Umgebung wurde düster. Eine zweite Welt bildete sich im Hintergrund der augenblicklichen. Ich erkannte die Anzeichen. Die Pein der Menschen war so groß gewesen, dass sie mich weckte. Ich versuchte, dagegen anzukämpfen, weiterzuschlafen. Wie es jedoch so ist, wurde ich immer wacher, je mehr ich mich wehrte.

Die Erde verblasste vollständig. Den Kopf voller Fragen erwachte ich in Haven. Irgendwo im fernen Ozean meines sich überschlagenden Verstandes hörte ich ein schwaches Beben, als ob eine Katze vor Wonne schnurrte.

Und meine weißen Laken wiesen rote Flecken auf, Blut, das aus meinem leicht angeritzten Handgelenk quoll.

Heilmagie ist nicht mein Hauptgebiet, doch auf diese Schramme sprach ich eilig den stärksten Zauber, den ich kannte. Ich konzentrierte mich mit einer Kraft, die ich an mir gar nicht kannte. Glücklicherweise reagierte die Wunde sogleich, was mich wiederum irritierte. Der feurige Magieausbruch, der durch mein Blut gerast war, hatte sich zehnmal so stark angefühlt wie der einer Heilerin. Als die Haut sich wieder zusammenfügte, bis nur noch ein langer, roter Streifen zeigte, was in der Nacht geschehen war, schien die Magie dies mit einer Klarheit zurückzubringen, die ich noch nie erlebt hatte. Die Welt wirkte irgendwie heller, die Geräusche deutlicher, die Gerüche – bei den Träumen, ich roch tatsächlich frisch gebackenes Brot! Ich hörte sogar, wie mein Nachbar ein Zimmer weiter sich im Schlummer umdrehte.

Es war ebenso wundersam wie erschreckend. *Ich muss Rs Zauber aus meinem Körper vertreiben. Das alles ist unnatürlich.*

4. KAPITEL
EIN TAG IN HAVEN

Als ich am nächsten Morgen den Palast verließ, trug ich meine schlichten Reisekleider, mit denen ich in der Menge untertauchen konnte. Sie waren geradezu auffällig unauffällig, so dass selbst Rinset mich nicht augenblicklich entdeckte. Er bot vor den Palasttoren einen Korb Käse feil, ein richtiger kleiner Verkaufsstand, alles im Namen der Spionage. »Und Ihr, werter Herr?«, erkundigte er sich, als ich nahte.

»Wie viel?«

»Für Euch, werter Herr, halbiere ich den Preis. Jedes Stück zwei Kupfermünzen.«

Ich händigte ihm die Münzen bereitwillig aus, denn ich wusste, ich würde sie zurückbekommen. Dann fragte ich: »Was könnt Ihr mir empfehlen?«

»Ich rate Euch zum Wasserkapper Roten«, meinte er und deutete auf ein sauber eingewickeltes Stück. Ich folgte seiner Empfehlung, schob den Käse in meine Tasche und verabschiedete mich mit einem Nicken.

Das war der leichte Teil meiner heutigen Aufgabe. Nach einer guten halben Meile ließ ich mich auf einem hübschen kleinen Platz im Schatten eines Feigenbaumes nieder. Ringsherum standen hohe Wohnblocks, aus deren Fenstern Wäsche zum Trocknen herabhing. Zwei Kinder beobachteten mich von ihrem Balkon aus, irgendwo schlug ein Hund an, und die Stimmen der Händler, die einander zu überschreien suchten, schienen von weit her zu kommen.

Das alles kam mir so normal vor. Die kleinen Begegnungen in Verkleidung, die Suche nach einem Versteck vor aller Augen, das jedem misstrauischen Mann so offen erscheint, dass niemand es überwachen würde. Ich merkte, wie ich bereits in die Gewohnheiten zurückfiel, die ich in meinen ersten Jahren in Silberkap gelernt hatte. Die Dächer nach Zeugen absuchen, regelmäßig auf der Straße nach demselben Paar Stiefel Ausschau halten, das einem überallhin folgt, überprüfen, ob in irgendeiner Ecke jemand versteckt ist. Ich hatte mal wieder einen Fall, und die Aussicht auf eine Jagd ließ alle alten Instinkte zurückkehren.

Nachdem ich das Päckchen ausgewickelt hatte, verzehrte ich den Käse und las ohne große Hoffnungen den Zettel, den Rinset hineingeschmuggelt hatte. Es war Shaels Kurzbericht über Rylam.

Subjekte sind im obersten Gang des Gästeflügels untergebracht. Rylam wohnt mit seiner Dienerin Corinna zusammen. Der Zauberer Xavian teilt das Zimmer mit Miriam.

Mein Verstand überschlug sich. Miriam war die Geliebte von Xavian? Dem Magier, der sie so fluchtartig von mir weggeführt hatte?

Rylam hat um Zugang zur Bibliothek der königlichen Schreiber gebeten, wo er sich zusammen mit Corinna den größten Teil des Tages aufhält. Der Bibliothekar meint, Rylam würde den Stammbaum aller Herrscher von Haven erforschen, einschließlich ihrer entfernten Verwandten. Miriam und Xavian halten sich tagsüber ständig unter einem Reflektorschild auf.

Der Bericht war mit einem hastig hinzugekritzelten Postscriptum versehen worden.

Gestern Abend ging Rylam betrunken in Xavians Zimmer, wo er unter einem Reflektorschild verschwand. Eine halbe Stunde später kam er schwer mitgenommen wieder heraus.

Seine Kleider hingen in Fetzen. Wenn Rylam schlecht ist, muss Xavian noch schlimmer sein.

Heute Morgen zeigte er seine Verletzungen der Palastheilerin, wollte ihr aber nicht verraten, wer er war.

Dieser Bericht war brauchbar – oder auch nicht. Shael hatte richtig gehandelt, indem sie mir einfach mitteilte, was geschehen war. Aber *jemand* musste aus ihren Mitteilungen seine Schlüsse ziehen. Ich hatte das unangenehme Gefühl, dass dieser Part mir zufallen sollte.

Vorläufig jedoch wuchs mein Interesse an Rylam. Warum widmete er sich der Geschichte von Haven? Und warum sollte Xavian ihn angreifen? Seufzend steckte ich den Zettel ein und machte mich auf die Suche nach Janyvir.

Er bedachte mich mit einem seiner prüfenden Blicke – und einer üblen Überraschung.

»Kann ich davon ausgehen, dass Ihr Typen aus Silberkap etwas über diesen anderen Toten wisst?«

Entgegen allen Traditionen in der Stadt der Träume hatte es in dieser Woche einen zweiten Mord gegeben.

»Man hat ihn gestern am späten Abend entdeckt. Ein Stich ins Herz. Meine Jungs nennen ihn Klopper.«

»Alles klar. Also ein großer Kerl, der aussieht, als könne er mit einer Faust eine Wand einschlagen.«

Janyvir zögerte, ehe er hinzufügte: »Allerdings glaube ich, wir sollten beide Fälle als einen behandeln.«

»Tatsächlich? Wieso?«

Es polterte, als er eine Kiste aus dem Stapel zog. »Werft mal einen Blick drauf, könnte Euch interessieren.«

Ich sah den Inhalt durch. Einfache, leerefeste Kleider mit Blutflecken. Mehrere Messer, von klein und handlich bis hin zu großen Fleischmessern. Dazu eine Reihe aneinander hängender Lederriemen, mit denen ich überhaupt nichts anfangen konnte. »Was ist denn das?«

»Messerscheiden. Der Gute hatte sich von oben bis unten mit verborgenen Messern ausstaffiert. Außerdem glauben wir, dass er ein Magier war. Einige seiner Sachen waren mit Schutzrunen versehen.«

»Könnte er der Mörder von Corbe sein?«

Janyvir zögerte. Er wollte nicht Ja sagen, aber er sagte auch nicht Nein. Es war zum Auswachsen, wie ähnlich er mir war.

»Nicht, wenn der Palast glaubt, dass es bei Corbes Mord um diplomatische Angelegenheiten ging«, meinte er nachdenklich. »Dazu sieht dieser zweite Mord zu ungeschickt aus.«

»Wisst Ihr, wo Klopper wohnte?«

»Keine Ahnung.«

»Prima.«

»Müssen wir immer noch Stillschweigen bewahren?«, wollte er wissen. »Keine Plakate mit der Aufschrift: ›Wer kennt diesen Mann?‹ Keine Festnahmen?«

»Bitte.«

»Typisch. Ihr Hofschranzen seid doch alle gleich.«

»Unsinn. Ich gehöre zu den Netteren«, betonte ich. »Also – wo hat man die Leiche gefunden?«

Es war ein kleiner Park in der Weststadt, ganz hübsch ohne die Umgebung, die alle Schönheit zunichte machte – die schweren Eisenketten an den Toren der größeren Häuser, die Bauweise, bei der die Fenster erst im ersten Stock begannen oder alle Erdgeschossfenster zugenagelt waren. Die Greife, die pausenlos auf der Suche nach Verdächtigen über einem kreisten. Der Rauch aus allen umliegenden Schmieden. Das Lachen der beiden betrunkenen Soldaten, die durch den Park wankten, bis sie stehen blieben, um eine Statue anzupinkeln. Angewidert sah Janyvir ihnen zu.

»Im Umkreis von Kasernen verkommt einfach alles«, murrte er verbittert. »Dazu kommt noch ein Haufen Händler aus dem Reich der Alpträume, und Ihr wisst ja, wie die sind. Solange sie hier sind, halten sie sich an die Gesetze, aber eigentlich müsste man sie schon für ihre Gedanken verhaften.«

»Die Leiche«, mahnte ich.

Er führte mich an eine Parkbank zwischen einigen Bäumen. Das alte, gesplitterte Holz wies noch Blutflecken auf. Es war ein sicherer Ort für einen Mord – abseits von etwaigen Zeugen, aber tagsüber so friedlich, dass kaum jemand darauf kam, des Nachts hier Streife zu gehen.

»Was hatte er hier zu suchen?«

»Woher soll ich das wissen?«, gab Janyvir erstaunt zurück, als wäre diese Frage völlig hirnrissig.

»Ratet einfach.«

»Was würdet Ihr hier machen, Silberhand?«

Ich runzelte die Stirn und enthielt mich der Antwort. Stattdessen spazierte ich einmal um den kleinen Park, um das Zeichen zu suchen, das meiner Intuition nach unbedingt hier sein musste.

»Wenn Ihr das sucht, wonach ich gesucht habe, das ist da drüben.« Janyvir deutete auf einen Steingarten in der Nähe. Ich ging hin und hockte mich vor ein paar Steine, zwischen denen wuchernde lila und rosa Blumen um den besten Platz in einem Flecken Sonnenlicht wetteiferten.

Die Vögel zwitscherten, doch hinter mir hörte ich den Kies knirschen. Janyvirs Stimme erhob sich: »Nachdem ich das gefunden hatte, war eine Nachricht vom Palast wegen des ersten Mordes wohl unvermeidlich.«

Ich schob ein Blatt beiseite und starrte das grüne Zeichen an. Es war mit dicker Tinte auf einen der Steine gemalt. Und darunter befand sich ein kleiner lila Kreis – ein klassisches Gegenzeichen.

»Eine Rückmeldung.« Ich seufzte. »Damit wird die Sache noch komplizierter.«

»Was haben wir nun?«, fasste Janyvir zusammen, als wir vom Schauplatz des Verbrechens abzogen, zwei Gestalten, die von ihrer schweren Last niedergedrückt wurden. »Corbe kommt in die Weststadt hinaus, um sich mit jemandem zu treffen.«

»Wollte er ihm Dokumente übergeben?«

»Deshalb der leere Beutel«, stimmte er zu. »Das Zeichen, dass sein Partner bereit und alles sicher ist, war der lila Fleck. Er malt ein grünes Kreuz dazu, um ihm mitzuteilen, dass auch bei ihm alles in Ordnung ist. Die beiden sehen das jeweilige Zeichen des anderen, und die Begegnung findet statt. Nur kommt etwas dazwischen.«

»Es bleibt die Frage«, überlegte ich, »ob der zweite Mann die Dokumente bekommen hat, bevor der Mörder Corbe erwischt hat.«

»Wollen wir wetten?«

Ich dachte nach. »Halbe, halbe. Das Codesystem war plump – schlechter Lieferant. Der Mordversuch allerdings war ebenfalls plump – schlechter Mörder. Die beiden hatten einander verdient.«

»Gut«, folgerte Janyvir. »Die Dokumente werden nicht übergeben, weil hier nur ein Toter gefunden wurde, nicht zwei.«

»Fragwürdige Beweisführung. Der Erste könnte früher eingetroffen sein. Er wurde getötet, der Mörder flieht, der Zweite kommt, findet seinen Partner tot vor –«

»Also wurden die Dokumente nicht erfolgreich übergeben«, wiederholte Janyvir nachdrücklich. »Folgt mir mal – und der Mörder hat sie bekommen. Von wem wurde dann der Mörder – Klopper – ermordet?«

»Vorausgesetzt, Klopper war überhaupt der Mörder.«

Wir verfielen in langes, sinnendes Schweigen und bald, wie ich bemerkte, auch in Gleichschritt. Irgendwie ließen dieselben Gedanken uns automatisch einen Polizistenschritt annehmen, und schließlich versuchten wir, einander in der Pose der Wache, welche die Last der Welt trägt, zu übertrumpfen.

»Eine Fährte habe ich noch«, beschloss ich endlich.

»Dieser Rylam?«

»Genau. Allerdings bezweifle ich, dass ich aus dem etwas Brauchbares herausbekomme – der windet sich wie ein Aal.«

»Kannte außer ihm noch jemand Corbe?«

Ich musste lächeln. Rylam war ihm bereits eine Spur zu heiß. Wir waren wirklich ein großartiges Team.

»Möglich. Es heißt, dass Bedienstete nach einer Weile sehr vertraulich miteinander umgehen.«

Kurz nach der Mittagszeit kehrte ich in den Palast zurück, wo ich durch den Lieferanteneingang hineinschlüpfte und mir dabei Zeit ließ. Ich hatte darauf geachtet, über zahlreiche Umwege zum Palast zu laufen, und sogar ein paar Unschuldsmienen-Zauber gewirkt, wenn ich durch belebtere Gegenden kam. Nachdem ich im Palast eingetroffen war, machte ich mich auf die Suche nach der einzigen anderen Person in Haven, die etwas über Corbe wissen dürfte, Rylams Leibdienerin Corinna. Mein instinktives Wissen über die Anlage des Palastes – wichtige Gäste oben, aber weitab von der Königin, unten die Küchen und andere Arbeitsbereiche – führte mich ohne größere Schwierigkeiten zu den Gemächern der Besucher aus Sonnenkap.

Xavians Raum war am auffälligsten, denn er war von einem dicken, gut aufgezogenen Reflektorschild umgeben, und Lisana, die ein feines Gespür für gute Manieren und viel Verständnis für Konventionen hatte, hatte nicht versucht, ihn zu durchbrechen. Ich hielt meine eigene Neugier im Zaum, weil ich wusste, wie schwer es sein konnte, an bestimmten Abwehrzaubern vorbeizukommen, ohne einen Aufstand zu verursachen.

Auch Rylams Zimmer war durch einen Reflektorschild geschützt, doch dieser war brüchiger. Er reichte aus, um meine Sonden abzuwehren, unternahm aber nichts gegen die einfachste Lösung der Welt. Ein häufiges Problem bei diesen magischen Abwehrgeschichten! Also kniete ich mich keck vor das Schlüsselloch und spähte blinzelnd hinein. Wenn ich mir große Mühe gab, sah ich immerhin einen Umkreis von zehn Grad.

Gegenüber am Fenster stand jemand in einem weißen Gewand. Ob noch jemand da war, konnte ich nicht erkennen, aber es gab eine Möglichkeit, es herauszufinden.

Ich stand auf, klopfte kurz an und rannte eiligst ans andere Ende des Gangs. Kaum war ich um die Ecke gebogen, da ging auch schon die Tür auf. Ich wartete angespannt, wirkte einen raschen Unschuldsmienen-Zauber und bog so beiläufig wie möglich um die Ecke, die Augen auf den Boden geheftet, die Hände in den Taschen, ganz in Gedanken.

Eine Frau steckte den Kopf zur Tür heraus und blickte irritiert nach rechts und links. Der Unschuldsmienen Zauber wirkt normalerweise so, dass die Leute einen nicht bemerken. Diesmal hatte ich ihn absichtlich schwach gewirkt, damit Corinna mich zwar im Augenblick gut erkennen konnte, später aber Schwierigkeiten haben würde, mich genauer zu beschreiben.

Einen Augenblick dachte ich, sie würde nicht darauf hereinfallen. Dann jedoch fragte eine Stimme, die von ständiger Anspannung erschöpft war: »Entschuldigung, habt Ihr vielleicht jemanden gesehen?«

Ich blickte auf, als wäre ich verstimmt, dass man mich aus meinen Gedanken riss. »Wie bitte?«

Sie verbeugte sich. Dann richtete sie sich wieder auf und teilte mir mit, dass jemand an die Tür geklopft hätte.

»Ich habe den Haushofmeister gesehen, falls Euch das weiterhilft.«

»Oh. Vielen Dank.« Die Tür ging wieder zu.

»Corinna.«

Die Tür verharrte, ehe sie sich wieder weiter öffnete. Corinna war eine typische Vertreterin von Sonnenkap – sehnig, nicht groß, von der Wüste gebräunt und abgehärtet.

»Ihr kennt mich?«

»Wo ist Rylam?«

Diese Frage schien sie erstarren zu lassen. Vielleicht war es mein Tonfall gewesen. »Er ist in der Bibliothek.«

»Erwartet Ihr ihn bald zurück?«

»Mein Gebieter teilt mir seine Pläne nicht mit. Ich gehorche einfach.« Darauf schien sie recht stolz zu sein.

»Darf ich hereinkommen? Ich war es, der an Eure Tür geklopft hat. Ich wollte Euch allein sprechen.«

Das hatte ich nicht sagen wollen. Eigentlich hatte ich weniger direkt vorgehen wollen. War vielleicht die Nachwirkung des Morgens mit Janyvir.

»Warum wünscht Ihr das?«, erkundigte sie sich kühl. Diese Frau hatte ich offensichtlich auf dem falschen Fuß erwischt.

»Ich gehöre der Stadtwache an. Ich interessiere mich für den Mord an einem Mann, der in der Weststadt aufgefunden wurde.«

Ein Hauch von Zweifel huschte über ihr Gesicht, aber mehr auch nicht – ein Hauch. »Wie kommt Ihr darauf, dass ich Euch behilflich sein könnte?«

»Weil auch er Eurem Herrn gedient hat.«

Anstelle einer Antwort reckte sie mir trotzig ihr Kinn entgegen. Ich begriff, womit ich es zu tun hatte. Jemand wie sie folgte seinem Herrn bis in den Tod und war noch stolz auf das eigene, sinnlose Schweigen. Schwätzer, die es nicht besser wissen, behaupten, Schweigen sei Gold. In meinem Metier ist das Gegenteil der Fall.

»Hört mal«, sagte ich, so vernünftig wie möglich, »ich weiß, wie prekär Rylams Lage hier ist. Er bittet um Hilfe für ein Königreich, das Haven bisher immer nur ein Dorn im

Fleisch war. Lisana zieht seine Bitte überhaupt nur wegen Sonnenkaps wirtschaftlicher Bedeutung in Erwägung, und weil es gegenüber den Alpträumen strategisch günstig liegt.

Wenn sie Eurem Herrn jedoch eine Abfuhr erteilt, ist er ihr auf Gedeih und Verderb ausgeliefert. Und ich weiß, dass Lisana nicht darüber erhaben ist, sich auf diese Weise potenzieller Feinde zu entledigen. Der Mord an diesem Leibdiener – an Corbe – und die Entdeckung des Infernozaubers könnten sie endgültig davon überzeugen, dass das Risiko Rylams Wert übersteigt.

Außer natürlich, wenn ich beweisen kann, dass die wahre Bedrohung von Rylams Bruder ausgeht. Dass Euer Kollege von Feilim umgebracht wurde. Denn«, ich lächelte viel sagend, »sehen wir es doch mal nüchtern: Wenn Feilim eine reine Weste hat und kein Tyrann ist, der das Reich der Träume bedroht, hat Rylam ein echtes Problem.«

Sie rührte sich lange nicht, sondern prüfte, welche Wahl ihr blieb. Schließlich entschied sie sich für das Vernünftigste. »Tretet ein.«

Als die Tür hinter mir zufiel, bemerkte ich sofort die beunruhigende Gegenwart fremder Zauber. Ich reduzierte meine eigene Magie auf ein Minimum und widerstand tapfer dem Drang, den inneren Reflektorschild niederzureißen.

»Und?«, verlangte sie schließlich.

»Und?« Ich wollte, dass sie den ersten Schritt tat, auch wenn ich ihr Widerstreben wahrnahm. In ihrer Lage wäre es mir ebenso gegangen.

»Was wollt Ihr wissen?«, grollte sie, nachdem ihr klar war, dass ich nicht nachgeben würde.

»Was hatte Corbe in der Weststadt zu suchen?«

Sie schüttelte den Kopf. »Das weiß ich nicht.«

»Oh, kommt schon! Er muss Euch doch etwas gesagt haben!«

»Ich weiß es nicht! Er ist einfach verschwunden.«

»Mit Geld, einem Beutel voller Dokumente und einem Zeichencode? Haltet mich doch nicht zum Narren. Ich weiß Bescheid, wie das in Sonnenkap läuft. Die Diener sind ihren Herren lebenslang verpflichtet, sie haben keine Wahl. Wer den Gouverneuren dient, ist entweder ein Sklave oder jemand, der nirgendwo anders hinkann. Er hat keine Alternative, sofern sein Herr es nicht gestattet. Rylam muss gewusst haben, dass Corbe etwas vorhatte. *Ihr* müsst es gewusst haben.«

»Nein! Vielleicht dachte Corbe, er könnte in Haven ein neues Leben anfangen«, stammelte sie. »Vielleicht hat er deshalb das Geld genommen.«

»Und die Dokumente und das Nötige, um einen Kontakt herzustellen?«, fuhr ich sie an. »Mitternächtliche Verabredungen sind nicht gerade der beste Weg, ein neues Leben anzufangen. Sofern ... Hat er Rylam vielleicht erpresst? Vielleicht hat Rylam seinen eigenen Gefolgsmann ermorden lassen, weil – ach, was weiß ich, warum. Vielleicht wusste er etwas, das Rylam Angst machte. Vielleicht war Rylam mit der falschen Frau ins Bett gestiegen oder hat einen ›Unfall‹ für die falsche Person arrangiert. Ist das so, Corinna? Hat Corbe seinen eigenen Herrn erpresst?«

»Ich – nein!«

»Was dann?« Sie antwortete nicht, sondern sah mich vor Wut und Hilflosigkeit zitternd an, während ich noch eins obendrauf setzte. »Wenn Corbe Rylam nicht erpresst hat, aus welchem Grund ist er dann in die Weststadt gegangen? Wie könnt Ihr behaupten, dass keine Erpressung im Spiel war, wenn Ihr nicht wisst, was er wirklich vorhatte? Woher wisst Ihr, dass Rylam nicht seinen eigenen Leibdiener umbringen ließ?«

»Mein Gebieter ist ein guter Mann!«, brach es plötzlich aus ihr heraus. »Gut und ehrenhaft! Corbe war auch ein guter Mann. Als Junge diente er meinem Gebieter als Page, später als Knappe und dann hundert Jahre lang als Leibdiener. Corbe hat Rylam ebenso sehr geliebt wie Rylam Corbe!«

Ich entspannte mich ein wenig und atmete aus – ich hatte gar nicht gemerkt, dass ich die Luft anhielt. Corinnas Ausbruch klang ehrlich. Sie war zu aufgewühlt, um mir eine überzeugende Lüge aufzutischen, und es war nicht ungewöhnlich, dass Herr und Diener sich nach so langer Zeit sehr nahe standen.

»Gut«, lenkte ich daher freundlich ein. »Ich glaube Euch. Rylam hat Corbe nicht ermorden lassen. Corbe hat nicht versucht, Rylam zu erpressen. Aber was hatte er dann vor? Er trug einen Dokumentenbeutel und Geld bei sich. Für wen waren die Briefe bestimmt? Und was war mit dem Geld?«

»Ich weiß es nicht«, flüsterte sie mit Tränen in den Augen.

»Hört mal, ich sehe, dass der Tod von Corbe Euch zu schaffen macht« – *und ich bohre auch noch darin herum* –, »aber wenn Euch Euer Herr am Herzen liegt, ist es wichtig, dass ich beweise, dass er nichts mit der Sache zu tun hatte. Wenn Feilim wirklich Killer geschickt hat, dann kann ich sie nur finden, wenn ich sie verstehe. Und dazu muss ich wissen, warum sie Corbe umgebracht haben.«

»Das weiß ich nicht«, wiederholte sie.

»Ich glaube, doch«, mahnte ich so sanft wie möglich. »Ich glaube, Ihr versucht, jemanden zu decken. Corbe? Rylam? Wen wollt Ihr schützen?«

Ihre Schultern strafften sich. Offenbar war ich zu weich geworden. Solange sie wütend und durcheinander gewesen war, hatte ich sie lenken können. Als ich die Kontrolle wieder abgegeben hatte, war sie zu sich gekommen.

»Ich habe Euch nichts mehr zu sagen. Mein Herr hat Corbe nicht getötet. Ich weiß nicht, was Corbe in der Weststadt zu suchen hatte. Er hätte meinen Gebieter *nie* verraten.«

»Dennoch ist es das Beste, wenn Ihr mir alles erzählt«, murmelte ich, obwohl ich wusste, dass meine Worte auf taube Ohren stoßen würden. Ich hatte ihr bereits zu viel verraten und sie zu weit geführt. Dabei hatte ich meinen Vorteil eingebüßt.

»Ich habe nichts zu sagen.«

»Oh doch. Ihr gebt es nur nicht preis.«

Ihr Gesicht verhärtete sich, und die Augen wurden starr. Bedauernd drehte ich mich um und ging. Es würden noch andere Gelegenheiten kommen. Ich konnte warten. Je länger man wartet und der Feind weiß, dass man da ist, aber nichts gegen einen unternehmen kann, desto stärker wird man. Grausam, aber wahr. Ich würde warten. Vorläufig. Im Warten war ich sehr gut.

An diesem Abend gab es wieder einen Ball. Während ich mich im Randbereich des Ballsaals aufhielt, wartete ich wieder einmal, dass die Leute zu mir kamen. Zusehen, warten, nachdenken.

Ich fing Lisanas Blick auf, als ich am Thron vorbeikam, doch falls sie mich etwas fragen wollte, zeigte sie es nicht. Außerdem hatte unsere illustre Königin nicht die Gewohnheit, andere zu fragen. Sie erwartete, dass wir taten, was uns aufgetragen wurde, und dann ungefragt Bericht erstatteten.

»Fürst Milan, dürfte ich Euch kurz sprechen?«

Mit einem entschlossenen Lächeln auf den Lippen drehte ich mich um.

Rylam stand hinter mir. »Seid Ihr wirklich hier, um Eure Tante zu besuchen?«

»Warum sollte ich sonst den halben Tag in der Weststadt verbringen?«

»Es ist allgemein bekannt, Fürst, dass Euch die Sicherheit der Königin am Herzen liegt. Wenn Ihr hierzu etwas wissen möchtet, fragt mich doch gern direkt.«

»Was wollt Ihr damit andeuten?«, erkundigte ich mich so ungerührt wie möglich.

»Meine Dienerin hatte heute Nachmittag Besuch. An das Gesicht des Mannes kann sie sich einfach nicht erinnern, selbst seine Haarfarbe ist ihr entfallen.«

Ich zwang mich zu einem Lachen – und war enttäuscht, wie leicht es mir fiel. *Bei den Träumen, bin ich wirklich so ein guter Lügner?*

»Ich bin hier, weil meine Tante im Sterben liegt, Prinz Rylam. Sie hat keine Kinder, und ihr Mann ist schon lange tot. Als ich damals nach Haven kam, war sie die Einzige, die sich um mich gekümmert hat, und das möchte ich ihr nun vergelten. Die Zeiten, in denen ich für die Träume gekämpft habe, sind lange vorüber.«

»Wirklich? Dabei heißt es, Ihr wärt noch keine sechshundert Jahre alt. Da habt Ihr doch gewiss noch dreihundert vor Euch.«

»Dreihundert Jahre, die ich in Ruhe und Frieden verbringen möchte. Derjenige, der Eure Dienerin aufgesucht hat, hatte sicher einen guten Grund dafür. Zum Beispiel Euren Schutz. Außerdem den Schutz der Königin und letztlich das Gedeihen der Träume.«

»Meinen Schutz?«, wiederholte er. »Ihr meint, vor den Killern meines Bruders?«

»Unter anderen«, murmelte ich.

»Wieso anderen?«

Ich zwang mich zu einem Lächeln und richtete mich auf. Er war zwar ein gutes Stück größer als ich, aber ich wollte ihm den Eindruck vermitteln, das Gespräch sei beendet. »Ich weiß es wirklich nicht. Manchmal brauchen wir vielleicht sogar Schutz vor uns selbst. Ich hoffe übrigens, die Heilerin konnte Euch helfen.«

Er zuckte nicht mit der Wimper. Wie Corinna zuvor verzog er keine Miene. »Einen schönen Abend noch.« Er machte auf dem Absatz kehrt und verschwand in der Menge.

»Sehr eindrucksvoll«, kommentierte Xavian, der sich ganz in der Nähe aufgehalten und so getan hatte, als würde er nicht lauschen.

Ich bedachte ihn mit einem knappen Blick, denn ich wollte mir noch eine Scheibe Fleisch nehmen, ehe ich weiter den Tänzern zuschaute. All die wirbelnden Farben, die Männer und Frauen, denen gar nicht bewusst war, dass es eine Welt jenseits der Mauern ihrer prächtigen Herrenhäuser und luxuriösen Paläste gab.

»Ich weiß nicht, womit ich dieses hohe Lob verdient habe«, wehrte ich ab. »Aber dennoch vielen Dank.«

»Ich habe Euch dazu gratuliert, wie gut Ihr den harmlosen kleinen Kerl spielt.«

»›Den harmlosen, kleinen Kerl‹?«, wiederholte ich hin- und hergerissen zwischen dem Entzücken über diese Preisung meiner schauspielerischen Fähigkeiten und dem Schock der Erkenntnis, dass dies genau das Bild war, das ich hatte vermitteln wollen.

»Ach, kommt schon. Ich weiß, wer Ihr seid. Ein überaus mächtiger Magier, der Spielchen mitmacht, an denen Ihr eigentlich gar nicht teilnehmen wollt. Der unfreiwillige Spieler lässt sich immer am wenigsten von den Zielen blenden, die er anstrebt.«

»Ihr meint, mir sei ein geheimer Plan aufgezwungen worden?«

»Das ist mein Eindruck. Wäre es sonst nicht ungewöhnlich, dass ein Experte für Sonnenkap, ein mächtiger Magier und sogar ein Patriot, so bald nach einem Anschlag auf das Leben der Königin in Haven eintrifft?«

»Fast so merkwürdig wie Eure Ankunft ein wenig zuvor mit den entsprechenden Folgen.«

»Fast.«

Ich warf Xavian einen Seitenblick zu, als sähe ich ihn zum ersten Mal. Er hielt sich aufrecht wie ein Pokerspieler und zeigte ebenso wenig Gefühle. Nie ließ er den wogenden Ball aus den Augen und stand zugleich so groß und stolz da, als wäre er bereit, sich auf die Welt und ihre blinde Voreingenommenheit zu stürzen und dabei sogar noch zu siegen.

»Woher stammt Ihr?«, erkundigte ich mich.

Er bedachte mich mit einem scharfen Blick. Zweifellos fragte er sich, wieso ich das plötzlich wissen wollte. »Aus Sonnenkap.«

»Seid Ihr dort geboren?«

»Ja.«

»Und Eure Eltern, woher kamen die?«

»Ah.« Während er lächelte, schweiften seine Augen wieder durch den Saal. »Ich fürchte, nun ist das Bild vom harmlosen, kleinen Kerl zerbrochen.«

»Ich kenne Sonnenkap«, fuhr ich mit fester Stimme fort. »Ich weiß zwar, dass es stets Ausnahmen gibt, aber Ihr seid einfach nicht von dort. Ihr seid zu … anders.«

»Zu gute Manieren? Zu magierhaft?«, schlug er vor. Wenn das ironisch gemeint war, so war es nicht zu erkennen.

»Mir lag ›gerissen‹ auf der Zunge. Trotz des geringen Nationalstolzes, den ich als ehemaliger Bewohner von Sonnenkap durchaus hege.«

»Ich fühle mich geschmeichelt. ›Gerissen‹ – und das von Laenan Milan persönlich! Davon werde ich noch meinen Enkeln erzählen.«

»Woher stammt Ihr?«, beharrte ich.

»Meine Mutter ist aus Sonnenkap. Sie war eine unbedeutende Magierin, von der ich den Großteil meiner Kunst gelernt habe. Mein Vater kommt aus Feuerkap. Er hat mir den Rest beigebracht. Ich habe beide ewig nicht gesehen.«

Damit hatte er bereits genug verraten. Feuerkap war ein Königreich der Alpträume, das dafür berüchtigt war, besonders kriegerische Schwarzmagier hervorzubringen. Obwohl ich mich normalerweise vor Generalisierungen hüte, halte ich Schwarzmagier zu neunundneunzig Prozent für dämliche Mistkerle. Hier vor meinen Augen stand ein Verbrechen, das nur darauf wartete, zu geschehen.

5. KAPITEL

VERBINDENDES UND TRENNENDES

In meinem Traum kannte ich den Ort. Ein Bungalow, völlig abgeschieden vom Rest der Welt, mit dem ihn nur ein staubiger Feldweg verband. In der Ferne hörte ich einen Fluss murmeln, und der Wald reichte bis dicht an den Garten heran, wo der Hund der Familie eifrig dabei war, ein Gemüsebeet umzubuddeln.

Hier war ich schon gewesen, aber dieses Mal war niemand zu sehen. Nachdem ich beschlossen hatte, dass dies mein Traum sei, also zum Teufel mit den Manieren, schwebte ich auf der Suche nach Menschen direkt durch die Wände ins Haus hinein.

Dort herrschte das helle Chaos.

Hastig geleerte Küchenschubladen, ausgeräumte Schränke, deren Inhalt überall auf den Tischen und sogar auf dem Boden herumstand. Ein gebogenes Gerät, das meines Wissens wie eine elektronische Kontaktaufnahme funktionierte, nur weniger privat und ohne Magie, baumelte an einem langen Draht von einem Apparat an der Wand herunter. Ein unablässiges Wimmern drang heraus, wie von einer gefangenen Fee, die zu entkommen suchte.

Ich starrte eine Kiste an, einen der wenigen Gegenstände, die ich tatsächlich verstand. Rundherum lagen Verbandsmaterial und Merkblätter mit Anweisungen für Notfälle. In meiner Welt kannte ich so etwas als Kräuterfraukiste. Sie war für Erste Hilfe gedacht, und jemand hatte ungewöhnlich eilig darin herumgekramt. Einige Schachteln mit Aufschriften wie »Nurofen« oder »Anadin« lagen überall verstreut. Sie trugen strenge Warnhinweise wie »Die empfohlene Tagesdosis darf nicht überschritten werden.«

Dann verließ ich die Küche und begab mich ins Wohnzimmer, wo ich wieder die Katze vorfand. Sie starrte mich von der Lehne eines breiten Sofas aus an, ohne zu blinzeln. Nur die äußerste Schwanzspitze war in Bewegung.

Und da kam auch der Schmerz zurück. Dieses Mal hatte die Katze mich nicht einmal gekratzt! Ich starrte mein Handgelenk an. Drei exakte Spuren, die horizontal genau über der Stelle verliefen, wo R mich geschnitten hatte! Und wieder war der Schmerz wie eisiges Feuer. Ich versuchte, ihn wegzuwischen wie beim letzten Mal, aber das machte es höchstens noch schlimmer. Die Katze fauchte und sprang aus dem Zimmer. Ich lief ihr nach in den Garten, wo ich unvermittelt ins gleißende Sonnenlicht blinzelte, ohne etwas anderes erkennen zu können als lodernde Weiße ...

Es war die Stimme, die mich weckte. Und das Rütteln. Und das Gefühl, beobachtet zu werden, überall Augen, in jeder Ecke Augen, die so viel Substanz hatten wie ein Schatten und ebenso schwer zu vertreiben waren.

Obwohl der Schmerz schon gereicht hätte, um mich aufzuwecken. Der Schmerz und die Kälte.

Im Nu saß ich kerzengerade im Bett, hielt den Dolch, der unter meinem Kissen steckte, in der Hand und wollte meinem Angreifer den Garaus machen.

Lisana sprang höchst würdelos zurück und machte ein beschämtes Gesicht. Genau wie ich übrigens, denn ich hatte bereits Schwierigkeiten, mich zu erinnern, was mich so sehr erschreckt hatte und welcher Schmerz mich diese Nacht gepeinigt hatte.

»Es ist spät«, begann Lisana. »Ich wollte ja warten. Aber

wenn Ihr nicht zu einer angemessenen Zeit aufzuwachen geruht, ist das Euer Problem. Ich bezahle Euch nicht dafür, dass Ihr im Bett herumlungert.«

»Ihr hättet anklopfen können«, grollte ich. Ich war schweißnass. Die Laken waren vom vielen Herumwälzen zerknüllt, und der Dolch in meiner Hand erschien mir ziemlich peinlich.

»Glaubt Ihr etwa, das hätte ich nicht getan? Ich konnte nur nicht länger warten. Und da dies mein Palast und auch mein Königreich ist, konnte ich genauso gut eintreten.«

»Ich hatte einen schlimmen Traum von der Erde.« Die Erinnerung ließ mich erneut erschauern. »Ich fürchte, er hat sich übertragen.«

»Die Erde ist ein merkwürdiger Ort. Was habt Ihr mit Eurem Handgelenk angestellt?«

Ich warf einen Blick darauf. Eine ganz feine Blutspur verlief quer über das Gelenk. »Das war ich nicht.«

»Woher stammt dann der Schnitt?«

»Das weiß ich nicht.« Ich fuhr mit der Hand darüber und zauberte das Blut weg. Die Haut darunter war so heil wie an dem Tag meiner Geburt. »Ich bin allerdings mit einem scheußlichen Zauber in Kontakt gekommen«, sagte ich.

Das kaufte sie mir nicht ab. »Wie scheußlich?«

»Ziemlich scheußlich. Ich nahm etwas an, was nicht da war.«

»Ich dachte, Ihr wärt der Größte!« Ihre Stimme triefte vor Verachtung. Ein Teil von mir hätte gern geglaubt, dass hinter Lisanas aggressiver Miene echte Besorgnis steckte. Wenn ja, so war sie gut verborgen.

»Ist bestimmt nichts Wichtiges«, log ich. »Was führt Eure Hoheit zu dieser Stunde ins Schlafgemach ihres treuen Dieners?«

»Zieht Mantel und Stiefel an. Ich will Euch zeigen, was die Wachen heute Morgen entdeckt haben.«

Ich stand auf und gesellte mich draußen zu Lisana. Mein Pyjama zog einige Blicke auf sich, doch ich starrte einfach wütend zurück. Es duftete nach frisch gebackenem Brot, was merkwürdig war, weil die Küche weit von meinem Zimmer entfernt lag. Ich fand es auch kühler als sonst in Haven, aber das schob ich auf die Nerven. Theoretisch wusste ich, dass ich angesichts der Ereignisse dieser Nacht in Panik verfallen müsste, nur, was blieb mir übrig? Es war sicher nur eine Frage der Zeit, bevor der oder die mysteriöse R Anspruch auf das erhob, was in mir attackiert worden war.

Dann allerdings erwartete ich eine *echte* Entschuldigung.

Vor der Tür warteten zwei Wachen, die hinter uns hermarschierten, während die Königin eine Treppe hinunter, über einen Hof und eine zweite Treppe hinunter in einen großen Keller eilte.

Noch ehe wir an der Tür waren, sagte ich: »Hier ist jemand umgekommen.«

Ich hatte nicht absichtlich meine Fühler ausgestreckt. Doch jetzt, da ich meine Gedanken bewusst vorschickte, konnte ich die Soldaten spüren, die sich um den Leichnam versammelt hatten. Ich nahm sogar die emotionslose, schlüsselgebundene Magd wahr, die das Frühstück wegputzte, das ein schockierter Zuschauer von sich gegeben hatte.

Außerdem fühlte ich – *Rylam?*

Und dann die Eingebung, dass dies ... ein sehr schlechter Killer war? Aber wie sollte ein schlechter Killer unbemerkt in den Palast gelangt sein?

Ich drehte mich um, denn ich wollte die schwarzen Zeichen an der Wand untersuchen, in denen noch die Magie für einen Fluch leuchtete. Es war ein gemeiner Fluch – komplizierte schwarze Magie, die erhebliche Macht erforderte.

Es gibt zwei Arten von Zaubern. Die erste, die ich bevorzuge, richtet sich direkt auf mein Ziel und wirkt auf der Stelle ohne Wenn und Aber. Feinheiten wie einen Fluchtweg überlässt sie der Zukunft. Meine Vorstellung dabei ist, dass ich nur meinen Gegner besiegen muss, dann ergibt sich der Fluchtweg schon von selbst. Es ist bemerkenswert, wie wenig die Leute bereit sind, für einen toten Herrn zu kämpfen.

Die andere Sorte ist die, für die Symbole, Beschwörungen, Kreidezeichen oder Kerzen erforderlich sind. Sie wird zum Beispiel für Weissagungen benötigt, die zu den schwierigsten und gefährlichsten Zaubern zählen, die ein Magier sich vornehmen kann. Aber auch Mörder, die meinetwegen durch Magie ein Haus in Brand setzen, aber weit weg sein wollen, wenn es anfängt zu brennen, bedienen sich dieser Art Magie. Um etwas zu bewirken, muss man viel von magischen Symbolen und Schlüsseln verstehen. Außerdem muss eine Art Zünder in den Zauber eingebaut werden.

Doch wie sehr ich auch die Symbole an der Wand betrachtete, die vor Magie nur so strahlten, ich fand keine Spur von einem Zünder. Ja, hier handelte es sich um den Fluch eines Schwarzmagiers. Aber nichts daran deutete auf den kleinen Nebenzauber hin, der den Fluch aktivierte, nachdem sich sein Urheber entfernt hatte.

Entweder verfügte dieser Mann über ein ganz persönliches Magiesystem, das ich noch nie gesehen hatte, oder er war bereit, für seine Sache Selbstmord zu begehen. Oder ... der Zauber sollte nie vollendet werden.

Wozu ist ein Zauber gut, der nicht vollendet werden kann?

Ich gab es auf. Für manche Dinge braucht man professionelle Unterstützung. Glücklicherweise kam diese auf mich zu, kaum dass ich die Palasttore durchschritten hatte.

»Einen Käse, bitte.«

Rinset reichte mir einen Käse aus dem hinteren Bereich seiner Auslage, nahm mit einem Dankeslaut mein Geld an und setzte seine Arbeit fort, ohne mir in die Augen zu sehen.

Ich ertastete das Stück Papier, das zusammengefaltet unter dem Käse steckte, und ließ das Päckchen in meine Tasche gleiten.

»Ich wollte gerade zu Euch.«

Beim Aufschauen blickte ich in das Gesicht von Janyvir Reshin.

»Kennen wir uns?«, fragte ich, weil mir die Nähe der Palasttore sehr bewusst war. Ich hatte keine Zeit gehabt, Verfolger abzuschütteln, denn ich brauche mindestens fünf Straßen, viel Betrieb und eine Reihe Zaubersprüche, bis ich die allermeisten Beschatter los bin. Hier, wo ich eben erst auf die Straße getreten war, erregte ich natürlich Verdacht.

Eines musste ich ihm lassen, er reagierte sofort. »Oh, Verzeihung. Ich muss Euch verwechselt haben.«

»In zehn Minuten am Platz des blauen Mondes? Mitten im Labyrinth?«, prägte ich ihm ein.

»Ich wünsche Euch einen schönen Tag«, verabschiedete er sich mit einem angedeuteten Nicken. »Ich weiß, wie leicht man sich hier verläuft.«

»Zum Glück verlaufe ich mich nicht«, gab ich ungerührt zurück.

»Ebenso wenig wie ich.«

Gut. Dann weißt du, wie du durch das Labyrinth kommst.

Der Platz des blauen Mondes lag nur wenige Minuten vom Palast entfernt. Dort versammeln sich Gaukler, Illusionisten und Musikanten, um ein Publikum zu unterhalten, das sich aus allen Altersklassen zusammensetzt. Normalerweise ist immer eine Menge los. Es gibt große, aufwändige Geräte, an denen sich kletterfreudige Kinder austoben können, kleine Haine, wo sich erschöpfte Erwachsene gemeinsam erholen, und sogar einen Teich unter Trauerweiden mit zarten, silbrigen Blättern, hinter denen junge Pärchen erste Küsse austauschen. Doch ganz in der Mitte liegt ein ausgedehntes Labyrinth aus mannshohen, silbernen Büschen. Jahrhundertelang hatte das Konsortium sich dort getroffen, gleichermaßen aus praktischen Gründen wie aus Spaß. Man nahm einfach immer die zweite Biegung links, dann die erste rechts, bis man in der Mitte ankam. Jeder König und jede Königin von Haven war dabei geblieben – ich vermute, ihnen fiel einfach kein besseres Labyrinth ein.

Also drang ich problemlos durch die schmalen Wege vor, wobei ich an die vielen Male in der Vergangenheit dachte, wo ich schon hier gewesen war – manchmal mitten in der Nacht, um einen unerwarteten Kontakt herzustellen oder eine geniale Intrige auszuhecken. Hier war ich zu Hause.

Die Mitte des Labyrinths war wie üblich verlassen. Es gab hier ohnehin nichts Besonderes: eine Sonnenuhr, eine Bank und einen alten Pfirsichbaum. Die Früchte, von denen schon einige auf dem Boden lagen, waren essbar, doch ich war nicht hungrig.

Außerdem hatte ich meinen Käse.

»Was ist denn das?«

»Der Tagesbericht«, erwiderte ich, während ich die Nachricht sorgfältig durchlas und in eine Tasche schob. »Beschattung. Ich sehe, dass meine Freunde tun, was ich wollte.«

»Ich bringe Neuigkeiten«, begann Janyvir, während er sich neben mich setzte. »Ich wollte schon zu den Zauberern gehen und sie bitten, nach Euch Ausschau zu halten. Ein Glück, dass ich Euch vor dem Palast getroffen habe.«

Seine unausgesprochene Frage – *Was hattet Ihr im Palast zu suchen, und wieso tretet Ihr heraus, als würde das alles Euch gehören?* – beantwortete ich nicht. »Ein Glück«, bestätigte ich. »Ich nehme an, Ihr hattet einen Grund dafür?«

Den hatte er tatsächlich. Am Morgen war eine verzweifelte Frau in der Hauptwache aufgetaucht und hatte behauptet, ihr Mann sei durch Magie auf Abwege geraten.

»Ich wollte Euch eigentlich nichts davon erzählen, bis sie preisgab, dass ihr Mann erst vor kurzem aus Sonnenkap hergekommen war. Er hatte hier ›sein Glück machen‹ wollen.«

Hoffnungsvoll blickte ich auf. »Vor kurzem?«

»Vor drei Wochen.«

»Wachtmeister Janyvir, ich glaube, Ihr seid ein unbesungener Held.«

»Das sind wir wohl beide«, äußerte er zweifelnd. »Ich wusste gar nicht, dass Silberhände im Palast wohnen.«

Er hatte es beiläufig erwähnt, um mich zu überrumpeln, doch ich war gewappnet. »Oh, ich habe nur ein paar Nachrichten abgeholt, nichts Besonderes. Könnte ich wohl mit dieser Frau sprechen? Es ist möglich, dass ihr Mann mit einer Leiche zu tun hat, die heute früh im Palast aufgefunden wurde.«

Janyvir starrte mich erschüttert an. »Im Palast?«

»Ich erzähle es Euch später. Sobald ich mit dieser Frau geredet habe.«

Die tränenüberströmte Frau saß in Janyvirs Büro, wo ihr eine mitleidige Nymphe mit blauer Haut, die man extra zum »Einlullen« gerufen hatte, die Hand hielt. Schon der Name der Frau, Olma Kertoui, klang nach Sonnenkap. Sie musste ihre Geschichte alle paar Minuten unterbrechen, um händeringend ihre Tränen zu beherrschen, aber irgendwie brachte sie die Fakten halbwegs geordnet heraus:

In Sonnenkap, Herr Wachtmeister, war ihr Mann Borutn bei einem großen Magier in die Lehre gegangen. Dieser Zauberer hatte ihn nach Haven geschickt, Herr Wachtmeister, weil er in der umfangreichen Bibliothek im Herzen des Magierkollegs einige Bücher ausfindig machen sollte. Aber diese Schriften waren schwer zu finden, Herr Wachtmeister, und als er sie schließlich doch noch entdeckte, wollte die Bibliothek sie nicht verkaufen.

Borutn übermittelte seinem Meister diese Nachricht und

bat um neue Anweisungen. Sein Meister wies ihn an, das Buch notfalls abzuschreiben.

»Genau das haben wir getan, Herr Wachtmeister. Und dann, gestern Abend, saß mein Mann noch bis spät in die Nacht an der Arbeit, als ein richtiger magischer Sturm ihn packte und mitriss, einfach so. Ich hatte so furchtbare Angst, Herr Wachtmeister.«

»Was war denn das für ein Buch?«, erkundigte sich Janyvir.

»Der Carionillan.«

Janyvir warf mir einen fragenden Blick zu. »Sagt Euch das irgendetwas?«

»Nun, ich bin Magier«, gestand ich so bescheiden wie möglich.

Das überraschte ihn kaum. »Wisst Ihr, Ihr seht einfach so aus wie ein Magier. Nur ohne den Bart und die Weisheit.«

Diese Worte überhörte ich. »Der Carionillan ist ein Grundlagenwerk über die Ausrichtung und Verfeinerung von Zaubern, nichts weiter. Man benutzt es in den Magierschulen in den ersten Jahren, wenn die Schüler richtig kräftige, sauber gewirkte Zauber vollbringen sollen, aber es ist nicht notwendig. Eigentlich ist gar nichts Besonderes daran.«

»Mein Mann war sehr ergeben, werter Herr, und sein Meister war ein guter Lehrer. Wenn er eine Kopie des Carionillan wollte, dann erfüllte mein Mann ihm diesen Wunsch. Er hatte eine gute Handschrift«, fügte sie stolz hinzu.

»Wie heißt denn der Lehrmeister Eures Gatten?«, fragte ich.

»Xavian.«

Janyvir bemerkte mein promptes Erstarren. »Hat das etwas zu bedeuten?«, flüsterte er.

Ich nickte, ohne die Frau aus den Augen zu lassen. »Frau Kertoui, ich weiß, dass diese Frage Euch merkwürdig erscheinen muss, aber hat Euer Mann jemals lila Tinte verwendet?«

»Lila?«, wiederholte sie. »Nein, natürlich nicht.«

»Seid Ihr sicher? Absolut sicher?«

»Ja, da bin ich sicher.«

Ich holte tief Luft, konzentrierte mich auf das Bild in meinem Inneren und begann, die Hände zu bewegen, um den nötigen Zauber zu vollbringen.

Um der Frau willen blendete ich die Erinnerung an Blut und hervorquellende Eingeweide aus, sondern versuchte, den Toten im Keller so darzustellen, wie er lebend ausgesehen haben musste. Die Illusion neben mir nahm Gestalt an.

Ich hörte, wie sie nach Luft schnappte.

»Frau Kertoui, ist das Euer Gatte?«, vergewisserte ich mich, während ich mühsam das Bild aufrechterhielt.

»Ja«, hauchte sie.

Im Nu ließ ich die Illusion wieder verschwinden. »Danke. Das ist alles, was ich wissen wollte. Herr Wachtmeister?«

»Ich denke, ich weiß genug«, äußerte dieser ruhig, ohne mich aus den Augen zu lassen.

»Wir informieren Euch, sobald wir Genaueres wissen«, teilte ich der Frau höflich mit. Sie begriff, dass dies eine Aufforderung war, nun zu gehen, und stand auf.

»Wache!«, kommandierte Janyvir. Die Tür ging auf, und eine Wache erschien. »Bringt Frau Kertoui in die Küche. Gebt ihr etwas Warmes zu trinken und einen guten Platz, wo sie sich hinsetzen kann. Und macht die Tür hinter Euch zu.«

Wir behielten einander im Auge wie Hirsche, die sich zum Kampf anschicken, doch wir warteten, bis die Tür sich geschlossen hatte und die Schritte verklangen.

»Eigentlich habt Ihr Euch nie richtig vorgestellt«, stellte Janyvir schließlich fest. »Dem Mann am Empfang sagtet Ihr ›Lenian Manil‹, aber ich wette, das war ein Deckname. Wie heißt Ihr wirklich? Manchmal verrät doch bestimmt auch eine Silberhand ihren wahren Namen.«

Trotz der Spannung im Raum musste ich lachen. »In diesem Fall: Laenan Milan, der geheimnisumwitterte Herr der Magie, zu Diensten.«

Erneut zeigte sich die wahre Absurdität menschlichen Denkens. Er schnaubte ungläubig, so verrückt kam ihm diese Vorstellung vor.

»Ein berühmter Held, dieser Milan.«

»Berühmt, aber nur wenigen persönlich bekannt«, erwiderte ich leichthin.

»Also gut, *Milan*«, da war er wieder, dieser skeptische Ton, »erzählt mir, was hier los ist.«

Ich räkelte mich wie eine Katze, denn auch ein ungläubiger Zuhörer machte mir Spaß. »In chronologischer Reihenfolge? Xavian, der wackere Magier aus Sonnenkap, schickt Kertoui nach Haven, um ein Buch abzuschreiben, das bereits in jedem Klassenzimmer steht. Eine Woche später flieht Rylam mit seinem Magier, dessen Geliebter und zwei Dienern nach Haven. Was geschieht als Nächstes?«

»Einige Tage darauf wird einer der Diener, Corbe, in einem Teil der Stadt, wo er überhaupt nichts zu suchen hatte, tot aufgefunden. Bald darauf entdeckt man eine weitere Leiche, Klopper, der verdächtig nach einem Killer aussieht. Ein *dritter* Mann, Kertoui, verschwindet mitten in der Nacht ...«

»Und wird von ebendiesem Rylam im Palastkeller aufgefunden, wo Rylam gegen ihn kämpft und ihn tötet.«

»Fragen«, konstatierte Janyvir. »Wir kennen das Wie, das Wo und das Wann. Damit bleiben Warum und Wer.«

Ich sprang auf, um im Zimmer herumzulaufen. Janyvir hatte nach einem kleinen Wollknäuel gegriffen, auf dem er nervös herumknetete.

Er bemerkte meinen Blick. »He, Ihr lauft auf und ab, wenn Ihr Stress habt, ich zerrupfe meine Wolle. Na und?«

Da seufzte ich. »Fragen. Was wollte Corbe in der Weststadt?«

»Jemanden treffen und einen Tauschhandel durchführen.«

»Warum wurde Klopper ermordet?«

»Weil er Corbe ermordet hat?« Verzweifelt fügte er hinzu: »Wie ich solche Indizien hasse!«

»Wozu wurde Kertoui nach Haven geschickt?«

»Bestimmt nicht, um ein Buch abzuschreiben.«

»Aber seine Frau macht einen ehrlichen Eindruck. Habt Ihr das Haus durchsucht?«

»Das haben meine Jungs heute Morgen getan. Dort haben sie auch die Abschriften gefunden. Und genug Arbeit für mindestens zwei weitere Wochen.«

»Aber warum schickt Xavian seinen Lehrling mit einem so trivialen Auftrag nach Haven? Und zu so instabilen ... oh, oh.«

Wir erstarrten und sahen uns in die Augen.

Leise fragte Janyvir: »Ist dieser Xavian zufällig ein richtig berechnender Hund?«

»Es gibt keinen Beweis für unsere Annahme.«

»Aber es ist denkbar.« Jetzt erhob er sich, um beim Auf- und Ablaufen sein Wollknäuel zu zerpflücken.

»Wenn nun Xavian erkannt hat, dass sein Herr, Rylam, in Gefahr ist. Dass beide bald aus Sonnenkap fliehen müssen. Er schickt seinen Lehrling mit einem einfachen Auftrag voraus, der diesen ein paar Wochen in Haven festhält.

Zu gegebener Zeit trifft Rylam im Palast von Haven ein. Xavian wusste natürlich längst, dass die Königin einen kräftigen Schubser braucht, bevor sie Truppen in ein halbwegs befreundetes Königreich entsendet. Deshalb arrangiert Xavian es irgendwie so, dass sein Lehrling in den Palast gelangt, und schickt Rylam hin, der ihn vor den Augen zahlreicher Zeugen töten soll.«

»Perfekt. Damit ist Rylam aus dem Schneider.«

»Aber der Fluch«, murmelte ich. »Er hatte keinen Auslöser, das heißt, er sollte niemals ausgelöst werden.«

»Und das Messer des Mannes. Das war keine Mordwaffe. Bei den Träumen, er hatte sogar die Tintenflecken an den Händen.«

»Hätte Xavian tatsächlich den Tod seines eigenen Lehrlings veranlasst? Nur damit Rylam bei Hof besser dasteht?«

»Scheint so.«

»Aber wie konnte er den Fluch vorbereiten? Er war den ganzen Abend in seinen Gemächern. Und wie hat er Kertoui überhaupt in den Palast geschmuggelt?«

»Sagt Ihr es mir. Ihr seid der Magier.«

»Durch Magie kann man das nur vollbringen, wenn man von Ort zu Ort springt, indem man …« Meine Stimme wurde leiser. Wie konnte ich nur so blind gewesen sein?! »Was bin ich nur für ein Idiot«, murmelte ich. »Dass sie ihre Macht noch nicht kennt, bedeutet nicht, dass er sie nicht lenken kann.«

»Wer? Was?«

»Miriam«, fuhr ich schärfer auf, als ich beabsichtigt hatte. Ich war wütend auf mich selbst, auf Xavian und vor allem darauf, dass es immer noch nicht aufging. »Eine Komaträumerin, genau wie damals Renna.«

»Renna?« Er verstand überhaupt nichts.

»Eine Komaträumerin, die so schnell so weit hinausgeschleudert wurde, dass sie ihr irdisches Leben vollständig abstreifte und eine voll handlungsfähige, körperlose Träumerin wurde, die in Gedankenschnelle reisen konnte.«

»Und diese Miriam ist auch so etwas?«, stammelte er zutiefst verdattert.

»Nein! Wenn Miriam wie Renna wäre, würde sie sich nicht mit einem Fiesling wie Xavian abgeben. Aber dennoch kann er ihre Macht nutzen.«

»Kann er das?«

Seufzend bezähmte ich meine Selbstvorwürfe. »Wie wurde Haven damals von den Alpträumen befreit?«

»Die Kämpfer für die Träume nutzen …« Janyvir machte große Augen. »Sie nutzten die Teleportationsfähigkeiten der Träumer, natürlich!« Jetzt stand ein breites Grinsen auf seinem Gesicht. »Xavian benutzt eine Träumerin, um Kertoui in den Keller zu befördern. Kertoui bleibt dort, weil sein Meister sagt, es sei schon richtig so. Dann teleportiert Xavian in seine Gemächer zurück und schickt Rylam nach unten, damit er Kertoui im Kampf tötet. Damit macht er Rylam zum Helden und Kertoui zum gesichtslosen Killer.«

»Nur geht die Rechnung nicht auf«, rief ich aus. »Denn Xavian ist zwar gerissen, aber er hat mehrere Fehler gemacht. Erstens stammt Kertoui zu offensichtlich aus Sonnenkap. Zweitens hat der Fluch keinen Zündmechanismus. Es ist einfach *zu* zufällig, dass Rylam gerade rechtzeitig vorbeikommt, um Kertoui an seinem diabolischen Tun zu hindern. Außerdem hat Kertoui seine Frau mitgebracht, die vor lauter Schreck über das Verschwinden ihres Mannes prompt zur Wache läuft, weshalb wir unsere Schlüsse ziehen können. Allerdings«, fügte ich hinzu, »können wir Xavian noch nicht anklagen.«

»Was? Wieso nicht?«, fluchte Janyvir. »Mit Frau Kertouis Geschichte und dieser Träumerin, Miriam, können wir ein für alle Mal beweisen, was dieser Xavian für ein Schleimgesicht ist.«

»Ja«, pflichtete ich ihm geduldig bei. »Ich bin sicher, dass wir ihn verbannen könnten, weil er versucht hat, die Königin zu täuschen, und absichtlich das Leben eines Mannes aufs Spiel gesetzt hat. Aber dieser Mann war ein Bürger von Sonnenkap. Auch Xavian ist ein Bürger von Sonnenkap. Und wir brauchen ihn als möglichen Anhaltspunkt, der die Antwort auf einen Wust von Fragen ermöglichen soll. Außerdem …«

»Weiter«, verlangte Janyvir ungeduldig.

»Außerdem sorge ich mich um die Träumerin, Miriam. Bei unserer ersten Begegnung fiel es mir schwer, sie als Träumerin zu identifizieren, so real wirkte sie in der Welt der Träume. Mit Renna war das damals ähnlich. Wenn wir Xavian zu weit treiben, wird sich vielleicht auch Miriam in ähnlicher Weise verwandeln wie damals Renna. Und in diesem Fall, nun, Renna wuchsen ganz beachtliche Kräfte zu, aber sie war sozusagen eine vernunftbegabte Person. Miriam reagiert vielleicht nicht auf die gleiche Weise.«

»Na, hört mal. Wir könnten doch Vorkehrungen treffen.«

»Vielleicht. Es gibt da jedoch noch ein Problem.«

»Welches?«

»Wenn Xavian eine Träumerin beherrscht, mit deren Hilfe er im Handumdrehen von einem Ort zum anderen springen kann, können wir davon ausgehen, dass *er* das Infernozeichen im Palast angebracht hat. Er konnte es bei Nacht vorbereiten, ohne dass jemand seine Abwesenheit bemerkte.«

»Ich kann nachvollziehen, dass Xavian Kertoui umbringen ließ, damit sein Herr gut dasteht. Aber warum sollte er etwas so Verdächtiges unternehmen wie die Vorbereitung eines Infernozaubers? Und das so bald nach Rylams Ankunft?«

»Womit unsere Beweiskette zusammenbricht.«

Wir setzten uns gleichzeitig hin, als hätte ein unausgesprochenes Signal unsere Niederlage kundgetan.

»Egal«, bekräftigte Janyvir schließlich, »den einen Mord haben wir damit aufgeklärt. Ein Drittel des Falles.«

»Xavian war ein Dummkopf. Indem er Kertoui benutzte, hat er sich tief in die Tinte geritten.«

»So dumm nun auch wieder nicht. Er weiß, dass wir keinen Beweis haben. Ich meine, was haben wir denn? Eine Hypothese. Indizien, die auf etwas magischem Wissen beruhen, das vielleicht nicht einmal zutrifft.«

»Doch es gibt eine Person, die es weiß«, murmelte ich. »Eine, die der Schlüssel zu allem ist.«

»Wird sie mit Euch sprechen?«

»Das wissen nur die Träume«, seufzte ich. »Aber wir können es versuchen.«

6. KAPITEL
MIRIAM

Der Gedanke an Renna verfolgte mich immer häufiger. Als ich an diesem Abend den üblichen Tänzen im Ballsaal zuschaute, die zur üblichen Musik stattfanden, alles mit der selbstbewussten Haltung der üblichen kleinen Fürsten, konnte ich nur noch an Renna denken. Die kluge, freundliche, feurige Renna, die unter so vielen Träumen im ewigen Wandel ihrem Schicksal begegnet war, um dann an einen Ort aufzusteigen, den ich nie erreichen konnte.

Je näher ein Träumer seinem Traum kommt, desto realer wird er in unserer Welt, bis es nahezu unmöglich wird, ihn als Träumer zu identifizieren. Da drüben tanzte nun Miriam mit Xavian durch den Saal. Dem klugen, berechnenden Xavian. Dem bösen Magier, der gewiss wusste, wie man eine Träumerin gefangen hält und ausnutzt, um gedankenschnell zu reisen. Die zarte Miriam, die leicht die Macht erreichen konnte, die Renna innegewohnt hatte.

Renna konnte alles Beliebige erdenken, zu jeder Zeit, an jedem Ort, ohne zu zögern oder sich anzustrengen. Da sie nicht durch Fleisch und Blut auf eine bestimmte Gestalt festgelegt war, konnte sie ihren Körper nach Belieben verändern. Mit einem Gedanken konnte sie Männern das Herz stillstehen lassen und sich aufrecht einer Woge Zaubersprüche entgegenstellen, ohne von deren Macht auch nur berührt zu werden.

Konnte Miriam werden wie sie? Wenn ja, was wäre, wenn

sie Xavian die Treue hielt? Konnte Haven, konnten die Träume, ja, konnte die ganze Leere es sich leisten, ihr eine so gewaltige Macht zu lassen?

Probleme über Probleme. Wie bringe ich Xavian zu Fall, ohne Miriam zu schaden? Wie überrede ich sie, mir – und sich selbst – die Wahrheit zu sagen? Wie bringe ich sie in Sicherheit, vor sich selbst und vor der Leere?

Vor Xavian.

Was hat Renna mit der ganzen Sache zu tun? Hat sie nicht bemerkt, dass ihr jemand dicht auf den Fersen ist und wie unsicher Miriams Entwicklung ist? Den Träumen sei Dank, immerhin ist sie nicht im Reich der Alpträume gelandet. Dort hätte ich überhaupt nichts unternehmen können.

Der Tanz ging zu Ende. Ich sah, wie Miriam sich mit einem freundlichen Lächeln auf den Lippen von Xavian entfernte. *Recht so, Kleine, dachte ich finster, verlass den ekligen Magier und komm zu mir.* Stattdessen jedoch begab sie sich an die Seite des Saals, wo sie einen Bissen aß. Sie spielte mit einem honigsüßen Teilchen herum, das mit winzigen, konservierten Früchten belegt war, und verzehrte es schließlich langsam und gedankenverloren, als würde einzig der Geschmack zählen, nicht, ob es gut oder schlecht für sie war. *Selbstverständlich* nicht. Danach kehrte sie zu Xavian zurück. Verwünschtes Weib!

In einem hatte Shael Recht behalten. Im Laufe des Abends bemerkte ich, dass Xavian und Rylam deutlich Abstand voneinander hielten. Nur hin und wieder begegneten sich ihre Blicke, und die waren sichtlich kühl. Nachdem ich dies registriert hatte, drängten sich mir noch andere Beschreibungen auf, die von »angespannt« und »viel sagend« bis hin zu einem spekulativen »Bitter?«, und »Rachsüchtig?«, reichten.

Irgendwann war ich so gebannt von dem Spiel, ihre Blicke zu entziffern, dass ich Miriams Abgang beinahe übersehen hätte. Sie hielt auf eine Hintertür des Saales zu, die zum Servicegang führte, der von Dienstboten nur so wimmelte, teils eifrigen, normalen Bediensteten, teils schlüsselgebundenen, magischen Geschöpfen. Auf beiden Seiten dieses Gangs lagen Waschräume sowie Salons, in denen die Gäste in ruhigerer, privater Atmosphäre miteinander sprechen konnten. Ich wartete ab, bis Miriam Zeit gehabt hatte, die dahinter liegende Treppe hinaufzusteigen, ehe ich mir unauffällig einen Weg durch die Menge bahnte. Ich wollte nicht, dass Xavian oder Rylam merkten, dass ich ihr folgte. Eisirrn spielte wieder einmal den Koch. Ich nickte ihm zu, er erwiderte das Nicken, und als ich den Saal verließ, bot er Xavian Delikatessen an. Von Xavian hatte ich Shael erzählt. Er war der Kopf; Rylam hingegen war zu vernachlässigen.

Beruhigt schlüpfte ich hinaus und lief die Treppe hinauf.

Es war wirklich ein langer Gang. Auf der Treppe zur Küche war am meisten los, außerdem herrschte ein ständiges Kommen und Gehen in den Waschräumen. Bei einer raschen Sondierung mehrerer Räume voll älterer Damen, die sich den Teint puderten, konnte ich Miriam nirgendwo entdecken. Also hastete ich weiter, durch mehrere geschäftige Gänge. Die Salons waren unterschiedlich eingerichtet, wie ich bald feststellte. Es gab einen Raum mit einem glitzernden Wasserbecken, in dem Nymphen den Würdenträgern, die zu müde zum Tanzen waren, etwas vorsangen. Dann kam ein Zimmer mit Sofas und Sesseln, in dem alte Herren ihre erschöpften Beine ausstreckten oder leidenschaftlich über obskure politische Vorgänge debattierten. Ein Balkon bot einen überwältigenden Blick über die nächtliche Stadt. Hierher zogen sich junge Paare zurück, um festzustellen, wie gern sie sich tatsächlich hatten.

Keine Spur von Miriam.

Ein Salon bestand ganz aus Silber, Kupfer, Gold und Bronze. Silbriger Nebel umwogte seltsame Skulpturen, die so verstörend wie hinreißend waren. Es gab sogar einen Wintergarten voller Dampf, der nur durch die Macht des Schlüssels tropische Temperaturen erreichte. Aber noch immer keine Miriam.

Ich erreichte das Ende des Gangs, stieß die letzte Tür auf, und da sah ich sie. Sie hatte einen Balkon entdeckt, wo Efeu, Clematis und Wein sich um fantastische Gitter zum Dach hinauf- und wieder hinunterrankten, wodurch eine kleine, grüne Laube entstanden war. Miriam bemerkte mich zunächst nicht. Sie lehnte an der Brüstung und blickte mit einem Ausdruck tief empfundenen Leides hinüber, dass ich einen Moment lang glaubte, sie wolle sich tatsächlich hinunterstürzen.

»Ja, ich habe sie geliebt.«

Beim Klang meiner Stimme fuhr sie zusammen und wirbelte herum, um sich dieser Unterbrechung zu stellen. Ballkleid und offene, braune Haare wogten durch die Luft. Offenkundig war es ihr peinlich, so gedankenverloren ertappt zu werden.

»Wie bitte?«, stammelte sie.

»Die Träumerin. Ich habe sie geliebt.«

»Oh.«

Natürlich kam ich mir schuldig vor, weil ich meine damalige Beziehung zu Renna vor ihr ausbreitete, auch wenn es nötig war, diese Träumerin vor den Schreckensreichen zu bewahren, die vor ihr liegen mochten. Doch ich unterdrückte dieses Gefühl mit den üblichen inneren Beschwichtigungen. Der Zweck heiligt die Mittel. Es ist alles nur zu ihrem Besten.

Bei den Träumen, sie ist doch noch ein Kind. Renna wusste wenigstens, wer hier wer und was was war. Dieses Mädchen macht den Eindruck, als würde sie eine Viper streicheln und noch glauben, es wäre das freundlichste Tier der gesamten Leere.

Ich lehnte mich neben ihr an den Balkon und tat, als wäre ich rein zufällig hier. »Was macht Ihr hier so ganz ohne – wie heißt er noch?«

»Xavian.«

»Xavian. Ihr müsst ihm sehr nahe stehen.«

»Das stimmt.«

»Nahe genug, dass er Eure Träume wahr werden lässt?«

Sie zögerte, ehe sie mit einem kurzen Lachen zur Seite blickte. »Ihr habt also erkannt, was ich bin. Xavian sagte, wenn es jemand könnte, dann Ihr.«

»Er hat eine erstaunlich hohe Meinung von mir. Wie lange liegt Ihr schon im Koma?«

Sie zuckte mit den Achseln. »Ich weiß es nicht. Ganz kurz. Ewig. Ich erinnere mich nur noch an die Leere, das Gefühl, dass ich weitermusste, um jeden Preis. Dann habe ich ihn dort in dem Wüstenreich gefunden, und ich wusste, dass es *stimmte*. Selbst als Feilim versuchte, Rylam zu ermorden, und wir gezwungen waren zu fliehen, bin ich bei ihm geblieben. Er hat mich real gemacht.«

»Ihr folgt ihm, obwohl dabei Leute sterben?«, fragte ich sanft.

Stolz reckte sie das Kinn. »Er macht mich ganz. Jede Nacht, wenn ich schlafen gehe, murmelt er seine Zauber über mir, damit es mir beim Aufwachen besser geht als am Tag zuvor. Wenn er mich berührt, fühle ich, wie seine Macht mich durchzieht, und das ist *richtig*.«

Ich gab keine Antwort, obwohl ihre Worte mich innerlich zusammenfahren ließen. Als sie mir wieder in die Augen sah, erkannte ich denselben Trotz, den ich bei Corinna bemerkt hatte. *Bei den Träumen, wie soll ich diese Leute mit ihrer hirnlosen Treue nur erreichen?*

»Er sagt, Ihr wärt nach Haven gekommen, um Rylam wegen eines Verbrechens zu überführen und hinzurichten, das er nicht begangen hat. Er sagt, Ihr wärt eine Gefahr für uns, weil Ihr aus Sonnenkap stammt und dieses Reich inbrünstig hasst. Rylam hält Euch für harmlos, für einen einfachen Höfling. Aber Xavian meint, Ihr wärt gefährlich.«

Warum äußerte sie sich so vertraulich? Das begriff ich nicht, und das sagte ich ihr auch vorsichtig.

In ihrem Blick mischte sich Offenheit mit Misstrauen. »Ich will wissen, ob Ihr uns wirklich schaden wollt. Manchmal sehe ich, wie Ihr den Palast verlasst, immer in Richtung Weststadt zu Eurer Tante. Aber wie praktisch, dass Eure Tante gerade zu dem Zeitpunkt erkrankt, wo man Corbes Leiche findet.«

»Sie ist schon lange krank. Jetzt liegt sie im Sterben«, erwiderte ich mit allem Pathos, das ich für jemanden aufbringen konnte, der nicht existierte. »Außerdem hasse ich Euch nicht und will Euch auch nicht schaden. Das Wenige, was ich weiß, spricht für Rylam. Sein Bruder schickt Killer – vielleicht war der Mann, der heute früh im Keller gefunden wurde, wo er einen Fluch vorbereitete, derselbe, der den Infernozauber versucht hat. Vielleicht ist er sogar wirklich ein Mörder aus Sonnenkap.« Während des Sprechens musterte ich sie, denn ich wartete – vergeblich – auf eine Reaktion.

»Und Ihr?«, wiederholte sie hartnäckig. »Wieso interessiert Ihr Euch für Palastgeschichten, wenn Ihr nur wegen Eurer Tante hier seid?«

»Natürlich interessiert es mich, wenn man innerhalb dieser Mauern in Lebensgefahr schwebt.« Ich überlegte, doch ich wusste, dass ich nie die richtigen Worte für das finden würde, was ich ihr sagen musste. »Darüber hinaus interessiere ich mich für Euch.«

Sie zog die Brauen hoch. Ihre Stimme nahm einen pikierten Ton an. »Oh, tatsächlich? Darf ich auch den Grund erfahren?«

»Weil Ihr eine Träumerin seid, die sich weit aus ihrer Tiefe herausgekämpft hat. Ich weiß nicht, welche Kräfte Ihr bereits in Euch entdeckt habt. Aber ich weiß, wie schwer es ist, sich von der Erde zu lösen und in dieser Welt real zu werden. Das ist eine Sache, die Ihr sehr, sehr gut macht.«

»Danke. Das finde ich auch.«

Schweigend lehnten wir an der Balkonbrüstung. Ich wartete gespannt auf ihre nächsten Worte und betete: *Lass sie freiwillig die Wahrheit sagen. Zwing mich nicht, sie aus ihr herauszuquetschen.*

Schließlich äußerte sie: »Was meint Ihr damit, Kräfte? Ich habe noch nie irgendetwas vermocht.«

Mein Handgelenk juckte. Mit offener Skepsis schaute ich sie von oben bis unten an. »Noch nie irgendetwas? Irgendeine Kleinigkeit werdet Ihr doch vollbracht haben.«

Sie schüttelte den Kopf. »Nein. Nichts. Xavian meint, es läge daran, dass ich noch zu unreif bin. Aber ich wünschte ...« Sie brach ab, als hätte sie etwas Schlechtes sagen wollen.

»Ihr wünschtet?«, hakte ich freundlich nach.

»Ach, ich möchte zum Traum vom Fliegen weiterziehen. Dem Traum von den Stürmen. Ich möchte Ski fahren in Frostkap. Auf einem Drachen reiten in Feuerkap. Ich möchte – aber erst, wenn Rylam wieder hat, was ihm zusteht. Für Xavian steht die Pflicht über allem anderen.«

Einschließlich des Lebens seines Lehrlings, der im Weinkeller aufgeschlitzt wurde.

»Hat Xavian Euch je geholfen, Eure Kräfte zu kultivieren?«

»Die Zauber, die er über mir wirkt, sollen mich für den Zeitpunkt rüsten, wenn mein Körper stirbt und ich ein neues Leben anfangen muss.« Stirnrunzelnd sah sie mich an. »Ich erzähle Euch dies«, begann sie langsam, als würde sie gerade erst darauf kommen, »weil Ihr einst einer Träumerin geholfen habt, zur Göttin zu werden. Sie hat es mir selbst berichtet, und ich will auch so werden. Ich will genau wie Renna sein.«

Meine Finger krampften sich um die Brüstung. Ich fühlte, wie erneut eine eisige Klinge über mein Handgelenk fuhr. »Ihr kennt ... *Renna*?«

Miriam begann zurückzuweichen, aber ich packte sie an den Schultern, heftiger, als ich beabsichtigt hatte. »Woher kennt Ihr Renna?«

Ohne großen Nachdruck wehrte sie sich gegen meinen Griff. Da rief ich: »Wenn Ihr wollt, dass ich Euch helfe, muss ich alles über Renna wissen!«

»Sie – hat mich in der Leere gefunden. Sie sagte, sie würde mich zu meinem Traum führen, wenn ich es zulasse. Aber als sie Xavian sah, behauptete sie, ich hätte sie zu einer Erinnerung geführt, nicht zu einem Traum, und versuchte, mich weiterzuziehen. Ich erklärte ihr, er sei mein Herzenswunsch, aber sie erklärte, ich sei blind!«

»Und dann? Was dann?«, fauchte ich, während ich sie schüttelte. Mein Handgelenk schmerzte höllisch. Ich wusste nicht mehr, was ich tat. Alles, was ich fühlte, war der Schmerz, alles, was ich sah, war Renna.

»Ich weiß nicht! Ich habe versucht, Renna wegzustoßen, und dann nahm Xavian mich an der Hand, und zusammen waren wir stärker und …« Mit neu erwachter Kraft wand Miriam sich los. »Lasst mich in Ruhe! Ihr seid nur hier, weil Ihr Sonnenkap und Xavian hasst! Ihr wollt uns nur wehtun!«

»Miriam!«, setzte ich an, doch sie hatte sich umgedreht und war davongelaufen. Mein Handgelenk pochte immer noch, doch jetzt war der Schmerz weitaus geringer als in dem Moment, als ich sie gepackt und geschüttelt hatte. Als ich, ja, ihr wehtun wollte. Vor lauter Enttäuschung. Weil sie Renna gesehen hatte, die ihr erklärt hatte, dass Xavian böse war. Aber dennoch war Miriam eine treue Anhängerin des Magiers. *Oh Träume, was geschieht hier mit mir?*

»Was denkst du?«

Auf der Schwelle stand Shael in der Uniform einer Kellnerin. Sie trug ein Tablett mit Getränken, von denen sie mir wortlos eines reichte. In einem Zug leerte ich das Glas, wischte mir am Ärmel den Mund ab und gab es ihr zurück.

»Miriam«, äußerte ich nachdenklich, weil ich noch nicht wusste, welche der vielen Informationen ich weitergeben wollte, »... ist eine Komaträumerin. Sie ist instabil, in jeder Hinsicht verunsichert, zerbrechlich wie eine Puppe und ...«

Und wenn sie sich mit Xavian zusammentut, ist sie so mächtig, dass Renna eiligst in Deckung geht? Renna, die ihr doch nur helfen wollte?

Aber Miriam kann doch noch nicht stabil oder selbstsicher genug sein, um die vollen Kräfte einer Träumerin zu besitzen. Wo also ... wenn sich Xavian nicht irgendwie ihre rohe Macht angeeignet hat ...

»Und?«, echote Shael. »Nach Eurem ›Und‹ sollte doch noch etwas kommen. Immerhin habt Ihr mir aufgetragen, diese Frau rund um die Uhr zu beschatten.« Da ging ihr eines meiner Worte auf. »Bei den Träumen, eine *Träumerin*?«

»Die ihrem Traum sehr nahe ist«, bestätigte ich. »Deshalb sieht sie so echt aus, und ich habe so lange gebraucht, bis ich es erkannte.«

»Aber wenn derartige Kräfte zur Verfügung stehen – das bedeutet, Rylam hätte ...«

»Nicht Rylam«, warf ich rasch ein. »Xavian. Xavian kann das Infernozeichen gemalt haben. Xavian könnte Corbe ermordet haben. Xavian könnte den Tod eines beliebigen Killers auf der anderen Seite der Stadt arrangiert haben. Und Xavian hat definitiv den Mord an Kertoui auf dem Gewissen, dem Mann im Weinkeller. Andererseits ist dieser Mord das Einzige, was einleuchtend erscheint. Nur für den Tod von Kertoui gab es ein Motiv.«

»Noch ein Drink?«, bot sie leise an.

»Vielen Dank.« Das war ernst gemeint. »Wieso habt Ihr Euch überhaupt als Bedienung ausstaffiert?«

Sie machte ein verdrossenes Gesicht. »Das ist Eure Schuld. Wir hatten nicht genug Spitzel, um sowohl Miriam als auch Rylam zu observieren, darum musste ich diesen Job annehmen. Furchtbar langweilig! Sie rührt sich den ganzen Tag nicht von der Stelle.«

Ich kippte den Drink hinunter und stellte das Glas wieder auf das Tablett. Es tat gut zu spüren, wie der brennende Alkohol in meinen Körper rann. »Wisst Ihr etwas über den Killer, der in der Weststadt ermordet wurde?«, erkundigte ich mich schließlich.

»Nein. Vieles von dem, was Ihr dort gesagt habt, passt überhaupt nicht zusammen. Aber keine Sorge. T'omar hat mich schon gewarnt, Ihr hättet eine Neigung, Euch geheimnisumwittert zu präsentieren.«

»Vielleicht sollten wir Silberhände uns mal zusammensetzen«, murmelte ich.

Es war ein Uhr früh. Eisirrn, Shael, Rinset und ich hatten gerade eine Eilkonferenz beendet, auf der wir ausgetauscht hatten, was wir bis jetzt über Rylam und seine Begleiter wussten oder vermuteten. Die anderen waren ihrer Wege gegangen: Rinset an den Stadtrand, wo er Rylams Reise von Sonnenkap nach Haven zurückverfolgen wollte, Shael würde eine ihrer unendlich zahlreichen Informationsquellen im Untergrund anzapfen, die sie angeblich gar nicht besaß, und Eisirrn musste in der Küche das Frühstück vorbereiten. Ich war auf dem Weg ins Bett. Meine Gedanken waren von Renna, Träumern, nächtlichen Morden und heimlichen Verabredungen, die schief gingen, erfüllt.

So lief ich durch die dunklen Gänge und war viel zu müde, um darauf zu achten, wo ich war und wen meine Schritte weckten. Ich bog in den Gang ein, in dem mein Zimmer lag, und erstarrte.

Vor meinem Zimmer hockte Xavian mit einer halb leeren Flasche in der Hand auf dem Boden. Er starrte mich an. Dann setzte er ein unfreundliches Lächeln auf. »Tante, da lachen ja die Hühner«, murmelte er.

Vorsichtig näherte ich mich und versuchte dabei, mein plötzliches Erschrecken nicht zu zeigen. »Alles in Ordnung?«

»Ihr seid einer von ihnen, stimmt's? Eine verdammte Silberhand! Ich bin doch nicht blöd. Ich durchschaue Eure Geschichten. Wirklich eine brillante Deckung! Laenan Milan ist eine Legende, ein großer, mächtiger Magier, der in den höchsten Kreisen verkehrt! Niemand kommt auf die Idee, dass der große Magier ein hoch dekorierter Spion ist!«

»Ihr seid betrunken!« Ich empfand zugleich Abscheu und Überraschung, dass ein so schlauer, beherrschter Mann sich unter vier Augen derart aufführte.

Xavian grinste. »Schon möglich. Warum sollte ich sonst hier herumsitzen, während große Magier mich und meinen Gebieter ausspionieren?« Er seufzte. »Wisst Ihr, dass ich Euch bewundere? Das stimmt! Ihr wart der Schlaukopf«, fuhr er fort, während er sich taumelnd aufrichtete. »Ihr habt eine Gelegenheit gesehen und sie beim Schopf gepackt. Ihr seid berühmt geworden. Jeder erlebt mal einen Augenblick der Berühmtheit, aber Euch ist es gelungen, so beiläufig und leicht berühmt zu werden, dass keiner es mitbekommen hat, nicht einmal Ihr.«

Ich schob mich auf meine Tür zu, ohne seinem Gebrabbel richtig zuzuhören. Gerade als ich dachte, ich hätte es geschafft, fuhr seine Hand vor und packte meinen Arm mit eisernem Griff. »Ich weiß, dass Ihr mich beobachtet, dass Ihr auf meinen Fehler lauert, Silberhand. Aber ich sehe alles mit solcher Klarheit, dass es mir geradezu die Augen verbrennt. Ich sehe, dass Ihr mich beobachtet, und ich beobachte Euch dabei. Haltet Euch von Miriam fern, klar? Ich weiß, dass Ihr wisst, was sie ist, und sie gehört *mir.* Ich bin ihr einziger Freund, ihr Hüter. Ich werde sie zur größten Frau in der Leere machen. Ich *sehe* Dinge. Ich habe Visionen.«

»Geht schlafen. Morgen früh geht es Euch wieder besser.«

Lachend ließ er mich los und eilte zum Ende des Gangs.

»Wir beide sind die Männer im Hintergrund, Milan! Wir sind die Puppenspieler, die man nicht einmal bemerkt! Wir beide wissen, wie es ist, ein Universum zu durchschauen, dem gegenüber jeder andere blind ist. Uns beiden ist klar, was es heißt, sich ständig anzupassen und dennoch nicht dazuzugehören. Ihr lasst mich in Ruhe, dann lasse ich Euch in Ruhe, verstanden?«

So schnell wie möglich verschwand ich in meinem Zimmer, wo ich erleichtert feststellte, dass er nicht einmal versucht hatte, meine Schutzrunen zu brechen. Irgendwie gelang es mir noch, die Stiefel abzustreifen und mich in meinem Bett zusammenzurollen, wo ich die Laken bis ans Kinn zog. Doch der Schlaf ließ lange auf sich warten.

7. KAPITEL
KÖRPER UND SEELE

»Und Ihr seid wirklich *sicher,* dass Ihr das tun wollt?«, erkundigte sich Janyvir. »Ist so schon keine tolle Sache, wenn man, Ihr wisst schon …«

»Nein, bestimmt nicht.«

Auf der dunklen Treppe zur Leichenhalle fühlte ich schon zehn Schritte vor der Tür, wie die Temperatur abfiel. Ich spürte die Magie um mich herum, konnte sie beinahe hören. Dieses Gefühl war mir keineswegs angenehm. Janyvir blieb vor der Tür stehen, um nach seinem Schlüssel zu tasten.

»Ich bitte selbst meine eigenen Magier nur ungern darum«, murmelte er. »Es stinkt nach schwarzer Magie.«

»Nein. Es ist Empathie«, stellte ich richtig. »Manchmal ist es schlimmer, Dinge zu teilen, als sie im Ganzen zu nehmen.«

»Dennoch …« Der gefundene Schlüssel drehte sich im Schloss. Als die Tür aufschwang, traf uns die ganze Wucht der Kälte wie ein Gletscher. Von vorneherein zitternd huschten wir in die Leichenhalle, wobei Janyvir die Tür weit zurückstieß. Wir waren beide von nervösem Abscheu vor unserer Umgebung erfüllt. Alles an diesem Ort war zwar ausgezeichnet konserviert, doch es stank dennoch nach Tod. Die weißen Fliesen wiesen im schwachen Licht graue Flecken auf, und die hohen Fenster waren zugenagelt, als wolle man hier Zombies einsperren.

»Seid Ihr sicher, dass Ihr das tun wollt?«, wiederholte Janyvir, als wir zu dem Toten gingen, der friedlich unter seinem

Leichentuch ruhte. »Die Magier, die es versucht haben, sind auf heftige Abwehrzauber gestoßen.«

»Die waren aber auch nicht Laenan Milan!«, erklärte ich mit schiefem Lächeln.

Anstelle eines verächtlichen Schnaubens oder eines müden Seufzers angesichts dieses ›falschen‹ Namens schien Janyvir sich nur noch mehr zu verspannen. Ich zog das Tuch so weit zur Seite, dass ich sicher sein konnte, dass die schlaffe, weiße Hand des Mannes neben meiner lag. Der Zauber hatte tatsächlich einen Hauch von schwarzer Magie, aber mitunter waren solche Dinge einfach notwendig. Ich wünschte nur, jemand anders hätte dies übernehmen können.

»Na schön, Klopper, alter Junge«, brummelte ich so zuversichtlich wie möglich. »Ich weiß, dass dir niemand etwas getan hat, seit du gefunden wurdest. Demnach müsste immer noch ein Nachhall von dem, was du damals vorhattest, aufzuspüren sein. Zeig mir, was das war.«

Meine Hand schwebte dicht über seiner, und ich holte den Zauber durch meine Zehen in mein Herz und hinab in meine ausgestreckten Finger. Eigentlich war es nur eine Wahrsagung, aber diesmal so gezielt, dass sie praktisch alles Ungewöhnliche finden und zu seinem Ursprung zurückverfolgen konnte.

Meine Finger wurden von silbernem Licht umspielt, das wie Feuer im Nebel aufflackerte, um dann in die Handfläche des Toten einzudringen. Sofort erhielt ich einen ersten Eindruck. Bilder tauchten in mir auf. Hände, die vom Sand rau geworden waren, so viel Sand, der über den Himmel fegte und unter den Füßen nachgab.

Die silberne Magie flutete seinen Arm hinauf, wo sich das Tuch bewegte, als ob ein Luftzug es angehoben hätte. Ein Hauch von Parfüm, Bilder von einer dunklen Straße bei den Kasernen, wo betrunkene Soldaten sich einen »guten« Zeitvertreib erhofften. Ich zwang den Zauber weiter, bemerkte den intensiven Geruch von Gewürzen auf dem Markt, Fischdunst, ebenfalls von dort, spürte, wie der Zauber die geschlossenen Augen des Mannes erreichte, arbeitete mich weiter vor. Ich suchte Bilder aus der Vergangenheit, irgendetwas, das uns weiterhelfen konnte, doch da stieß ich auf eine Wand aus fest verwobenen Abschirmungen, die um seinen toten Geist gelegt waren.

Die Schutzschilde, die Janyvir erwähnt hatte. Sie hielten selbst fest entschlossene Magier davon ab, Zugang zu den letzten Gedanken und Anblicken eines Sterbenden zu erhalten, denn sie hatten sich dem Geist für immer eingeprägt. Oder der Seele oder beidem. Wirklich mächtige Schwarzmagier können angeblich einen Schädel auflesen und mit einem Blick seine Geschichte erzählen. Aber das wäre Todesmagie, und ich war als Schwarzmagier genauso eine Niete wie als Heiler.

Vergeblich drosch ich auf die Schutzrunen ein, doch diese waren durch den Tod des Benutzers fest verschlossen. In jenem enthüllenden Augenblick, als die Seele sich vom Körper getrennt hatte, waren sie auf ewig versiegelt worden.

So wandte ich mich verzweifelt ab und begann, wieder den Körper zu durchwandern, um etwas zu finden, was auch immer, das darauf hindeutete, woher er gekommen war oder was er vorhatte. Aufblitzendes Frauenlächeln in der Weststadt, würzige Düfte auf dem Markt, aufdringlicher Fischgeruch, der Sonnenuntergang an jenem letzten Abend, der letzte Weg durch die Gassen, die Runen, welche die allmächtige Hand des Todes für immer um den Geist des Killers gespannt hatten.

Da war es. So winzig, dass ich es vielleicht nicht bemerkt hätte, wenn meine Bemühungen nicht von der nackten Verzweiflung weiter vorangetrieben worden wären. So tief war ich in den Zauber versunken, dass ich jedes Gefühl für meinen eigenen Körper verloren hatte. Ob ich in Wirklichkeit wie eine Statue dastand oder ganz in dieser Welt wirbelnder Eindrücke aufging, konnte ich nicht mehr feststellen. Aber da war sie, jene geringfügige Unregelmäßigkeit, die nur der stürmische Zauber und meine absurde Entschlossenheit, ihn zu beherrschen, entdeckt hatten.

Dann das langsame Vergehen der Zeit, als dieses Sandkorn, das meine Aufmerksamkeit erregt hat, sich aus der Welt der Vorstellung löst und mehr und mehr in die Gegenwart eingebettet wird. Wie es dem Boden seines Königreiches entrissen wird, als raue Hände es mit tiefen Spatenstichen herausheben. Die sorgsame Behandlung durch die Hände des Töpfers, die Rufe der Händler, die es feilbieten, das Knirschen, als der Topf hochgerissen wird, um dann krachend auf einen ungesehenen Angreifer niederzusausen. *Zeig mir den Angreifer*, flehte ich.

Die Scherben bleiben auf dem Boden liegen. *Zeig mir den Boden! Zeig mir etwas!* Aber die winzige Tonscherbe, die noch unter Kloppers Nagel steckt, gibt nichts mehr preis.

Was sie gezeigt hatte, war – für ein Körnchen Ton – bereits so viel, dass ich fühlte, wie meine Magie in Wellen in den Zauber hineinströmte. Ich versuchte, mich zu lösen, aber die Wahrsagung hatte sich selbstständig gemacht. Jetzt konzentrierte sie sich auf die Erde, die an dem Mann klebte, und beschrieb mir Bild für Bild wie in einem Feuerwerk die Herkunft jedes einzelnen Sandkorns.

Mühsam löste ich meine Hand, um den Ansturm der Eindrücke zu beenden. Der abrupte Ruck ließ die Welt vor meinen Augen zerspringen, dass ich mit einem Aufschrei zurücktaumelte, die Augen bedeckte und beinahe gestürzt wäre. Janyvir sprang hinzu, um mir beizustehen, doch ich winkte entsetzt ab. Im nächsten Moment knickte ich zusammen, denn der außer Kontrolle geratene Zauber schlug voll auf mich zurück. Mein Mageninhalt ergoss sich über den Boden der Leichenhalle.

Danach ging es mir gleich viel besser.

»Ich habe doch gesagt, das ist schwarze Magie«, fluchte Janyvir zehn Minuten später, als er an seinem Schreibtisch saß und pausenlos einen kleinen Dolch in den Fingern drehte.

»Keine schwarze Magie«, beharrte ich. »Nur ein Zauber, der ein bisschen übermächtig geworden ist.«

»So etwas scheint Euch des Öfteren zuzustoßen. Und was lernen wir daraus?« Er schnaubte. »Dass man nach dem Frühstück nicht in Leichenhallen marschiert!«

»Wir haben herausbekommen, dass der Mann einen Tontopf hatte. Mit dem er sich gegen den Angreifer verteidigen wollte.«

»Was bedeutet, dass er nach dem Erstbesten schnappte, was er in die Hand bekam. Hat ihm auch viel geholfen.«

»Fast hätte ich das Gesicht des Angreifers gesehen. Es fehlte nicht viel. Mein Zauber folgte dem Weg einer Tonscherbe, nicht dem lebenden Mann, der den Topf hielt«, erklärte ich verstimmt.

»Ein Topf«, murmelte er. »Und wieso haben meine Magier das nicht herausgefunden?«

»Weil sie schlau genug waren, ihren Zaubern nicht freien Lauf zu lassen, um Dinge von der Größe eines Sandkorns zu untersuchen.«

»Ein Topf«, wiederholte er. »Deutet das vielleicht auf, hm, eine wohlhabende Umgebung hin?«

»Es roch auch nach Fisch. Und nach Gewürzen.«

»Ein Markt. Solche Dinge gibt es auf vielen Märkten.«

»Und er war auf jeden Fall in der Weststadt«, endete ich.

Wir verfielen in ein Schweigen jener Art, wo zwei Köpfe auf unterschiedlichen Wegen, aber gleich schnell zum gleichen Schluss gelangen. Aus meiner Sicht waren wir einander ähnlich genug, dass ich das Gefühl hatte, wenn ich nicht Magier geworden wäre, hätte ich jetzt an Janyvirs Platz sitzen können. Beide erledigten wir die Drecksarbeit für andere Leute.

»Was mich am meisten irritiert«, stellte Janyvir schließlich fest, »ist, dass der Gute schon eine ganze Woche tot ist. Wir wissen, dass Killer nicht gerade sesshaft sind. Wenn er aber zu Hause angegriffen worden wäre, hätte inzwischen bestimmt irgendjemand bemerkt, dass er aus der Leere verschwunden ist. Und dass dort überall Tonscherben herumlagen.«

»Und das hätte man Euch gemeldet.«

»Außer wenn derjenige zu viel Angst hatte, es zu melden.« Unsere Blicke begegneten sich. »Oder«, sann Janyvir weiter, »es war alles zu illegal. Bei den Träumen, ich hasse Leute, die keine Meldung machen. Dann muss ich nämlich jede Menge Energie darauf verwenden, die Verbrechen überhaupt zu finden, und das ist gar nicht meine Aufgabe. Wisst Ihr, was ich mir wünsche?«

»Was?«

»Den verdammten Schlüssel. Der Königin geht's prächtig, aber sie hat die ganze Zeit damit zu tun, ihre Träume am Laufen zu halten. Ich wünsche mir den Schlüssel von Haven, damit die Wache Tag und Nacht die Straßen beobachten kann. Ich habe es satt, dass in dem Augenblick, wo Lisana schlafen geht, die Verbrechen losgehen, um in dem Augenblick aufzuhören, wo sie aufwacht. Meinen Zeitplan für die Patrouillen könnte ich mir eigentlich sparen! Im Schlaf kann Lisana die Straßen dummerweise nicht überwachen.«

Ich mied seinen Blick. »Tja, es gäbe da eine Möglichkeit, uns den Schlüssel ein Weilchen auszuleihen.«

Er musterte mich von oben bis unten. »Was? Sollen wir eine Prophezeiung machen und so tun, als hättet Ihr den Schlüssel?«

»Nein. Ich dachte an die direktere Lösung. Auch wenn ich gut verstehe, dass Ihr nicht darauf kommt.« Ich konnte mir einen gewissen Dünkel nicht verkneifen. »Sagt mal, kennt Ihr die Königin persönlich?«

Er riss die Augen auf. »Wisst Ihr, ich habe mir ja schon gedacht, dass etwas an Euch nicht stimmt. Ein Silberhandmagier, der so mächtig ist, dass er Dinge findet, welche die Tölpel aus meiner Abteilung mit vereinten Kräften nicht einmal nach einer Stunde andeuten konnten. Nein. Das Silberhand-Konsortium besteht aus Spitzeln und Bettlern, nicht aus Magiern, die das Zeug zum Hofmagier haben. Ich meine, *Hofmagier*, also Leute, die aus dem Palast kommen.«

»Schlimmer noch«, berichtigte ich ihn bescheiden. »Ich fürchte, es hat mit dem Namen zu tun. Lenian Manil oder Laenan Milan – das ist so offenkundig, dass niemand darauf kommt. Eines der Wunder, wenn man nicht nur Silberhand, sondern auch ein Held ist. Sobald man ihnen die Wahrheit sagt, werden die Leute derart misstrauisch, dass sie einem grundsätzlich kein Wort mehr glauben. Der beste Ort, etwas zu verstecken, ist vor aller Augen.«

Er hatte sein Wollknäuel wiedergefunden und zupfte hektisch daran herum. »Ich weigere mich aber zu glauben, dass ein Held so chaotisch und harmlos aussehen kann wie Ihr«, beharrte er.

»Du liebe Güte! Und ich dachte, wer bei der Wache ist, lässt sich nicht von Vorurteilen blenden.«

Weder Janyvir noch ich knieten nieder. Wir berichteten Lisana einfach ohne Umschweife alles, was wir wussten, und warteten, bis sie es verdaut hatte.

Das bereitete ihr allerdings ziemliche Bauchschmerzen, auch wenn sie sich bemühte, sich nichts anmerken zu lassen.

»Hm. Ihr wisst also immer noch nicht, ob Rylam der eigentliche Schuldige ist«, folgerte sie, nachdem sie die Informationsflut gesichtet hatte.

»Richtig.«

»Und wir können Xavian nicht verhaften, weil Miriam dadurch noch instabiler würde.«

»Genau.«

»Außerdem hat Xavian nach wie vor kein Motiv, den Infernozauber vorzubereiten.«

»Ja, meine Königin. Wir brauchen Eure Hilfe.«

Sie wölbte die Augenbrauen und stieß ein ungläubiges Lachen aus. »*Ihr*, Milan, braucht *meine* Hilfe?«

»Meine Königin.«

Ihre Augen wanderten kurz zu Janyvir, der mit respektvoll gesenktem Kopf neben mir stand. »Herr Wachtmeister«, begann sie mit der Weisheit der Herrschenden. »Wir haben uns bisher nie kennen gelernt, glaube ich. Indessen tut Ihr, was eigentlich meine Aufgabe wäre, nämlich die Sicherheit in der Stadt zu gewährleisten und Verbrecher vor Gericht zu bringen. Dafür danke ich Euch.«

Er senkte den Kopf noch tiefer, erwiderte jedoch nichts. Sie deutete auf mich und erkundigte sich: »Was haltet Ihr von meinem Silberauge, Herr Wachtmeister?«

»Sehr ... unauffällig, meine Königin.«

»Unauffällig?«, wiederholte sie, während sie mein rebellisches Schweigen genoss. »Wie das?«

»Er ist ... derart bekannt, dass niemandem klar ist, wie wenig man über ihn weiß, meine Königin. Ja, er ist sogar so berühmt, dass man ihn sogar, wenn er seinen eigenen Namen nennt, für einen Schwindler hält.«

»Das ist wahr. Wisst Ihr, dass ich Milan einst wegen Verrats verhaften ließ?«

Argwöhnisch huschte sein Blick zu mir. »Nein, Herrin, das wusste ich nicht.«

»Tatsächlich? Wie schade. Ich habe versucht, es möglichst weit zu verbreiten. Aber damals wart Ihr noch Anführer des Konsortiums, Milan, nicht wahr? Ich bezweifle nicht, dass Ihr die Sache geschickt vertuscht habt.«

»Dennoch hat Euer Vorgehen mich meinen Arbeitsplatz, Freunde und meine Position gekostet.«

Immerhin hatte sie Anstand genug, etwas verblüfft zu wirken. »Nun, das gehört alles der Vergangenheit an.«

Nicht ganz.

»Stellt Eure Bitte«, forderte sie mich voller Großmut auf. »Ich werde sie gewähren.«

»Der Tote war unter dem Namen Klopper bekannt«, erklärte Janyvir kurz. »Wir möchten herausfinden, wo er gewohnt hat. Und dann ...« Hilflos zuckte er mit den Achseln. »Tja, das hängt davon ab, was wir herausfinden.«

Als Lisana, Janyvir und ich zu einem etwas privateren Raum aufbrachen, wie Lisana es genannt hatte, hielt sich Rinset vor der Tür auf. Das war eine der alten Angewohnheiten der Königin. Aus unerfindlichen Gründen ließ sie sich beim Zaubern ungern beobachten. Diese Geheimniskrämerei war ihr in Fleisch und Blut übergegangen.

Rinset gab sich große Mühe, unauffällig im Hintergrund zu bleiben. Er trug eine Dienstbotenlivree und goss gerade einen großen Topf mit hellblauen Blumen. *Armer Narr.* Ich brachte es nicht übers Herz, ihn darüber aufzuklären, dass alle Blumen im Palast Lisanas Phantasie entsprangen und sich durch die Kraft des Schlüssels unablässig erneuerten.

Lisana nahm zwar Notiz von ihm, lief aber weiter. Offenbar stellte er keine Bedrohung für sie dar, und wenn er seine Zeit verplempern wollte, war dies sein Problem. Ich gab Janyvir einen Wink weiterzugehen und schlüpfte neben Rinset. Nach einem fragenden Blick auf mich musterte der Wachtmeister den Jungen, um sich sein Gesicht für die Zukunft einzuprägen. Erst als ich ihn warnend anstarrte, wandte er die Augen ab.

»Schnell«, zischte ich Rinset zu, während der Wachtmeister bereits hinter Lisana um die Ecke bog.

»Ich habe etwas«, erwiderte dieser. Er war so aufgeregt, dass er seine Stimme bewusst kontrollieren musste.

»Etwas Bestimmtes oder nur eine allgemeine Information?«, hakte ich verdrossen nach. Seine Begeisterung regte mich noch mehr auf als die unprofessionelle Art, wie er diese zeigte.

»Xavian, Rylam und Miriam wurden unterwegs überfallen. Saubere Arbeit. Eine Bande von rund zehn Mann, mindestens fünf Zauberer darunter. Sie sind in Kristallkap in einem Gasthaus in ihr Zimmer eingedrungen.«

»Profiräuber?«

»Absolute Profis.«

»Woher wisst Ihr das?«

»Die Tochter des Wirts gehört zu unseren Zwischenposten. Sie sollte eine allgemeine Beschreibung der drei an unsere Quellen in Sonnenkap weiterleiten und erkannte sie sofort wieder. Zehn bewaffnete Räuber in Schwarz vergisst man nicht so leicht.«

Fast hätte ich vor Entzücken laut aufgelacht. »Rinset, ich nehme alle Gemeinheiten zurück, die ich je gesagt habe. Was haben sie gestohlen?«

Sein freudiges Erröten bei diesem Lob verblasste sofort wieder. »Das weiß ich nicht«, gestand er. »Etwas Kleines – mehr konnte ich nicht herausfinden. Vielleicht Papiere? Es war ein gezielter Anschlag. Xavian soll wütend gewesen sein.«

»Papiere? Und das war's?«

»Wartet noch!«, fuhr er hastig fort. »Einer der Elementargeister hat auf der Straße nach Sonnenkap zehn Mann gesichtet.«

»Sonnenkap? Ihr meint, Feilim hätte sie geschickt?«

»Möglich.«

Ich seufzte. »Gut gemacht. Aber bemüht Euch weiter, mehr über diese Männer herauszufinden. Ich will alles wissen, was uns dienlich sein könnte!«

»Ich werde mir Mühe geben.« Schon war er verschwunden.

Anschließend eilte ich Janyvir und der Königin nach, welche bereits eine große Tür aufschloss. Lisana blickte nicht einmal auf. »Neuigkeiten von Euren Spitzeln, Milan?«

»Könnte sein. Rylam hat nicht zufällig erwähnt, dass sie unterwegs ausgeraubt wurden?«

»Nein.«

Mehr nicht. Bloß ein schlichtes »Nein«, als wäre sie enttäuscht, dass ich eine so triviale Frage überhaupt stellte.

»Hat er irgendwelche Papiere erwähnt?«

Sie dachte einen Augenblick nach, während sie die Tür aufstieß und das kleine Gemach betrat. »Er bat um Zugang zur Bibliothek, um verschiedene, ›historisch wichtige‹ Dokumente zu überprüfen. Genaueres sagte er nicht. Er vermittelte den Eindruck, dass er sein Wissen über Haven erweitern wollte.«

»Im Vermitteln von Eindrücken ist er Meister«, murmelte ich.

Der Raum, in den Lisana uns führte, war klein, rund und fensterlos. Die einzige Lichtquelle war eine große, düster rote Feuerkugel, die in der Kuppeldecke schwebte. Entlang der runden Wände zogen sich breite Regale, die nur für die Tür unterbrochen waren, mit den Instrumenten jedes guten Magiers: Zauberspiegel, Zauberfläschchen, Kerzen, Kreide, Kristallkugeln und kleine Kästchen, mit den Namen der Leute versehen, die sie vielleicht eines Tages einmal verzaubern wollte. In jedem Kästchen lag vermutlich eine Locke, ein Hautfetzen oder ein kleiner Gegenstand aus dem persönlichen Besitz dieser potentiellen Opfer. Ich bemerkte die Namen etlicher Gouverneure, kleinerer Hofschranzen und einiger besonders lästiger Kaufleute. Zu meinem Schrecken war auch ein Kästchen mit meinem Namen dabei. Sofort nahm ich es herunter, klappte es auf und starrte verwundert auf einen kleinen, silbernen Halbmond, mit dem ich bei meinem Abschluss am Zaubererkolleg ausgezeichnet worden war.

»Ich dachte, den hätte ich vor vielen hundert Jahren verloren!«

Lisana zuckte mit den Schultern. »Einmal habe ich versucht, ihn einzusetzen, aber Eure Abschirmung war zu fest gewebt. Sie hat alle meine Zauber abprallen lassen.«

»Es sollte Euch wenigstens peinlich sein, Majestät!«

Sie starrte mich an. »Warum? Ein gewisses Maß an Einfluss gehört zum Regieren einfach dazu. Man muss immer auf eine Rebellion gefasst sein.«

Einen langen Moment starrte ich sie zornig an. Janyvir trat unruhig von einem Bein aufs andere, denn er war sich der Spannung sehr wohl bewusst.

»Ihr wisst, dass ich Euch nicht mag, Majestät«, ließ ich schließlich verlauten.

»Ganz meinerseits. Wenn es jemand anderen Eurer Klasse gäbe, der über so viele ungeahnte Verbindungen verfügen würde, dann würde ich selbstverständlich ihm Eure Aufgabe übertragen und Euch in den hintersten Winkel der Träume verbannen. Leider stehe ich in Eurer Schuld, Milan.«

»Aber ich nicht in Eurer.«

»Nein«, bekannte sie mit trockenem Lächeln. »Allerdings nicht.«

Ganz kurz überlegte ich, ob ich nicht einfach hinausstürmen und sie ihrem Schlamassel überlassen sollte. Ich stand kurz davor, meine mühsam beibehaltene Beherrschung zu verlieren, die ohnehin dem zu festen Griff um ein nasses Stück Seife glich. Lisana schien es ähnlich zu gehen. Janyvir fand sich urplötzlich in der jahrhundertealten Erbfeindschaft zwischen der Königin und dem Mann wieder, der einmal beinahe den Thron bestiegen hätte.

Ich hätte die Krone haben können, sann ich verbittert im Wissen, dass sie meine Gedanken auch ohne Projektion hören könnte, als wären es ihre eigenen. *Selbst wenn sie mir nicht von dem sterbenden König angeboten worden wäre, hätte ich mich jederzeit umdrehen, meine Verbündeten um mich scharen und meine Feinde in Feuer untergehen lassen können. Ich hätte ein Eroberer sein können. Niemand wäre in der Lage gewesen, mich aufzuhalten.*

Stattdessen bin ich zurückgewichen, weil ich zu feige war, die Regierungsverantwortung zu tragen. Nun habt Ihr diese Rolle übernommen. Was trägt die Schuld an dieser Lage? Meine Feigheit oder Euer Ehrgeiz? Oder beides?

Dann ging mir etwas noch Seltsameres auf. *Bei den Träumen – du brauchst mich, stimmt's? Und ich brauche merkwürdigerweise auch dich. Jeder braucht einen anderen, zum Hassen wie zum Lieben.*

»Lasst uns fortfahren«, meinte ich schließlich. Alles atmete kaum hörbar auf, als hätten meine Worte die missgünstige Atmosphäre vertrieben, die nun abrupt von hier entwich.

Lisana antwortete nicht, sondern hob mit geradezu monströsem Gleichmut die zarten Hände, als würde sie erwarten, dass wir niederknieten und sie küssten. Ich nahm ihre Linke und wandte mich zu Janyvir um. »Noch nie mit einer Königin Händchen gehalten?«, forderte ich ihn auf.

»Noch nie«, bestätigte der Wachtmeister. Zaghaft ergriff er Lisanas Rechte, als könnte diese durch seine grobe Berührung zerbrechen. Ich erfasste mit meiner Linken seine rechte Hand, um den Kreis zu schließen. Fast augenblicklich fühlte ich die Wärme ihrer Magie, als sie uns einen Kontakt zum Schlüssel eröffnete. Auch ich öffnete meine Magie, sandte sie durch die Verbindung von Hand zu Hand zu Janyvir, damit auch er an dem Zauber teilhaben konnte.

Und plötzlich hatte ich vergessen, wie es war, körperlich zu sein. Es gab keine Wärme, keine Kälte, keinen Schmerz im Handgelenk, kein Brummen in meinem müden Kopf. Ich war eins mit Lisana und Janyvir, flog mit ihnen in einem magischen Rausch über Haven zur Weststadt hinüber. Für Magier waren wir nur ein vorbeiziehender Schatten, andere nahmen uns wohl überhaupt nicht wahr.

Anfangs konzentrierte sich Lisana auf die Märkte, und als würde der Schlüssel ihre Absicht kennen, hingen wir plötzlich über einem Markt, wo zahlreiche Stände Fisch und Gewürze feilboten. Janyvir, der sich mit Magie nicht auskannte, versuchte, eine Bitte auszusprechen, doch wir spürten sie, noch ehe ihm klar wurde, was er da tat. Schon brauste Lisana näher heran. Ja! Ein Markt mit Gewürzen, Fisch und tatsächlich auch Krügen und Tontöpfen.

Wo würde ein Mann sich verstecken? Ein Verbrecher?

Diesmal übernahm Janyvir, der Lisana mit seinem meisterlichen Verständnis für die dunkleren, weniger frequentierten Straßen der Stadt weiterführte. Bilder aus seinem Geist blitzten vor meinen Augen auf. Gesichter, Häuser, Läden – Orte, wo kriminelle Geschäfte abgewickelt wurden. Lisana nahm diese Informationen dankbar auf, denn sie war froh, von einem Fachmann mehr über ihre Stadt zu erfahren. Ich war davon ausgegangen, dass sie seine größere Erfahrung womöglich hochmütig abtun würde, doch die Verbindung zwischen uns vermittelte nichts als wahrhaft königliche Anerkennung.

Schon kam es mir so vor, als wären wir durch drei komplette Straßen getanzt, wo wir wirbelnd Zimmer um Zimmer abtasteten und gleich wieder verwarfen. Ich versuchte, mir etwas einzuprägen, doch meine Reaktionen waren träge. Als Inhaberin des Schlüssels konnte uns Lisana erheblich schneller durch diese Gegend tragen.

Als sie merkte, wie ich zu kämpfen hatte, verlangsamte sie unser Tempo, bis die Bilder in einem Tempo auf mich einströmten, mit dem ich umgehen konnte. Bis wir plötzlich gegen einen Reflektorschild prallten. Wir befanden uns in einem Gebäude in der Centon-Passage, an dessen Fassade ein Schild verkündete: Isla Barrents Gästehaus. Es lag in einer finsteren Straße, in der keine zwei Wagen aneinander vorbeigepasst hätten. Lisana tauchte unter den Raum, den die Magie ihr vorenthielt, und nahm den ungeschützten Boden darunter wahr.

Es war ein heruntergekommener Raum. Die Farbe blätterte von den Wänden. Hier und dort waren schwache Schutzrunen aufgetragen, um übermäßig Neugierige fern zu halten. Wieder fühlte ich Janyvirs Gedanken, als dieser den Ort erkannte. Die Diebe, die hier lebten, waren klug genug, nicht direkt vor der eigenen Tür zu operieren. Hier gab es nie Vermisste, und in einer halben Meile Umkreis auch keine Verbrechen. Dennoch hatte Janyvir bereits gewusst, dass es ein übler Ort war.

Niederreißen, dachte ich mit plötzlichem Nachdruck. Der Schild, der uns zurückhielt, hatte sich plötzlich in etwas Drängendes verwandelt. Ich wollte ihn unbedingt loswerden. *Sofort niederreißen!*

Wir stürmten los. Lisana zog ihre schlüsselgebundenen Sinne zu einer Gedankenspitze von tödlicher Präzision zusammen, während ich mich darauf vorbereitete, mit meiner Magie einen Weg durch den Schild zu schneiden. Als wir zuschlugen, bäumte der Schild sich auf, so massiv war unser Angriff. Dann befand sich Janyvir hinter mir, der meine magische Kraft mit seiner Entschlossenheit stützte. Dankbar nahm ich seine Hilfe an, obwohl ich wusste, wie schlecht es ihm hinterher gehen würde, und schlug erneut zu. Meine Magie traf den Schild und riss ihn seitlich auf. Im Nu war Lisana hineingesprungen, zog uns mit, und schon standen wir im Zimmer.

Das war der Ort! Es war mir augenblicklich klar, denn mein Instinkt sowie die Überreste des Wahrsagezaubers jubelten aufgeregt, dass hier das Leben von Klopper und seinem Topf zu Ende gegangen war. Als wir genauer nachschauten, wurde es noch offensichtlicher. Auf dem Boden prangte ein Fleck, obwohl jemand versucht hatte, das Blut aufzuwischen. Und im Kamin ruhte die Asche von verbrannten Papieren. Wir sahen Regale ohne jedes Stäubchen, wo jemand offenbar einen Mord hatte vertuschen wollen. In einer Schublade, in die wir ungehinderten Einblick hatten, als wäre sie gar nicht da, lag sogar ein hastig hineingestopfter Dokumentenbeutel mit einem Fläschchen lila Tinte.

Treffer! Bei Janyvir und mir schrillten sofort die Alarmglocken. Ein Fläschchen lila Tinte wie die, die bei dem Treffen mit Corbe verwendet worden war. Klopper war Corbes Verbindungsmann, nicht sein Mörder. Diesen Zusammenhang hatten wir vorher nicht gekannt, doch das Tintenfläschchen war ein sicheres Indiz.

Lasst Euch nicht mitreißen. Es könnte ein Trick gewesen sein.

Aber ein so geschickter Trick!

Die Realität veränderte sich, denn Lisana fühlte unsere Wünsche und rief vier Elfenwachen in den Raum über diesem Zimmer, dazu zehn weitere Wachen nach unten, um die Leute zu verhaften, bei denen Klopper gewohnt hatte und die sein Verschwinden nicht gemeldet hatten. Die Aufschreie, als die Wachen aus dem Nichts auftauchten, entsprachen dem immer noch vorhandenen Schrecken des Wachtmeisters. Wenn Klopper Corbe nicht ermordet hatte, sondern sein Kontaktmann war, war unsere Theorie hinfällig, und der wahre Mörder lief weiter frei herum. *Nicht die ganze Theorie. Wir vermuteten eine Verbindung zwischen den beiden, wussten nur nicht, welche das war.*

Schließlich zogen wir uns zurück. Die Verbindung spannte sich, brach, und im Handumdrehen hatte ich wieder Arme und Beine, die von der abrupten Rückkehr in meinen Körper allerdings leicht wankten. Janyvir war extrem bleich, schien aber ansonsten keine Probleme zu haben.

Lisana stand mit adrett gefalteten Händen neben uns. Die Benutzung ihres Schlüssels schien sie nicht im Geringsten angestrengt zu haben. »Wünschen die Herren sonst noch etwas?«

Ich war unendlich müde. Der Tag war so ereignisreich gewesen, dass ich nun nur noch schlafen wollte.

Janyvir und ich müssen ein seltsames Paar abgegeben haben, als wir im Verhörzimmer hockten. Mit diesem vorwurfsvollen Was-jetzt-kommt-wird-mir-noch-mehr-wehtun-als-dir-Blick, den nur Verhörerfahrene beherrschen, starrten wir die Frau vor uns an. Ich war zwar nicht der Beste in solchen Dingen, aber eine Lüge erkannte ich mit überwältigender Klarheit. Schon als wir uns setzten und die Frau nach ihrem Namen fragten, hatte ich gefühlt, dass sie uns belügen würde, noch ehe die Antwort kam. Das war nichts Magisches, nur glasklares Wissen.

Isla Barrent, wie ihr Name wirklich lautete, war die füllige, übermäßig geschminkte Frau, die Klopper so fürsorglich gestattet hatte, bei ihr zu übernachten. Im Flüsterton hatte Janyvir mir mitgeteilt, dass ihre Söhne schon häufig mit dem Gesetz in Konflikt geraten waren und ihr Mann sich ins Reich der Alpträume abgesetzt hatte. Ohne den Luxus der Sklaverei oder das Gesetz der natürlichen Auslese, das dem kriminellen Verstand so entgegenkommt, war das Leben für ihn zu schwer geworden.

»Warum habt Ihr seinen Tod nicht der Wache gemeldet?«

»Ich wusste ja nicht, dass er tot war. Er ist einfach verschwunden, weiter nichts.«

Janyvir setzte das ehrlichste betrübte Gesicht auf, das ich je bei einem Mann gesehen hatte. Mir drehte sich der Magen um. *Ich möchte jedenfalls nie von dir verhört werden, so viel steht fest.*

»Nun, Frau Barrent, wir wissen, dass er in Eurem Haus ermordet wurde. Damit klagen wir selbstverständlich weder Euch noch Eure Söhne an. Wir wollen nur wissen, was Ihr getan habt, nachdem Ihr die Leiche fandet.«

Anfangs reagierte sie mit Ausflüchten. Janyvir jedoch erwies sich als Meister der sanften Beharrlichkeit, indem er ihr eine ganze Reihe Möglichkeiten anbot, um ihrem Gedächtnis auf die Sprünge zu helfen. »Vielleicht hattet Ihr Angst? Vielleicht war Euer Gast abends oft spät heimgekommen? Vielleicht habt Ihr die Messer bemerkt, die er bei sich hatte? Oder Ihr habt befürchtet, dass etwas dahinter steckt, was Euch eine Nummer zu groß war?«

Immerhin kamen seine Worte bei ihr an, so viel konnte man bald erkennen. Sie verspannte sich immer mehr, wurde blasser und blasser, und die Antworten wurden rascher und immer fadenscheiniger, bis sie schließlich mit der Wahrheit herausrückte. Eines Morgens sei sie hochgekommen und hatte ihren Gast mit durchschnittener Kehle vorgefunden. Sein Zimmer sei völlig auf den Kopf gestellt und von oben bis unten durchwühlt worden. Im Kamin hätten Papiere gebrannt. Ach, und was besonders auffällig wäre, er sei am gleichen Tag wie Rylam eingetroffen und hätte abends häufig lange Spaziergänge unternommen. Nein, Besuch hätte er nie gehabt. Ja, sie hätte sich geängstigt. Er hätte nie viel geredet und mit Münzen bezahlt, die sie noch nie zuvor gesehen hätte.

»Darf ich mir diese Münzen mal ansehen?«, warf ich rasch ein.

Als sie mir eine zeigte, erkannte ich sie sofort. Diese kleinen, dumpf silbernen Münzen bestanden aus äußerst wertvollem Korrenit. Nur ein auserwählter Bund stark verteidigungsorientierter Magier wusste, wie man dieses Metall aus der Leere herbeirief. Natürliche Vorkommen gab es in keinem Reich, und alle Gouverneure, die es hatten produzieren wollen, waren daran gescheitert. Eine wahrhaft fürstliche Bezahlung.

Janyvir bedrängte sie weiter. Um die Wahrheit zu sagen,

standen die Schleusen nun bereits so weit offen, dass alles einfach aus ihr heraussprudelte. Der Mann sei eines Nachts einfach aufgekreuzt und hätte gesagt, er wolle Räume anmieten. Niemand durfte erfahren, dass er da war, und sie durfte ihren Gast mit keiner Silbe erwähnen. Jeden Morgen hätte sie ihm Frühstück gebracht, dann hätte er immer über einer kleinen Spiegelsammlung gehockt und gezaubert.

Das Wort ›gezaubert‹ sprach sie aus, als wäre es etwas Ekliges und er ein Schwarzmagier gewesen, der die Toten anrief.

Bei der Erwähnung der Spiegel warf ich einen neugierigen Blick auf Janyvir, der jedoch den Kopf schüttelte. »Wir haben nichts gefunden.«

Zu Isla Barrent gewandt sagte er: »Erzählt mir von seinem letzten Abend.«

Sie fuhr mit der Zunge über ihre trockenen Lippen. »Um acht ist er fortgegangen. Kurz nach Mitternacht kam er wieder. Er wirkte sehr bestürzt, geradezu entsetzt, darum dachte ich, es müsste etwas wirklich Schlimmes passiert sein. Er hatte einige Briefe dabei und sah aus, als wäre er gerade eine Meile gerannt. Dann ging er in sein Zimmer hoch, schloss die Tür ab und saß die ganze Nacht über seinen Zaubersprüchen.«

Eine Reaktion auf das verpatzte Treffen mit Corbe. Er hat den Kontakt hergestellt und die Briefe abgeholt, die Corbe liefern sollte. Dann wurde Corbe getötet, und Klopper nahm die Beine in die Hand. Offenbar kannte Klopper den Mörder, denn er hatte Angst vor ihm, und Meuchelmörder, die Angst vor anderen Mördern haben, gibt es nicht so oft. Besonders wenn derjenige so ein Pfuscher zu sein scheint wie der Kerl, der Corbe auf dem Gewissen hat und das ganze Geld zurückließ.

Wenn er zurückkam und die vielen Zauber geschrieben hat, muss er auch gewusst haben, dass der Mörder ein Zauberer war.

»Welchen Namen hat er Euch angegeben?«, erkundigte sich Janyvir.

»Lesourn.«

»Habt Ihr den Mörder gesehen?«

»Nein. Durch *meine* Tür ist niemand gekommen, weder rein noch raus, da bin ich mir sicher.«

»Das Fenster war verschlossen«, raunte der Wachtmeister mir zu. »Wieder mal unser unsichtbarer, spurlos verschwindender Mörder.«

»Was meint Ihr?«

Achselzuckend lehnte ich mich über die Brüstung des Balkons. »Ich gebe zu, ich mag diesen Turm.«

»Er ist praktisch. Wir haben einen ganzen Schwarm Phönixe und dergleichen für Luftpatrouillen«, erzählte Janyvir, der sich neben mir auf die Brüstung stützte. »Und man hat einen guten Blick.« Das stimmte allerdings. Haven bei Nacht bot von hier aus einen prachtvollen Anblick.

Aus dem Verhörzimmer war ich ohne Umwege auf den Turm hinaufgestiegen, denn ich hatte das Bedürfnis nach frischer Luft. Etwas in mir fühlte sich alt und bitter an, und das kam nicht nur davon, dass der Tod mir in letzter Zeit zu nahe gerückt war.

»Jetzt hat sich alles verändert. Was wir auch inzwischen alles wissen – der Fall Corbe und Klopper, Verzeihung, Lesourn, hat sich verändert.«

»Ihr nehmt Corbe, ich übernehme Klopper/Lesourn«, schlug Janyvir trocken vor.

Diesmal lehnte ich mich rücklings an die Brüstung, während ich versuchte, mich in Corbe hineinzuversetzen. »Es ist Abend. Ich bin nervös. Immerhin musste ich allen möglichen Neugierigen im Palast ausweichen. Außerdem habe ich interessante Briefe dabei, die ein Signal erforderlich machen. Also bin ich zum Zerreißen gespannt und habe eine Heidenangst.«

»Es ist Abend«, stimmte Janyvir ein, der seinerseits Zugang zur Gedankenwelt von Klopper/Lesourn suchte. »Ich bin ruhig. Ich bin völlig kaltblütig. Ein zauberkundiger Mörder und ausgewiesener Überlebenskünstler. Diesmal soll ich mich mit einem Diener treffen, der ein Signalsystem verwendet, das ich ausgezeichnet beherrsche, und von ihm Dokumente von größter Bedeutung entgegennehmen. Meine Rechnungen begleiche ich mit kleinen Mengen einer enorm wertvollen Währung. Ihr seid dran.« Er nickte mir zu.

»Ich befinde mich in der Weststadt. Dort hinterlasse ich mein Zeichen und verschwinde wieder, bis der verabredete Zeitpunkt gekommen ist.«

»Ich sehe Euer Zeichen und schreibe meines dazu.«

»Ich komme zurück, sehe Euer Zeichen und begebe mich zum Treffpunkt.«

»Dort begegnen wir uns. Die Übergabe ist erfolgreich – schließlich hat man bei Corbe keine Dokumente gefunden, auch wenn das keine Rolle spielt. Der Mörder hat sie beide erwischt, also hat er die Papiere wahrscheinlich sowieso – aber langsam! Im Augenblick der Übergabe tritt jemand aus der Finsternis.«

»Ich renne nicht davon. Entweder bleibt mir keine Zeit mehr, oder ich kenne den, der da kommt.«

»Oder beides«, ergänzte Janyvir.

»Keiner von uns rührt sich von der Stelle, als der Mörder näher kommt.«

»Da erkenne ich als Magier«, spann Janyvir seine Rolle als Klopper/Lesourn weiter, »die Berührung der Todesmagie, die sich um Corbes Herz legt. Ich sehe ihre Stärke, auch die Macht und das Können dahinter. Plötzlich begreife ich, in welcher Gefahr ich schwebe. Ich bin ein Mörder, ja, aber gegen derartige Magie bin ich vollkommen wehrlos. Also drehe ich mich um und laufe davon«, folgerte er. »Ich benutze jeden Trick meiner Gilde, um diesen Verfolger abzuschütteln. Doch was ich in dieser Nacht mit angesehen habe, erschüttert mich so sehr, dass ich von Angst gepeinigt werde. Ich spinne Schirme um mein Zimmer, ehe ich mich hinsetze und mich freue, dass ich wenigstens endlich meine neu erworbenen Dokumente lesen kann.

Da spüre ich etwas hinter mir. Nervös greife ich nach der nächstliegenden Waffe, doch es ist zu spät. Obwohl ich mich noch wehre, ist die Magie zu stark für mich, und schon liege auch ich im Leichenschauhaus.«

»Wer hat Euch geschickt?«, befragte ich Janyvir, als wäre er wirklich Klopper/Lesourn und eben von den Toten auferstanden.

»Ein reicher Auftraggeber. Ich operiere bestimmt nicht allein, und vermutlich kenne ich weder meinen Kontaktmann, noch habe ich eine Ahnung, gegen was für einen Feind ich angetreten bin.«

»Habt Ihr etwas mit dem Angriff auf Rylam zu tun, bei dem die Dokumente gestohlen wurden?«

»Nein, denn daran waren zehn Mann beteiligt, und zehn sind nach Sonnenkap zurückgekehrt.«

»Aber in beiden Fällen hatte man es auf Papiere abgesehen. Ist es denkbar, dass Ihr von demselben Menschen bezahlt wurdet, der auch die zehn Mann geschickt hat?«

»Das wäre denkbar. Er müsste über ein beträchtliches Vermögen verfügen sowie von Rylam und dessen Plänen für Sonnenkap wissen. Außerdem müsste er andere Kontaktmethoden als Briefe und Zeichen beherrschen.«

Unsere Blicke begegneten sich. »Hat Feilim Euch geschickt, um bei Corbe Papiere zu kaufen, zu stehlen oder zu vertauschen?«, fragte ich leise. *Hat Feilim Klopper geschickt, um an die verdammten Papiere zu kommen?*

»Das wäre denkbar. Womit Feilim jetzt ebenso unter Mordverdacht steht wie sein Bruder.«

Ich änderte meinen Ansatz. »Habt Ihr etwas mit dem Infernozauber zu tun, der im Palast gefunden wurde?«

»Nein, denn ich bin erst hinterher eingetroffen.«

»Wie konnte man Euch ermorden, wenn Fenster und Türen verriegelt und Zauber aufgestellt waren?«

»Genau so, wie der Infernozauber entstanden ist, vermute ich. Ein Feind, der wie der Blitz durch die Leere schlüpfen kann. Jemand, der die Macht hat, einen ausgebufften Mörder zu erschrecken. Jemand mit dem Motiv, einen möglichen Diener Feilims umzubringen.«

Ich sagte nichts, doch das Unausgesprochene brachte meine Ohren zum Klingeln. Klopper arbeitete für Feilim. Er war geschickt worden, um sich mit Corbe zu treffen. Auf diesem Weg war er dem Tod in die Arme gelaufen.

Janyvir straffte sich. Dann hob er an: »Jetzt stelle ich Euch ein paar Fragen. Ihr seid Xavian.«

»Nur zu«, gab ich zurück, während ich mir das gerissene Gesicht des Magiers vorstellte und mich fragte, was für Gedanken hinter diesen intelligenten Augen abliefen.

»Zwei Träumer, Renna und Miriam, tauchen aus dem Nichts auf. Renna erklärt, sie sei Miriams Beschützerin, betrachtet Xavian von oben bis unten und teilt Miriam mit, dass Xavian nicht der Richtige ist. Was würdet Ihr tun, wenn Ihr Xavian wärt?«

»Mir in die Hosen pissen und schreiend davonlaufen.«

»Milan!«, rügte er vorwurfsvoll. »Ihr seid ein ehrgeiziger Magier mit einer großen Zukunft.«

Ich seufzte. »Ich reagiere voll überraschtem Entzücken auf ein magisches Phänomen, das ich noch nie gesehen habe. Ich kenne die Geschichten von der Macht der Träumer, hatte aber noch nie Kontakt mit ihnen. Renna misstraue ich, denn sie scheint mehr Kontrolle über ihren Zustand zu haben als Miriam, aber ich würde zu gerne herausfinden, wie Träumer funktionieren. Vielleicht kann ich einen Teil ihrer Macht sogar für meine eigenen Ziele nutzen.

Miriam ist von mir wie gebannt, darum ermutige ich sie zu

bleiben. Renna versucht, sie wegzuziehen, aber Miriam will lieber bei mir bleiben. Vor Renna habe ich Angst. Ich tue höflich, versuche, sie zu überzeugen, Miriam bei mir zu lassen. Renna lässt sich auf nichts ein. Während ich versuche, sie zum Bleiben zu überreden, gibt ein Wort das andere. Miriam greift nach meiner Hand, und plötzlich bin ich so von Macht erfüllt, dass ich das Gefühl habe, gleich zu platzen. Ich stoße Renna zurück. Zu meiner Überraschung verschwindet sie. Sie hat Angst, fast so viel wie ich, denn ich habe noch nie so viel Macht gespürt wie in dem kurzen Moment, als Miriam sich mir geöffnet hat.«

»Was geschieht dann?«, bohrte Janyvir weiter. »Denkt daran, als Xavian seid Ihr ein ehrgeiziger Magier und jetzt im Siegestaumel. Ich frage Euch, Milan, weil Ihr Euch mit Träumern besser auskennt als jeder andere. Ihr begreift, was eine Träumerin an einen echten Mann bindet. Was macht Xavian in seinem Triumph?«

»Ich – ich versuche, diese Macht erneut zu kosten. Mit süßen Worten betöre ich Miriam, damit sie mich in ihre Nähe lässt, während ich gleichzeitig nach dem Ursprung der Macht suche, die sie mir so kurz enthüllt hat. Sie ist leicht zu beeinflussen, denn sie ist so fragil und abhängig, dass ich ihr erzählen kann, was ich will, sie glaubt mir alles. Aber obwohl sie ihre Sorgen und Hoffnungen und sogar das Bett mit mir teilt, komme ich nicht mehr an ihre Macht heran. Sie verhält sich einfach nicht so, wie eine Träumerin es tun sollte.«

»Woher wisst Ihr, dass sie das nicht tut?«

»Ist es wahr, dass Ihr Euch in eine träumende Prinzessin verliebt habt?«

»Nein, zumindest das eine stimmt nicht.«

»Was?«

»Das mit der Prinzessin.«

»Ihr habt Euch in eine Träumerin verliebt?«

»Ich weiß es einfach«, murmelte ich, weil mir ihre Worte

einfielen. »Nicht, dass sie es nicht wollte, sie kann es einfach nicht. Bis … bis …«

Jede Nacht, wenn ich schlafen gehe, murmelt er seine Zauber über mir, damit es mir beim Aufwachen besser geht als am Tag zuvor. Wenn er mich berührt, fühle ich, wie seine Macht mich durchzieht, und das ist richtig.

»Ich habe einen Weg gefunden, ihre Kräfte für Zaubersprüche anzuzapfen«, murmelte ich. »Fragt mich nicht wie, aber es geht. Nachts, wenn sie schläft, wirke ich Zauber über ihr, die ihr Macht entziehen, damit ich für kurze Zeit von einem Ort zum anderen springen kann, als wäre ich selbst ein Träumer und hätte ihre Macht inne. So bin ich zu Kertoui in den Weinkeller gekommen. So konnte ich einen Infernozauber und einen Reflektorschild gleichzeitig erschaffen, ohne Spuren zu hinterlassen. So konnte ich auch mit leichter Hand Corbe ermorden und Klopper/Lesourn so furchtbar erschrecken, ehe ich ihn umbrachte. Stück für Stück sauge ich Miriam aus, ohne dass sie es bemerkt. Ich bin derjenige, der den Kontakt unterbrochen hat. Ich habe beide getötet, weil ich nicht wollte, dass Rylam Kontakt zu seinem Bruder aufnimmt. Bei den Träumen! Xavian ist selbst ein halber Träumer. Er hat einen Weg gefunden, ihre Macht für sich zu verwenden. Ein Magier mit den Kräften einer Komapatientin im Rücken ist praktisch durch nichts mehr aufzuhalten.«

»Aber Ihr nutzt sie nicht«, ergänzte Janyvir leise. Er brachte es auf den Punkt. »Etwas hindert Euch daran, das zu ergreifen, was Ihr immer wolltet. Ihr könntet einen Infernozauber wirken, aber da es keinen Grund dafür gab, lasst Ihr ihn unvollendet, so dass man ihn entdecken kann. Dabei hättet Ihr ihn beenden und damit Königin, Fürsten und alle umbringen können. Warum habt Ihr es nicht zu Ende gebracht?«

»Weil … was hätte ich schon davon gehabt, wenn ich die Königin getötet hätte? Ich bin zu schlau, um etwas nur aus

Groll zu tun, von dem ich hinterher nichts habe. Ich führe es nicht zu Ende, weil die Zeit noch nicht reif ist.«

»Was fehlt noch?«

Ich schwieg.

»Was fehlt noch, Xavian? Denkt nach!«

Ich schloss die Augen. Mein Verstand arbeitete fieberhaft. Bei meiner Müdigkeit war es schwer, wie Xavian zu denken. »Ich habe den Infernozauber angefangen. Ich bin ein schlauer Kerl, der nicht ohne guten Grund einen halb vollendeten Zauber hinterlassen würde. Etwas hat sich verändert, deshalb war ich gezwungen, den Zauber zu unterbrechen. Etwas Drastisches. Hm.«

Plötzlich riss ich die Augen auf. »Wir wurden in Kristallkap ausgeraubt.«

»Drei Tagesreisen von Haven entfernt.«

»Ich bin drei Tage nach Entdeckung des Zaubers in Haven eingetroffen! In Kristallkap habe ich den Zauber abgebrochen, weil mir etwas Wertvolles gestohlen wurde!«

»Hervorragend!« Seine Augen blitzten wie die eines Hundes, der die Fährte aufgenommen hat. »Euch wurden wichtige Dokumente gestohlen, ohne die Euer Plan nicht aufgehen kann. Was steht in diesen Papieren?«

»Ich weiß nicht. Hm. Wie man den Zauber wirkt, der mir Zugang zu Miriams Kräften eröffnet, Bestechung oder Erpressung irgendwelcher Art – keine Ahnung.«

»Also gut«, seufzte er, nachdem ihm klar war, dass auch ich die Antwort nicht erraten konnte. »Es wurden Papiere gestohlen, die aus unerfindlichen Gründen von größter Bedeutung sind. Ihr seid gezwungen, Euren Zauber zu unterbrechen und den Weg nach Haven fortzusetzen. Warum?«

»Ich habe keine Wahl. Feilim schickt weiterhin seine Killer, also ist Haven der bessere Ort.«

»Ihr schickt Rylam in die königliche Bibliothek, damit er bestimmte Unterlagen sucht.«

»Vermutlich die gleichen Dokumente, die mir unterwegs verloren gingen!«, bestätigte ich triumphierend. »Und nun erhält Rylam eine wichtigere Rolle. In Haven ersucht er Lisana wiederholt, endlich gegen Feilim vorzugehen. Gleichzeitig verbringt er jede freie Minute mit der Suche nach diesen Dokumenten.«

»Corbe läuft nächtens in die Weststadt.«

»Ich, Xavian, bemerke seine Abwesenheit, befürchte das Schlimmste und zapfe Miriams Kräfte an, um ihm zu folgen. Ich sehe, wie Corbe irgendwelche Briefe an Klopper/Lesourn übergibt. Daraufhin töte ich beide und verbrenne die Briefe, denn ich will Rylam fest im Griff behalten.«

»Kurz darauf beobachtet unsere Silberhand, die in den Palastgängen die Runde macht, wie Rylam geschlagen und schutzlos von der Heilerin kommt.«

»Rylam hat sich mit mir gestritten, denn er ahnt, dass ich seinen Leibdiener Corbe auf dem Gewissen habe. Ich benutze Miriams Kräfte, worauf Rylam nichts mehr einfällt. Leider gerate ich durch Corbes Tod immer stärker in Verdacht, so dass ich meinen letzten Trick ausspiele – Kertoui. Das war eine Verzweiflungstat, die von vorne bis hinten undurchdacht war.«

»Warum seid Ihr so in Bedrängnis?«

Ich zuckte mit den Schultern. »Rylam wendet sich komischerweise gegen mich. Laenan Milan ist im Palast aufgetaucht und schnüffelt herum. Milan weiß über Träumer Bescheid und könnte sich auf Miriam einschießen, wenn ich nicht Obacht gebe. Lisana geht die Sache nicht aus dem Kopf. Es ist nur eine Frage der Zeit, bis sie Rylam der Lüge bezichtigt und ihn auffordert, mit der Wahrheit herauszurücken. Ich brauche einen neuen Fall, der diesen Zeitpunkt hinauszögert, bis ich endlich diese superwichtigen Dokumente gefunden habe. Kertoui war mein erster Fehler.«

»In der Zwischenzeit saugt Ihr Miriam weiter ihre Kraft

aus und fahndet nach den fehlenden Unterlagen. Ihr wisst, dass derjenige, der die Diebe geschickt hat, sich Eures Spiels bewusst ist. Außerdem schenkt dieser Milan sowohl Miriam als auch Rylam und der Weststadt viel zu viel Beachtung.« Janyvir dachte angestrengt nach, bis er sich seine nächste Frage zurechtgelegt hatte. »Was habt Ihr wegen Renna unternommen?«

Überrascht fuhr ich hoch. »Ich weiß es wirklich nicht. Immerhin habe ich sie zu Tode erschreckt, so viel steht fest. Ich schätze, ich nutze einfach weiter Miriams Kraft, nur für den Fall, dass sie doch zurückkommt. Was Renna als Nächstes vorhat, ist mir nicht klar. Ich bin mir nicht einmal sicher, ob sie tatsächlich mit Milan in Verbindung steht oder ob das wieder so ein Mythos ist, der über den Mann verbreitet wird.«

»Okay. Jetzt eine Frage an Renna. Seht mich nicht so an, wen außer Euch sollte ich da wohl befragen?«

»Nur zu.«

»Ihr wurdet von einem Magier und einer Träumerin gemeinsam zurückgewiesen. Die Träumerin ist Euch wichtig. Ihr möchtet nicht, dass ihr ein Leid geschieht. Der Magier schert Euch nicht die Bohne, aber Ihr müsst erst ihn überwinden, ehe Ihr an die Träumerin herankommt. Was tut Ihr?«

»Ich versuche, vernünftig mit Miriam zu reden. Aber da ich sie nicht erreichen kann, klappt das nicht.«

»Ihr versucht, vernünftig mit Miriam zu reden«, wiederholte er. »Aber da Ihr sie nicht erreichen könnt, schickt Ihr jemand anderen. Jemanden, der zuverlässig, mächtig, intelligent und von unbändiger Neugier erfüllt ist, wie Ihr wisst.«

»Janyvir, wenn Ihr glaubt ...«

Unvermittelt schnellte er vor, packte mein Handgelenk und schob den Ärmel hoch. Seine Augen glühten, seine Miene war voller Spannung.

»Euch ist ein Zauber durchgegangen, Milan. Ihr habt Euch

übergeben und fertig. Ihr seid ein legendärer Held – der größte Magier, der je mit Feuer um sich geworfen hat. Ein einfacher Zauber hätte Euch nicht dazu gebracht, Euch ins Handgelenk zu schneiden. Wenn Ihr hingegen ein Selbstmörder wäret, was ich nicht glaube, hättet Ihr Euch die Pulsadern auf beiden Seiten aufgeschnitten. Erzählt mir, was Euch widerfahren ist!«

Ich rührte mich nicht. Seine Finger umschlossen mein Handgelenk, bis es schmerzte. »Erzählt es mir!«

»Sie ist zu mir gekommen. Unterwegs.« Ich wand mich frei, wich zurück und rieb kräftig an meinem Handgelenk. »Sie war verstört und erklärte mir, ich dürfte niemandem etwas tun. Dann schnitt sie mit einer Klinge aus Eis in mein Handgelenk, und plötzlich wurde es eiskalt.«

Nun erzählte ich ihm alles über die Begegnung in Sternenkap bis zu dem Punkt, als ich am nächsten Tag erwacht war und keine Spur von Rennas Anwesenheit bemerkt hatte. Nachdem ich fertig war, fiel es mir schwer, ihm in die Augen zu sehen, so bohrend war sein Blick.

»Sie ist in Euch, Milan, richtig? Ihr spürt die Dinge wie ein Träumer, fühlt vieles, was Ihr noch nie zuvor gefühlt habt. Renna steckt in Eurem Blut, weil sie keinen anderen Ort wusste, wo sie sich verstecken sollte. Träumer können sich erst dann endgültig von der Erde lösen, wenn sie wahrhaft *ihren* Traum, ihr ganz persönliches Paradies gefunden haben. Sie kam zu Euch, weil sie dies in Euch gefunden hatte. Sie kam, weil Ihr Xavian mit seinem wahnsinnigen Spiel aufhalten könnt und – Träumer hin, Träumer her – nach wie vor der mächtigste Mann in der Leere seid.«

Bei diesen Worten hätte ich am liebsten laut gelacht, doch ich tat es nicht. Eine seltsame Ruhe hatte sich über mich gesenkt. Mein Handgelenk juckte, aber nur halb so schlimm wie früher. Einige dicht bevölkerte Straßen weiter hörte ich einen Hund bellen, und wenn ich mich anstrengte, konnte ich auf einem nahen Dach das Tappen von Katzenpfoten wahrnehmen, ja sogar das Atmen der Katze. Mein Geruchssinn reagierte stärker als früher auf die stinkende Suppe, die in der Kantine der Wache auf den Tisch kam. Obwohl es schon Abend war, konnte ich auf dem Wappen, welches das ehrwürdige Kaufmannshaus gegenüber schmückte, jede Einzelheit erkennen.

»Mächtig?«, wiederholte ich gedämpft. »Wisst Ihr überhaupt, was Macht bedeutet? Macht ist die Fähigkeit zu befehlen, die Herzen der Menschen anzusprechen, damit sie einem folgen, und zwar in jeder Hinsicht. Macht ist das, was gesunde Menschen in den Wahnsinn treibt oder einen Barden vor Stolz anschwellen lässt, wenn sein Publikum um den Helden weint, von dem er singt. Davon verstehe ich nichts. Ich bin mächtig genug, ein Leben zu beenden, aber wahre Macht ist das nicht. Eher eine begrenzte Kontrolle über meine Umgebung.

Außerdem gibt es Seiten in mir, über die ich keine Kontrolle habe. Und die wehren sich energisch gegen solche Vorstellung von Macht – darum habe ich keine. Macht ist der Wein, der am leichtesten süchtig macht, das süßeste Gift. Sie wird einem in einem silbernen Kelch kredenzt, der niemals austrocknet. Doch der Kelch bleibt nur voll, weil jeder, der einen zu tiefen Schluck davon trinkt, bald alle Macht zurückgeben wird. Vielleicht weil er tot ist. Oder verrückt. Oder von Verrätern zerrissen. Oder durch die Erinnerung an das Verlorene zerbricht, das nie wiederkommt. Oder zur Verzweiflung getrieben, weil er etwas anstrebt, was er niemals erreichen kann. Erzählt mir nichts von Macht, Wachtmeister Janyvir, denn ich besitze nur meine eigene Macht, und die ist gering genug.«

»Falsch«, widersprach er in ruhigem Ton. »Ihr verfügt über Macht. Genug, um zu erkennen, was Miriam an Xavian bindet. Genug, um dieses Band ein für alle Mal zu zerreißen. Ihr habt die Macht, Miriam freizulassen.«

Eine ganze Weile starrten wir einander geradezu herausfordernd an. Schließlich schüttelte Janyvir seine Gedanken ab, richtete sich auf und schlug einen militärischen Ton an. »Frage an Xavian: Wenn Ihr diese Dokumente gefunden habt, was macht Ihr dann?«

Darauf hatte ich keine Antwort. Was sollte ich schon sagen, was er nicht bereits wusste?

Als ich schließlich mit Janyvir durch die Straßen lief und wir an jeder Ecke schneller wurden, bis wir vor lauter Angst vor dem »Wenn« und »Vielleicht« und einer Wahrheit, die geradezu überdeutlich ins Auge sprang, beinahe rannten, hatte ich das Gefühl, beobachtet zu werden.

War das Xavian? Wusste er Bescheid? Oder sah ich Gefahren, wo gar keine lauerten? So viele Fragen, aber nicht genug Zeit oder Gewissheit, um auch nur eine zu beantworten.

Ich werde beobachtet. Ich fühle, wie du mich beobachtest.

Doch obwohl ich alles probierte, um die unsichtbaren Augen am Himmel loszuwerden, wollte dieses Gefühl nicht verschwinden.

8. KAPITEL
RENNA

Ich kann ihn verhaften lassen.«

»Das könntet Ihr versuchen«, sagte ich. »Viel Glück!«

Lisana machte ein finsteres Gesicht. »Was soll ich dann Eurer Meinung nach tun?«

»Sie trennen. Alle drei. Haltet Rylam von seinen Gängen in die Bibliothek ab. Lockt ihn mit allen erdenklichen Mitteln von Xavian weg. Beschäftigt die beiden, damit ich versuchen kann, zu Miriam vorzudringen. In jedem Fall lasst Ihr sie nicht mehr in die Nähe von Dokumenten.«

»Ihr wisst nicht zufällig, um was für Dokumente es sich handeln könnte, meine Königin?«, erkundigte sich Janyvir.

»Nein«, gab sie pikiert zurück. Es fiel ihr immer schwer, Unwissenheit einzugestehen. Dann wandte sie sich mir zu: »Was habt Ihr vor?«

»Miriam«, wiederholte ich. »Ich muss Miriam von Xavian trennen, ohne sie zu sehr zu bedrängen. Wenn sie stark genug war, Renna zurückzustoßen, ist sie mit großer Wahrscheinlichkeit auch stark genug, mich zum Teufel zu jagen.«

»Nicht unbedingt«, murmelte Janyvir, was nur für meine Ohren bestimmt war.

»Was geschieht, wenn Xavian diese ›Dokumente‹ ausfindig macht, von denen Ihr die ganze Zeit redet?«

»Wir müssen davon ausgehen, dass er Euch umbringen will«, erklärte Janyvir. Ich bemerkte seine stille Belustigung bei dieser Aussage.

»Warum können wir ihn nicht gleich verhaften?«

»Das können wir ja bald«, versicherte ich. »Vorerst jedoch müssen wir herausfinden, um was für Dokumente es sich handelt, wer schlau genug war, sie zu stehlen, und wie wir Miriam davon abhalten, sich unter dem Druck der Ereignisse in was auch immer zu verwandeln. Beschäftigt sie irgendwie. Ich möchte mich noch mit ein, zwei Leuten unterhalten, aber erst müssen Xavian und Rylam aus dem Weg sein.«

»Bis morgen Mittag rennen sie derart durch die Gegend, dass sie nicht mehr wissen, wo oben und unten ist«, versprach Lisana.

Diesmal hab ich dich.

Die Gedanken, die mir durch den Kopf gingen, als ich durch die Palastgänge stapfte, waren wenig erfreulich. Sie neigten gefährlich dazu, bestimmte Leute zu schütteln, andere zu schlagen oder am besten beides zu lassen, um lieber gleich zu Zaubern überzugehen, mit denen man ein Gehirn auseinander nimmt.

Diesmal weiß ich, was los ist, dachte ich verärgert. *Corinna. Jetzt musst du mir beistehen, meine Gute.*

Ich hatte Lisana gefragt, ob Rylam schlafen würde. Zu meiner Überraschung hatte sie verneint. »Er steckt in der Bibliothek. Sieht so aus, als hätte er Angst, sie zu verlassen.«

»Und Corinna, seine Leibdienerin? Wo ist die?«

Lisana hatte die Augen geschlossen, auf den Schlüssel in ihrem Inneren gehorcht und erwidert: »Wach. Sie befindet sich im Kreuzgang zum Springbrunnen und ist momentan etwas abgelenkt.«

»Etwas abgelenkt« konnte bei Lisana alles Mögliche besagen – eine lästige Fliege wie den Angriff eines Bären.

Aha, da war sie! Corinna marschierte allein auf und ab. Auf dem Boden lag ein umgekippter Korb mit schmutziger Wäsche, als hätte sie beim Erreichen des Hofes jeder Antrieb zum Weitergehen verlassen. Ich sah ihr lange heimlich zu, denn ich wollte ihre Bewegungen begreifen. Einmal blieb sie stehen und hob den Korb auf, als wolle sie weitergehen. Dann jedoch entschied sie sich dagegen und warf ihn wieder hin.

»Wächst Euch die Arbeit über den Kopf?«, fragte ich nach ausführlicher Beobachtung.

Beim Klang meiner Stimme fuhr sie zusammen. Einen Augenblick stand blankes Entsetzen auf ihrem Gesicht.

Du hast mich zuerst für jemand anderen gehalten, stimmt's?, registrierte ich mit einem eigenartigen Triumphgefühl. *Mir ist klar, dass du etwas weißt, Corinna.*

Es war reine Routine, wie ich sie schon tausendmal durchgespielt hatte. Bei Dislas und seinesgleichen, bei all diesen gesichtslosen Meuchelmördern, Schurken und Killern, die ich einst aufgesucht hatte, als ich noch durch die Leere getappt war. Einige Male hatte man auch mir so mitgespielt. Die freundliche Stimme, die vorgetäuschte Einfalt, der Druck, der sich langsam steigert, bis die Freundlichkeit geradezu grausam wirkt, der Narr harsch reagiert und das Fallbeil meines geballten Wissens auf die arme Corinna niedersaust, um ihr den winzigen Edelstein der Wahrheit zu entlocken.

»Ich habe nachgedacht«, wiederholte ich, diesmal nachdrücklicher, damit sie wirklich zuhörte. »Und ich bin zu dem Schluss gekommen, dass ich mich vielleicht geirrt habe.«

Ihr Kopf fuhr hoch wie der einer Schlange, doch sie sagte noch immer kein Wort.

»Versteht Ihr, ich wäre vielleicht tatsächlich bereit zu sagen, dass ich mich geirrt habe und Rylam Recht hatte, und dass er vielleicht kein Schuft, sondern nur ein wenig, nun, irregeleitet ist.«

Schweigen.

»Ich wäre sogar bereit, die Sache nicht weiter zu verfolgen. Wenn es sich für mich lohnen würde.«

»Inwiefern lohnen?«, stammelte sie, ohne mir in die Augen zu blicken.

»Ich bräuchte einen guten Grund, ihn für unschuldig zu erklären. Außerdem bräuchte ich dann einen anderen Bösewicht.«

»Ich weiß nicht, wieso Ihr damit zu mir kommt. Ich bin nur seine Leibdienerin.«

»Aber Ihr seid in der ungewöhnlichen Position, dass das Überleben Eures Herrn in Eurer Hand liegt«, mahnte ich.

Diesmal begegnete sie meinem Blick, und ich registrierte überrascht, wie ähnlich sie Rylam war. Ihre Augen drückten dieselbe unterschwellige Wut aus, doch bei ihr brodelte diese noch stärker. Viel stärker.

»Ihr seid ein verdammter Mistkerl«, begann sie leise. »Ihr dreht und wendet alles nach Eurem Gutdünken, manipuliert dies und jenes, hin und her. Sogar Euch selbst redet Ihr ein, dass Ihr ein netter Kerl seid. Aber wenn es Euch genehm ist, legt Ihr Euch auf die Lauer und schnellt dann vor, um in der offenen Wunde herumzubohren. Ihr glaubt, Ihr könntet mich zum Reden bringen? Ich *liebe* Rylam! Ich liebe ihn mehr, als Ihr Euch jemals vorstellen könnt, wie Ihr es nie erfahren werdet! Ihr habt doch nicht die geringste Ahnung, was uns verbindet!«

»Überschäumende Phantasie«, stellte ich fest.

Sie schnappte sich den Korb und wollte gehen, doch ich war schneller. Mit einem Ruck riss ich sie am Handgelenk herum, so dass sie gezwungen war, mir ins Gesicht zu blicken.

»Lauft bloß nicht weg!«, warnte ich sie. »Ich weiß eine Menge. Ich habe alles ausgeknobelt. Jetzt brauche ich nur noch einen Beweis, eine kleine Information. Ich muss wissen, was das für Dokumente waren. Erzählt es mir, dann kann ich Rylam bestimmt noch das Leben retten.«

Sie wollte sich losreißen, aber ich hielt sie fest, ohne den Ausdruck von Schmerz zu beachten, als meine Finger sich weiter schlossen. »Wagt es nicht davonzulaufen!«, fluchte ich. »Wenn Ihr Rylam wirklich liebt, solltet Ihr ihm jetzt auf der Stelle beistehen und mir alles erzählen! Alle Teile passen perfekt zueinander, doch noch ist das Puzzle nicht stabil. Ich brauche Euch, damit Ihr es leimt. Redet!«

Sie schlug mir ins Gesicht. Nicht die Ohrfeige selbst überraschte mich, sondern die Kraft dahinter, die mir tatsächlich die Tränen in die Augen trieb.

Es folgte ein angespanntes Schweigen, während Corinna vor Wut zitterte. Entsprang der Eindruck meiner Phantasie, oder sah sie ihrem Herrn im Halbdunkel wahrhaftig so ähnlich? Hatte sie so viel Zeit mit ihm verbracht, dass sogar seine Mimik sich in ihr hartes, trotziges Gesicht eingegraben hatte?

Ich ließ sie laufen. Es schien wenig Sinn zu haben, sie weiter festzuhalten. Mit ihrem Korb zog sie sich rückwärts in den Garten zurück, ohne mich aus den Augen zu lassen.

»Ich kann ihm helfen«, versicherte ich, während sie zurückwich. »Ihr wisst, dass ich dazu in der Lage bin.«

»Ich denke darüber nach«, erwiderte sie.

»Mehr kann ich nicht verlangen.«

Dann rannte sie davon.

Womit nur noch eine Person zu verhören war, und die steckte in meinem Inneren.

Ich tue es für dich, dachte ich widerstrebend, als ich mich an diesem Abend ins Bett begab. *Für dich, Renna, denn du bist in mir, und du willst es so.*

Zeig mir, was du mir die ganze Zeit zeigen wolltest. Ich werde dir zuhören, egal, was mich daran hindern will.

Der Schlaf übermannte mich viel zu schnell – ein neuerliches Zeichen, dass Renna in mir war? Mit dem Schlaf kamen die Träume.

Ich befand mich in einem großen Krankensaal, dessen Dunkelheit nur vom Licht der Nachtschwester erhellt wurde, die am Ende des Saals in ihrem kleinen Büro saß. Aus der Ferne hörte ich das Dröhnen von starkem Verkehr. Hierher brachten die Menschen ihre Komapatienten zum Sterben. Ich hatte schon einmal von einem solchen Ort geträumt, damals, als Rennas sterblicher Körper einen langen, schmerzlosen Tod durchgemacht hatte. Aber diesmal war da diese Katze, die vor mir schnurrte. Ihre leuchtend grünen Augen strahlten ein Licht aus, das diffus von überall und nirgends herrührte. Widerspruchslos folgte ich ihr durch den Saal bis an ein Bett. Dort schnurrte die Katze wieder, sprang auf das Bett und glitt zum Kopf einer Person, die fast vollständig von einem Leintuch verhüllt war. Ich folgte ihr, obwohl meine nicht existenten Knie schlotterten und der nicht existente Schweiß über meinen nicht existenten Rücken rann. *Das ist ein Traum, es ist nicht real. Behalte um Himmels willen die Nerven!*

Ich blickte auf das Namensschild am Handgelenk der Patientin. Mary Sutherfield. Überdosis. Noch im Traum war ich geistesgegenwärtig genug, die Verbindung zu erkennen. Mary. Die Medikamentenpackungen, die in dem leeren Haus am Fluss auf dem Boden gelegen hatten. Ich beugte mich über das Bett, um der Frau ins Gesicht zu schauen. Der Schrei, den ich ausstieß, ließ die Katze einen Buckel machen.

Aus dem Bett starrte mir das leere Gesicht von Corbe entgegen, bleich und leblos. Und dann, als ich näher hinsah, war es doch nicht Corbe, sondern Kertoui – nein, auch nicht Kertoui, sondern die breiten Züge von Klopper, so wie ich ihn mir immer vorgestellt hatte.

Taumelnd wich ich zurück und kniff die Augen zusammen. Aber dadurch wurde die Finsternis nur noch schlimmer, denn sie war von all diesen schwimmenden Gesichtern erfüllt, die man mir noch zeigen konnte, die mich *vielleicht* noch verfolgen würden. Ich schlug die Augen auf, nahm T'omars leeres Gesicht wahr und stieß einen Schreckenslaut aus. *Er ist nicht tot!* Dann folgte Lisanas Gesicht, alle Schönheit vergangen, als ob ein Dieb sie gestohlen und verschachert hätte. Schließlich Saenia. Ich drehte mich um, aber jede einzelne Person im Saal war herbeigerollt, um mich anzustarren, und jede von ihnen glich Saenia aufs Haar.

Die Katze miaute, ob wiedererkennend oder warnend, doch die Gestalten setzten sich ab und verwandelten sich anklagend weiter. Die Katze sprang beiseite und setzte sich, obwohl ihr Schwanz ungehalten zuckte. Nach einem tiefen Atemzug stellte ich mich der ersten Gestalt.

»Ihr habt mich im Stich gelassen, Milan.«

»Nein, Herr«, versicherte ich dem Geist von Talsin, dem vor langer Zeit verstorbenen, einstigen König von Haven. »Der Einzige, den ich im Stich gelassen habe, war ich selbst.«

»Ihr habt mich sterben lassen.«

»Das ist Unsinn, und das wisst Ihr.«

Jetzt wurde ich selbstsicherer. Irgendwo am Ende dieses düsteren Tunnels aus Geistern und Beschuldigungen würde ich meine Antwort finden. Ich musste nur lange genug durchhalten.

Als Nächstes folgte das grinsende Gesicht von Serein, König der Alpträume, der mich beinahe getötet hätte. »Ihr habt also überlebt.«

»Im Gegensatz zu Euch«, gab ich ungerührt zurück. Mehr für mich selbst fügte ich noch hinzu: »Geist.«

»Ihr fürchtet mich immer noch.«

»Nein. Euch habe ich nie gefürchtet, Serein. Nicht einmal angesichts des Todes habe ich vor *Euch* gezittert. Ihr wart nur ein armer Irrer.«

»Ihr werdet sterben, Milan. Ihr und alle, die zu Euch gehören.«

Auch wenn es mich überraschte, Worte zu hören, die ich so ähnlich in einem anderen Kampf in einer anderen Zeit ausgesprochen hatte, zeigte ich es nicht. Welche Schutzschilde Miriam oder Xavian auch errichtet hatten, um mich von Miriam fern zu halten, jetzt erkannte ich, woraus sie bestanden.

Danach war es einfach, jede Falle zu umgehen. Ich brauchte nur durchzuhalten, Augen und Ohren zu verschließen, und alles würde sich in Luft auflösen. Diese Gestalten waren Xavians Werk. Aber Xavian war nicht so stark, wie er glaubte, auch wenn er mir vorgaukelte, die ganze Welt hätte sich gegen mich verschworen, damit ich meine Augen vor dem verschloss, was hinter diesen Illusionen ruhte.

Wieder veränderten sich die Gesichter, und plötzlich starrte ich mich selber an.

Mein Spiegelbild ließ mich nur noch ruhiger werden. »Du hast mich unterschätzt!«, rief ich meinem unsichtbaren Folterer zu. »Dieses Bild habe ich schon viele tausend Mal gesehen. Es schockiert mich nicht mehr!« Wenn ich einfach die Augen offen und die Mienen vorbeiziehen ließ, würde ich sehen können, was ich nicht sehen sollte.

Erneut warf ich einen Blick auf die Patientin. Dieses Mal hatte sie das schlafende, leere Antlitz von Miriam. Obwohl ich die ganze Zeit darauf gewartet hatte, seufzte ich erleichtert auf. »Was jetzt?«, flüsterte ich der Katze zu. »Ich bin bereit, alles zu erfahren, wenn es denn unbedingt sein muss.« Dabei konnte ich mir ein Lächeln nicht verkneifen. »Du hättest einfach darum bitten können, weißt du. Für dich wäre ich gleich geblieben, Renna.« Das war geraten, aber gut geraten. Und selbst wenn ich mich irrte, war die Katze durchaus dazu geeignet, ihr meinen Verdacht mitzuteilen.

Schon bald stand Miriam ein paar Schritte weiter auf eigenen Beinen. So sicher, wie es nur ein Magier kann, wusste ich, dass sie der letzte Geist vor der Freiheit war. Eingehüllt in ein Krankenhauslaken, das eher einem Leichentuch glich, stand sie vor mir und starrte mich mit derselben unsicheren Anerkennung an wie damals in Haven.

»Gebt Ihr denn niemals auf?«

»Ich habe keine große Wahl.«

»Ihr seid eine Illusion, Milan.«

»Nein, Ihr seid die Illusion – ein Trick der echten Miriam oder von Xavian, der mich aussperren soll. Aber ich durchschaue Euch, Miriam, und dieses Wissen ist eine tödliche Waffe.«

Sie schnaubte. »Ich bin am Leben. Ich weiß, wer meine Freunde sind. Ich schlafe den schwarzen, erholsamen Schlaf des Nichts. An meinen Händen klebt kein Blut.«

»Indirekt habt Ihr dennoch Blut vergossen, wenn auch nicht durch eigene Schuld«, widersprach ich. »Das Blut an *meinen* Händen haben andere Männer aus anderen Gründen vergossen. Ich habe immer nur in Notwehr gehandelt.«

»Warum habt Ihr dann Serein angegriffen?«

»Weil er meine Welt zerstören wollte, ja, sie zerstört hatte. Ich musste wieder für Ausgleich sorgen.«

»›Ich musste‹ – ›müssen‹ ist ein Wort, mit dem sich nur Schwächlinge herausreden.«

»Wer andere als ›Schwächlinge‹ bezeichnet, erkennt in ihren Seelen nur die Angst, die in jedem Menschen ruht.«

»Auch in Euch?«

»Ganz besonders in mir«, gestand ich. »Jeder fürchtet sich vor irgendetwas. Je länger man lebt, desto mehr Feinde hat man, desto größer kann die Angst werden. Nicht jedes Leben ist in eine dicke Portion Zufriedenheit gebettet.«

»Und Ihr, Ihr habt nichts von dieser Polsterung abbekommen«, nutzte sie rasch meine eigenen Worte für ihre Zwecke. »Lisana hat den Prinzen manipuliert, den Ihr für Euren Freund hieltet. Er ließ Euch einsperren und verprügeln, löste jedes freundschaftliche Band. Erst bei seinem Tod habt Ihr Euch versöhnt, und da war es zu spät. Euer Leben lang hat man Euch angegriffen. Ihr watet durch einen Strom von Blut, der immer tiefer wird, je näher Ihr dem Ufer kommt. Armer Laenan Milan. Ein guter Mann auf dem falschen Weg, der noch ahnt, was er einst war.«

»Ich bin nicht verdorben, nicht ganz.«

»Macht verdirbt jeden Charakter.«

»Ich besitze keine Macht.«

»Kommt mir jetzt bloß nicht wie Janyvir. Natürlich habt Ihr Macht. Ihr seid bloß zu feige, sie zu benutzen.«

»Provoziert mich nicht, Miriam, sonst werdet Ihr schon sehen, wie feige ich bin.«

Sie lachte. »Du meine Güte. Noch eine schlechte Angewohnheit, was? Erst, wenn Ihr kurz vor dem Zusammenbruch steht, wenn man Euch verraten, verhöhnt, vermöbelt und gebrochen hat, zeigt sich Eure Macht auch nur ansatzweise. Ihr habt sie hinter eisernen Mauern verborgen, und um diese Mauern schmelzen zu lassen, muss es schon sehr heiß werden.«

Der Aufruhr meiner Empfindungen brachte mich zum Zittern, doch ich rührte mich nicht. Sie fuhr fort: »Wollt Ihr mich nicht durchschütteln, anschreien oder verfluchen?«

»Was hätte das für einen Sinn, Illusion? Wenn ich nur alle Eure tödlichen Spitzen durchstehen muss, um das Band zwischen einer guten Träumerin und einem bösen Magier zu zerreißen, dann bleibe ich eben stehen. Ist das genug Macht für Euch? Die Macht, dieses eine Mal meinen eigenen Weg zu wählen?«

Seltsamerweise lächelte sie. Noch nie hatte ich ein so zufriedenes Lächeln gesehen.

»Ja. Das ist genug.«

Unversehens war auch sie verschwunden.

Ich stand allein in einem abgedunkelten Raum. Eigentlich wusste ich gar nicht genau, ob ich gerade stand oder fiel oder schwebte, denn ich spürte nichts unter meinen Füßen und hatte auch nicht das Gefühl, dass sich etwas bewegte. Alle meine Phantome waren verschwunden.

Dafür waren nun Miriams Geister an der Reihe. Als sie vortraten, schien die ganze Welt sich aufzulösen.

Ein brodelnder Fluss. Gesichter. Einige erkannte ich. Die

Frau im geblümten Kleid, die mit ihrem Mann zusammen ein Picknick aufbaute. Die zweite Frau, genauso heiter gelassen wie ihre Begleiter. Miriam, ebenfalls lächelnd, während sie alle sich grüßend einem Mann zuwandten, der sich ihnen vom Haus her näherte.

Zeig es mir.

Wie hatte sich Mary, wie man sie hier nannte, aus diesem überaus glücklichen Leben in die komatöse, fragile Miriam verwandelt, die ich kannte?

Zeig es mir.

Es war dunkel. Im Haus war es still. Vier Mäntel hingen in der Garderobe. Einer der fröhlichen Fünf musste im Laufe der Nacht abhanden gekommen sein. Aus der Küche hörte ich Gemurmel.

An meinen Beinen strich die schwarze Katze entlang. Erschrocken blickte ich nach unten. Dabei hätte es mich gar nicht mehr überraschen dürfen, dass dieses Tier mich körperlich berühren konnte. Mit leichten Sätzen sprang es die Stufen hoch, und ich folgte ihm, ein nicht existenter Hauch, der über den Boden schwebte.

Da war sie. Miriam. Mary. Wie auch immer ich sie nennen sollte. Einsam saß sie in ihrem Zimmer auf dem Bett. Alles war in Unordnung: Kleider lagen auf dem Boden verstreut, die Fenster standen offen, und kalter Wind bauschte die Vorhänge.

Miriam hockte auf dem Ende des Doppelbetts. Ihr Gesicht war tränenüberströmt.

Doppelbett? Bist du verheiratet, kleine Miriam?

Mit schweißnasser Hand hielt sie ein gerahmtes Bild, das sie auf und ab schüttelte, immer fester, bis ich Angst um sie bekam. Ich wollte zu ihr gehen und sie trösten, doch was sollte das helfen? Das hier war ein Traum und darüber hinaus ein Traum von der Vergangenheit. Dennoch setzte ich mich aus einem Impuls heraus neben sie und versuchte, die Tränen abzuwischen, die ihr gerötetes, vom Weinen geschwollenes Gesicht befleckten.

Sie sprang auf, als hätte sie meine Berührung gespürt. Mit einem Aufschrei, der Wut, Enttäuschung und zahllose andere undefinierbare Gefühle ausdrückte, riss sie die Hand zurück und schleuderte das Bild mit Wucht gegen die Wand. Instinktiv duckte ich mich, obwohl dies gar nicht nötig war, als es über meinen Kopf hinwegsauste und klirrend zerbrach. Überall lagen Glassplitter herum.

Dieser Ausbruch schien Miriam jedoch nicht zu beruhigen, sondern noch mehr aufzubringen. In flammendem Zorn rannte sie durch das Zimmer, warf die Bücher vom Regal, riss Seiten heraus, trat den Papierkorb um, schmiss Kissen gegen die Wand und stieß die Nachttischlampe herunter. Krachend landete sie auf dem Boden, worauf das Zimmer in Dunkelheit versank.

Auch ohne Licht konnte ich gut sehen, was ich erneut Renna zuschrieb. Während Miriam sich unter herzzerreißendem Schluchzen aufs Bett warf, ging die Tür auf, und die Frau, die später voller Entsetzen zum Fluss laufen würde, stand auf der Schwelle. Wortlos eilte sie zu Miriam hinüber, schloss sie in die Arme und hielt sie fest, während Miriam nicht aufhören konnte zu weinen. Ich rückte von ihr ab, weil ich wusste, dass ich nichts tun konnte. Mein Blick fiel auf das Bild, das zwischen den Scherben lag.

Neugierig kniete ich nieder und versuchte, das Foto aufzuheben. Meine Hand glitt natürlich mitten hindurch. Ich bückte mich, bis meine Nase dicht über dem Boden schwebte, um mehr zu erkennen.

Miriam im weißen Brautkleid. Voll naiver Glückseligkeit hing sie am Arm eines geradezu soldatisch stramm stehenden älteren Mannes, der Xavian glich wie ein Ei dem anderen.

Kein Heureka, kein plötzliches Begreifen, kein selbstgefälliges Grinsen, kein Ich-hab's-ja-gleich-gewusst. Nur leeres Bedauern und die Erkenntnis, dass ich es bereits bei meiner ersten Begegnung mit Miriam begriffen hatte. Sie hatte von einer Erinnerung geträumt, doch in der Leere hatte ihr Verstand unter dem unheilvollen Einfluss der Trauer, der Medikamente oder beidem nur einen bösartigen Abklatsch dieser Erinnerung entdeckt.

Renna hatte damals in Sonnenkap sofort erkannt, dass Xavian nicht der war, der er zu sein schien. Sie hatte versucht, Miriam vor ihm zu bewahren. Warum?

Zur Hölle! Miriam stirbt im übelsten, grausamsten Alptraum, den ihr Gehirn ersinnen kann. Nur wer den perfekten Traum findet, kann sich von der Erde lösen. Wenn sie aber den perfekten Alptraum gefunden hat? Was dann?

Renna, warum sprichst du nicht mit mir? Warum hilfst du mir nicht?

Noch während ich diese lautlose Frage stellte, kam mir die Antwort. Ein Magier und eine Träumerin hatten sie vertrieben. Um sich dagegen zu wehren, hatte sie mich als Partner für diesen Krieg auserkoren. Da wir körperlich, geistig und seelisch eins waren, wie auch immer zwei Wesen derart verschmelzen konnten, waren wir Xavian und Miriam zweifellos überlegen, die nur von den brüchigen Gesetzen der Magie zusammengehalten wurden.

Aber versprecht mir, dass Ihr dem Mädchen nichts tut.

Hatte sie das nicht gesagt, ehe sie mir so grausam das Handgelenk aufgeschnitten hatte? Und noch etwas: *Ich brauche Eure Sterblichkeit, Milan. Ich muss ihnen ebenbürtig werden.*

»Nette Art, das zu zeigen«, murmelte ich. Nicht einmal, wenn ich mir Mühe gab, konnte ich ihr böse sein. Schließlich kämpfte sie – kämpften *wir*, sofern dieses Wort die ungewöhnliche Milan-Renna-Verbindung richtig beschrieb – für die bessere Sache, nämlich Miriam zu ihrem Traum zu führen, ehe ihr Körper starb und ihr Verstand in jener Welt festhing, in die jene Träumer wanderten, die im Alptraum umkamen. Schließlich waren all diese Intrigen, die Morde, die langen Stunden, in denen ich über Mörder, Papiere und Prinzen nachgesonnen hatte, gar nichts im Vergleich zu der bestehenden Gefahr: Wenn Xavian Miriam weiter auf seine Weise benutzte, würde niemand diese Geschichte unversehrt überstehen.

Wenn aber Renna in mir war, um mir genug Macht zu verleihen, damit ich mich mit Xavian messen konnte, dann bedeutete das doch wohl, dass ich manches von dem, was Xavian tat, selbst vermochte. Vielleicht sogar mehr, schließlich waren Renna und ich eins!

Vor langer Zeit hatte ich einer verschreckten, im Koma liegenden Renna geraten, die Erde einfach zu vergessen. Die Regeln der Erde gelten bei uns nicht, und wer in Gedankenschnelle reisen will, der kann das auch. Ich hatte sie für töricht gehalten, weil sie ihren eigenen Gesetzen folgte. Jetzt begann ich zu verstehen, wie schwer das war.

Ich will aufwachen, dachte ich inbrünstig. Irgendwie musste ich es bewirken. *Bei meiner Magie, bei Rennas Macht, bei allem, was in diesem verfluchten Irrenhaus noch gut ist, ich will aufwachen.*

Bebte es da nicht irgendwo? Ein gewisses Kitzeln in den Fingern, die flüchtige Wahrnehmung meines Körpers in der Ferne? Ich hatte noch nie willentlich aufwachen können, aber wenn ich bei Nacht sehen, das Atmen einer Katze in der Ferne vernehmen oder frisch gebackenes Brot auf eine halbe Meile Entfernung riechen konnte, dann war es mir doch sicher möglich, mich selbst zu wecken! Ich würde einfach Rennas Kräfte benutzen, wenn meine eigenen nicht reichten.

Ich will aufwachen. Und ich glaube, dass ich dazu fähig bin. Ich glaube es. Ich glaube ganz, ganz fest daran.

Wen wollte ich zum Narren halten? Dadurch, dass man etwas einfach wiederholt, wird es noch lange nicht wahr.

Na gut. Ich glaube nicht daran. Aber Renna glaubt daran, und sie steckt irgendwo in meinem Inneren. Wenn ich nicht aus eigener Kraft hier rauskomme, bin ich verdammt noch mal bereit, jemand anders dafür einzuspannen.

Ich will aufwachen.

Ein Prickeln in meinen Fingern. Ein kaum wahrnehmbarer Anflug von Wärme, der Hauch eines Kitzelns an meinen Handflächen und in den Armen. Ein leichtes Ziehen im Handgelenk. Ein Jucken an der Kopfhaut wie von viel zu lange nicht gewaschenen Haaren, die ohnehin völlig vernachlässigt waren. Schwere Augenlider, die sich nur unwillig öffneten. Das sichere Gefühl, dass ich irgendwie von irgendwoher beobachtet wurde.

Ich lag reglos da, während ich fühlte, wie das Leben und mit ihm die echte Welt in mich zurückkehrte. Unter erzwungen gleichmäßigem Atmen versuchte ich, die Quelle dieser Störung meiner magischen Sinne zu identifizieren. Jemand saß in der Dunkelheit auf dem Stuhl neben meinem Bett und betrachtete mich. Schnelle, flache Atemzüge. Ich zog meine Magie wie einen Umhang um mich und tastete die Person vorsichtig damit ab.

Corinna. Sie war in eine Decke eingewickelt. Ihr Gesicht war geschwollen, als hätte sie viel geweint. Verwundert rollte ich mich auf die andere Seite und starrte sie durch die Dunkelheit an. Jetzt konnte ich jede Einzelheit erkennen, vielleicht sogar besser als bei Tag. Sie erwiderte meinen Blick, wobei sie regelmäßig ins Dämmerlicht plinkerte, als könnte sie es dadurch besser durchdringen.

»Hei«, murmelte ich schließlich.

»Hallo.« Das Gespräch verlief schleppend.

»Wie?«

»Eure Schutzschilde halten alle draußen, die in feindseliger Absicht kommen«, murmelte sie. »Deshalb konnte ich rein.«

»Warum?«

»Ich weiß, wer Corbe getötet hat.«

Ich setzte mich auf. »Ich auch. Wäre nett gewesen, wenn Ihr mir früher beigestanden hättet, aber so geht's auch.«

»Ich weiß auch, wer der Mann war, den Rylam getötet hat.«

»Ich auch.«

All das schien sie zu erschüttern. »Ich weiß aber auch, was Feilim uns gestohlen hat.«

»Ah! Jetzt wird es interessant für mich. Warum habt Ihr beschlossen, damit zu mir zu kommen?«

»Corbe ist tot, Rylam in Gefahr, Miriam liegt im Sterben, und ich fürchte, ich bin die Nächste. Knapp vor Euch und Eurer Königin natürlich.«

»Xavian experimentiert noch immer mit seinen Kräften herum«, berichtete Corinna ohne Umschweife. Inzwischen saß sie vor mir in meinem Zimmer. Ihr Gesicht wurde von dem Schein einer herabhängenden Zauberlampe beleuchtet, die sie vorher irgendwie abgeschaltet hatte, wie manche Leute es bei unerwünschten Nachrichten tun. »Ich weiß nicht, wozu er fähig ist, aber Rylam sagt, es sei nichts im Vergleich zu dem, wozu er fähig sein *könnte*. Er könnte ein ganzes Königreich erschaffen, wenn er wollte, behauptet Rylam. Aber das will er gar nicht.«

»Was will er denn?«, erkundigte ich mich sanft.

»Rache.«

»Wofur? Woran?«

»Für alles. Für ein Leben als halber Schwarzmagier und halber Zauberer. Für eine Welt, die ihn nicht will. Für eine Welt, in der er ein Nichts und ein Niemand war. Er will die Krone von Nachtburg *und* die von Haven, auch wenn er nur einen Kopf hat, der ohnehin schon dick genug ist.«

»Wie will er über Haven herrschen? Ohne einen blutigen Krieg zu riskieren, meine ich.«

Sie lächelte. Es war ein schmales, wissendes Lächeln, das so humorvoll war wie das einer Schlange. »Mit Rylams Hilfe. Xavian ist kein Narr. Er weiß, wenn er Haven gewaltsam an sich reißt, würde es ihm ergehen wie dem einstigen König der Alpträume, Serein. Wenn er es aber legal haben könnte, ohne Blutvergießen, das wäre einfach ideal. Mit Miriams Kräften kann er nicht nur die Königin umbringen, sondern sie vorher so manipulieren, dass sie Rylam zu ihrem Erben ausruft.«

»Das würde sie nie tun. Nicht einmal, wenn er sie manipuliert.« Davon war ich überzeugt. Schließlich hatte Lisana eigene Kinder und glaubte fest daran, dass sie von der reinsten Königslinie abstammte, die es gab.

»Oh doch, wenn Xavian nämlich Beweise vorlegt, dass Rylam in Wahrheit ein Erbe von König Talsin ist. Ihr Anspruch auf die Krone wiegt stark, wird jedoch von einer langen Geschichte überschattet, während derer ihr Geschlecht in erster Linie als Hüter von Wasserkap galt.«

Ich hob die Hand. »Es ist wahrscheinlich nicht so wichtig, aber – ist Rylam wirklich der Erbe von Talsin?«

»Ein Erbe. Es laufen mehr davon herum, als Ihr ahnt.«

»Woher wisst Ihr das?«

Sie lächelte wieder, doch diese Fältchen in den Mundwinkeln verrieten keine Belustigung. »Er ist mein Bruder.«

Corinnas Geschichte begann in ferner Vergangenheit zu einem Zeitpunkt, als ich noch ein junger Magier war, der nichts von seinem Schicksal ahnte. Talsin war ein junger Mann, der gerade lernte, was es hieß, ein Prinz zu sein. Diplomaten aus Sonnenkap zu Besuch in Haven. Der alte Giroign mit seiner schönen, jungen Frau. Ein Treffen in der Dunkelheit, geflüsterte Worte, verwandte Seelen. Ich sah alles vor mir. Den jungen Prinzen, der sich nach jemandem sehnte, der ihn nicht vergötterte oder wie eine unfertige Statue nach dem Vorbild seines Vaters formen wollte. Die junge Prinzessin, die naheliegenderweise mit ihrem Ehemann nicht glücklich war, nur ungern nach Sonnenkap zurückkehren wollte und sich verzweifelt nach Gesellschaft sehnte. Eines führte zum anderen.

Dann kam der komplizierte Teil. Giroign überzeugen, dass sie von ihm schwanger war, ohne es selbst so genau zu wissen. Nächtliche Gespräche mit Zauberern, die sie überredet hatte, die Geburt durch Magie so lange hinauszuzögern, dass der alte Gouverneur ihr alles abnahm. Gefährliche Sprüche, die ein gefährliches Geheimnis verschleiern sollten.

Endlich kommen Zwillinge zur Welt. Rylam schlägt zum Glück nicht nach dem Vater, sondern nach der Mutter. Man zieht den Jungen als Giroigns eigenen Sohn auf. Obwohl der Gouverneur argwöhnisch bleibt, akzeptiert er Rylam, denn dieser ist in jeder Hinsicht so, wie ein Sohn Giroigns zu sein hat: stark, zuversichtlich, begabt – Eigenschaften, die Giroign in sich selber zu sehen glaubt und die er keinem anderen Vater zuschreibt.

Aber das Mädchen, das in jener Nacht geboren wird, sieht Talsin ähnlich. Je älter sie wird, desto mehr tritt die Ähnlichkeit zu Tage. Deshalb wird es von der Mutter versteckt und als Dienstmädchen ausgegeben.

»Irgendwann aber konnte sie sich nicht mehr um mich kümmern. Außerdem hatte sie Angst, dass alles herauskommen könnte, wenn sie mich jemand anderem geben würde«, fuhr Corinna leise fort. »Deshalb schrieb sie an Talsin und beichtete ihm alles. Er jedoch sandte ihre Briefe zurück und meinte, er könne nichts für sie tun. Damals hatte Lisana ihn bereits bezirzt.«

Auf dem Totenbett hatte Corinnas Mutter schließlich alles preisgegeben. Nun ja, nicht ganz. Das Geheimnis von Corinnas Abstammung blieb den anderen weiterhin verborgen. Aber Giroign erfuhr, dass Rylam, sein Lieblingssohn, ein untergeschobenes Kind war. Das erfuhr auch Feilim. Und Xavian.

»Giroign war kurzsichtig und dumm. Er schien nicht zu erkennen, welches Potenzial Rylam ihm in die Hände spielte, konnte sich aber auch nicht dazu durchringen, ihn mit Schimpf und Schande davonzujagen. Nur Xavian, der begann schon damals zu intrigieren.«

»Wann war das?«, wollte ich wissen.

»Vor sieben Jahren. Erst mit Miriams Ankunft – und nach Giroigns Tod – konnte Xavian seinen Plan dann umsetzen. Xavian braucht Rylam, um seinen Anspruch auf Havens Thron zu untermauern. Sobald Lisana aus dem Weg geräumt ist, übernimmt Rylam ihren Platz. Und wenn Rylam dann eines ›natürlichen Todes‹ stirbt, stellt die gesamte Leere schockiert fest, dass er seinen Schlüssel Xavian hinterlässt. Doch wer begehrt schon gegen den Wunsch eines Königs auf?«

»Was ist schief gegangen?«

»Feilim war nicht dumm. Als Rylam mit Xavian abzog, um sein Erbe anzutreten, stahl Feilim die Briefe meiner Mutter an Talsin, womit jeder Beweis fehlte. Inzwischen hat er sie sicher längst verbrannt. Ich wette, dass Xavian deshalb so wütend ist, dass er Rylam durch die Bibliotheken ziehen lässt, um einen Beweis, was auch immer, zu finden, der die Verbindung zwischen Talsin und Rylam belebt.

Rylam hätte sich nicht so leicht herumkommandieren lassen, wenn er nicht mittlerweile Angst vor Xavian hätte. Er hat begriffen, worauf es der Zauberer abgesehen hat. Deshalb schickt er Corbe aus, damit dieser sich mit einem von Feilims Spionen trifft. Xavian tötet Corbe, schlägt Rylam halb tot und jagt seinen Alibikönig in die Bibliothek zurück.« Ihre Stimme triefte vor Bitterkeit.

»Und wird Rylam etwas finden? Einen Beweis für seine Herkunft, meine ich.«

»Ich weiß es nicht.«

Lange saß ich sinnend da. Mein Gesicht war ebenso ausdruckslos wie ihres. Wenn ich denke, verschwimmt der Rest der Welt um mich herum, und zu diesem Zeitpunkt dachte ich ziemlich intensiv. Mit Corinnas Geständnis hatten wir genug in der Hand.

Wir müssen Xavian sofort verhaften. Er muss wissen, dass ich es weiß. Was Miriam angeht – hm. Das muss ich entscheiden, sobald es so weit ist, je nach Lage der Dinge.

Ich stand auf, ging zur Zimmertür, nahm meine Jacke vom Haken und zog sie an. Corinna hatte mich die ganze Zeit nicht aus den Augen gelassen, und plötzlich hatte ich das Gefühl, doch der große Zampano zu sein. Spiegelte sich Angst in ihrem Gesicht, die nur von einer dünnen Schicht Ehrfurcht verdeckt wurde, weil hier der legendäre Held zur Tat schritt?

»Was habt Ihr vor?«

»Lisana wecken«, antwortete ich.

»Was wird sie tun?«

»Keine Ahnung. Aber wir können nicht zulassen, dass Xavian den Rest …« Meine Stimme verklang. »Habt Ihr das gehört?«

»Was gehört?«, wisperte sie verschreckt.

Stirnrunzelnd lauschte ich. Da. Das leise Summen eines Zaubers, der weitab gewirkt wurde, gerade noch von meinen Magierohren zu vernehmen. Und ein Stoß gegen die Schutzschilde meines Zimmers, so sanft, als wäre alles nur Einbildung.

Aber meine Phantasie spielte mir für gewöhnlich keine derartigen Streiche.

Mein Instinkt oder vielleicht auch Renna in mir obsiegte. Mit drei langen Sätzen war ich wieder am Bett, hatte einen Dolch in der Hand und auch schon aus der Scheide. Das schmale Ledertäschchen, das die Klinge bewahrte, warf ich auf den Boden. Dann lief ich zum Tisch, aus dem ich einen zweiten Dolch zog. Er war größer und schwerer und nur für absolute Notfälle gedacht. Ich reichte ihn Corinna. Plötzlich fühlte ich mich sehr, sehr angreifbar.

›Lisana?‹, dachte ich drängend. ›Majestät!‹ Unter lautem Rufen ließ ich meine Gedanken durch den Palast hallen. ›Lisana! Wacht auf! Sagt doch etwas!‹

Keine Antwort. Ich drehte mich zu Corinna um. Mein Mund klappte auf, um sie zu warnen und zu fragen, ob sie wüsste, was hier vorging. Sie jedoch hatte ein seltsames, feines Lächeln aufgesetzt, das mir die Sprache verschlug. Der Dolch glitt ihr aus den Fingern. Gähnend taumelte sie auf das Bett zu.

Jetzt war ich sicher. Das war das Ziehen und Drängen von Magie, die sich als wahre Flut über den Palast ergoss. Es steckte auch die Macht einer Träumerin dahinter, welche die Realität verzerrte, um Schlaf zu bringen. Ich fing Corinna auf, als sie neben das Bett zu kippen drohte, und versuchte, sie wachzurütteln.

»Corinna! Corinna, Ihr habt Eure Sache wirklich gut gemacht! Lasst Euch doch jetzt nicht von einem armseligen Schlafzauber kleinkriegen!«

Vielleicht aber auch von einem riesigen, unnatürlichen, ganz und gar unmöglichen Zauber.

»Corinna!« Ich versuchte, sie mit meinen eigenen Kräften vor der Wirkung des Zaubers zu schützen. Die Schilde um mein Zimmer knirschten, doch sie hielten stand und schlugen nicht einmal Alarm. Mein Handgelenk machte mir höllisch zu schaffen. Noch ein Zeichen, dass eine Träumerin am Werk war? Dass hier eine Träumerin beteiligt war, daran bestand für mich kein Zweifel. Es fühlte sich nicht so an wie Magie, sondern wie etwas anderes, das durch Zaubersprüche in eine bestimmte Bahn gelenkt wurde – in diesem Fall, um einen todsicheren Schlaf zu bewirken. Corinna fielen die Augen zu. Obwohl ich sie schüttelte und beim Namen rief, rührte sie sich nicht mehr.

Als ich sah, dass meine Mühe vergebens war, ließ ich sie aufs Bett gleiten, hob den Dolch auf und dachte kurz nach, ehe ich zu einem Kleiderschrank eilte und ihn aufriss. Er enthielt abgetragene Kleider, eine ganze Menge Reste, wie sie sich in Gästezimmern so ansammeln, und ganz hinten einen langen Stab, der in grobes, geöltes Leder eingewickelt war.

Die Träumerin in mir hatte die Wirkung von Xavians Spruch abgewehrt, der Magier suchte bereits einen Weg, ihn zu brechen. Während ich den Stab zur Hand nahm und fühlte, wie die Magie aus dem alten Holz meine Hände wärmte, überlegte ich, welches Ausmaß der Zauber haben mochte. Normalerweise benutze ich keinen Stab, doch dies war dasselbe Stück Holz, das ich nach Haven mitgenommen hatte, als der Alptraum regierte. Nicht nur aus praktischen Gründen hatte ich ihn ins Herz geschlossen.

Aus purer Neugier versuchte ich, T'omar anzurufen. Die Antwort kam etwas verzögert, aber immerhin.

›Bei den Träumen, Milan, wisst Ihr, wie spät es ist?‹

›Wir werden angegriffen, T'omar. Der ganze Palast hängt in den Klauen von Xavians verfluchtem Zauber.‹

Jetzt war er hellwach. ›Erzählt.‹ Kein ungläubiger Aufschrei, keine Ausrufe, kein »Das ist unser Untergang« – so etwas lag T'omar nicht. Eine Katastrophe bahnt sich an, na und? Reden wir mit kühlem Kopf darüber, ehe wir rausgehen und die Schurken in aller Ruhe nacheinander fertig machen, am besten schön sauber mit Rücksicht auf die Putzkolonne. Als ich zur Tür ging, wirbelte ich automatisch den Stab vor mir her, falls plötzlich Dämonen aus den Schatten springen sollten. Immerhin war ich allein in einem leeren Palast mit einem durchgedrehten Zauberer, einer schlafenden Königin, einer fehlgeleiteten Träumerin und, nicht zu vergessen, einem ganzen Hofstaat halbwegs Unschuldiger.

Inzwischen atmete ich rascher, denn das Adrenalin ließ auch mein Herz schneller klopfen. Jeden Augenblick konnte Xavian hinter mir auftauchen, mich aus der Dunkelheit anspringen, schimmernd aus dem Unsichtbarkeitsschild seiner

Magie treten, um mich zu erschlagen. *Nein! Wenn du anfängst, so zu denken, kannst du dich vor Angst bald nicht mehr rühren. Milan, bitte, bitte, beherrsche deine Angst!*

Es war gar nicht so einfach, den Stab festzuhalten, denn meine Hände schwitzten zu sehr. Mein Atem schien unvorstellbar laut zu klingen, meine Knie zitterten bei jedem Schritt, und mir war kalt und heiß zugleich.

›Milan! Antwortet!‹ T'omars Stimme. Aus dem Nichts versicherte sie mir, dass ich nicht allein war. Nicht jeder in der Leere war eingeschlafen.

›Ich, ich versuche nur, mich daran zu erinnern, wer ich bin‹, entgegnete ich so zuversichtlich wie möglich. *Ja, genau. Denk daran, du bist der große Zauberer. Du bist noch am Leben. Du bist noch der, der du bist, und daraus sollte dir Kraft erwachsen.* ›Xavian ist böse, T'omar. Er hat Miriam ihrer Kraft beraubt und benutzt diese jetzt, um sich an einer lieblosen Welt zu rächen. Der gesamte Palast schläft, nur ich nicht.‹

›Schläft? Hat er denn solche Macht, dass er allein einen solchen Zauber bewirken kann?‹

›Das ist noch gar nichts!‹, fauchte ich. Plötzlich war ich ungemein wütend. Oder war es Angst, die mich über irgendeinen Umweg in Rage brachte?

›Schon gut.‹ Er redete beherrscht, aber ich konnte hören, wie die Silben sich verkürzten und die Pausen dazwischen länger wurden, als würde er langsam nervös, wollte dies jedoch nicht zeigen. ›Xavian ist also der Bösewicht. Er hat einen Schlafzauber gewirkt. Mit welchem Ziel? Was verspricht er sich davon? Wen greift er an?‹

›Das – weiß ich nicht. Entweder die Königin oder mich.‹ *Laenan Milan, Experte für Träumer, der Einzige, der sich vielleicht gegen diesen wahnsinnigen Zauberer behaupten konnte.*

Ich erreichte die Tür und trat sie auf. Mein Herz setzte einmal aus, mein Blut gefror zu Eis, und beinahe hätte ich sogar meinen Stab fallen lassen. Xavian hob den Kopf, lächelte mit gebleckten Zähnen und hielt seinen langen, pechschwarzen Stab in Angriffsposition vor den Körper.

»Ihr bleibt natürlich mal wieder die ganze Nacht wach«, knurrte er.

›Milan! Milan! Was ist los?‹, drängte T'omar, der über unsere Verbindung die Furcht spürte, die mich plötzlich erfasst hatte.

›Ich melde mich später wieder‹, wehrte ich ab und trennte die Verbindung, noch ehe er protestieren konnte. Den Dolch in der Linken, den Stab in der Rechten wich ich langsam zurück. Xavian folgte mir. Langsam drang er in mein Zimmer ein, wobei er methodisch und leicht die Schutzschilde rundherum zerriss.

»Wie widersteht Ihr dem Zauber, Laenan Milan?«, wollte er mit seidiger Stimme wissen.

»Für Euch, Gouverneur Milan!«, fauchte ich ihn an. Es klang trotziger, als ich mich fühlte. »Vielleicht bin ich einfach so viel mächtiger als Ihr, armseliger Zauberer.«

Mit gespieltem Hochmut zog er die Brauen hoch. Aber bei dem Wort »armselig« hatten sich seine Muskeln angespannt, und seine Augen hatten wütend aufgeblitzt. »Ich bin so viel mehr, als Ihr glaubt, Milan.«

»Genau wie ich. Nur stammt meine Macht aus einem fairen Abkommen, während Ihr zu nächtlicher Stunde ein schlafendes Mädchen verzaubert.«

Etwas an mir ließ ihn irritiert die Stirn runzeln. »Ihr blufft«, erklärte er schließlich. »Oder auch nicht. Euch beschützt tatsächlich etwas.« Er sah mich von oben bis unten an, als ob mir eine Plakette mit einer Erklärung um den Hals baumeln müsste. »Was ist es?«

»Mein Charme und mein Charisma?«

»Es würde das alles hier deutlich erleichtern, wenn Ihr es mir einfach verratet«, befand er ungerührt. Ob er wirklich glaubte, mir mit diesem großmütigen Angebot einen Gefallen zu tun?

»Das alles hier?«, wiederholte ich, während ich insgeheim die Stärke meiner persönlichen Abschirmung überprüfte. »Ihr meint, dass Ihr die Königin ermorden, einen Strohmann auf den Thron setzen und Euch an einer ›lieblosen‹ Leere rächen wollt? Ist das so richtig zusammengefasst?«

»Ich tue der Leere einen Gefallen, Milan. Wie gut kennt Ihr Euch mit der Geschichte der Erde aus?« Er begann vorzurücken, und ich wich weiter zurück. Schließlich umkreisten wir einander. Jeder hielt seinen Stab umklammert, um einen Angriff des anderen sofort abzuwehren.

»Hier und da habe ich ein paar Dinge geträumt.«

»Das Reich Deutschland«, erklärte er mir wie ein Lehrer, der es mit einem widerwilligen Schüler zu tun hat. »Einst war es zersplittert, ungeeint, Privatfehden und Kriegen ausgeliefert. Doch eines Tages betrat ein Mann aus Stahl die Bühne, listig, unbeliebt, in den Augen der Welt das Gegenteil eines Feldherrn. Durch Intrigen und Täuschungen einte er seine Nation zu einer Großmacht.« Als wäre dies ganz nebensächlich, ergänzte er: »Natürlich musste es Opfer geben, aber das war alles nur für die große Sache.«

Seine Arroganz machte mich nur noch zuversichtlicher. Wenn ich diesen Mann nach Strich und Faden vermöbelte, würde ich wenigstens keine Gewissensbisse erleiden.

»Deutschland?«, überlegte ich. »Unter Blutvergießen vereint, ja. Aber später jemals ein friedliches Land? Reden wir von demselben Staat?«

»Mein Leben lang«, zischte er, »habe ich zum gemeinen Volk gezählt …«

»Dann würdet Ihr jetzt nicht das Wort ›gemein‹ benutzen.«

Er ignorierte mich, denn aus seinen Augen strahlte eine innere Vision. »Wenn ich Träume und Alpträume zusammengeführt habe, wie glücklich werden dann alle sein! Wenn alle

Königreiche unter meiner Herrschaft vereint sind, dann wird es keine Kriege mehr geben, keine Fehden, keinen Hass!«

»Bedenkt die Vielfalt, lieber Xavian. Wenn jedes Königreich in der Leere sich nach Euren Gesetzen richtet, Euch aufs Wort gehorcht, ob es nun eine kühne Idee oder ein völlig absurder Einfall ist – nein! Die Hälfte des Menschen ist das Individuum, die andere Hälfte Kooperation. Euer Plan bezieht weder die eine noch die andere Hälfte ein. Ungebeten reißt Ihr alles an Euch und gebt nichts zurück.«

»Vielleicht nicht gleich«, zischte er, »aber denkt an später! Wenn ich König bin, werde ich der größte Monarch sein, den es in der ganzen Leere je gegeben hat! Ich führe die alten Gesetze wieder ein und sorge dafür, dass alle glücklich sind.«

»Ihr sorgt dafür?! Was wisst Ihr schon davon?«, fuhr ich auf. Jetzt war mein Zorn größer als die Angst. »Eure Pläne sind völlig verrückt, Xavian! Seht Euch nur das Fiasko mit Kertoui an! Oder wie leicht es war, die Wahrheit über Corbe und Lesourn herauszubekommen! Seht doch, wie Feilim Eure Pläne durchkreuzt, indem er einfach ein paar Dokumente stehlen lässt!«

Xavian schnaubte. »Feilim knöpfe ich mir persönlich vor, Milan, keine Bange! Er wird sterben, genau wie Ihr, obwohl Ihr mein engster Verbündeter hättet sein können.«

»Das alles kenne ich doch, Xavian. Eure Macht stammt in Wirklichkeit von Miriam. Ihr könnt das Gegenteil behaupten, solange Ihr wollt, doch tatsächlich seid Ihr es, der von Miriam abhängig ist. Glaubt Ihr wirklich, ein kleiner, von Groll erfüllter Zauberer aus Sonnenkap kann einfach so nach Haven kommen und erwarten, die Krone zu erhalten?«

»Habt Ihr es etwa anders gemacht?«, schrie er mich an. »Ein kleiner Zauberer aus Sonnenkap, ein Nichts, der in Haven eintrifft! Vierhundert Jahre später wendet sich ein sterbender König dieser Wanze aus dem gemeinen Volk zu und stöhnt, dass niemand anderem als ihm die Krone gebührt.«

»Wer regieren will, sollte nicht dazu berufen werden«, knurrte ich. »Und Ihr, Xavian, seid die Verkörperung des Grundes für diese Regel.«

Es kam, wie ich es vorhergesehen hatte. Die kurze Anspannung, das stille Brodeln, das Losschnellen. Der Blitz aus dem Stab zuckte durch die Luft, dann folgte der Ruck, als ich meine eigene Waffe mit einer Hand vorstieß, um den Schlag abzuwehren, während ich gleichzeitig von unten mit dem Dolch zustieß, um dem Mistkerl in diesem Bruchteil einer Sekunde den Bauch aufzuschlitzen. Mit riesiger Wucht prallten unsere Stäbe aufeinander. Ich spürte etwas, das einem elektrischen Schlag glich, einem Stromstoß, der sich meinen Arm hinauf in den ganzen Körper ausbreitete. Mein Handgelenk wurde feucht, denn die nicht verheilte Wunde unter dem Verband begann wieder zu bluten.

Ich hatte mit nur einer Hand einen doppelhändigen Schlag abgefangen und würde dafür bezahlen müssen. Aber Xavian hatte seinen Stab kurz vor dem Zusammenprall mit einer Hand losgelassen und mein Handgelenk festgehalten, ganz knapp, bevor mein Dolch seinen Bauch durchstieß.

Als Haut und Haut sich berührten, tauschten die Träumerinnen in uns Bilder aus. Unsere Körper dienten ihnen als Leitung für ihre Verbindung.

Ein plätschernder Fluss, Lachen. Picknick unter der heißen Sonne, ein perfektes Leben in einer perfekten, heilen Welt …

Ich riss mich los. Mit unerwarteter Behändigkeit wirbelte ich zur Seite. Der Nahkampf war nie etwas für mich gewesen, denn ich bevorzugte die gute, alte Taktik, im Hintergrund zu bleiben und Feuer zu schleudern. Nun, da meine Fähigkeiten auf die Probe gestellt wurden, stellte ich fest, dass ich mithalten konnte. Erneut vermutete ich, dass Renna etwas damit zu tun hatte.

Es war der schnellste, härteste, geräuschloseste Kampf, der

jemals von zwei Männern ausgefochten wurde, dessen bin ich mir sicher. Keine Schreie, kein Gebrüll, kein dramatisches Ringen nach Luft, keine Schmerzenslaute, wenn einer einen Treffer landete. Nur ein schweigsamer, entschlossener Zweikampf in einem schlafenden Palast. Selbst wenn die Stäbe aufeinander knallten, klang dies leise. Die schläfrige Stille schien alle Geräusche zu dämpfen.

Die Kräfte der Träumerinnen hatten unsere Reflexe zehnmal so schnell gemacht, wie ich bald bemerkte. Während ich mir meinen Dolch wieder holte, hatte auch Xavian eine kleine, schmale Waffe gezogen und ging zum Angriff über, bei dem er sie und seinen Stab mit schrecklicher Präzision einsetzte. Ein Stich nach dem Fuß, dem ich ausweichen konnte, ein Gegenangriff nach meiner Schulter, den ich mit einem Schlag abwehrte, danach ein brutaler Dolchstoß nach meinem Bauch. Ich fing die Klinge mit meiner eigenen Waffe ab und versuchte, sie nach unten zu drehen, doch er war körperlich viel stärker und warf sich nach der anderen Seite. Ich spürte, wie unsere Knochen sich aneinander rieben, und sah, wie meine Hand weiß wurde, weil alles Blut herausgequetscht wurde. Mein Dolch fiel herunter, aber irgendwie brachte ich es fertig, Xavians Messer mit meinem Stab wegzuschlagen. Ich bückte mich, hob den Dolch auf und sprang wieder in Verteidigungsposition, noch ehe meine Waffe auf dem Boden auftraf.

Diesmal wichen wir beide keuchend zurück. Erst allmählich registrierten wir erschüttert, wie sehr die extreme Anstrengung uns körperlich zusetzte.

»Wieso bewegt Ihr Euch wie ein Träumer?«, zischte er. »Was beschützt Euch?«

»Meine überragende Schlauheit, sieht man das nicht?«, rief ich unter tiefen Atemzügen aus.

Mit einem neuerlichen Fauchen ging er wieder zum Angriff über. Ich beschränkte mich auf die reine Verteidigung: Parade, Drehung, Parade, Stoß, Zurückweichen, Parade, Schritt, Drehung, Parade, halbe Drehung – eine endlose Abfolge automatischer Bewegungen, die ich nie erlernt hatte. Ein endloser Versuch, meinen Tod zu verhindern. Parade, Drehung, Parade …

Mein Handgelenk glühte. Inzwischen sickerte Blut durch den Verband. In meinem Körper geschah etwas, das nichts mit dem hitzigen, schweißtreibenden Kampf zu tun hatte. Wie bei jedem Kampf tobte die Magie in meinem Blut. Dahinter jedoch wogte eine andere Macht, trocken, uralt und mit ungefähr so viel Mitleid für meine prekäre Lage, wie der Hammer für den Amboss empfindet. Dadurch war mir bewusst, dass Xavians und mein Dolch Heft an Heft ineinander verzahnt waren, worauf ich mit einer Anstrengung hochfuhr, die meinen ganzen Arm schmerzen ließ. Eine Ewigkeit später hörte ich ein dumpfes Klirren, als die Dolche weggeschleudert wurden. Xavian wich zurück. Er stand tief gebeugt über seinem Stab wie ein Tier in Menschengestalt. Ein keuchendes, wütendes Tier, das seine Beute einzuschätzen sucht.

»Waffenstillstand?«, fragte ich mit einem Grinsen, das nicht von Herzen kam.

Er wischte sich den Schweiß von der Stirn, wobei ich einen blutigen Schnitt an seiner linken Hand bemerkte. Ich war mir sicher, dass ich ihn nicht geschnitten hatte, aber das war auch gar nicht nötig. Blutete nicht auch mein eigenes Gelenk ohne Grund?

»Ihr könnt mich nicht töten«, warnte er. »Wir sind einander zu ebenbürtig.«

»Noch kann ich Euch nicht töten, aber bald.«

»Damit würdet Ihr auch Miriam umbringen. Denn sie ist in mir, und wenn ich sie nicht freigebe, wird sie mit mir sterben.«

»Dann muss ich mich wohl damit zufrieden geben, Euch bewusstlos zu schlagen«, fuhr ich ihn an. »Vermutlich kann ich nicht hoffen, dass Ihr mir gegenüber ähnliche Hemmungen hegt. Euer Leben verläuft zweifellos zu unfair, um einen derartigen Sinn für Gerechtigkeit zu gestatten.«

»Wir beide kennen doch die Versäumnisse des Lebens«, höhnte er.

»Natürlich. Deshalb scheint Ihr eine Spur des Todes zu hinterlassen.«

»Für die große Sache!«, begehrte er voller Überzeugung auf. Dieses Mal schnellte er nicht vor, sondern zog seine freie Hand hoch, in der Feuer leuchtete. Schwarzmagierfeuer.

Aha, du Hund hast also auch die schwarzen Künste studiert.

Ich hob meine Schilde, rüstete mich für den Schock des Aufpralls und schickte zugleich einige Sonden gegen seine Schilde. Sie waren steinhart.

Was hatte ich nun davon, dass ich überall als mächtiger Zauberer bekannt war? Wenn die Leute erkennen würden, wie viel von dieser so genannten Macht bloß auf einer anderen Taktik im Zweikampf beruhte, würde ich über Nacht meinen Ruf verlieren. Magie und Wissenschaft sind unvereinbar, heißt es. Magie ist unlogisch. Na und? Das bedeutet schließlich nicht, dass jemand, der sie beherrscht, nicht mehr vernünftig denken kann.

Deshalb versuchte ich, möglichst logisch nachzudenken, wie ich die Schutzschilde vor mir abschalten konnte. Sollte ich einfach stehen bleiben, bis Xavian keine Kraft mehr hatte? Ihn einfach die ganze Nacht damit verbringen lassen, meine Verteidigung zu durchbrechen? Nein, nicht mit Miriams Kräften in ihm. Ich war mir meiner Schutzschilde ohnehin nicht sicher. Schließlich improvisierte ich die ganze Zeit, während Xavian sich schon länger mit den Kräften seiner Träumerin vertraut gemacht hatte. Sollte ich meine ganze Magie für einen Schlag auf Leben oder Tod einsetzen? Oder mich auf die ehrwürdige Angriff-Gegenangriff-Taktik einlassen, die Magier für ihre Duelle seit jeher bevorzugen?

Oder soll ich versuchen, den Palast zu wecken, während er damit beschäftigt ist, meine Schilde zu überwinden? Ich frage mich …

Plötzlich hatte ich keine Zeit mehr, mich zu fragen, denn ein schwarzer Feuerball – Flammen, Spinnweben und klebriges, zähes Öl in einer hässlichen Kugel vereint – traf auf meine Schilde auf. Ich erschauerte, als der Zauber über meine Schutzrunen kroch, um einen Zugang zu finden, doch ich hielt stand.

Xavian runzelte die Stirn. Unter normalen Umständen hätte dieser Zauber meine Schutzschilde wahrscheinlich in Stücke gerissen. Ich packte meinen Stab fester, senkte den Kopf auf die Brust und verhärtete meine Ellenbogen, um nicht ins Taumeln zu geraten. Noch ein Treffer, ebenso erfolglos. Xavian gab ein frustriertes Zischen von sich.

Ich sandte meinen Geist aus, um ihn in eine Wolke verworrener Gedanken zu hüllen, die über seine Schilde krabbelten und seine Sinne blenden sollten. Er antwortete mit einem Windstoß, der die Fensterläden aus den Angeln hob und Bücher und Papiere durch das Zimmer wirbeln ließ. Unwillkürlich lächelte ich, weil mein Haar nach oben gerissen wurde und meine Kleider in dem halb magischen Wind wild zu flattern begannen. Xavian war ein Kämpfer, der gern große Magie auf große, eindrucksvolle Gesten verschwendete. Mit etwas Nachdenken hätte er meinen Zauber einfach an bestimmten Stellen hinwegfegen können, aber nein, er war trunken vor Macht und langte sofort in die Vollen.

Während der Wind voll Hass und Wut durchs Zimmer heulte, schlug ich prompt zurück. Ich nutzte Xavians Zauber zu meinem eigenen Vorteil, indem ich meine Logik gegen seine uralten Zaubererlektionen von Chaos und erschlagender Macht ausspielte. Zuerst kühlte ich den Wind ab, wobei ich von seinem Spruch profitierte und kaum eigene Macht einsetzen musste. Dann füllte ich ihn mit Eis, das wie tausend tödliche Scherben von seinen Schilden abprallte. Bei mir selbst versuchte ich nicht, das Eis abzuwehren, sondern wies den Wind einfach an, um mich herumzuwehen. Das war weniger aufwändig.

Xavian war nicht nur machttrunken, wie ich bald merkte, sondern er war einer jener schwachen Magier, die ihre Kämpfe gewöhnlich auch durch die Schau gewannen. Wenn er also einen Zauber wirkte, waren damit normalerweise einige Worte und Gesten verbunden. Rituelle Gesten sind gut, um neue Wege zu öffnen. Doch in einem Kampf, in dem man es mit solchen Kräften zu tun hat wie wir in diesem Fall, war es besser, stocksteif auszuharren und sich darauf zu konzentrieren, nicht die Hände, sondern den Kopf einzusetzen. Für diesen Mangel an Technik hätte ich ihn am liebsten gerügt.

Die letzten Eissplitter bohrten sich in die Wände und blieben dort stecken. Der Wind legte sich. Es folgte ein Knirschen und Knacken, als das Eis zu verwurzeln schien und sich über Wände, Decke und Boden ausbreitete. An der Decke bildete es tödliche Eiszapfen, die genau auf meinen Kopf zeigten. Auf dem Boden verwandelte es sich in eine silbrig blaue Woge aus funkelndem Harsch, die ein Eigenleben zu entwickeln schien und meinen Körper hinaufkroch. Ich rief Feuer herbei, einen dünnen, aber ausreichenden Außenschild, der mich umhüllen sollte. Daraufhin schmolzen die spitzen Eiszapfen über mir, und es war, als stünde ich in einem plötzlichen, sehr begrenzten Platzregen. Auch das Eis an meinen Füßen schmolz und verpasste mir ein unangenehm heißes Fußbad.

Xavian bereitete bereits seinen nächsten Zauber vor. Um ihn abzulenken, hob ich meinen Stab und rammte ihn heftig auf den Boden. Die Vibration ließ alle Eiszapfen an der Decke gleichzeitig abbrechen und in seine Richtung sausen. Als er die Bedrohung bemerkte, brachte er sich mit einem Hechtsprung in Sicherheit, während er verzweifelt weiter an seinem Zauber bastelte.

Natürlich nutzte ich diese Sekunde der Ablenkung sofort für einen Angriff auf seine Schutzschilde aus. Ich tastete sie mit allen Sinnen ab und zog eine reißende, zerrende Macht hinter mir her, die mir einen Weg zu seiner ungeschützten Seele bahnen sollte. Ich war auf der Suche nach einem ganz bestimmten Zauber, den er eben erst vollendet hatte und der jetzt noch wirkte. Diese dünne Verbindung wollte ich brechen und damit den Palast wecken.

Xavian jedoch glaubte, ich hätte einen allgemeinen Angriff auf seine Verteidigung vor. Er versuchte, mich abzuwehren, indem er Kraftströme in meine Richtung aussandte. Dennoch klammerte ich mich störrisch an seinen Schilden fest, um langsam immer tiefer vorzudringen. Mir brummte schon der Kopf, und meine Hände zitterten von der Wucht seiner Gegenschläge, die immer chaotischer und ungezielter wurden, je weiter ich kam. Unwillkürlich verließ ich mich auf die begrenzte, magische Energie in meinem Stab, um mich abzuschirmen, und nun kam ich einen kurzen Moment lang schneller vorwärts.

Dann aber prallte meine forschende Magie mit Wucht auf eine Wand aus Macht. Mir war, als würden tausend Dolche auf mich einstechen, während ich einen Stapel Ziegel auf dem Kopf balancierte. Aber durch den Schmerz aus der Verbindung von zwei Zaubern, die fast unentwirrbar miteinander verknüpft waren, sah ich ihn: den feinen, fast vergessenen Faden der Magie, die den Schlafzauber über dem ganzen Palast aufrechterhielt. Mit einer mentalen Hand durchtrennte ich ihn gerade noch, bevor Xavians Magie mit aller Gewalt auf mich einstürzte und meiner Suche ein Ende machte.

Nur mit Mühe nahm ich noch wahr, dass ich in die Knie gegangen war und von warmem Wasser umschwappt wurde. Der ausgelaugte, leblose Stab lag ein Stückchen entfernt neben mir. Xavian hockte nach meinem gewaltsamen Vordringen würgend in der Ecke. Mir selbst ging es kaum besser.

Wenn man uns nebeneinander gesetzt hätte, hätte ein Zuschauer wohl nur schwer entscheiden können, welcher von uns beiden schlimmer aussah. Der Orkan aus magischem Licht und Farben, der den Raum während unseres Duells erhellt hatte, hatte sich gelegt. Sowohl mein Schild als auch seiner leuchteten nur noch schwach, was man nur aus dem Augenwinkel wahrnehmen konnte. An meinem Nacken lief entsetzlich kaltes Wasser herab, denn das restliche Eis, das von keiner Magie mehr genährt wurde, schmolz nun rasch.

Xavian hatte sich gefangen und begann, sich mühsam aufzurichten. Ich tastete matt herum, bis meine Finger sich um den Stab schlossen, doch dieser war jetzt ein totes Gewicht, bestenfalls eine rein mechanische Waffe.

›Lisana‹, sandte ich erschöpft aus, während ich mein ganzes Gewicht auf den Stab stützte, um ebenfalls aufzustehen. ›Lisana, wacht auf!‹

Xavian taumelte auf mich zu. Seine Augen wirkten abwesend. Irgendwie kam ich zum Stehen, obwohl ich mich dabei auf den Stab stützen musste und genau das tun wollte, was er mir vorgemacht hatte, nämlich mich quer über den nassen, von Brandspuren gezeichneten Boden übergeben. Als er kurz vor mir stand, zögerte er, ehe er mir mit einem ungezügelten Ruck den Stab aus den Händen stieß. Ich geriet zwar ins Taumeln, stürzte aber erstaunlicherweise nicht. Seine Hände schlossen sich um meine. Wieder hatte ich das Gefühl, dass Strom floss. Er drehte mein rechtes Handgelenk um, und ich sah, dass das Blut ungehemmt aus meinem Arm strömte.

Seiner Hand erging es ebenso. Unsere Blicke trafen sich.

›Lisana. Wacht auf.‹

»Ich bin mir nicht sicher, wer schwächer ist«, gab er zu, »Ihr oder ich.«

»Wir sollten nicht versuchen, es herauszufinden«, erwiderte ich schwach. »Ich denke, Ihr habt Eure Lektion gelernt.«

›Lisana!‹

Plötzlich flackerte Zweifel in seinen Augen auf. Sein Griff um mein Handgelenk wurde fester und entlockte mir einen leisen Schmerzenslaut. »Was habt Ihr getan?«, zischte er.

Da fühlte ich es auch. Die Veränderung der Realität ringsumher. Der leichte Druck, weil etwas sich wandelte. Lisanas beruhigende Gegenwart irgendwo über uns, die Macht des Schlüssels, oh ja! Das Gefühl, wie der Schlüssel Wachen erschuf, die sich gezielt auf uns stürzten, die Verzerrung, als Fenster und Türen verschwanden, um geschickt ein Gefängnis zu erschaffen. Schließlich tat sich zwischen Xavian und mir ein Spalt im Boden auf. Mit einem Ruck riss ich mich los. Sein Griff, der vom Blut – seinem oder meinem – schlüpfrig war, hielt nicht länger stand. Ich kippte rückwärts auf den Boden, als die Realität um uns herum sich veränderte.

Dabei spürte ich noch etwas. Etwas anderes als den Schlüssel, etwas, das aus Xavian stammte. Ich versuchte, es zu unterdrücken, setzte mit letzter Kraft meine Magie noch einmal ein, doch es half nichts. Mein Gegner schlug die Macht seiner Träumerin – Miriams Träumermacht – wie einen Mantel um sich, hob den Kopf, konzentrierte sich und war verschwunden. In Gedankenschnelle war er an einen mir unbekannten Ort gereist.

Zitternd hob ich meinen Arm und starrte das Blut an. Schließlich rollte ich mich träge auf Hände und Knie hoch. Ob ich mich wirklich übergeben musste? Das eiskalte Wasser, das in Sturzbächen von der Decke lief, umspülte meine Hände. Als Corinna aus dem von Xavian gewirkten Schlaf erwachte, blickte ich in ihr erschüttertes Gesicht.

Ich aber setzte ein seltsames, kleines Lächeln auf, steckte mein blutendes Handgelenk unter den Arm, drückte so fest zu, wie ich wagte, und machte mich auf die Suche nach einem Ausgang.

9. KAPITEL

DIE UNANGENEHME WAHRHEIT

›Milan! Milan, erzählt mir, was passiert ist!‹

›Schon gut, T'omar. Es ist alles vorbei.‹

Wachtmeister Janyvir war in den Palast gerufen worden, um die Verhaftungen persönlich durchzuführen. *Ich wünsche nicht, dass von dieser Sache mehr nach außen dringt, als unumgänglich ist,* hatte Lisana ausdrücklich angeordnet. Sofern mein magiegeschocktes Hirn nach dem Duell mit dem Schwarzmagier um drei Uhr in der Frühe noch klar denken konnte, bedeutete das wohl, dass der Kreis derer, die über das Geschehene Bescheid wussten, nunmehr vollzählig im Arbeitszimmer der Königin versammelt saß. Oder zumindest vollzählig repräsentiert war: Lisana, Janyvir, Shael und ich sowie zwei schlüsselgebundene Elfen, die mit leeren Augen die Tür bewachten. Shael hatte eine Teilnahme jeder anderen Silberhand abgelehnt und verharrte auch jetzt hinter einem Zerrschild in der Ecke.

Mein Handgelenk war frisch verbunden und heilte schon wieder unnatürlich rasch. Die Blutung hatte fast so schnell aufgehört, wie Xavian verschwunden war. Jetzt saß ich in eine große Decke gewickelt im bequemsten Sessel der Königin und erwartete, dass alle mir ihre liebevolle Unterstützung anboten.

Lisana hielt jedoch wie üblich andere Dinge für vordringlich: »Wo steckt Xavian jetzt?«

Die Versammlung wechselte zweifelnde Blicke. »Keine Ahnung«, fasste Shael zusammen.

»Das ist wenig hilfreich.«

»Ich bitte um Vergebung, Majestät, dass ich nicht in der Lage war, mit einer Stunde Verzögerung einem Magier von ungeahnter Macht durch die Leere zu folgen«, erwiderte Shael prompt. »Das liegt an diesen Wanzen, die sich Hellseher schimpfen, wisst Ihr.«

Bei Shaels offenem Widerspruch warf Janyvir mir einen schockierten Blick zu. Ich unterdrückte ein Lächeln. Lisana versuchte, ungerührt zu erscheinen, ehe sie selbst viel sagend lächelte. Ihr wurde klar, dass sie und Shael eine Neigung zum Zynismus gemeinsam hatten. »Was ist mit Miriam?«, fuhr sie fort.

»Sie schläft und wird rund um die Uhr bewacht«, berichtete Janyvir. »Falls Xavian versucht zurückzukommen.«

»Sie schläft? Weshalb hat man sie nicht geweckt?«

»Weil wir nicht dazu in der Lage waren«, antwortete ich müde. »Xavian hat sie so fest in seine Sprüche gewickelt, dass allein der Versuch, diese anzurühren, unkalkulierbaren Schaden anrichten würde.«

Seufzend setzte sie zu der bedrückenden Ansprache an, die ich befürchtet hatte. »Ihr sagt, Xavian nährt sich von ihr. Er benutzt sie, um selbst stärker zu werden. Milan, gerade Euch muss klar sein, wie gefährlich er ist. Wenn wir das Band nicht auf andere Weise durchtrennen können ...«

»Wenn Ihr Miriam tötet, Majestät, ist gut möglich, dass Ihr auch mich verletzt«, hielt ich dagegen. »Renna ist in mir. Sie ist in mein Blut eingedrungen, damit ich ihr helfen kann, Xavian zu schlagen und Miriam zu retten. Wenn Miriam stirbt, habe ich in beiden Aufgaben versagt. Und wenn ich dies weiß, weiß es auch Renna. Sie könnte verärgert reagieren.«

Lisana machte große Augen, denn ihr war klar, was ich nicht sagte: *Sie hat mir die Pulsadern aufgeschnitten, um in mich einzudringen. Was hält sie davon ab, mich auf dem gleichen Weg zu verlassen?* »Kommt schon, Milan. Renna war doch eine enge Freundin von Euch. Sie würde nie in blinder Wut gegen Euch vorgehen.«

»Wer weiß?« *Wer weiß überhaupt irgendetwas Genaues?* »Ich mache sowieso, was sie will.«

»Warum?«

Ich lächelte wortlos. *Überlassen wir es ihrer Fantasie,* überlegte ich. *Wer glaubt, mich zu kennen, wird behaupten, es sei die Angst. Wer mehr Fantasie hat, wird es Liebe nennen. Da ich nicht weiß, was mich wünschen lässt, dass Renna mir gehört, werde ich nichts dazu sagen. Aber was es auch ist, ich bevorzuge Liebe als Erklärung.*

Es folgte ein langes Schweigen, in dem vier Köpfe angestrengt dasselbe dachten. »Milan«, meldete sich Lisana endlich zu Wort. »Ich weiß, dass wir zwei nicht immer einer Meinung sind. Aber hat Renna Euch nicht bereits in den Wahnsinn getrieben?«

Angesichts unserer Notlage musste ich mich vielleicht tatsächlich genau darauf einlassen.

Schlaf. Inzwischen kam er nur zu schnell, und ich wusste nur zu gut, was geschehen würde, wen ich wo treffen würde und warum.

Der Fluss plätscherte über die Kiesel, kristallklares Schmelzwasser aus den hohen Bergen. Die Bäume wiegten sich im sanften Wind, und die Landschaft erschien meiner so beladenen Seele fast wie eine Illusion, so unberührt war sie von allem Bösen. *Das ist die Leinwand, auf welche die Menschheit malt, und was tun sie mit ihrem unsensiblen Pinsel? Fällen die Wälder, vertreiben die Tiere, verdüstern den Himmel mit Rauch.*

Du meine Güte, ich werde alt.

»Ihr habt Euch wacker geschlagen. Wie immer.«

»Hallo, Serein.«

Der einstige König der Alpträume setzte sich neben mich,

hob einen Kiesel auf, der sich ans Ufer verirrt hatte, und warf ihn mit einem Plopp in den Fluss zurück. »Ihr habt eine komische Art zu kämpfen, wisst Ihr das?«

»Ja. Sie heißt Siegen. Was macht Ihr in meinem Traum, Geist?«

»Eurem Ruf folgen, wenn Ihr es unbedingt wissen wollt. Für Träumer gelten andere Gesetze. Sie beeinflussen die fassbare Welt, wir die mentale. Ich bin hier, weil Ihr eine Illusion von mir auf der Erde erschafft, weil Ihr mich ins Leben ruft.«

»Nein. Das bin nicht ich, das macht Renna.«

Er lächelte leise. »Ach ja. Renna ist der Katalysator für das alles.«

»Katalysator? Zur Hölle, mit Renna hat alles angefangen! Renna ist der Grund, dass ich hier bin. Renna ist der Grund, warum eine lange Narbe über mein Handgelenk läuft. Renna ist der Grund, warum ich gerade einen Kampf auf Leben und Tod durchgestanden habe, auch wenn es letztlich zu keinem von beiden kam!« Wütend begehrte ich auf. »Warum kommst du nicht direkt zu mir, Renna? Du mächtige, schlaue Renna, warum kommst du nicht und zeigst dich persönlich?«

»Das wird sie nicht«, erklärte Serein mir ruhig. »Sie fürchtet, das, was Ihr seht, könnte Euch nicht gefallen.«

Erstaunt sah ich ihm in die Augen. Dann leckte ich mir über die trockenen Lippen und fragte so vernünftig, wie ich nur konnte: »Ihr meint, im Vergleich zum König der Alpträume, der mich damals ums Haar umgebracht hätte?«

»Sie ist nicht so, wie Ihr Euch an sie erinnert, Milan.«

»Als wenn ich darauf etwas geben würde. Sie hat ihren Traum gefunden. In mir. Glaubt sie denn wirklich, dass ihr Traum so viel verändern kann? Schließlich gehöre ich ihr, so wie sie mir gehört, wir sind eins.«

»Und könnt Ihr Renna vergeben?«, erkundigte sich Serein. »Für das, was sie getan hat?«

Ich lachte. »Das glaube ich einfach nicht! Ich sitze hier und plaudere im Traum mit dem Feind, den ich vor langer Zeit getötet habe.«

»Könnt Ihr Renna vergeben?«, hakte er nach.

»Natürlich. Ich kann mir ungefähr vorstellen, wie es Träumern ergeht, deren Körper stirbt, während ihr Geist noch in Alpträumen gefangen ist. Miriam ist so instabil. Der Versuch, sie vor einem solchen Schicksal zu bewahren, ist sehr edel.«

»Renna hilft seit vielen Jahren Träumern, die im Koma liegen. Nicht nur in unserer Dimension. Es gibt eine Million, eine Milliarde Universen da draußen, Milan. Aber ich glaube, dieses hier hat sie allen anderen immer ein wenig vorgezogen. Das, wo ihr Traum liegt.«

»Serein – nein, Renna, denn die bist du, wie indirekt auch immer. Ich weiß, angesichts der Umstände klingt es etwas befremdlich, aber hast du jemals versucht, einen Traum wahr werden zu lassen?«

Renna saß am Flussufer, genau dort, wo eben noch Serein Platz genommen hatte. Irgendwie kam es mir so vor, als hätte sie die ganze Zeit schon hier gesessen. Mir war nicht einmal aufgefallen, wann die Verwandlung stattgefunden hatte. Sie zog die Knie an die Brust und blinzelte mich von der Seite an, während ihre Zehen zum Fluss zeigten. »Es war unumgänglich, dich zu benutzen«, äußerte sie schließlich. »Um Miriams willen.«

»Das verstehe ich. Ich vermute, das hier«, ich fuhr kurz mit dem Finger über mein Handgelenk, »war unerlässlich, um uns verschmelzen zu lassen, damit wir Xavian besiegen konnten.«

»Ich fürchte, ja. Ich brauchte für den Kontakt eine Menge von deinem Blut, damit ich hineinschlüpfen konnte.«

»Das ist aber nicht für immer, hoffe ich.«

»Nein. Wir zwei sind eng miteinander verbunden. Wenn ich dich verlasse, gehe ich davon aus, dass ein Teil von mir Federn lassen wird, aber ich kann verschwinden, wann immer ich will. Du wirst es dann schon bemerken.«

»Danke.« Ich räkelte mich. »Was soll ich jetzt deiner Meinung nach tun?«

Sie rückte näher und barg ihren Kopf an meiner Schulter. »Nichts. Das hier ist dein Traum.« In ihren Augen funkelte der Schalk. »Ich bin nur ein Stück Kulisse.«

Schweigen. Dann hob ich an: »Renna?«

»Ja?«

»Warum tust du das?«

Sie zögerte lange mit ihrer Antwort. »Ich glaube, es liegt daran, dass ich dem Mädchen helfen will. Jedenfalls stelle ich mir das gerne vor. Dann fühle ich mich irgendwie menschlicher. Ihre Not hat mich berührt und das alles. Schließlich war ich einmal in einer ganz ähnlichen Lage. Zwischen Leben und Tod gefangen, verwirrt, verängstigt.«

»Aber?«

Sie lächelte. »Es gibt so viele Welten da draußen. Die Leere ist durch einen Schatten von der Erde getrennt, aber man kann so viele Schatten überqueren. Und es gibt viele Träumer wie mich. Miriam bringt alles durcheinander. Sie steht kurz davor, eine von uns zu werden, aber ihr Ansatz ist verkehrt. Kannst du dir eine Miriam mit göttlicher Macht vorstellen? Was sie anstellen würde?«

»Du hast Angst vor ihr«, folgerte ich anklagend.

»Ja. Ich habe Angst, dass sie nicht nur sich selbst, sondern auch andere verletzen könnte. Ich habe Angst, dass sie meinen Traum verletzen könnte.« Diesmal wich sie meinem Blick aus. »Ich habe Angst, dass sie dir etwas tut.«

»Und darum tust du das alles? Darum kämpfst du über mich gegen Xavian?«

»Ja.«

»Und dazu brauchtest du mich? Weil Xavian und Miriam zusammen zu stark für dich waren, brauchtest du meine Magie? Damit ein Sterblicher gegen einen Sterblichen kämpft, während du Miriam, die Unsterbliche, beschäftigt hältst?«

»Genau. Milan?«

»Mhm.«

»Warum machst du das mit?«

Ich ließ mir mit meiner Antwort Zeit. »Wie du ziehe ich es vor, mir einzureden, dass ich keine andere Wahl habe. Lisana hätte mich sowieso dazu gezwungen. T'omar hätte Zeter und Mordio geschrien, damit ich endlich zur Tat schreite, und du hättest mir trotzdem den Puls aufgeschnitten, ohne dass ich etwas dagegen hätte unternehmen können. Aber natürlich ist da noch mehr, wie immer.«

»Erzähle es mir. Ich bin dein Traum, du bist meiner. Und jetzt gerade sind wir vereint.«

»Ich tue es – weil ich dich vermisse.«

»Das musst du schon genauer erklären, Milan, wie du wohl weißt.«

»Sei still und überlass mich meiner Sentimentalität«, brummte ich. »Glaubst du, mir fällt das alles hier leicht? Als ich Miriam traf, habe ich sie sofort als Träumerin identifiziert, was zuvor nur Xavian gelungen war. Ich dachte, ich könnte ihr so helfen, wie ich damals dir geholfen habe. Ich hoffte, dadurch könnte ich dir wieder näher sein, frag mich nicht, warum. Vermutlich habe ich in Miriam eine Art Ersatz für dich gesehen. Wieder so eine zerbrechliche Träumerin, die zwischen den Welten gefangen saß. Die gleiche Verwirrung. Die gleiche Entwicklung zu etwas anderem hin. Als ich Miriam zum ersten Mal sah und erkannte, dass sie eine Träumerin war, hielt ich sie einen kurzen Augenblick lang für dich. Aber dann war sie jemand anders. Und jetzt ist es für mich zu spät, um innezuhalten und vernünftig darüber nachzudenken. Ich bin zu tief in die Sache verstrickt.«

Nachdem sie mich eine Weile angestarrt hatte, lächelte sie sanft. »Milan?«

»Ja?«

»Was auch immer es dir bedeutet, ich vermisse dich auch.«

Ich seufzte. »Besten Dank, Renna.«

»Milan?«

»Ja?«

»Es tut mir Leid. Einfach alles. Aber jeder schöne Traum endet einmal.«

Ich schüttelte den Kopf. »Ausgerechnet du, Renna, solltest es besser wissen.«

So saßen wir da und träumten vom Träumen.

»Seid Ihr sicher, dass Ihr schon wieder so weit seid?«, vergewisserte sich Janyvir, als wir durch den Palast schritten. Ich bedachte ihn mit einem vorwurfsvollen Blick und rieb viel sagend mein Handgelenk. Der Verband war sauber. Wir beide wussten, dass der Schnitt über Nacht von selbst verheilt war.

»Ich meine, woher wisst Ihr, dass es klappen wird?«, drängte er.

»Es wird klappen, weil Xavian nur ein Stück von Miriam übernommen hat. Es ist noch etwas übrig, so dass wir mit ihr sprechen können. Es wird klappen, weil ich dafür sorgen werde, dass es klappt. Wie geht es denn dem lieben Rylam heute Morgen?«

»Ihr macht mich verrückt!«

»Ich habe nur eine Frage gestellt, lieber Wachtmeister.«

»Es geht ihm gut. Genau wie Corinna. Beide stehen unter Hausarrest und kommen gut klar. Alles in Ordnung«, schimpfte er.

Es war kurz nach Mittag, und der Palast brodelte vor Spannung. Lisana bewegte sich nur noch in Begleitung von mindestens vier Wachen, und sie hatte jedem Würdenträger im Land empfohlen, es ihr nachzutun. Wegen eines zauberkundigen Verräters, hatte die Nachricht gelautet. Währenddessen hatte ich im tiefsten, friedlichsten Schlummer meines Lebens gelegen und beim Aufwachen nicht eine Narbe von den Geschehnissen der Nacht zurückbehalten, mit der ich hätte angeben können. Geblieben war mir nur ein etwas angeknackstes Selbstbewusstsein und eine gewisse Zurückhaltung, meine überbeanspruchte Magie anzurühren. Und die Sorge über das Wissen, dass ich Rennas Anweisungen irgendwie Wort für Wort in die Tat umsetzen musste.

Xavian hat ihr viel genommen, aber man kann immer noch mit Miriam reden. Du musst nur mutig genug sein, ihr zuzuhören.

Weshalb ich nach einem ausgiebigen Frühstück und ein paar Spritzern kalten Wassers nun mit vier Wachen, Wachtmeister Janyvir Reshin und dem Schlüssel zu dem Zimmer, in dem die streng bewachte Miriam ruhte, diesen Gang entlangmarschierte. Natürlich sah ich nicht taufrisch aus und fühlte mich wie, nun ja, wie ein Zauberer, dem in einem mächtigen Duell ein Stück seiner Macht abhanden gekommen war. Aber ich war am Leben. Und mehr als das: Ich hatte einen Feind, dem mein ganzer Hass galt, und ich hatte einen Plan. Diese Kombination machte mich so quicklebendig, als hätte Xavian nie meine Schilde auseinander genommen.

»Ihr lasst sie also damit durchkommen?«

»Womit?«, fragte ich. Janyvirs Worte hatten mich überrascht.

»Renna. Ihr ärgert Euch gar nicht darüber, dass sie Euch verletzt hat.«

Ich zuckte mit den Schultern. »Viele sagen, der Zweck heiligt die Mittel. Ich fürchte, in diesem Fall muss ich zustimmen.«

»Auch wenn es Euch das Leben kosten könnte.«

Diesmal musste ich lachen. »Ich wäre auch ohne Rennas Drängen nach Haven gekommen. Was hätte ich anders gemacht, nachdem wir die Wahrheit ausgeknobelt hatten und Xavian auf mich losging? Ohne Rennas Macht wäre ich bloß der Nächste auf der Verlustliste gewesen.«

Jetzt standen wir vor Miriams Tür. Nach zweimaligem

Klopfen schloss ich auf. Fünf schlüsselgebundene Wachen starrten mich an, registrierten, wer ich war, und ließen mich passieren. Janyvir wollte noch einmal versuchen, mich von meinem Plan abzubringen. Obwohl seine Sorge mir gut tat, stand ich kurz davor, die Geduld zu verlieren.

»Ja!«, brauste ich auf. »Ja, ich bin müde. Ja, Xavian ist da draußen, wie Ihr es ausdrückt. Nein, ich weiß nicht, ob ich das Richtige tue. Aber Renna behauptet, dass es klappen wird. Und ich glaube ihr – schätze ich.«

Miriam lag mit geschlossenen Augen auf dem Bett. Ihr Atem ging regelmäßig. Schon ohne hinzusehen erkannte ich das Gewirr der Zauber, von denen sie dicht umsponnen war. Meine Wut auf Xavian wuchs. *Sogar Todeszauber hat er eingefügt für den Fall, dass sie sich loszureißen sucht. Dieses Schwein!*

Ich ging hinüber und setzte mich neben sie. Wie die meisten Menschen sah sie im Schlaf außerordentlich friedlich aus. Schwer zu glauben, dass ein großer Teil ihres Wesens gerade in Xavian gefangen saß, um entweder auf seinen Wunsch hin freigesetzt oder mit ihm vernichtet zu werden.

Aus einiger Entfernung murmelte Janyvir: »Soll ich gleich die Heiler holen oder warten, bis Euer Mageninhalt auf dem Boden gelandet ist?«

»Mein lieber Wachtmeister, es handelt sich hier um einen sehr kleinen Spruch«, erwiderte ich. Es war ein Versuch, mein nicht gerade strahlendes Ego zu streicheln, indem ich ihn in seine Schranken wies. »Eigentlich ist es überhaupt kein Spruch, sondern eher eine … Verschmelzung.«

Da er das unglückliche Gesicht des Halbwissenden aufsetzte, fühlte ich mich zu dem tröstenden Zusatz getrieben: »Also, wenn ich anfange, zu schreien und zu zittern, dürft Ihr mir gern eins überziehen. Benutzt dazu, was Euch gerade in die Hand fällt.«

»Das habt Ihr aber nicht vor, oder?«

»Ich kann's mir nicht vorstellen.«

Erleichtert atmete er auf.

»Andererseits ist Magie so unberechenbar.«

Schon hielt er wieder die Luft an.

»Nur ein Scherz.«

Vorsichtig griff ich nach Miriams schlaffer, kalter Hand. Sofort wurde ich von der Erinnerung an Renna übermannt, die genau dasselbe mit mir getan hatte. Spontan wandte ich mich an Janyvir.

»Habt Ihr mal von einem gewissen Shakespeare geträumt?«, fragte ich ihn.

»Von wem?«

»Erdbewohner.«

»Oh. Nein. Ich träume nicht so viel.«

»Wirklich?«

»›Wirklich?‹ Was soll das denn schon wieder heißen?«

»Wachtmeister Janyvir, Ihr seid viel zu nervös.«

»Das nennt man gesunden Menschenverstand. Das hier ist sowieso sinnlos, und Ihr solltet Euch lieber ausruhen.«

»Hört mal«, erklärte ich, »wenn es mir gut geht, obwohl mir erst vor zwölf Stunden meine eigene Magie um die Ohren gehauen wurde, dann geht es Xavian auch gut, wenn nicht noch besser. Und wenn es ihm gut geht, dann liegt das daran, dass er Miriams Selbstheilungskräfte anzapft. Wenn er aber Miriam anzapft, können wir ihn nur schwächen, indem wir dafür sorgen, dass Miriam das nicht mehr zulässt.«

»Ihr wollt also einfach so durch eine magische Abschirmung in ein schlafendes Gehirn eindringen und sie dazu bringen, nett mit Euch zu plaudern? Wie bei einem Dinner bei Kerzenschein?«

»Euer Sinn für Humor ist hier am falschen Platz, Herr Wachtmeister. Jetzt seid still und seht zu, wie ein echter Magier arbeitet.«

Er murmelte etwas, aber ich hörte nicht zu und wollte auch

nicht nachhaken. Stattdessen schloss ich die Augen, ignorierte das Jucken an meinem Handgelenk – *lass es mal in Ruhe, ja?* – und schloss die Finger um Miriams Hand. Ich war mir nicht sicher, was ich gerade tat, und wagte nicht, Magie einzusetzen, weil ich keinesfalls das Kraftnetz aktivieren wollte, welches das schlafende Mädchen umgab. Aber ich wusste, wenn ich es versuchte, wenn ich nur fest daran glaubte, dann würde es irgendwie gehen.

›Miriam? Ich weiß, nicht alles von dir ist in Xavian. Ich weiß, dass du mich hören kannst. Bitte. Wir müssen miteinander reden.‹

Keine Antwort.

›Ich weiß Bescheid über deinen Mann. Ich weiß von der Überdosis. Ich weiß von Renna. Ich kann dir helfen.‹

Kann ich das? War das eben nicht eine rotzfreche Lüge gewesen? Hoffentlich war sie wenigstens nicht zu leicht zu durchschauen.

›Ach, zum Kuckuck, vielleicht kann ich dir auch nicht helfen, aber wenn du mir nicht zuhörst, werden womöglich viele Unschuldige dafür büßen.‹ Vielleicht auch ein paar Schuldige, dachte ich säuerlich, weil mir einfiel, dass Lisana ziemlich weit oben auf der Liste stand.

›Miriam, ich weiß, dass du mich hören kannst. Ich weiß nicht viel über die Erde, aber ich kann mir vorstellen, wie die Menschen denken. Man nimmt eine Überdosis, um Selbstmord zu begehen. Mutig, wenn auch ein wenig selbstsüchtig. Wenn es nicht klappt, landet man im Krankenhaus und liegt im Koma. Dein Leben ist von Trauer verdüstert, und du beginnst zu träumen. Aber der Traum ist verkehrt, Miriam. Er ist grausam, so grausam wie die Medikamente, mit denen du allem ein Ende setzen wolltest. Jetzt musst du entweder in diesem verkorksten Traum sterben, oder du hörst mir zu und lässt uns einen echten Traum für dich suchen. Miriam, antworte mir. Ich weiß, dass noch etwas von dir übrig ist, was

Xavian nicht bekommen hat. Dir muss bewusst sein, dass er dich aussaugt, du musst es fühlen. Warum hältst du ihn nicht davon ab?‹

Immer noch keine Antwort.

›Na schön. Dann bleibe ich einfach hier sitzen und halte die Verbindung, bis du das Versteckspiel satt hast und mir antwortest. Ist mir egal, ob Xavian jeden Moment kommen könnte, ob er die Königin tötet und dann nackt durch die Gegend tanzt und mit Fistelstimme ›Der Hahn ist tot‹ singt. Ich bleibe einfach hier sitzen und warte ab. Du weißt, das ist mein Ernst!‹

Da war sie. Die Veränderung. Ich war bereit und ließ mich von ihr davontragen. Es war, als wäre ich mitten in einen Traum gesprungen. Aber obwohl ich mir losgelöst und substanzlos vorkam wie bei jedem Traum, erkannte ich sehr bewusst, was hier geschah. Es war dieselbe Klarheit wie bei meinem Gespräch mit Renna. Das hier war kein Traum, sondern die Vision einer Träumerin.

Eine Kirche. Ich wusste genug über die Erde, um das zu erkennen. Vor dem Altar betete jemand in schwarzer Kleidung. Durch die bunten Glasfenster fiel Sonnenlicht herein, das den Boden mit einem strahlenden Mosaik überzog, während Christus kummervoll auf seine einzige Gläubige herabschaute. Das Kreuz, jenes herbe Symbol einer blutigen Vergangenheit, hing über Miriams Kopf. Ich ging zwischen den Bänken hindurch und kniete mich so leise wie möglich neben sie.

»Danke«, murmelte ich.

»Wofür?«

»Fürs Zuhören.«

Sie bedachte mich mit einem seltsamen, unfrohen Lächeln. »Die Kirche ist leer. Ich weiß noch, dass sie immer so voll war. Es ist noch gar nicht lange her. Aber Xavian hat all die Leute geholt. Ich will nicht allein sein.«

Das will niemand. »Ich bin da.«

»Ihr versucht, meinen Traum zu zerstören.«

»Nicht Euren Traum. Euren Alptraum oder etwas in der Art. Einen schlechten Mann, der einem zarten Mädchen raubt, was von ihrem Herzen noch übrig ist. Der das Beste, was eine gute Frau ihm bietet, für seine eigenen Ziele nutzt.«

»Ich könnte Euch hier und jetzt zermalmen«, flüsterte sie. »Auch wenn diese – andere Frau – in Euch ist. Ihr seid jetzt in mir. Damit seid Ihr angreifbar. Verwundbar. Außerdem wollt Ihr nicht zurückschlagen. Ich könnte Euch so schnell zerquetschen, dass Ihr nicht einmal wüsstet, was geschehen ist.«

Ich hob das Kinn und versuchte, mich größer zu machen. »Bitte sehr. Ich bin gekommen – Renna ist gekommen –, um Euch beizustehen. Wenn Ihr mich tötet, kann Xavian auch das letzte Restchen Eurer Kraft stehlen. Er lässt Euch im Alptraum sterben. Wenn Ihr ihn wirklich so sehr liebt, wenn Ihr tatsächlich so blind seid, dass Ihr glaubt, er sähe etwas anderes in Euch als eine Quelle der Macht, hättet Ihr Euch nicht zum Zuhören entschlossen.«

»Ich habe genug gehört. Jetzt möchte ich nur noch allein sein!«

»Damit Ihr Euch selbst endgültig zu Grunde richtet? Selbstsüchtig wie ein unreifes Kind?«

Diesmal war sie es, die sich mit blitzenden Augen aufrichtete. Mein Instinkt warnte mich, dass ich ihr zu sehr zusetzte, aber wenn ich jetzt abbrach, würde ich sie verlieren. Es war schon so viel von Miriam in Xavian, dass mir nichts anderes blieb, als weiterzumachen.

»Wacht auf, Miriam! Aber das geht nicht mehr, stimmt's? Weil der irdische Mann, den Ihr liebtet, gegangen ist, und Euer Körper sich von dem, was Ihr Euch in blinder Wut angetan habt, nie mehr erholen wird. Und jetzt hat die Illusion, die Ihr zu lieben vermeintet, Euch in grausame Zauber verstrickt, die ich nicht zu brechen wage.«

»Ihr verstellt Euch so gut!«, fauchte sie verächtlich. »Ihr

glaubt, Ihr könntet mich mit Euren Worten ködern, aber das wird Euch nicht gelingen. Ihr wollt Xavian töten!«

»Ja! Ja, das will ich! Denn er will mich, die Königin, Feilim, Rylam und irgendwann auch Euch töten. Er ist ein Vampir, Miriam, der Euch Blut und Leben aussaugt. Wie dumm Ihr seid, dass Ihr das nicht wahrhaben wollt!«

»Wieso?«, gab sie zurück. »Schließlich bin ich hier! Ich bin immer noch Miriam. Ich spreche noch.«

Diesmal setzte ich mich auf die Fersen, um mich zu entspannen. Das Prickeln meiner Hand, die in der echten Welt immer noch die ihre hielt, war mir nur am Rande bewusst. »Aber Ihr könntet so viel mehr sein.«

Sie kniff die Augen zusammen, und als sie weitersprach, hörte ich die kalte Ruhe des Hasses. Irrationaler Hass natürlich, aber so abgrundtief, dass er durch Mark und Bein ging. »Ihr seid ein grausamer Mann, Laenan Milan. Ihr bietet mir so viel, doch nichts davon ist real.«

»Das hat er Euch eingeredet?«

Sie gab keine Antwort.

»Ihr liegt im Sterben, Miriam. Wisst Ihr das?«, bohrte ich so sanft wie möglich weiter. Der Tod ist eines der Themen, die schwer einzuschätzen sind. »Euer irdischer Körper nimmt allmählich Abschied. Ihr habt zu viele Medikamente geschluckt. Der Schaden ist irreparabel, und es ist nur eine Frage der Zeit, bis alle Eure Organe versagen. Die Medizin kann Euch dort nicht mehr helfen.«

Diesmal versuchte ich es auf die versöhnliche Art, als wäre ich ein unparteiischer Arzt, der einem Patienten verschiedene Möglichkeiten darlegt – entweder dies oder das oder aber jenes, sofern man dazu wirklich fest entschlossen ist. »Hier bei uns saugt Xavian Euch Stück für Stück das Leben aus. Natürlich werdet Ihr streng bewacht, damit er nicht zurückkommen kann. Aber es sieht so aus, als würde er Euch trotzdem weiter benutzen, wo auch immer er steckt.«

Manchmal hasste ich mich selbst. Aber die grausame, gnadenlose Wahrheit lag mir auf der Zunge und war bereit, ihr Werk zu vollbringen. Ich hielt inne, ehe ich leise und betont erklärte: »Ich brauche Eure Hilfe.«

Ein kurzes, überraschtes Klimpern, ohne dass ich wusste, worauf sie reagierte. Ich hoffte, es war, weil ich »brauche« gesagt hatte.

»Ich verstehe Euch Träumer immer noch nicht. Aber ich weiß, dass dies alles hier in Eurem Geist stattfindet, an dem ich nun für kurze Zeit Anteil habe. Und ein Teil von Euch steckt in Xavian.«

Mit einer irrationalen Person zu diskutieren, ist das Schwierigste auf der Welt. Unter anderen Umständen hätte ich gar nicht erst den Versuch gestartet. Jetzt aber wünschte ich, ich wäre überzeugender, mehr wie T'omar oder Lisana. Ich hätte ihnen dafür sofort mit Freuden meine Position, meine Macht und meine Magie übergeben.

»Ihr braucht mir nur dabei zu helfen, ihn zu finden.«

»Nein.«

Wunderbar. Meinen herzlichen Dank.

»Miriam, Ihr seid ein törichtes Kind, das in wirklich üble Zauber verstrickt ist. Bitte. Ich weiß, dass Ihr ihn noch fühlen könnt. Bitte!«

Ihre Augen bohrten sich in meine. Ich konnte den Blick nicht abwenden.

Dann befand sie: »Ihr seid ein Schauspieler. Keiner weiß, ob er zu der wahren Person hinter all diesen Kostümen spricht oder zu einer Rolle, die gerade gut passt. Aber ich weiß es. Ich *weiß* es, Milan.«

Am liebsten hätte ich sie geohrfeigt. Als ich aufstand, erhob auch sie sich, immer noch trotzig.

»Und das war's?«, wollte ich wissen. »Ihr lasst uns alle sterben, weil Ihr zu feige seid, seine Lügen zu durchschauen und lieber selber hinzusehen?«

»Raus aus meinem Kopf, Milan.«

Ich hob die Hände. »Seht her! Ich bin wehrlos. Ein Sterblicher, der noch seinen Körper braucht und nur durch die gnädige Macht einer anderen hier ist, durch Rennas Macht, die für Euch ihr Leben aufs Spiel gesetzt hat. Für ein undankbares Gör!« Als ich auf sie zukam, vergaß ich all meinen Takt einschließlich aller Schmeicheleien, die ich mir zurechtgelegt hatte.

»Dann schmeißt mich raus, Miriam. Brecht die Verbindung ab. Glaubt nur weiter an Euer dummes, kleines Hirngespinst, denn ich bin mit Euch fertig! Ich werde Xavian auch auf andere Weise finden, und dann töte ich ihn – ohne Rücksicht auf den Teil von Euch, der mit ihm sterben wird.«

Sie zitterte vor Wut, vielleicht auch vor Trauer. Für mich war das schwer zu unterscheiden. Als ich mich ihr näherte, hob sie abwehrend die Hände. Ich packte zu und hielt sie fest, als wollte ich ihre Finger zerquetschen. »Warum wollt Ihr einfach nicht zuhören?«, fluchte ich.

Ihre Finger wanden sich. Plötzlich fröstelte ich. Die Sonnenflecken verblassten und verschwanden. Die ganze Kirche wurde kalt und füllte sich mit Schatten, welche sich in die Ecken der Finsternis schoben und mit substanzlosen Klauen nach uns gierten. Ich geriet ins Taumeln, denn mein Blut gefror zu Eis und loderte gleichzeitig brennend heiß. Ich fühlte, wie das eisige Feuer mein Herz berührte, meine Lippen blau anlaufen ließ und meinen Kopf wie einen Bienenschwarm zum Brummen brachte.

Miriam hatte die Augen aufgerissen. Erschrocken fuhr sie zurück. Ihre Hände rutschten mir weg. *Sie weiß nicht, was sie getan hat. Verflixt, sie weiß es nicht …*

Nur noch mein Handgelenk strahlte Wärme aus, was immerhin tröstlich war. Der Marmorboden war wie Eis, als Laenan Milan wie eine Marionette in sich zusammenfiel und das Summen in meinem Kopf sich zu Getöse steigerte.

Doch bald, oh, so herrlich bald herrschte wieder Friede, als wäre all dies nie geschehen. Wenn ich nun vorsichtig hinschaute, waren in meinem Kopf Dinge, die bisher nicht dort gewesen waren. Neben mir hockte Miriam, auf deren Gesicht sich Furcht malte. Vorsichtig stupste sie mich an und zuckte dann zurück, als ob ich sie beißen würde. Sie erinnerte mich an ein ängstliches Kind, das mit einem Stock an einem toten Insekt herumstochert, um zu prüfen, ob es sich noch bewegt. Daraufhin rollte ich mich auf den Rücken, um ihr zu beweisen, dass ich noch am Leben war – und um diese Hypothese auch gleich selbst zu überprüfen. Ich sah Bilder.

In den meisten tauchte Xavians Gesicht auf, und wenn ich mich konzentrierte, kamen mir Erinnerungen, die nicht von mir stammten. Sie wollten nicht stillhalten, als wären sie Lebewesen, die sich nicht von Gedanken untersuchen lassen wollten, aber ich hielt dennoch an ihnen fest. Wie im Rausch tanzten Miriams Erinnerungen durch meinen Kopf.

Sie reichten von dem Moment, als sie ihn zum ersten Mal erblickt hatte und ihrem Schicksal entgegengeeilt war, bis zum gestrigen Abend, als er seine Stiefel angezogen und sie mit ein paar Beruhigungszaubern belegt hatte, um dann in einen Palast zu verschwinden, der vor Magie nur so bebte, und in dem er seinen Feinden ein für alle Mal den Garaus machen wollte. All diese Bilder und mehr – Gefühle, Gedankenfetzen, unscharfe Geräusche und unterdrückte Ahnungen über mich wie über Xavian – all das lief vor meinen Augen und Ohren ab, als hätte ein geschickter Magier eine Illusion geschaffen, und als sei ich bloß der staunende Zuschauer.

Als die Eindrücke vorüber waren, bemerkte ich etwas anderes. Es war geradezu wie ein gewaltsamer Übergriff, als würde jemand etwas genauestens untersuchen, worauf noch niemand je einen Blick erhascht hatte. Sobald mir dies bewusst war, stiegen wieder Erinnerungen auf. Diesmal waren es meine, und sie handelten von Renna. So wie ich in Miriams

Erinnerungen an Xavian eingebrochen war, hatte Miriam ein Stück von meiner Vergangenheit erblickt.

Lange harrten wir an Ort und Stelle aus, während wir innerlich überprüften, was gerade zwischen uns abgelaufen war. Wenn man sich erst einmal daran gewöhnt hat, auf dem Boden zu liegen, ist es dort gar nicht so übel. Schließlich entschloss ich mich doch zum Sprechen. Miriam war so vom Donner gerührt, dass von ihr kein vernünftiges Wort zu erwarten war.

»Ähem ... das machen wir aber nie wieder, okay?«, begann ich.

»Ich war das nicht.«

»Wer's glaubt, wird selig.«

»Das war Renna! Sie ist ungefähr so kompromisslos wie Ihr. Wahrscheinlich kommt Ihr deshalb so gut miteinander aus. Euer Handgelenk blutet«, ergänzte sie nach einer neuen, qualvollen Pause. Vermutlich war auch sie diese geteilten Erinnerungen durchgegangen und fragte sich nun, ob sie darin gut wegkam. Selbst wenn unsere Feinde etwas über uns erfahren, möchten wir komischerweise immer noch einen guten Eindruck hinterlassen.

Ich warf nicht einmal einen Blick darauf. »Das heilt. Macht es immer.«

Sie legte die Hände über die Augen. Zum ersten Mal fiel mir auf, wie müde sie wirkte. »Xavian ...« Ihre Stimme brach ab.

»Ich frage lieber nicht«, tröstete ich sie so nett wie möglich. »Ich werde Euch nicht weiter zusetzen, bis das hier vorbei ist.«

»Nein.« Sie sah mich scharf an. »Nein. Ich liebe ihn. Aber was er jetzt vorhat ...«

Plötzlich wurde ich sehr nervös. »Was hat er vor?«

»Sonnenkap. Er ist in Sonnenkap.«

Schon war ich aufgesprungen und griff über Rennas Kräfte nach meinem Körper. Wirbelnd begann die Welt sich aufzulösen. »Wer ist sein Opfer? Feilim?«

»Und andere. Ihr kennt sie.«

Ohne Abschiedswort eilte ich davon.

Die Verbindung brach gewaltsam ab. Ehe Janyvir überhaupt wahrnahm, dass ich wieder bei mir war, war ich bereits aufgesprungen und zur Tür gelaufen.

»Milan!« Er schreckte von seinem Stuhl hoch, auf dem er wie ein alter Mann vor sich hin gedöst hatte. »He, wartet auf mich!«, rief er, als ich aus dem Zimmer stürzte.

Sonnenkap. Feilim. Und andere. Oh Träume, warum bin ich nicht früher darauf gekommen? Das sieht ihm ähnlich! Alle wichtigen Leute haben wir gewarnt, T'omar, Saenia, alle, dass sie nicht ohne Wache unterwegs sein sollen, aber die zählen gar nicht. Bei den Träumen!

Janyvir holte mich ein. Er war wieder einmal ziemlich verwirrt. »Wo wollt Ihr hin? Was hat Miriam gesagt? Konnte sie überhaupt etwas sagen?«

»Sonnenkap!«

Da er mir hinterherrannte, konnte er gerade noch japsen: »Wie?«

»Genauso, wie Xavian dorthin gelangt ist.«

Verdutzt blieb ich stehen. Bis zu diesem Augenblick war mir nicht klar gewesen, dass ich genau dies vorhatte.

Genauso …

Janyvir redete weiter. »Was?«, fragte ich dazwischen.

»Ich sagte, wenn Ihr einen Feldzug startet, bin ich dabei.«

»Einen Feldzug?« *Lieber Himmel, ja, genau das brauche ich.*

»Ihr habt mich aufgefordert, Euch eins überzuziehen, falls Ihr anfangt, zu zucken und zu schreien. Ich würde sagen, wenn Ihr einfach ohne Erklärung losrennt, fällt das auch in diese Kategorie.« Er versuchte, vermittelnd zu erscheinen. »Hört mal, das hier ist nicht meine Welt. Ich verstehe nicht, was Ihr großen Zauberer hier spielt. Ich verstehe kaum die kriminelle Seite der ganzen Sache, dabei bin ich der Kommandant der Wache. Aber ich kann mit dem Schwert umgehen, und wenn es darum geht, wer wem etwas entwendet hat, gibt es keinen, der besser ist als ich.«

»Wenn er geht, kommen wir auch mit.«

Das waren Shael und Rinset, die eine in einer Palastlivree, der andere in seiner speckigen Käseschürze.

Shael zuckte verlegen mit den Schultern. »T'omar meint, Ihr würdet zu Alleingängen neigen.«

Ich kniff die Augen zusammen. »Ihr habt mir nachspioniert, ja? Ich hatte schon die ganze Zeit das Gefühl, jemand würde mich beobachten.«

»Befehl von T'omar. Ihr geratet so leicht in Schwierigkeiten.«

»Und Ihr beklagt Euch über zu viel Arbeit«, murmelte ich. Diesmal war ich unsicher, ob ich Dankbarkeit oder Zorn verspüren sollte. *Ich kann ganz gut selbst auf mich aufpassen!*

Ein trockenes Stimmchen in mir meldete Widerspruch an. *Haha. Wem willst du das weismachen?*

»Wie kommen wir nach Sonnenkap?«, wollte Janyvir wissen.

»*Wir* nutzen unsere Magie«, fuhr Shael ihn wie eine Rachegöttin aus der Finsternis an. »Ihr könnt gerne laufen. Wir müssen die Magie nutzen, weil Renna in Milan steckt. Sie kann mit der Kraft der Gedanken reisen. Und wenn Milan zu dumm ist, das Offensichtliche zu akzeptieren, begleiten wir ihn trotzdem, um ihm zu beweisen, dass er es auch kann.«

»Das waren klare Worte«, nickte ich verdattert.

Stirnrunzelnd griff sie nach meiner und Rinsets Hand. Dann nickte sie Janyvir herrisch zu. »Also – wenn Ihr mitkommen wollt, dann los!«

Rinset grinste über beide Ohren. Offenbar amüsierte er sich prächtig. *Wart's nur ab!*

Janyvir zuckte mit den Schultern und legte mir in guter, alter Wachmannmanier eine Hand auf die Schulter, als wolle er einen straffälligen Magier verhaften. Dann sahen alle drei mich an.

»Was jetzt?«, fragte Janyvir. *Ein Logiker in einer gänzlich fremden Welt*, dachte ich mitleidig. *Der Ärmste.*

Als ich zum Widerspruch ansetzte, warf mir Shael einen warnenden Blick zu. Sinnlos, mich ihr zu widersetzen. Hatte T'omar nicht erklärt, sie zählte zu den Besten? »Ich warne Euch. Ich mache das hier zum ersten Mal!«

»Ihr schon. Renna nicht«, bemerkte jemand. Wahrscheinlich Janyvir. Schon fühlte ich, wie sich eine eiskalte Macht in mir regte, angenehme Körpertemperatur erreichte und sich dann ausbreitete, bis sie das ganze Reich, die Leere, ja, das gesamte Universum mit einer Decke aus Macht überzog. Überrascht stellte ich fest, dass wir uns nicht von der Stelle rührten. Das ganze Universum war in Bewegung, und wir nutzten diesen Schwung nur aus, indem wir stehen blieben und auf einen anderen Ort, ein anderes Land warteten. Es würde von selbst auftauchen.

»Das endet doch alles mit Heulen und Zähneklappern«, murmelte ich, doch meine Worte wurden von einer großen, erstickenden Decke gedämpft, die von allen Seiten gegen uns drückte. Das Atmen fiel mir schwer, schien aber gleichzeitig auch kaum noch nötig zu sein.

Der Boden bewegt sich wie ein Lebewesen. Schlangen in der Ferne, die sich schimmernd wiegen wie in einem stummen Tanz. Die Wände biegen sich nach außen und dehnen sich in die Unendlichkeit, unzählige Farben spielen über die endlosen Flächen. Die Hintergrundgeräusche der Stadt, die man nie richtig wahrnimmt, sind verschwunden. Stattdessen herrscht ohrenbetäubende, dröhnende Stille, der es gelingt, den vorherigen Lärm zu verstärken.

Vor uns bäumt sich ein roter Fleck auf, der sich zu Gelb aufhellt und schließlich eine schmutzig braune Färbung annimmt. Über uns spielt ein Streifen Lila über den dunklen

Himmel. Eine grüne Krümmung wird hart und fest, bekommt Ecken, Kanten und Umrisse. Ein fernes Geräusch, als würde irgendwo dort draußen gezaubert. Plötzlich die Rückkehr der Wärme, eine Gluthitze, die dem Körper so viel Feuchtigkeit entzieht, dass man nicht einmal mehr schwitzen kann. Das Gefühl von Sand, der durch die Luft fegt. Eine lange vergessene Heimat. Das Verblassen der Leere. Ankunft in Sonnenkap.

Zugleich mit der schockierenden Wahrheit kehrten schlagartig die Erinnerungen zurück. Diese Straßenecke, wo der Gerber und der Bäcker im beengten Raum zwischen den gelbbraunen Lehmziegelhäusern von Sonnenkap ihre Reviere abgesteckt hatten, hatte sich in all den Jahren nicht verändert. Wie nachlässig von den Gouverneuren, sich nicht um diesen Ort zu kümmern, nicht einmal ansatzweise die Müllhaufen zu beseitigen, die aus den dunklen Gassen in die Straßen quollen! Das Summen der Fliegen, das Maunzen einer hungrigen Katze – sogar das Bellen jenes alten Hundes, dessen Ururururgroßvater damals immer den jungen Milan verjagt hatte – alles war wie früher.

Ich wusste, wo wir uns befanden. Da ich das Innere des Palastes nicht kannte, hatte ich mich darauf nicht konzentrieren können. Diesen Ort hier jedoch kannte ich. Er lag nur wenige Häuserblocks vom Palast entfernt. In dieser Straße war ich tausend Kindheitsqualen entronnen.

»Verflucht noch eins«, flüsterte jemand und brach damit den Bann einer nicht immer lächelnden Vergangenheit, der mich erfasst hatte. Es war Rinset, der staunend betrachtete, was gerade ringsherum aufgetaucht war. »Wie ... was ...?«

»Grünschnabel«, murmelte Shael. Zu mir sagte sie: »Ihr hättet uns ruhig etwas näher an Feilim herantransportieren können!«

Wütend starrte ich sie an. »Ihr habt Glück, dass wir überhaupt hier gelandet sind.«

Auch Janyvir wirkte erschüttert. »Ich verstehe überhaupt nichts mehr«, gab er bekannt. »Wenn das hier vorbei ist, wünsche ich eine Erklärung.«

Nachdem sich auch Shael leicht verunsichert umgeschaut hatte, schlug sie vor: »Gehen wir auf die Suche nach Feilim.«

Das Erste, was mir auffiel, waren die Straßen. Sie waren leer. Kein normaler Händler, kein Ritter auf seinem Schlachtross, der gerade in den nächsten Krieg zog, keine spielenden Kinder. Selbst die Ratten (noch so eine Plage, welche sich die illustren Gouverneure nicht vorgeknöpft hatten) waren in Deckung gegangen. Sand rieselte wie Wasser um die Gebäude herum und bedeckte mehrere Fingerbreit den Gehweg. Hatte hier ein Sandsturm getobt? Warum aber sollte Feilim einen Sandsturm herbeirufen, sofern er nicht ein bestimmtes Ziel im Visier hatte?

Als wir den Palast erreichten, stand keine Wache vor dem schweren Holztor. Plötzlich kam ich mir sehr verwundbar vor. Rinset hatte schon die Hand zum Klopfen erhoben, doch Shael schlug sie herunter. Ihre Augen fixierten mich. Es stand Furcht darin. »Ist es immer so?«, fragte sie leise.

Ich schüttelte den Kopf und hob die Hand an die Lippen, damit alle still waren. Vorsichtig legte ich beide Hände ans Tor, um hinter dem alten Holz Lebenszeichen zu erspüren. Ich lauschte den langsam arbeitenden Ziegeln und Dielen im Palast, um herauszufinden, ob sich drinnen irgendetwas rührte. Keine Seele.

Jetzt kam ein leiser Rums. Etwas fiel von den Zinnen, trudelte herab und landete wenige Meter weiter auf dem Boden. Bis wir dort waren, bildete das Blut bereits eine Lache.

Jemand musste sich übergeben – Rinset. Sogar Shael wendete die Augen ab.

Janyvir, der mit dem Tod pragmatischer umging, kniete neben Feilim nieder und schloss ihm sanft die Augen.

»Mit dem Tod seines Gouverneurs ist das Reich nicht auseinander gefallen«, murmelte er, als er zu uns aufsah. »Wer also hat den Schlüssel?«

Unsere Blicke begegneten sich. Blitzschnell schnappte ich seine Hand und packte Shael an der Schulter, während ich Rennas gesamte Kräfte anrief, um uns von hier wegzubringen. Schon begann ein Getöse, weil der Boden zum Leben erwachte. Zu spät sah ich die gelben Krieger der Wüste, die sich mit Klingen aus Sand aus den Straßen erhoben. Zu spät rief ich Rinset beim Namen. Zu spät drehte er sich um.

Und jetzt bemerkte ich auch die Leute. Ein Dutzend Augenpaare blinzelte durch jeden verrammelten Fensterladen hindurch. Tausend Menschen flüsterten einander furchtsame Gedanken zu. Tausend Herzen pochten schneller vor Angst vor diesem neuen Gouverneur, der greifbar wie die Luft aus dem Nichts gekommen war.

Als Rinsets Körper zu Boden fiel, standen Rennas Kräfte mir zur Verfügung. Ein Schwert zuckte auf meinen Hals zu, aber ich war schneller. Ich versuchte nicht, mich abzuschirmen, und bemühte mich auch nicht um einen Gegenschlag. Diesmal konzentrierte ich mich einfach auf das Nicht-Sein.

Und dieses Mal ging es schon einfacher. *Krieger schimmern in körperlosen Formen, umtanzen einander in einem Wirbel aus Licht. Ein Kitzeln, als eine Klinge wie ein Schatten mir den Hals durchschneidet, denn ich bin bereits weg.*

Diese Schlacht hast du gewonnen, Xavian, aber jetzt weiß ich, wo du steckst. Ich werde dich finden! Ich bin stärker, als du denkst, denn deine Falle hat versagt. Ich bin der größere Magier, und meine Partnerin ist die stärkere Träumerin. Du kannst dich nicht ewig verstecken.

Die Straßen verblassen, aber sie werden bald wieder auftauchen. Gebäude nehmen eine andere Form oder andere Farben an. Aus Brauntönen wird strahlendes Blau und Grün, das sich wogend verbindet. Blau und Grün werden düsterer, bis sie sich in neuer Form in neue Häuser hineinschleichen.

Als Silberkap um uns herum auftauchte, weinte Shael. Sofort zielten ein Dutzend Armbrüste auf uns. Ein Dutzend schlüsselgebundener Wachen war schussbereit, denn die Königin hatte vor Teleportern gewarnt.

Erschöpft hob ich die Hände. »Wir sind da«, murmelte ich.

Es ist schon seltsam, dass die härtesten Menschen in diesem Leben oft das weichste Herz haben. Shael hatte sich einen so starken Anschein gegeben, aber die viele Zeit mit Rinset hatte offenbar auf sie abgefärbt, denn sie weinte um ihn.

Janyvir machte einen müden Eindruck. Er hatte schon Morde gesehen, aber noch nie einen so brutalen. Wir hatten versucht, den Feind anzugreifen, und hatten versagt.

»Milan!«

T'omar kam den Gang entlanggelaufen. Er sah den Schock, der in unseren Gesichtern geschrieben stand, und das Blut an Janyvirs Händen, mit denen er Feilim die Augen geschlossen hatte.

»Ich kann nicht bleiben«, klärte ich ihn gedämpft auf. »Wenn er Sonnenkap hat, hat er auch andere Dinge.«

T'omar wollte mich zurückhalten, aber ich war schneller, denn ich umwob mich mit Magie. Jetzt sann ich auf Rache – Rache für Feilim, Corbe und Klopper, für Männer, die ich nie kennen gelernt hatte. Rache für Rinset.

Rache für die Familie, die ich vor langer Zeit verlassen hatte, und die nun der Gnade von Xavian ausgeliefert war.

T'omar wusste das. Als Oberhaupt des Konsortiums hatte er seine Quellen und wusste, woher ich stammte. Vor vielen Jahren hatte ich meine Familie in Sonnenkap zurückgelassen, war der Gefahr entgegengezogen und hatte irgendwann den Lohn dafür geerntet. Jetzt war die Gefahr nach Hause gekommen, und das hatte eine Menge mit mir zu tun.

»Milan, wartet!«

Von wegen!

10. KAPITEL

VERGANGENHEIT, GEGENWART UND KÜNFTIGE ZEITEN

Diesmal wusste ich, was ich zu erwarten hatte. Sobald Sonnenkap vor mir erschien, hatte ich meine Hellsichtblockade hochgefahren. Ich war zuversichtlich. Immerhin war dies *mein* Reich, wenn auch nicht im buchstäblichen Sinne. Hier kannte ich mich aus, und wenn Xavian glaubte, mich verjagt zu haben, machte er sich etwas vor.

Hatte Miriam nicht zudem gesagt, er hätte gerade erst die Macht an sich gerissen? Dann konnte er meine Familie noch nicht gefunden haben. Sie sahen mir nicht ähnlich, und er hatte bestimmt noch keine Zeit gehabt, seine neuen Untertanen zu verhören. Schließlich hatte er gerade erst ihren Lehnsherrn ermordet.

Hellsichtblockaden sind nur eine von vielen Methoden, den Inhaber eines Schlüssels zu narren. Sie zeigen ihm das, was er erwartet, geben seinen Gedanken einen leichten Schubs in die erwünschte Richtung und senden unauffällige, subversive Magietentakel in das Gewebe des Königreichs selbst aus. Dadurch sind sie ausgesprochen wirkungsvoll.

Als ich in der Wüste auftauchte, war es gar nicht so schwer, nicht an Rinset zu denken. Die stumme, abweisende Stadt lag ein paar Meilen weiter. Aus dem Schatten der sandfarbenen Felsen, bei denen ich eingetroffen war, war sie gut zu erkennen. Als Kind hatte ich mir immer vorgestellt, diese Felsen wären lebendig. Warum sollten sie sich sonst so gut im Sand verstecken? So wie in Haven alle Erfahrungen aus meiner Zeit als

Silberhand sofort zurückgekommen waren, so waren mir nun die Regeln der Wüste wieder bewusst. Ob Notfall oder nicht, man blieb einfach nicht schutzlos im Freien stehen. Außerdem wusste ich, dass meine Hellsichtblockade Xavian nicht daran hindern konnte, meine Spuren zu bemerken, wenn er mit seinen wirklichen Augen hinschaute. Und ich hatte nicht nur mich selbst, sondern auch meine Familie in Gefahr gebracht.

›Meine‹ Familie, dachte ich ohne besondere Gefühlsaufwallung. Dieser merkwürdige Ausdruck brachte zwar irgendwo in mir eine Saite zum Klingen, doch im Moment konnte ich damit einfach wenig anfangen. *›Meine‹ Familie.*

Verstohlen huschte ich über den Sand. Ich achtete darauf, mich möglichst im Schatten der Felsen aufzuhalten, während ich mich weiter von der Stadt entfernte. Gewöhnliche Feldfrüchte gediehen in diesem Land einfach nicht, so viel wusste ich. Andererseits war Sonnenkap nie für gewöhnliche Dinge gedacht gewesen. Als ich aus den Felsen trat, sah ich die kleine Siedlung, in der ich aufgewachsen war. Bei den Träumen!

Auch hier hatte sich nichts verändert. Wie früher schlangen sich sandfarbene, von der Sonne ausgedörrte Ranken um lange Stangen. Sie wirkten so nahrhaft wie ein Stein, doch wenn man sie aufhackte, quoll der süßeste Saft heraus. Diese Pflanzen mussten nur einmal im Monat ein wenig gewässert werden. Welches Genie sie herangezüchtet hatte, wusste ich nicht, doch dieses Geschäft ernährte meine Familie nun schon seit Hunderten von Jahren.

Jenseits der ausgedehnten Felder inmitten der Wüste standen große Lehmbauten. Seit meinem letzten Besuch waren die Häuser ausgebaut worden. Inzwischen gehörten ein Stall und ein Hof dazu, der als absoluten Luxusgegenstand einen Brunnen zu bieten hatte. Die Milans waren während meiner Abwesenheit wohlhabende Leute geworden.

Doch selbst hier waren die Türen geschlossen, und kein Kind spielte auf der Straße.

Ich erhielt meine Hellsichtblockade aufrecht und prüfte, ob sie noch rundherum unversehrt war, ehe ich mich auf die Straße wagte. Im Laufschritt eilte ich von einem verschlossenen Haus zum nächsten, bis ich den Hof meiner eigenen großen Familie erreichte. Auch hier war das Tor verschlossen, doch dieses Hindernis war leicht zu überwinden. Mit einem Spruch gab ich mich gar nicht erst ab, sondern starrte das Schloss einfach an, um es durch Willenskraft zu öffnen. Ich legte all meinen Glauben in diesen Blick.

Renna ist eine Träumerin. Träumer beeinflussen die sinnlich wahrnehmbare Erscheinungsform der Welt, wir die mentale. Deshalb erschaffen sie Maschinen, während wir mit Magie arbeiten.

Das Schloss klickte und machte den unschuldigen Eindruck, es wäre die ganze Zeit unverschlossen gewesen. Ich stieß das Tor auf. Jemand hatte es geölt, was mir gar nicht gefiel. Das rostige Wimmern von früher wäre mir ein gewisser Trost gewesen.

Der Hof war leer, alle Läden zugeklappt, alle Türen verschlossen. Lange blieb ich in der Mitte des Hofes stehen und dachte: *Es muss mich doch jemand gesehen haben. Warum reagieren sie nicht?* Meine Phantasie malte sich bereits die schlimmsten Dinge aus. Xavian hatte meine Familie gefunden und alle umgebracht. Das hier war eine neuerliche Falle. Meine Familie war geflohen und diese Reise umsonst. Meine Familie hatte Sonnenkap schon vor langer Zeit verlassen, und ich würde überhaupt nichts erfahren. Wenn, wenn, wenn …

Ein leises Klicken. Unter normalen Umständen hätte ich es nicht wahrgenommen, aber die Stille und Rennas Gegenwart in mir, ließen es in meinen Ohren wie einen Pistolenschuss knallen. In Wahrheit war es nur das unauffällige Geräusch von einer Flinte, die entsichert wurde. Sofort hatten meine Augen die Geräuschquelle entdeckt. Unter einem Fensterladen ragte ein Gewehrlauf hervor. Dahinter in der Dunkelheit lauerten zwei misstrauische Augen. Ich starrte den unsichtbaren Beobachter an, und dieser erwiderte meinen Blick.

Nachdem ich die Hellsichtblockade sorgfältig um das ganze Haus herum erweitert hatte, hob ich an zu sprechen.

»Ich bringe Hilfe.« Wie ein Echo hallten meine Worte zurück, als wollten sie mich daran erinnern, dass ich dieser speziellen Familie zum ersten Mal so ein Angebot machte. Fremden hatte ich schon viele Male geholfen, aber nie meiner eigenen Familie. Ich war so lange nicht mehr hier gewesen. Natürlich hatte ich mal aus der Ferne hergeschaut und den Gerüchten gelauscht, aber wieder hier zu sein und so wenig Veränderung zu bemerken …

»Ich kann euch hier rausholen. Bitte.« *Wie seltsam, dass ich meine eigene Familie ebenso beschwören muss wie Miriam!*

Hinter den Mauern tat sich etwas. *Soll ich mich als Laenan zu erkennen geben? Werden sie sonst schießen? Werden sie dann schießen?* Ich versuchte, mich an die Namen meiner zahllosen Brüder und Schwestern zu erinnern. Zu lange ruhten sie schon in einer Akte mit der Aufschrift »Erinnerung unerwünscht« irgendwo ganz hinten in meinem Gedächtnis in der gleichen Ecke wie all die Monster, Todesfälle und Dramen, die mich während meines mickrigen, kleinen Lebens heimgesucht hatten.

Ich überlegte, wer mir am meisten gewogen gewesen war. »Elsa! Iorion! Queria! Ich kann euch hier rausholen und in Sicherheit bringen.«

Eine Tür ging einen Spaltbreit auf. Ich spürte ein Dutzend forschender Blicke. Dann öffnete sich die Tür einladend ein Stück weiter. Mit gespielter Selbstsicherheit überwand ich meine instinktive Scheu, mich an einen engen, dunklen Ort zu begeben, wo Leute warteten, die ich nicht sah. Ich marschierte darauf zu, direkt in das dämmrige, schlecht erleuchtete »Herrenhaus« der Milans, wie wir es gern genannt hatten. Wir sind die großen Milans, hatten wir gern behauptet. Wir sind die besten Bauern von Sonnenkap! Nein, von der ganzen Leere!

Die Tür fiel hinter mir ins Schloss. Die Lichtstrahlen, die durch die Läden krochen, zeigten mir die ganze Großfamilie – Großmütter, Babys, Frauen, Kinder, junge Männer, alte Männer, allesamt.

Derjenige, der mich im Hof beobachtet hatte, war noch nicht zufrieden. Ich fühlte die Flinte an meinem Hals. Trotz allem, was geschehen war, drehte diese Vorstellung mir den Magen um.

»Wer seid Ihr?«, fragte ein junges Mädchen mit der typischen dunklen Haut und den dunklen Augen der Milans. Ich erkannte sie nicht.

»Laenan.«

Nach dieser Aussage erhob sich allgemeines ungläubiges Gemurmel. Der übereifrige Knabe mit der Flinte suchte mich ungerührt nach Waffen ab, die ich nicht hatte. Das Einzige, was er entdeckte, war mein Dolch, den ich ohnehin nicht versteckt hatte. Es war mir nicht einmal in den Sinn gekommen.

»Der Magier?«, flüsterte jemand.

»Laenan«, bestätigte jemand anders. Ein wandelnder Muskelberg drängte sich durch die Anwesenden. Brernt, der Älteste, der Lieblingssohn meines Vaters, der mich in meiner Kindheit oft gequält hatte. Der Junge, der mich nach Strich und Faden verprügelt hatte, bis ich mich eines Tages mit Magie zur Wehr setzte und ihm dabei beinahe den Hals brach.

»Der Bastard, der davongelaufen ist«, zischte er. Für Brernt waren alle Kinder der anderen neun Frauen meines Vaters Bastarde. Offenbar hatte er seinen Anspruch auch durchgesetzt und sich selbst zum Familienoberhaupt aufgeschwungen.

»Und nun seht ihn euch an«, eröffnete ich das Gespräch. »Unter Lebensgefahr komme ich zu euch zurück. Wie lieb. Wann ist Feilim gestorben?«

»Ist er wirklich tot?«, wollte eine Frau wissen.

Ich verdrehte die Augen. »Warum wärt ihr sonst hier drin?«

»Es sind Wüstenkrieger durch die Straßen marschiert. Sie haben bekannt gegeben, dass wir sterben müssten, wenn wir das Haus verlassen«, erklärte eine andere Frau. Im Zwielicht erkannte ich das Gesicht von Queria. Sie hatte ein Baby auf dem Arm, und an ihrem Rockzipfel hing eine ganze Kinderschar. Hier war jemand wirklich fleißig gewesen. In meiner Erinnerung war sie ein schlaksiger, pickliger Teenager, keine mütterliche Gestalt.

»Was machst du hier, Laenan?«, erkundigte sie sich. »Du bist doch vor langer Zeit gegangen.«

»Ich versuche nur, euch vor einem Irren zu retten. Äh – ist diese Büchse wirklich nötig?«

»Nimm sie runter, Tierne.«

Über die Schulter warf ich einen Blick auf den jungen Mann, der so sehr auf seine kostbare Flinte vertraute. Ich schaute in zwei himmelblaue Augen. Nur Saenia und ich besaßen solche Augen. Nur Saenia und ich waren Magier. Doch – ja, da war der Glanz, jenes schwache Leuchten der Macht, das nur ich wahrnahm. Noch war es klein, aber es steckte Potenzial dahinter. Er brauchte nur Zeit und eine gute Ausbildung. Wusste er das? Ich hatte keine Ahnung.

Ich sprudelte los, denn ich fürchtete, sonst meine Zuhörer zu verlieren. Selbst die Babys hatte man zur Ruhe gebracht. »Ja, Feilim wurde ermordet.« Obwohl ich keine Zeit zu vergeuden hatte, klärte ich sie genau darüber auf, wer oder was Xavian war und wieso er es für seine Pflicht hielt, alles zu töten, was sich bewegte.

»Einschließlich mir. Wenn ich noch nicht ganz oben auf seiner Liste stehe, bin ich doch nahe dran. Da ihr mit mir verwandt seid, könntet ihr in Gefahr sein. Auf jeden Fall seid ihr in Gefahr, weil ihr das Pech habt, hier zu leben. Ihr alle seid in Gefahr durch alles, was einen Mann wie verrückt nach Macht gieren lässt, ob über höhere Mächte, über sein eigenes Leben oder das anderer Leute.«

»Nur dein Aufkreuzen hier hat uns in Gefahr gebracht!«, rief jemand von hinten.

»Er weiß nicht, dass ich hier bin. Aber er wird sich nach meiner Familie erkundigen. Ich bin mir sicher, dass er gerade alle Listen des Königreiches durchgeht und Haus für Haus, Zimmer für Zimmer nach dem Aufenthaltsort der Milans absucht. Wenn er euch findet, wird er euch töten, daran besteht kein Zweifel. Da ich zuerst hier war, werde ich euch hier rausholen.«

Rinset ist für euch gestorben. Feilim, Kertoui, Corbe und Klopper, sie alle sind gewissermaßen für euch gestorben. Auch ich könnte noch für euch sterben, obwohl ich daran noch nicht glaube. Lasst diese Gelegenheit nicht verstreichen, denn, bei den Träumen, ihr werdet kaum eine bessere bekommen.

»Wie willst du das anstellen?«, fragte Brernt.

Immer pragmatisch. »Ich kann es. Es ist ein sicherer Weg, es wird klappen.«

»Wie?«, hakte er nach. »Und wie kommst du überhaupt darauf, dass wir dir glauben?«

Ich sah ihm fest in die Augen. Es war eine erschreckende Erfahrung, etwas, das ich noch nie gewagt hatte.

»Weil die Straßen voller Sandkrieger sind, die alle töten wollen, die nicht im Haus bleiben. Weil das gesamte Königreich zum Schweigen gekommen ist. Weil Giroigns Söhne entweder tot oder geflohen sind. Weil ich meine eigenen Leute nie belogen habe und nicht vorhabe, jetzt damit anzufangen. Und wenn ihr euch falsch entscheidet, werde ich nicht einmal ›hab ich's euch nicht gleich gesagt?‹ höhnen können. Denn dann kann ich nur noch schweigend den Totengräber für euch spielen.«

Die Familie hatte keinen Anteil an der Entscheidung. So war es immer gewesen. Ich musste mit dem Familienoberhaupt verhandeln, und das war Brernt.

Mit einem Mal wusste ich, was ich schon in dem Moment von Rinsets Tod geahnt hatte, als Xavian seine Macht enthüllte: Er würde nicht zustimmen. Wenn jemand anders aus dem Nichts aufgetaucht wäre und vorgeschlagen hätte, sie alle sollten schleunigst verschwinden, hätte er eingewilligt. Aber nicht bei mir. Nicht bei dem Knaben, der davongerannt war.

»Du bist hier unerwünscht.«

»Du bist ein Narr, Brernt. Hängst in deiner eigenen kleinen Welt fest, wo du nichts sagen kannst, was nicht machomäßig genug ist! Wo du jede Traumstunde der tolle Hecht sein musst. Ich biete dir einen Ausweg an. Ich biete euch ein längeres Leben, und nur die Träume wissen, warum.«

»Verschwinde«, fauchte er.

»Und dann? Ich gehe da raus und kämpfe für euch gegen den irren Magier. Das Königreich geht in Flammen auf, und wenn du darin umkommst, denkst du nicht an die Kinder, die du zum Tode verurteilt hast! Sondern daran, dass diese Katastrophe unter *deiner* Herrschaft geschehen ist. Deiner ›Führung‹, wie du es wohl nennst.«

Ich trat auf ihn zu. »Ich bin kein kleiner Junge mehr, der sich schikanieren lässt, Brernt. Ich habe Könige getötet, und ich hätte nichts dagegen, dich niederzuschlagen, allein schon, um ein einziges Mal das zu tun, was ich mir wünsche. Glaube nicht, dass ich dir oder den anderen verpflichtet bin. Ich bin nur hier, weil schon genug Blut vergossen wurde und ich nicht den Wunsch habe, dass dieser See aus Blut sich immer weiter ausbreitet.«

Er wich zurück. Vor mir! Das war zu schön, um wahr zu sein. Brernt hatte Angst vor *mir*!

»Du lügst.«

»Das haben mir auch schon andere vorgeworfen«, gab ich zurück. Ich versuchte, mir meinen Zorn nicht anmerken zu lassen. Am meisten dachte ich an Miriam. »Aber sie haben sich schließlich doch überzeugen lassen. Vielleicht hatten wir einfach einen Gedankenaustausch. In deinem Fall allerdings muss es wohl eine magische Zeit sein.«

Er wich noch weiter zurück, bis er vor einer Wand aus Angehörigen stand. Bei diesem Kontakt schien er wieder zu sich zu kommen. Widerspenstig versperrte er mir den Weg.

»Wenn du dir solche Sorgen um uns machst, Bruder, dann verschwinde jetzt!«

»Wozu? Ich habe gerade meinen Hals für euch riskiert. Das mache ich doch nicht umsonst.«

Seine Hand wollte nach einem Messer greifen, doch ich war schneller. Mit Rennas Kraft griff ich zu, bis seine Finger weiß anliefen. Das Messer fiel ihm aus der Hand. Ich packte es, bevor es den Boden berührte und drückte es ihm an die Kehle. Bei den Träumen, mein Blut war in Wallung geraten, und all die Jahre, in denen ich von einem solchen Moment geträumt hatte, trugen dazu bei.

»Willst du die ganze Familie umkommen lassen, weil du zu dumm bist, deine eigenen Schwächen einzugestehen?« Meine Stimme klang hell. Die brodelnde Wut darunter, die ich eisern beherrschen musste, trug dazu bei. »Willst du dich tatsächlich weigern, etwas zu unternehmen, willst du das alles hier verlieren, weil der kleine Bruder von früher – der, der alles für dich erledigen musste, weil er schwach und feige war und sich nicht wehren konnte –, weil nur der euch retten kann?«

Wieder klickte die Sicherung des Gewehrs. Ich fühlte es an meinem Hinterkopf. »Keine Gewalt in der Familie«, warnte Tierne leise.

Langsam und mit erhobenen Händen wich ich zurück. Auch mit Renna konnte ich bestimmt nicht schneller von hier verschwinden, als ein Geschoss diese Distanz überwand. Außerdem wollte ich das gar nicht.

Brernt bebte vor Demütigung. Er entriss mir das Messer und fuhr herum. Schon drückte er mich auf einen Tisch. Über mir hing sein aufgebrachtes Gesicht, das auch noch nach Alkohol stank. *Aha. Der Sohn schlägt ganz nach dem Vater.* Das Messer an meinem Hals begann schmerzhaft zu jucken.

»Raus aus meinem Haus, Laenan«, zischte er. »Verschwinde und komm nie wieder. Wir wollen keine Hilfe von dir. Wir brauchen sie nicht.«

Da wurden seine Augen groß.

»Keine Gewalt in der Familie«, wiederholte Tierne. Seine Hand zitterte, aber er hielt seinem Vater den Gewehrlauf dennoch an den Kopf.

Bei den Träumen! Was muss der Knabe alles durchgemacht haben!

»Ich bin für Laenan«, meldete sich plötzlich jemand zu Wort. Es war Queria. Die kluge, nachdenkliche Queria, die als Kind die Schlimmste von allen gewesen war. Die Mutterschaft hatte ihr gut getan. »Sonnenkap ist kein sicherer Ort.«

Brernt hatte allerdings noch einen anderen Einwand. Nun ja, ein Einwand war es eigentlich gar nicht, dachte ich voller Abscheu. *Bloß eine Beschwerde. Nur wieder dieser dämliche, machohafte Trotz.*

»Wie bist du überhaupt so schnell hierher gekommen, Brüderchen?«, wollte er wissen. »Wie konntest du so schnell kommen, wenn du nicht gewusst hast, dass so etwas geschieht?«

»Du hast die Magie nie begriffen«, gab ich in scharfem Ton zurück. »Du hast nie begriffen, was beim Träumen eigentlich geschieht.«

»Wenn du es wusstest, hättest du uns warnen können!«

»Gewusst? Glaubst du, ich könnte die Zukunft vorhersagen? Ich kann weite Reisen unternehmen, *Bruder.*« Ich belud ihn mit diesem hingeworfenen Wort, das allen Hass, alle Rivalität der Vergangenheit enthielt. »Aber ich kann nicht in Richtungen reisen, die noch gar nicht existieren.«

»Wie bist du so schnell hierher gekommen, wenn du es nicht wusstest?«, wiederholte er. Die Frage war sein letzter Rettungsanker, deshalb blieb er dabei.

»Genauso wie ich euch hier rausholen werde.«

Für nähere Erklärungen hatten wir keine Zeit mehr. Wenn ich Rennas Kräfte vorführte, würde ein Chaos entstehen, und ich war mir ziemlich sicher, dass meine Hellsichtblockade sich auflösen würde, sobald ich auch nur zu einer kleinen Teleportation ansetzte. Würde Xavian es bemerken, wenn ich im Nu verschwand und wieder auftauchte? Würde er Rennas Macht aufblitzen sehen, von der ich so großzügig Gebrauch machte?

Queria hatte sich vor meine unruhige Familie geschoben. »Wenn wir gehen, gehen wir alle. Einschließlich Vater.«

Um ein Haar wäre mir entfahren: »Er lebt noch!?« Die Vorstellung, er könne tot sein, war mir nie in aller Deutlichkeit bewusst geworden. Andererseits hatte ich natürlich immer gewusst, dass mein Vater nicht ewig leben würde. Vermutlich hatte ich irgendwann im Laufe der Zeit begonnen, an seinen Tod zu glauben, und diese Vorstellung so nebenbei einfach akzeptiert.

»Wo ist er?«

»Oben.«

»Und alle anderen sind hier?«

Jeder sah sich um. Dann folgte zustimmendes Gemurmel. Ich nahm Querias Hände in meine. Noch nie hatte ich versucht, so viele Menschen auf einmal zu transportieren, doch im Prinzip müsste es genauso sein wie bei einem Einzigen. Ich musste nichts weiter tun, als an Renna glauben. Über mich würde sie es geschehen lassen.

Es war der Inbegriff von Religion und zugleich verstörend. Kein Priester erfährt gern die Wahrheit, die nackte Wahrheit, nicht nur einen Glaubenssatz über seinen Gott. *Wenn das alles hier vorbei ist, Renna, dann verschwinde – so sehr ich dich auch liebe. Kannst du mich da drin überhaupt ertragen? Dann gibt es keine Ferien mehr für dich, mein Schatz. Mach deine eigene Drecksarbeit von jetzt an alleine.*

Durch ihr Vortreten hatte Queria auch den anderen Mut gemacht, die jetzt heranfluteten und einander festhielten wie Spinnen ihre Beute. Manche klammerten sich verzweifelt an, als wollten sie nie wieder loslassen. Nur Brernt blieb zurück und mit ihm Tierne sowie eine Anzahl Frauen mit Tränen in den Augen, die viel zu jung für Brernt waren. Vermutlich waren sie dennoch seine Ehefrauen.

»Wenn wir gehen«, wiederholte Queria in bittendem Ton, »gehen wir alle.«

»Dann geht keiner«, entschied Brernt.

Ich biss mir auf die Lippe, um meinen Zorn zu beherrschen. »Sei kein verdammter Idiot«, fluchte ich. Das war nicht gerade ein guter Vermittlungsversuch, aber mehr fiel mir nicht ein. *Ich könnte ihn zwingen. Ich könnte ihn mit Magie eindecken, bis – nein!*

Meine Augen wanderten zu Tierne. *Weiß er es? Wage ich es, meine Familie anzugreifen, um meine Familie zu retten?* »Ich komme wieder«, warnte ich ihn, und ehe Queria oder jemand anders widersprechen konnte, hatte ich Rennas Macht angezapft, meine Hellsichtblockade überprüft, mich vergewissert, dass Xavian gerade nicht hersah, und mit der Teleportation begonnen.

Diesmal hatte ich das Gefühl eines Gewichts, das ich all den anderen Personen zuschrieb, die sich aneinander klammerten, Männer, Frauen und Kinder. Ansonsten war es ein Teleport wie jeder andere. Das Sausen durch die Leere. Die Stille des Nicht-Seins. Der Verlust aller Gedanken, aller körperlichen Gefühle. Es dauerte nur wenige Sekunden, doch die kamen einem wie Jahre vor oder auch wie ein Augenblick.

Der Farbenwirbel, von nicht existenten Augen wahrgenommen. Das Zerschmelzen und die Neufügung der Realität. Saenias erstauntes Gesicht und das Knirschen, als sie instinktiv ihre Schilde hochfuhr. Das Heulen entsetzter Kinder, das Stimmengewirr verängstigter Erwachsener. Schließlich der langsame Übergang von Überraschung zu Staunen, als Saenia allmählich die Gesichter aus der Vergangenheit erkannte.

Das Schweigen, während wir, Bruder und Schwester, schlagartig auf magischem Weg unsere Gedanken austauschten. Endlich malte sich ein Lächeln auf Saenias Gesicht.

»Aha«, äußerte sie dann. »Danke für die Warnung.«

Saenia hatte in Sturmkap keine Veränderungen vorgenommen, soweit ich dies auf Anhieb feststellen konnte. Andererseits blieb ich nicht lange genug, um näher hinzusehen.

Mit einem Gedankenschwall übertrug ich alles, was ich wusste, auf sie und sah zu, wie sie es verdaute. Nach einer Weile nickte sie. »Dann kehre zurück nach Sonnenkap. Ich kümmere mich um alle, die schon hier sind.« Saenia würde ihre Sache hervorragend machen wie immer; gewöhnlich erheblich besser als ich.

Daraufhin kehrte ich allein nach Sonnenkap zurück, wo das Zimmer nun viel leerer wirkte. Bis zu diesem Moment war mir nicht richtig klar gewesen, wie groß meine Familie inzwischen war. Erst als ich den Raum ohne die dicht gedrängten Menschen wahrnahm, begriff ich, wie viele Leute darin gewesen sein mussten.

Brernt explodierte sofort, als ich wieder auftauchte. »Was hast du getan?«, donnerte er und sprang angriffslustig vor.

Ich machte einen Satz nach hinten und hob abwehrend die Hände. Um meine Finger spielte Feuer. Auf dem Gesicht des jungen Tierne tauchte ein so verwunderter, sehnsüchtiger Ausdruck auf, dass ich beinahe vergessen hätte, mich zu konzentrieren.

»Sie sind in Sicherheit! Bei den Träumen, warum kannst du mir nicht einmal im Leben vertrauen?«

»Wo sind sie?«, brüllte er wie eine Löwin, der man ihre Jungen weggenommen hat.

»In meinem Reich!«

Das verschlug ihm die Sprache. Obwohl er weiter hastig atmete, sein Gesicht gerötet und die Fäuste geballt blieben, zeugten seine Augen von dem Schlag, den ich ihm unwissentlich versetzt hatte.

»Du hast ein eigenes Reich?«

»Ein kleines Reich, nur wenige Meilen Land«, klärte ich ihn auf. »Dort seid ihr sicher, Bruder. Es regnet auch ziemlich oft. Das Gras ist grün, und es gibt kein Sandkorn, so weit das Auge reicht.«

Als er sich wieder zu Wort meldete, konnte er seine Resignation kaum verbergen. »Ich traue dir nicht, Laenan.«

Diese Bemerkung ignorierte ich. »Wartet hier. Ich gehe hoch und hole Vater. Wenn er sich weigert, werde ich ihn tragen, das schwöre ich!«

»Tierne, du gehst mit!«, befahl Brernt.

»Was glaubst du eigentlich, was ich vorhabe?« Sein Misstrauen überraschte mich kaum noch. »Meinen eigenen Vater umbringen?« *Na? Richtig?*

Er antwortete nicht, was deutlicher war als eine einstündige Rede. Nach einem innerlichen Schulterzucken, der üblichen Zuflucht für jemanden, der eine Tatkraft beweisen will, die er gar nicht besitzt, stieg ich mit meinem Neffen im Schlepptau die Treppe hoch. Tierne zeigte mir das Schlafzimmer, aber vor der Tür blieb ich stehen. *Willst du das wirklich?*

Hast du eine andere Wahl?

Ich stieß die Tür auf und trat schwungvoll ein, denn das kleinste Zögern wäre mir jetzt sicher zum Verhängnis geworden. Wenn ich jetzt langsamer werden würde, würde ich es nie schaffen.

Im Zimmer herrschte Dämmerlicht, denn auch hier waren die Fensterläden geschlossen. In der Mitte stand ein Bett mit einem Mann, der mir den Rücken zukehrte.

Der Vater. Einst ein Mann wie ein Titan, der zeitweise zwölf Frauen gehabt hatte, von denen er mindestens sieben nicht nur durch sein Geld, sondern auch durch seinen Charme erobert hatte. Jetzt krochen seine weißen, dünner werdenden Haare über das Kissen. Sein Atem ging flach, und nur meine Erinnerungen steuerten den Rest bei. Ein alter Trunkenbold, der die Hälfte seiner Kinder nicht einmal beim Namen nennen konnte. Einmal hatte er Saenia vage erkannt, worauf sie vor Schreck in die Wüste gelaufen war, wo sie sich so lange versteckte, bis sie halb tot war.

Meinen Namen hatte er an dem Tag gelernt, an dem ich Brernt fast den Hals gebrochen hatte. Am Tag meines Fortgehens hatte er mich nach Strich und Faden verflucht und seither bestimmt noch häufiger.

Ich betete, dass er schlafen möge, aber nein: Als der Boden unter mir knarrte, drehte er sich um. Ein immer noch klares Augenpaar, das einen wachen Verstand in einem sterbenden Körper verriet, blinzelte mich an und weitete sich. Er erkannte mich wieder.

Ich sah mich nach einem Stock oder dergleichen um, auf den er sich stützen konnte, und entdeckte einen in der Ecke. Zweifellos demonstrierte mein Vater auch heute noch gern seine Stärke.

Er trug ein Nachtgewand, aber keine Schuhe, weshalb ich Tierne zunickte. »Hilf ihm hoch.« Der Junge rührte keinen Finger.

Allmählich dämmerte es mir. Tierne war ein Magier, der einiges mit den anderen zwei Magiern gemeinsam hatte, die vor so vielen Jahren geflohen waren. Was hatte er alles vom Vater erdulden müssen für eine Sünde, die nicht er begangen hatte?

»Bring ihm seine Stiefel und den Stock«, bat ich so freundlich wie möglich. »Ich helfe ihm selber.«

Als ich mich dem Bett näherte, schien der Vater vor meiner Berührung zurückzuschrecken. Er fürchtete sich vor mir.

Offenbar waren einige der Geschichten über mich auch an seine alten Ohren vorgedrungen. »Schon gut«, versicherte ich, obwohl ich mich selbst dafür hasste. »Wir bringen dich in Sicherheit.«

Für einen so gebrechlichen alten Mann war er unverschämt schwer. Ächzend wuchtete ich ihn in eine aufrechte Position, damit er sich auf seinen Stock stützen konnte. Noch immer sagte er kein Wort. Aber seine unwahrscheinlich wissenden Augen unterbrachen ihre intensive Musterung meines Gesichts keine Sekunde.

Während wir ihm gemeinsam die Treppe hinunterhalfen, jeder auf einer Seite, fühlte ich es. Tierne erging es ebenso. Wenige Stufen über Brernt erstarrten wir und schauten uns an. Die Realität veränderte sich. Der Schlüssel war in Gebrauch.

Augenblicklich überprüfte ich meine Hellsichtblockade. Doch, sie war noch da. Xavian hatte ganz sicher keinen Verdacht geschöpft. Auch meinen vorherigen Teleport hatte er wohl nicht bemerkt, sonst hätte er gewiss schon etwas unternommen. Taumelnd bewältigten wir die letzten paar Stufen und kippten den Vater Brernt regelrecht in die Arme. Mein großer Bruder wirkte schockiert bei der Zumutung, dass er, das Familienoberhaupt, das den Platz seines alten Vaters übernommen hatte, diesen Vater selbst bemuttern sollte.

Ich stand bereits am Fenster. Tierne kniete sich neben mich, um durch die Ritzen zu spähen. Der Sand wirbelte auf, erhob sich. Aber anstelle der Armee aus Sandsoldaten, die Rinset getötet hatte, erschien eine einzelne Gestalt. Ein Herold. Im ganzen Königreich tauchte vor jeder Tür und in jeder Straße die gleiche Gestalt aus dem Sand, und als all die Gestalten gleichzeitig dieselben Worte zu sprechen begannen, erbebte das Königreich von all diesen Ausrufern.

»Bürger von Sonnenkap!«, brüllten sie. Ich hielt mir die Ohren zu, doch die Vibrationen liefen mir die Beine hoch. »Euer neuer Fürst begrüßt Euch!«

Während ich vom Fenster zurückwich, ergriff ich Tierne an der Schulter und zog den faszinierten Knaben in die Mitte des Zimmers zurück. »Dafür haben wir keine Zeit.«

»Dies ist der Anfang«, fuhr die Stimme draußen fort, »der Beginn einer Revolution gegen die Sünde, an deren Ende die Leere wieder rein sein wird!«

Er ist total verrückt!, dachte ich. *Völlig durchgeknallt, der schlimmste Irre, den ich je gesehen habe. Oh Träume, was soll ich nur tun?*

Eine Hand wie Stahl schloss sich um meine Rechte. Diesmal sprach Angst aus Brernts Augen, und er nickte mir hektisch zu. *Immer noch der Anführer, der seinen Truppen Befehle erteilt.*

Ein letztes Mal sah ich mich im Raum um. Es tat mir nicht Leid, das Haus zu verlassen.

Der Lärm nimmt ab, wird leiser, verschwindet. Auch die Erinnerung verblasst. Es gibt keinen Nachhall, weil die Ohren verschwinden und die Füße kein Vibrieren mehr spüren. Sonnenkap löst sich auf, verschmilzt zu einem Punkt, der blinkend verschwindet. Dann gibt es nur noch wirbelnde Farben und Licht. Nichts anderes zählt mehr. Nichts bleibt mehr.

Das Licht setzt sich wieder zusammen. Farbige Lindwürmer umschlingen sich, versuchen, ihrem Nachbarn eine neue Form zu verleihen. Da draußen wartet ein ganzes Universum, doch jetzt ist nicht der Zeitpunkt, es zu erforschen. Sturmkap. Stürme, Blitze, Donnern. Die Erinnerung an zu Hause, an Sicherheit. An eine Zeit, bevor das alles hier begann, als die Welt noch ein glücklicherer Ort war. Wie von selbst fügt sich die Erinnerung zusammen, Stück für Stück.

Zu einem Turm. Nein, zu einem Turmzimmer. Rund und hell mit Fenstern, die sich den letzten Strahlen der untergehenden Sonne öffnen. Du bist von Haven nach Sonnenkap nach Silberkap nach Sonnenkap nach Sturmkap nach Sonnenkap gereist und nun endlich zu Hause angekommen.

Als aus dem Unmöglichen Sturmkap entstand, schnappte Tierne nach Luft, und der Vater sank ihm bewusstlos in die Arme.

11. KAPITEL
PRIORITÄTEN

Saenia war immer die bessere Heilerin gewesen. Ich war eher der Kämpfer. Als sie nun aus dem obersten Schlafzimmer im Turm trat, sah ich ihren Augen bereits an, dass sie schlechte Nachrichten brachte. »Er ist einfach alt. Dagegen gibt es kein Heilmittel.«

Der Rest der Milans war in einem Turm untergebracht, den wir eben neu geschaffen hatten. Er wurde von Greifen und sogar von einem kleinen Drachen umkreist. Die Gänge im Inneren steckten voller argwöhnischer Geister, wachsamer Kobolde und einer Vielzahl Schutzrunen. Wir gingen kein Risiko ein.

»Wird er sterben?«, fragte ich, während sie zur Küche hinunterstieg, um ein hastig zubereitetes Mahl zu verzehren.

»Früher oder später sterben wir alle. Gegen das Alter kann ich nichts tun.«

In der Küche, die nur von magischem Licht beleuchtet war, ließ sie sich schwerfällig am Tisch nieder. Draußen hatten sich Wolken vor die Sterne von Sturmkap geschoben. Zu Ehren unserer Gäste aus der Wüste, für die Stürme immer etwas Wundersames gewesen waren, hatte Saenia einen ganz besonderen Sturm arrangiert.

Als ich ihr das Essen reichte, starrte sie es an, als sähe sie so etwas zum ersten Mal. »Was ist denn das?«

»Dein Abendessen. Du stehst unter Schock.«

»Du etwa nicht?«, gab sie freundlich zurück. »Du, dessen Körper gekidnappt wurde, dessen treue Silberhand umgebracht wurde, dessen Königin in Gefahr schwebt und der von einem durchgedrehten Magier bedroht wird?«

»Doch natürlich. Ich lasse mir bloß noch nichts anmerken.«

»Aha«, folgerte sie wissend. »Wenn du meine professionelle Überzeugung als Heilerin dazu hören willst, würde ich sagen, dass du auf diese Weise auf direktem Wege in die Katastrophe steuerst. Du wirst gegen Xavian antreten und den Kampf gewinnen. Aber du lässt dir nichts anmerken. Erst Tage, Monate, vielleicht sogar Jahre später wirst du urplötzlich zusammenbrechen. Und für jede Stunde, die du nicht dafür aufgewendet hast, die Auswirkungen des Schocks zu begrenzen, wirst du einen vollen Tag leiden.«

»Du bist mir wirklich ein großer Trost, Schwester.«

Allerdings meinte sie es ernst. Manchmal frage ich mich, ob Saenia wirklich noch dieselbe ist, die Schwester, mit der ich aufwuchs. Es fällt mir schwer, sie mir anders vorzustellen denn als die Erwachsene, die sie inzwischen so offensichtlich ist.

»Gib mir den Schlüssel«, verlangte ich.

Eine Sekunde lang runzelte sie verunsichert die Stirn. Dann zuckte sie mit den Schultern und reichte mir die kleine Kugel, die mein Königreich lenkte. Wortlos nahm ich sie an, versenkte sie in meinem Inneren und fühlte, wie sie mit Leichtigkeit zu ihrem eigentlichen Besitzer zurückkehrte. Ich stand auf, schritt zur Tür und verschwand in der Nacht.

Draußen war es kühl, und der Wind, der den versprochenen Sturm ankündigte, machte es noch kälter. Kurze Zeit später tauchte Saenia hinter mir auf. Sie zitterte vor Kälte. Ich begutachtete das Reich Sturmkap mit den dunklen Wäldern. Sie konnten einem unheimlich erscheinen, doch ich kannte jeden Pfad und jeden Baum darin. Ich betrachtete die fernen Berge, die nur Illusion waren. Die nahe Senke, in der ein Fluss strömte. Den Schnitt am Horizont, wo die Realität am Rande des Königreichs auf die Unmöglichkeit stieß.

Saenia lächelte, denn sie ahnte meine Absicht. Manchmal

muss man diese Dinge rauslassen. Schwierig ist nur, es so zu tun, dass man andere dabei nicht verletzt.

Ich begann behutsam. Zunächst erzählte ich dem Sturm von der Müdigkeit in meinen Knochen und dem Abscheu, den ich verspürt hatte, als nicht nur einer, nicht zwei, sondern drei weitgehend Unschuldige Xavians Intrigen zum Opfer fielen. Die Wolken wurden dichter und dunkler. Schon bedeckten sie den ganzen Himmel.

Ich verriet ihnen, wie unangenehm es mir war, mit aller Kraft um Lisanas Leben zu kämpfen. Wie einfach es gewesen wäre, mich einfach umzudrehen und Nein zu sagen. Nein, für mich war das kein Spiel. Sie konnte selbst tun, was sie von mir wollte. Jetzt setzte kalter Regen ein, ein ordentlicher, kräftiger Regen, der im Nu alles durchnässte. Für einen leichten Nieselregen, der einen schönen Tag verdirbt, war es nicht der richtige Zeitpunkt. Dieser Schauer war in jeder Hinsicht das Gegenteil davon.

Anschließend berichtete ich dem Sturm, wie nutzlos das alles war. Rylams engstirniger Ehrgeiz. Xavians viel größerer Wahnsinn. Rennas stille List und Miriams störrischer Widerstand. In der Ferne grollte bereits der Donner, hallte über das Land, wurde davon zurückgeworfen und wogte so hin und her wie das tiefe Poltern eines sich räuspernden Gottes.

Der Sturm erfuhr von meinem Ringen mit Xavian, vom ersten Moment, als er Miriam unter seine Fittiche genommen hatte, bis zur letzten erschreckenden Sekunde, in der von ihm ersonnene Wesen sich auf Rinset gestürzt hatten. Ich berichtete von meinem Kampf gegen Xavian, wie ich die Schilde niedergerissen hatte, um dann zurückzutaumeln, als das volle Ausmaß seiner Macht zu Tage trat.

Da zuckte der erste Blitz. Und noch einer, der den Himmel aufriss und wütend Elektrizität ausspie.

Vor allem aber verriet ich dem Sturm meine Wut. Wut auf Xavian, der mich an einen Ort zwang, von dem ich mich schon vor langer Zeit gelöst hatte. Wut auf Renna, die mich benutzte. Wut auf Miriam, die der Wahrheit nicht ins Gesicht sehen wollte. Meine Wut, dass sie alle – auf ihre verquere Weise – Recht hatten. Irgendwie sogar Xavian. Es hatte zu viel Krieg gegeben.

Als der Blitz einschlug und den Himmel zum Erglühen brachte, warf ich den Kopf in den Nacken und ließ all diese Gefühle und Gedanken in den Sturm hinausströmen. All die Angst, den Hass und die Wut, die ich in meiner kleinen Welt voller Täuschung und Verderbtheit nicht zu zeigen wagte. Der Sturm reagierte. Er verstand mich vollkommen.

Und plötzlich war alles vorbei. Der Donner legte sich, die Blitze erstarben, und Saenia nahm mich in den Arm.

»Komm rein. Du bist doch völlig überarbeitet.«

»Ich muss Xavian suchen«, murmelte ich, während sie mich zum Turm führte. Innerlich fühlte ich mich so leer wie der Sturm, der keinen Donner mehr hatte.

»Nein. Xavian glaubt sich in Sonnenkap sicher. Er kann nichts tun. Du bist ihm um einen Zug voraus. Jetzt musst du erst mal schlafen.«

Damit hatte sie allerdings Recht. Mögen die Träume mir beistehen – auch sie hatte Recht.

Also schlief ich erst mal. Und im Schlaf kam Renna zu mir.

Ich wollte sie fragen: »Was soll ich als Nächstes tun? Wie kann ich mich für diese Morde rächen?«

Sie aber gab mir keine direkte Antwort.

»Xavian kann momentan nichts gegen uns unternehmen. Natürlich kann er uns umbringen, aber das bringt ihn nicht weiter. Er braucht den legitimen Zugriff auf eine große Machtbasis wie Haven oder Nachtburg, nicht den gewaltsamen. Sonnenkap ist nicht groß genug, deshalb sitzt er jetzt dort fest. Soll er sich weiter vor dir fürchten. Im Augenblick brauchst du gar nichts zu unternehmen.«

»Ich kann doch nicht rumsitzen und gar nichts tun.«

»Doch, das kannst du«, seufzte Renna, womit sie meiner nächsten Bemerkung zuvorkam. »Aber das wirst du nicht. Du willst handeln. Es gibt ein ungelöstes Problem, und das nagt an dir.« Lächelnd legte sie den Kopf schief, wie sie es vor schier endlosen Zeiten so oft getan hatte. »Du wirst schon etwas finden, was dich beschäftigt.«

Dann war sie verschwunden und überließ mich einer leeren Nacht.

»Du solltest nach Silberkap reisen«, riet mir Saenia. Ich hatte bis Mittag geschlafen. Beim Erwachen stand das Frühstück neben meinem Bett, und meine Schwester lächelte mich an. »Zeig den anderen, dass du noch lebst.«

»Was ich alles *sollte*!«

»Das andere ist weniger vordringlich. Xavian sitzt in der Falle.«

»Wirklich?«, sann ich. »Ja, vielleicht hat er sich selbst in die Falle gelotst. Vermutlich wird er Sonnenkap nicht verlassen, denn nur dort hat er Macht, ein ganzes Königreich. Aber er könnte jederzeit verschwinden und in der Menge untertauchen.«

»Du würdest ihn finden«, erwiderte sie überzeugt.

Dennoch gab es noch einiges zu tun, ehe ich Sturmkap verließ. Zum Beispiel händigte ich Saenia den Schlüssel wieder aus. »Nur zur Sicherheit«, teilte ich ihr mit. »Schließlich soll Xavian nicht gleich zwei Schlüssel besitzen, stimmt's?«

»Das ist kein bisschen komisch, Laenan.«

Dann meldete ich mich bei T'omar.

›Milan! Zum Teufel, wo steckt Ihr? Was ist geschehen? Warum habt Ihr nichts von Euch hören lassen? Was ist los?‹

›Beruhigt Euch. Es ist alles in Ordnung.‹

›In Ordnung? Wie bitte? Feilim ist tot, Rylam macht in Haven einen Riesenwirbel und will dem Hof alles über seine schändliche Herkunft berichten, Miriam ist noch nicht aufgewacht, Lisana ist am Durchdrehen, und Xavian hat ein Königreich für sich allein!‹

›Xavian ist auf der Flucht. Er hat das Reich mit Gewalt an sich gerissen. Jeden Augenblick kann es zum Aufstand kommen. Er ist kein Dummkopf. Er weiß, dass er seine Macht legitimieren muss, um sicher zu sein. Wir haben ihn an einen Punkt zurückgedrängt, wo er sich nicht rühren kann.‹

›Nicht rühren? Immerhin kann er einfach so von einem Ort zum anderen springen!‹

›Er könnte. Wird er aber nicht. Er will Macht. Er ist trunken davon. Was hat er davon, wenn er sein hart errungenes Reich verlässt? Außerdem weiß er, dass ich ihm nachjage, um jeden Preis. Er will, dass der Endkampf auf seinem eigenen Territorium stattfindet.‹

›Wo steckt Ihr?‹

›In Sturmkap. Ich werde sehr bald in Silberkap eintreffen. Sagt doch bitte Euren Wachen, dass sie mich nicht sofort erschlagen. Ich werde auf etwas ungewöhnliche Weise auftauchen.‹

›Es gibt viel zu tun.‹

›Ja, aber nichts so Dringendes.‹ Es tat mir gut, zur Abwechslung mal jemand anderen zu belehren. ›Immer mit der Ruhe, T'omar. Wir haben alles halbwegs unter Kontrolle.‹

Damit blieb nur noch die Familie übrig.

Saenia und ich verließen den Turm gemeinsam. Zuerst gingen wir auf die Suche nach Tierne. Auf dem Weg nach unten machte ich im Arbeitszimmer Halt, aus dem ich kurz darauf mit einem Beutel voll geheimnisvoller Sachen wieder auftauchte, die schon jahrelang auf ihren Einsatz warteten. Saenia zog die Brauen hoch.

»Man weiß nie, wann man so etwas plötzlich brauchen kann«, war meine einzige Auskunft.

Nach einer kurzen Konsultation des Schlüssels teilte Saenia

mir mit, Tierne befände sich am Fluss. »Ich glaube, das grüne Gras überall fasziniert ihn. Da unten springt ein Haufen Kinder umher. Sogar die Älteren haben ihren Spaß daran.«

Schweigend gingen wir zum Fluss. Als Bruder und Schwester ergänzten wir uns so gut, dass wir eine wahrhaft magische Wirkung hatten. Am Ufer sahen alle zu uns her.

Dennoch zog ich Saenia in den Schatten einer Weide. »Wir sollten ihn nicht bloßstellen. Du weißt doch, wie es ist, unter lauter Ähnlichen aufzufallen.«

Wir warteten ab, bis eine Schar Kinder in den Wald gelaufen war, um dort Verstecken zu spielen. Sie wurden von den Elfenwächtern verfolgt, die Saenia zu ihrer Bewachung abgeordnet hatte. Die Kinder hatten noch keine Ahnung, dass die Elfen als Teil des Königreichs ihre Position fühlen konnten und daher bei dem Spiel einen unfairen Vorteil hatten.

Tierne hielt sich tatsächlich im Hintergrund, genau wie wir es vermutet hatten. Wir hatten uns als Kinder ebenso verhalten. Am Fluss unterhielten sich einige Frauen, die einfach ihre Freude daran hatten, so viel Wasser in der Nähe zu wissen. Etwas weiter weg schien eine Gruppe Männer nicht ganz so zufrieden zu sein.

Saenia warf mir einen zweifelnden Blick zu. »Sie sind Bauern. Vielleicht sollten wir ihnen ein paar Felder zur Verfügung stellen.«

»Wenn sie das glücklich macht.« Ich versuchte, meine Enttäuschung zu verbergen, dass meine eigene Familie wenig von meinem Königreich hielt.

Tierne rutschte die Böschung hinunter und tunkte sein Gesicht ins Wasser, als hätte er nicht richtig ausgeschlafen. Saenia hob das Kinn, richtete sich auf und öffnete ihren Geist.

›Tierne.‹

Blitzartig fuhr sein Kopf herum.

›Tierne, ich weiß, dass du mich hörst. Wir sind unter der Weide.‹

Seine Augen fanden unseren Standort im kühlen Mantel des Schattens. Er stand auf und starrte verständnislos zu uns herüber.

›Das ist meine Schwester‹, meldete ich mich zu Wort. ›Sie ist eine sehr mächtige Magierin. Möchtest du sie kennen lernen?‹

Diesmal signalisierte er Argwohn. In Sonnenkap hatte ihm noch niemand etwas Gutes angeboten.

Aber dies war schließlich nicht Sonnenkap. Es war ein Königreich, das der geschaffen hatte, der entkommen war.

Langsam näherte er sich.

»Hallo, Tierne«, begrüßte ihn Saenia, als er in den Schatten des Baumes trat.

»Magierin.« Er verbeugte sich ungeschickt, als ob dies im Reich der Träume so üblich wäre.

»Vor mir braucht sich niemand zu verneigen«, wehrte Saenia etwas indigniert ab. Sie verhielt sich wie eine Lehrerin. »Weißt du, weshalb ich dich sprechen möchte?«

Er senkte den Kopf, denn er schämte sich für seine Begabung. »Ja, ich glaube schon.«

Diesmal war sie ganz die freundliche Tante. »Aber du weißt auch, was ich dir anbieten möchte, wenn du dazu bereit bist?«

Diesmal lag ein Leuchten in seinen Augen, als er aufsah. Schon jetzt rührte sich Magie in seiner Seele. Und es konnte mehr werden. Zu schade, dass ich in dieser Sekunde kindlicher Vorfreude auf das, was kommen mochte, ein Bild aus seinem Geist auffing. Er war in Sonnenkap an Orten gewesen, die ich nicht kannte. Und obwohl er die natürliche Begabung zum Magier besaß, merkte er nicht einmal, wie Onkel Laenan in seine Gedanken eindrang und den Gedanken an den Palast, das Bild des Palastes, übernahm.

Manchmal fürchte ich, dass ich mich bereits in einen alten Zyniker verwandele.

Die Farben werden dunkler und dicker. Sie nehmen Formen an. Stück für Stück kehren die Geräusche und Gefühle zurück. Die Substanzlosigkeit verdichtet sich, wird zusammengepresst und verwandelt sich in Realität.

Silberkap. Planmäßig war ich direkt in T'omars Büro gelandet. Als ich eintraf, war der General bereits aufgesprungen. Sobald meine Arme sich verfestigten, packte mich jemand von hinten, aber T'omar meldete sich gleich zu Wort: »Das ist er nicht! Lasst ihn los!«

Die schlüsselgebundene Statue, der diese Worte galten, nickte gehorsam, zerquetschte mir nicht weiter die Knochen und ließ mich los. T'omar setzte sich wieder. Mein konsterniertes Gesicht entlockte ihm ein Lächeln.

»Ihr geht kein Risiko ein, hm?«, brauste ich auf.

»Alle Königreiche haben eine Nachricht erhalten. Niemand von Bedeutung soll sich ohne Eskorte bewegen. Jeder, der die Macht von Träumern einsetzt, gilt als Gefahr und ist sofort bei seiner Ankunft zu töten. Gut, dass Ihr Euer Kommen vorher angekündigt habt.«

»Besten Dank, dass Ihr mich vor dem Sicherheitsdienst gerettet habt«, erwiderte ich hitzig, während ich einen Stoß Papiere von dem Stuhl fegte, der ihm gegenüberstand, und mich schnaufend darauf niederließ. »Da komme ich her, kampfbereit, Zitatanfang, für die Träume, das Licht und das Gute, Zitatende, und Ihr beschließt, mich um zehn Jahre meines Lebens zu bringen, indem Ihr bei meiner Ankunft eine Statue lebendig werden lasst!«

»Ach, lasst das Gemaule. Ihr würdet es genauso machen.«

»Möglich«, erwiderte ich in gekränktem Ton. Am liebsten hätte ich einen Tobsuchtsanfall vorgelegt. *Ich laufe mir für euch die Hacken ab, lass mich zusammenschlagen und geradezu in Stücke hacken, damit ihr eure zarten Hälse retten könnt ...*

Aber ich bin immer noch heil und kampfbereit, stimmt's?

»Also, T'omar. Welche zauberhaften Kataströphchen müssen wir heute angehen?«

»Keine, von denen Ihr nicht bereits wüsstet. Und alle gehen auf Xavian zurück, unseren illustren Freund.«

»Ich arbeite daran«, versicherte ich.

»Was genau habt Ihr vor?«

»Nun, ich dachte mir, ich teleportiere mal direkt zu Xavian, geb ihm eins über den Kopf und löse ganz nebenbei die Zauber, mit denen er Miriam belegt hat.«

»Aha. Etwas genauer?« T'omar hatte wie üblich die Wahrheit erkannt.

»Ich habe keine Ahnung«, gestand ich ein. »Ich weiß, dass ich stärker bin als Xavian, jedenfalls theoretisch. Seine Verbindung mit Miriam ist nur künstlich hergestellt, seine magische Technik ist nicht besonders raffiniert, und ohne die Macht der Träumerin, auf die er Zugriff hat, könnte ich ihn augenblicklich zur Hölle jagen. Aber das geht nicht. Weil ich dabei auch sie töten würde.«

»Weiß Renna, wie die Zauber sich lösen lassen?«

»Keine Ahnung.«

»Vielleicht möchtet Ihr sie Euch noch einmal ansehen?« Einen deutlicheren Befehl würde T'omar nicht aussprechen. Er sah mir dabei nicht einmal ins Gesicht, was immer ein schlechtes Zeichen ist.

»Vielleicht«, antwortete ich, nur um ihn zu ärgern.

»Nun, das liegt natürlich ganz bei Euch.« *Natürlich.* »Ihr seid der Magier.«

»Ich sehe sie mir mal an«, versprach ich. »Wo ist Wachtmeister Janyvir?«

»Ah.« Er wirkte peinlich berührt. »Nun, Ihr wisst doch, was ein gut platzierter Rekrut wert ist …«

Es war nicht zu fassen. »Ihr habt den Hauptmann der Stadtwache angeworben?«

»Ist doch gar nicht schlecht!«

»Es ist grottenschlecht! Janyvir ist der direkteste Mensch, den ich kenne, kein bisschen diskret!«

»Ach was. Er hat bloß wenig Übung darin, mehr nicht. Ist Euch übrigens sehr ähnlich.«

»Ist er nicht!«, wehrte ich ab.

»Na, na, ich mag den Wachtmeister. Er ist ein netter Kerl.«

Diese Bemerkung glättete einige meiner aufgestellten Federn, aber nicht viele. »Na schön. Was wollt Ihr noch von mir? Neben der Sache mit Miriam. Und lasst endlich dieses Getue von wegen ›es ist mir ja so peinlich‹.«

»Einverstanden«, willigte T'omar ein und kam zur Sache. »Wir müssen Rylam aus den zunehmenden Gerüchten über Lisana heraushalten, die am Hof umgehen. Sie hat zugestimmt, dass Rylam, sobald Xavian aus Sonnenkap verschwunden ist …«

»Wenn.«

»Wenn Xavian aus Sonnenkap verschwunden ist«, fuhr er fort, ohne sich aus dem Konzept bringen zu lassen, »seinen Thron haben kann. Aber sie wünscht dafür Zugeständnisse. Gewisse Rückversicherungen. Sie muss nur noch einige Punkte mit ihm besprechen, mehr nicht.«

»Danke für die Drecksarbeit«, murmelte ich. »Rylam ist kein angenehmer Gesprächspartner, wisst Ihr? Er sieht mich an, als wäre ich der Abschaum der Leere.«

Was ich ja gewissermaßen auch bin. Aber wer hat noch nie etwas Schlechtes getan, aus welchem Grund auch immer? Den würde ich zum König der Naiven meiner Welt krönen. »Dennoch könnte es noch jemanden geben, den ich für den Dienst gewinnen könnte.«

»Das überlasse ich ganz Eurer Diskretion, Milan.«

»Wie überaus freundlich von Euch. Und was macht Ihr in der Zwischenzeit?«

»Ach, dies und das. Ich habe immer noch nicht allen von Rinset erzählt.«

Ich wich seinem Blick aus. »Wir waren dumm«, gab ich zu. »Ich war dumm. Ich dachte, ich könnte zu Xavian gelangen, bevor er den Schlüssel an sich reißt, und dass alle anderen auf sich selbst aufpassen könnten. Das war verrückt!«

»Nehmt nicht alle Schuld auf Euch. Ihr braucht Verbündete, selbst einfache Begleiter, ganz gleich, was Ihr mir vormacht. Ihr konntet mit Recht davon ausgehen, dass Ihr schneller zu Xavian gelangen würdet. Es war das Land Eurer Geburt, Ihr wart gewarnt, Ihr hattet die Macht. Nur nicht die Zeit – aber die hatte wohl niemand. Ihr seid kein Übermensch, Milan. Bloß in mancher Hinsicht bemerkenswert.«

Während des sich anschließenden Schweigens trommelte T'omar mit den Fingern auf den Tisch. Schließlich fragte er: »Wird es sein wie damals, als wir die Truppen des Alptraums aus Haven vertrieben haben?« Getrennt von unseren Armeen waren wir damals zu zweit über die Abwasserkanäle heimlich in die Stadt eingedrungen. »Oder denken wir uns etwas Neues aus?«

Ich lächelte freudlos. »Etwas Neues. Dieses Mal brauchen wir nur einen umzubringen, aber der ist zehnmal stärker als jede Armee. Dieses Mal bin ich der Einzige, der dazu in der Lage ist.«

»Aha. Ihr wollt also den Helden spielen.«

»Oh, bitte. Ich mache einfach das, was ich immer getan habe. Schleiche mich hinter ihn, wenn er nicht hinguckt, und schlage dann mit allem zu, was ich gerade habe.«

»Wie schätzt Ihr Eure Chancen ein?«

Ich überlegte. »In Ziffern oder in Form von Verletzungen?«

»Ziffern.«

»Drei zu zwei zu meinen Gunsten.«

»Ihr lügt«, befand er gelassen. »Ihr seid kein guter Lügner. Darin habt Ihr nicht genug Übung.«

»Moment mal! Immerhin habe ich jahrelang in der Schlangengrube Haven gelebt! Als Höfling!«

»Ja, und dann wurdet Ihr als Verräter verhaftet.«

»Ach, das ...«

»Was wird geschehen, Milan? Denken wir es bis zum Ende durch: Im Schutz einer Hellsichtblockade trefft Ihr in Sonnenkap ein. Ihr findet Xavian und kämpft mit ihm. Ihr gewinnt die Oberhand, aber Ihr könnt nicht wirklich siegen, weil Miriam an Xavian gebunden ist. Er gewinnt die Oberhand. Er hat einen Schlüssel, Magie und Zugriff auf die Macht einer Träumerin. Ihr habt nur zwei dieser Elemente und den Nachteil, dass Ihr keinen schnellen, sauberen, tödlichen Schlag ausführen wollt. Was macht Ihr?«

»Ist doch klar«, antwortete ich. »Ich lasse den Kampf nicht in Sonnenkap stattfinden. Damit verliert er wenigstens einen seiner Vorteile. Ich lotse ihn auf mein Territorium.«

»Wie?«

»Weiß ich nicht. Aber ich denke mir etwas aus.«

»Ihr seid wirklich ein großer Trost, Milan. Ihr wisst, wie man wasserdichte Plane austüftelt.«

Ich grinste. »Sagt Wachtmeister Janyvir Reshin, ich lasse ihn grüßen. Sagt ihm ... er war unschätzbar.«

Haven. Ich war genau vor dem Arbeitszimmer der Königin gelandet. Wie in Silberkap schrillten hundert Alarmglocken, und ein Dutzend Wachen stürzten sich auf mich.

»He!«, rief ich aus, als sich die Gewehre auf mich richteten. »Ich bin nicht er!«

Es folgte eine gewisse Verwirrung, während derer die Wachen feststellten, dass ich tatsächlich Laenan Milan war und die Königin mir zurzeit tatsächlich nicht an den Kragen wollte. Erst die Ankunft von Lisana höchstpersönlich beendete das Stimmengewirr.

Bei meinem Anblick verzog sie keine Miene. »Ihr seid also am Leben«, stellte sie fest und winkte mich in ihr Arbeitszimmer. »Ihr wartet draußen«, wies sie die Wachen an.

»Aber, Majestät«, wagte einer zu widersprechen.

»Herr Wachtmeister, dieser Mann ist der mächtigste Magier in der gesamten Leere. Sollte Xavian auf die Idee kommen, hier zu erscheinen, dürfte das kein Problem sein.« Sie warf mir einen Blick zu. »Oder hättet Ihr ein Problem damit?«

»Nur das eines schlechten Gewissens und einer immensen Verantwortung, Majestät.«

»Genau«, bestätigte sie verächtlich. »Euer Gewissen wird Euch eines Tages den Kopf kosten, Milan. Ihr seid doch alt genug, um zu wissen, dass man sich so etwas hier nicht leisten kann.«

Hinter uns schloss sich die Tür zum Arbeitszimmer. Lisana ging gar nicht erst zum Schreibtisch, sondern blieb an der Tür stehen, um mich von oben bis unten zu mustern.

»Wo kommt Ihr her?«

»Direkt aus Silberkap. Davor aus Sturmkap. Und davor aus Sonnenkap.«

»Wieso hat das so lange gedauert?«

Entschlossen sah ich ihr in die Augen. »Aus gewissen Gründen habe ich entschieden, das Leben meiner Familienangehörigen über die Königin der Träume zu stellen, Majestät.«

Lisana ist wirklich eine merkwürdige Frau. Was hinter ihrer Maske vorgeht, weiß ich nicht. Aber ich könnte schwören, dass ich ein kurzes Lächeln aufblitzen sah, das ebenso schnell verschwand, wie es gekommen war.

»Ihr habt Familie?«

»Ich würde sie nicht gerade als ›meine‹ Familie bezeichnen, aber, doch, ich bin … Teil einer Familie.«

»Schwebe ich denn noch in Gefahr, Milan? Sagt mir, Ihr als mein Silberauge, wird Xavian mich erneut angreifen?«

»Ich weiß es nicht. Ich glaube es nicht. Wir haben ihn in die Ecke getrieben. Aber Euer Schlüssel sollte möglichst rund um die Uhr aktiviert sein. Gibt es jemanden, dem Ihr ihn anvertrauen könnt, solange Ihr schlaft?«

»Bei Hofe? Eigentlich nicht. Eher würde ich ihn Euch geben.«

Ich war sprachlos. Auch sie sagte kein weiteres Wort. In diesem Augenblick gingen mir tausend Gedanken durch den Kopf. Vorherrschend war das Gefühl: *Verflucht noch eins. Sie traut mir doch gar nicht!?*

»Ist das nicht riskant?«, fragte ich schließlich.

»Warum? Ihr hattet den Schlüssel zu Haven schon einmal, wenn auch nur kurz. Bei Euch kann ich mich wenigstens darauf verlassen, dass ich ihn zurückbekomme.«

»Und Ihr glaubt nicht, ich könnte auf die Idee kommen, nun, Euch gewisse Streiche zu spielen?«

»Würdet Ihr das?«, gab sie in scharfem Ton zurück.

»Ich weiß nicht.« *Verflucht noch eins. Sie traut mir!*

Das lastende Schweigen, das sich anschloss, entsprach unserem gemeinsamen Sinnen, wo der dunkle, gewundene Pfad der Zukunft uns wohl hinführte.

Dann sprach ich: »Ich werde mit Corinna reden. Vielleicht kann ich sie dazu bringen, Rylam zu beschwichtigen. Sonst versuche ich mein Glück höchstpersönlich.«

»Und Miriam? Ich weiß, dass sie Euch nicht gleichgültig ist, ob Ihr es wollt oder nicht. Was habt Ihr mit ihr vor?«

Ich zuckte mit den Schultern. »Ich sehe mir diese Zauber noch einmal an. Es gibt da noch etwas an diesen Komaträumern, was ich nicht verstehe. In ihren Köpfen können sie ganze Universen erschaffen und manchmal dadurch auch die reale Welt beeinflussen. Die Regeln der Träumer sind mir noch immer ein Rätsel. Ich meine, ich könnte Euch Geschichten erzählen …« Plötzlich brach ich ab. »Ach, du meine Güte.«

»Wie?«

»Du meine Güte, du meine Güte.«

»Jetzt hört endlich auf, Euch so aufzuspielen, und sagt mir, was los ist«, erzürnte sie sich. Wie gut ich es schon kannte, wenn Lisana Autorität mit kindlichem Ärger vermengte.

»Sie … erschaffen ganze Welten in ihren Köpfen, welche die Realität beherrschen … Du meine Güte! Nein, so etwas!«

»Milan!«

Keine Reaktion.

»Silberauge! Magier!«

Ihr Ruf ließ mich aufmerken, doch im Geiste beschritt ich bereits andere Wege. »Ja?«

»Was faselt Ihr da?«

»Wie? Oh, nichts. Geht wahrscheinlich sowieso nicht. Jedenfalls würde es in einem richtig funktionierenden, wissenschaftlich korrekten Universum ganz gewiss nicht …«

»Dürfte ich anmerken, dass dieses Universum nicht auf Wissenschaft beruht und bald nicht mehr funktioniert? Jetzt verratet mir endlich, wovon Ihr gerade redet!«

Als ich sie anstarrte, stellte ich plötzlich fest, wie hübsch sie in der hellen Sonne von Haven aussah, wie fest ihr Blick war und wie entschlossen ihr Kinn wirkte.

»Ich glaube, ich weiß jetzt, wie ich Xavian töten kann, ohne ihn umzubringen.«

»Und?«

»Leider weiß ich nicht, ob es wirklich klappt. Ich muss darüber nachdenken. Ich muss einen Blick auf die Zauber werfen, die Miriam umgeben.«

Sie verschränkte die Arme, als wolle sie sich selbst umarmen. Jetzt machte sie einen sehr kleinen, verletzlichen Eindruck. »Milan«, flüsterte sie bedrückt. »Sagt bloß, Ihr habt einen Plan.«

12. KAPITEL

DER PLAN

Das ist es, dachte ich, als ich durch die Gänge zu Miriams Zimmer lief. *Ich bin einfach aus tiefstem Herzen davon überzeugt. Und da Renna irgendwo da drin steckt, müsste es doppelt richtig sein.*

Als ich in Miriams Zimmer stürmte, verschlug ihr Anblick mir zunächst die Sprache. Sie war geisterhaft bleich und wurde an den Rändern bereits substanzlos. Etwas Nebelhaftes umgab sie. Sie verlor den Kontakt zu ihrem Traum.

»Hat jemand sie bewegt?«, wollte ich wissen.

»Nein, Herr«, antwortete eine Wache.

»Hat jemand sie angerührt?«

»Nein, Herr.«

»Ist überhaupt etwas geschehen, seit ich gegangen bin?«

»Nein, Herr. Es ging ihr nur immer schlechter.«

»Verdammt.« Ich setzte mich auf die Bettkante und nahm ihre eiskalte Hand.

»Miriam?«

Die Antwort kam prompt. Sogleich stand ich neben ihr in der Kirche. Sie sah furchtbar aus.

»Ich dachte, Ihr würdet mich im Stich lassen«, flüsterte sie.

»Ihr liegt im Sterben! Glaubt Ihr, ich würde einfach hier stehen bleiben und das zulassen?«

»Ich sterbe. Ihr sterbt. Wir alle sterben irgendwann.«

»Ihr müsst aber nicht sterben! Ihr seid anders als wir, nicht aus Fleisch und Blut. Ihr könnt viel mehr werden.«

Sie lächelte müde, doch in diesem Lächeln lag inzwischen ein Wahnsinn, der aus ihrer Erschöpfung erwuchs. Jemand saugte ihr das Leben aus, und ich konnte nichts weiter als streiten.

»Das will ich gar nicht.«

»Um der Träume willen! Ihr braucht nicht zu sterben!« Ich packte sie an den Schultern, ließ jedoch sofort wieder los, weil mir einfiel, was das letzte Mal geschehen war, als ich sie wachrütteln wollte. »Helft mir! Das ist alles, worum ich Euch bitte. *Helft* mir einfach, dann könnt Ihr tun, was immer Euch beliebt, sobald das alles hier vorüber ist. Leben oder sterben, das ist Eure Sache. Aber stellt Euch jetzt doch bitte nicht so an!«

»Macht Ihr das immer so? Das eine sagen, aber das andere meinen, betteln und kriechen, obwohl Ihr wisst, dass Ihr Euch einfach nehmen könnt, was Ihr wollt?«

Ich wechselte die Taktik. Bei den Träumen, ich verhielt mich völlig unvernünftig. Mit Vernunft kam ich jedoch nicht weiter. Ich wich zurück, entspannte bewusst die Muskeln, die angeschwollen waren, schüttelte den Kopf, als wäre ich über ihre mangelnde Kooperation betrübt, und wirbelte herum. Plötzlich steckte ich voller Wut. Man kann sich nicht rational verhalten, wenn der andere für Vernunft nicht zugänglich ist.

»Vielleicht bin ich bloß faul!«, erklärte ich und wurde dabei lauter. »Ihr glaubt, ich verschwende wertvolle Zeit und Kraft darauf, Euch zu etwas zu zwingen, es Stück für Stück aus Euch herauszuzerren, obwohl ich es einfach geschehen lassen kann? Glaubt Ihr wirklich, ich hätte Lust, meine Zauber über Xavians zu legen? Euch stattdessen in mich aufzunehmen? Glaubt Ihr, das wäre mir so wichtig?«

»Aha, da kommt eine neue Taktik!«, fauchte sie mit ähnlicher Angriffslust. »Jetzt verstehe ich, was Ihr wirklich vorhabt!«

Sprühend vor Zorn kam sie auf mich zu. Das war kein kindischer Trotz mehr, sondern echter, überbordender Ärger. »Ihr schubst mich hierhin, zieht mich dorthin. Ihr versucht, mich ganz durcheinander zu bringen, damit ich am Ende zu Euch aufschaue. Ihr seid schlau, Milan, aber ich weiß, wo mein Platz ist!«

»Ja! Als eine von Xavians Eroberungen! Als das Mittel, mit dem er Rinset, Corbe und seinen eigenen Lehrling getötet hat. Er hat einen Diener von Feilim auf dem Gewissen. Er hat Feilim selbst getötet. Ums Haar hätte er auch mich erwischt, und das habe ich so satt! Fünf Menschen mussten sterben, weil Ihr mich, den Einzigen in der ganzen Leere, der sich etwas aus Euch machte, in einen Alptraum geführt habt. Die Verantwortung für diese Toten liegt wenigstens teilweise bei Euch!«

»Wie könnt Ihr es wagen, mir Vorhaltungen zu machen? Wie viele habt Ihr getötet, Milan? Wie viele sind in Euren Schlachten, um Euretwillen sinnlos gestorben?«, brauste sie auf.

»Glaubt nur nicht, Ihr könntet mich mit solchen Worten beeindrucken, Miriam. Ich weiß, wen ich getötet habe. Die Träume mögen mir beistehen, ihre Gesichter sehe ich jede Nacht vor mir. Aber ich höre ihnen zu. Ich lasse mich von den Schlimmsten von ihnen verletzen, die durch meine Hand starben. Ihr«, diesmal strotzte ich vor Verachtung, denn mein Zorn gewann die Oberhand, »Ihr könnt mir nicht einmal sagen, wer tot ist. Ihr seht das Blut an Euren Händen gar nicht!«

»Ich sehe sie alle!«, schrie sie gepeinigt auf.

»Ihr seht doch nicht über Eure eigene Nasenspitze hinaus!«

»Doch! Ich sehe sie alle, denn ich sehe, was er sieht! Wir sind eins!«

Diesmal gab es eine Chance. Vorher hatte ich mich nur blindlings weiter vorgewagt, aber jetzt sah ich einen Ausweg aus Miriams selbst auferlegter Finsternis. Zitternd brach sie in Tränen aus. Mein Handgelenk juckte, aber es blutete nicht. Vorsichtig schob ich mich auf sie zu. Sie stand einfach da und weinte herzzerreißend. Ich empfand jenes peinlich berührte Mitgefühl, das man in solchen Situationen verspürt, wenn man gern etwas tun möchte, aber nicht recht weiß, was das Richtige ist. Vorsichtig berührte ich ihre Schulter. Das Weinen wurde höchstens noch heftiger. Trotz allem, was Miriam schon erlebt hatte, war sie noch ein Kind.

»Ist ja gut«, murmelte ich, während ich ihren zierlichen Körper in die Arme nahm, der durch Xavians zehrende Magie und den Druck ihres eigenen Gewissens noch mehr zusammengeschrumpft war. »Es wird alles wieder gut.«

Sie klammerte sich an mich, denn aller Kampfgeist war nun verflogen. »Ich habe jeden Einzelnen gesehen«, flüsterte sie erstickt in meine Kleider.

»Ich weiß. Wir machen der Sache ein Ende, keine Sorge. Ich weiß, wie ich Euch von Xavian lösen kann.«

Sie hob den Kopf. Ihre Augen schimmerten. »Ohne ihn zu töten?«

»Das kann ich nicht versprechen, das wisst Ihr.«

Mit plötzlicher Kälte riss sie sich los. »Dann werde ich Euch nicht helfen.«

»Miriam!« Verzweifelt dachte ich nach. »Ihr kennt alle meine Argumente. Ihr wisst, dass ich Recht habe. Nicht vom moralischen Standpunkt aus, das gebe ich zu, denn jeder Tote ist einer zu viel. Aber die Vernunft verlangt – nein, nicht einmal die …« Ich schaute sie an, denn ich litt an meinem eigenen Versagen. »Ihr wisst, was ich sagen möchte. Ihr wisst, dass es richtig ist.«

Sie ließ den Kopf hängen. Mit einer Stimme, die so leise war, dass ich sie fast nicht hörte, fragte sie: »Was wollt Ihr?«

An diesem Punkt, so lehrte es das Konsortium, muss man weitermachen, um jeden Preis. Sobald auch nur eine gewisse

Bereitschaft zu erkennen ist, muss man fortfahren, sonst löst sich selbst der beste Plan in nichts auf.

»Das Denken der Träumer beeinflusst die reale Welt«, erklärte ich ihr. »Wenn ihr hierher kommt, beeinflussen wir, was ihr denkt und fühlt. Ihr nehmt einen Eindruck mit, wenn ihr auf die Erde zurückkehrt. Aber in Eurem Fall ist die Sache umgekehrt, denn Ihr könnt nicht zurück. Deshalb habt Ihr begonnen, Eure Umgebung aktiv zu beeinflussen. Was also geschieht, wenn wir in das Denken von Träumern eindringen und sie die Außenwelt hier verändern? Ich bin jetzt in Eurem Kopf. Wenn Ihr mich kratzt, sieht man das meinem Körper an. So war es auch, als Renna mich benutzt hat.«

Miriam verstand, was ich vorhatte. »Ihr wollt mich benutzen. Gegen ihn!«

»Nicht, solange ich eine Träumerin in mir habe.« Sie wollte protestieren, doch ich kam ihr zuvor. »Renna kann die irreale Realität erzeugen, die ich brauche. Ich suche nur einen Weg, Xavian dorthin zu lotsen. Sobald wir dort sind, dürfte es möglich sein – nein, es *ist* möglich, das weiß ich –, dass Xavian von Euch gelöst werden kann. Dann ist alles vorbei.«

»Das hört sich so einfach an. Als wäre es gar nichts.«

»Miriam, ich muss Xavian verfolgen, mit oder ohne Eure Zustimmung. Ich werde einen Weg finden, ihn in diese Welt zu bringen, und dort werde ich ihn töten. Aber es wäre für uns alle besser, wenn Ihr mit mir kooperiert. Selbst für meinen Geschmack ist es zu riskant, mich mit Xavian zu verbinden, ohne zu wissen, wie die Träumerin, die ihn speist, auf diese Verbindung reagiert. Ich brauche eine Sicherheit.«

»Welche Sicherheit?«, fragte sie bedrückt.

»Ich will eine Garantie, dass Ihr einen Ort habt, wo Ihr Euch vor ihm verstecken könntet, wenn es hart auf hart kommt.« Bei diesen Worten zog ich ein Messer aus dem Gürtel. »Keine Schlacht ohne Mauseloch, wie ich immer sage.«

Nervös nahm sie das Messer an und drehte es hin und her,

als würde es jeden Moment explodieren. »Ihr wollt Euch mit mir verbinden? Ihr glaubt, ich würde Euch so sehr vertrauen?«

»Ich glaube, dass ich Xavian finden werde. Zu diesem Zeitpunkt bin ich vielleicht nicht mehr in der Lage, Euch ordentlich zu trennen. Falls das geschieht, sollt Ihr einen Ort haben, an dem Ihr vorübergehend in Sicherheit seid.«

»Das ist ein Trick. Ihr wollt mich nur benutzen.«

Ich zuckte mit den Schultern. »Wenn wir erst vereint sind, werdet Ihr selbst feststellen können, dass es nicht so ist. Ich erwarte nicht, dass Ihr mir helft. Ich will nur jedes Risiko für Euch ausschalten. Tut es – um meinetwillen wie um Euretwillen!«

Sie drehte die Klinge, hielt sie über meine offene Hand und zögerte. Schließlich schüttelte sie den Kopf. »Nein. Damit würde ich mein Überlaufen von Xavian zu Euch endgültig besiegeln. Trotz allem, was er getan hat, trotz allem, was er sein will, ich liebe ihn noch immer.«

»Ihr liebt Eure Erinnerung an ihn.«

»Das ist alles, was mir noch geblieben ist! Ihr könnt nicht immer Euren Willen bekommen, Herr Obermagier!«

»Zur Hölle, wann tue ich denn das jemals? Wisst Ihr, wann ich das letzte Mal richtig glücklich war? In jener viel zu kurzen Zeitspanne, als ich allein im Reich der Alpträume weilte. Alle anderen waren weg, keiner wusste, wo ich steckte und wozu ich fähig war. Ein einziges Mal konnte ich bestimmen. Und wie stehe ich jetzt da? Ein verschlissener, alter Magier, der versucht, ein paar Toren das Leben zu retten! Und Ihr – ein Kind, das glaubt, es kenne sich im ganzen Universum aus, bloß weil es ein einziges, kurzes Leben in einer Welt verbracht hat! Wir sind hier nicht auf der Erde, Miriam. Das ist nicht real!«

»Nein! Es ist ein Traum! *Ihr* seid ein Traum, ein Nichts, ein Niemand, eine lächerliche Beleidigung! Ich bin real, Xavian und ich! Ihr seid eine Illusion, ein Trugbild, ein Zerrspiegel, der die Realität zu etwas Bösem und Grausamem verbiegt.«

»Durch Euch ist sie böse und grausam geworden! Durch das verquere Denken einer Träumerin.« Diesmal packte ich sie doch. Meine Stimme nahm einen drohenden Ton an. »Hört genau zu. Eure Gedanken als Träumerin gestalten die äußeren Merkmale dieser Welt. Irgendwo hat sich jemand einen Magier mit dunklen Haaren und blauen Augen ausgedacht, und siehe, da bin ich. Meine Heimat ist der Traum von den Stürmen, meine Königin der Inbegriff von Stärke, den sich ein Träumer erdacht hat.

Und nun seht es aus meiner Sicht. *Dies hier* ist die wirkliche Welt. Wir leben darin, also muss sie das eigentlich Wahre sein. Es gibt keinen Gegenbeweis. Die Erde ist substanzlos, Träumer sind eine Illusion. Wenn sie hier von Nachtburg oder Chaoskap oder Feuerkap träumen, wachen sie auf und spiegeln einen gewissen Aspekt dieses Reiches wider. Je öfter sich ein Träumer im Reich der Alpträume aufhält, desto mehr werden sie Teil von ihm.

Ihr Träumer könnt unser Leben, unsere Gene, unseren Charakter und unser Schicksal bestimmen, aber wir formen eure Gedanken. Wer hat nun die größere Macht? Wer ist nun die Illusion?«

Sie schluchzte schon wieder in meinen Armen. Unnachgiebig fuhr ich fort: »Xavian ist ein Wesen, dessen Körper Ihr geformt habt. Doch während Ihr Euch an einen Mann erinnert, den Ihr geliebt habt, hat Xavian Euren Traum verraten. Dieser verwandelte Traum wartete in seiner Gestalt in Sonnenkap auf Euch, und Ihr seid gehorsam zu ihm geeilt. Jetzt beeinflusst er Eure Gedanken. Ihr könnt Illusion und Wirklichkeit nicht mehr unterscheiden, Wahrheit und Lüge, hell und dunkel. Mit jedem Schritt führt er Euch weiter in den Alptraum, bis Ihr selbst zum Alptraum werdet, zu *seiner* Schöpfung! Und Ihr wollt mir weismachen, *ich* sei die Illusion? Ich, der ich weiß, was ich bereue und wen ich liebe?«

Den Schmerz in meiner Handfläche bemerkte ich kaum.

Das Messer fiel zu Boden, und Miriam hielt meine Hand fest. Wie Renna hatte sie ihren Zugang gefunden.

Es war anders als bei Rennas Eindringen. Miriam hielt sich zunächst zurück. Sie gab sich nicht vorbehaltlos hin, was ich ihr nicht verdenken konnte. Auch war die Verbindung nicht so glatt und reibungslos. Aber auch diesmal wurde mir eiskalt. Dieselbe Dunkelheit folgte. Und jener Druck von allen Seiten zusammen mit dem Aufbäumen meines Körpers, der sich schon wieder mit dem Eindringen einer weiteren Seele abfinden sollte.

Am Ende obsiegte die Dunkelheit.

Jemand schüttelte mich. Kraftvoll. Ein Name wurde gerufen. Nach einer Weile registrierte ich, dass es meiner war.

Mit erstaunlich beunruhigtem Gesicht beugte sich Lisana über mich. »Milan! Milan, alles in Ordnung?«

»Besorgt?«, erkundigte ich mich kläglich. Ich war über Miriams Beine gefallen. Unsere Hände waren immer noch verschränkt. Der Schnitt heilte bereits.

Lisana richtete sich sofort wieder auf und nahm eine königliche Haltung an. »Ihr habt angefangen zu bluten. Dann seid Ihr umgekippt wie ein gefällter Baum.«

»Oh, tut mir Leid«, entgegnete ich, während ich mich aufsetzte und meine Hand betrachtete. Ich fühlte mich nicht anders als vorher, aber schließlich war Miriam auch noch immer von mir getrennt. Wir hatten ihr nur einen Fluchtweg eröffnet, mehr nicht.

Ich entwickle mich zum Sammellager für verängstigte Seelen, einschließlich meiner eigenen, dachte ich erschöpft. Dann sah ich Lisana an. »Was war denn das, Majestät? Ihr seid doch nicht hierher geeilt, um Euch davon zu überzeugen, wie es Eurem Silberauge geht?«

»Hütet Eure Zunge, Milan.«

Huch. Sie fühlte sich in der Defensive. Während ich meine

Hand massierte, weil ich immer noch bezweifelte, ob das, was ich erlebt hatte, wirklich geschehen war, erhob ich mich. »Ich glaube ... Ja, ich glaube, es wird gehen. Ich bin sogar ziemlich sicher ...«

Die Tür wurde aufgerissen. »Majestät!« Es war ein Hauptmann der Wache, der keuchend und mit vom Rennen gerötetem Gesicht vor uns auftauchte.

Lisana und ich sahen uns an. Auf der Skala der Ausrufe – vom stillen Vorwurf bis zum entsetzten Aufschrei – grenzte dieser hier an den Wahnsinn.

»Was ist geschehen?«, fragte Lisana. Sie wirkte wie die Ruhe selbst.

»Im Hellsichtsaal, Majestät!«

Den Rest seiner Nachricht hörte sie sich gar nicht erst an. Ihr Blick wurde abwesend, denn schon wanderten ihre schlüsselgebundenen Sinne durch den Palast und in den fraglichen Raum.

Dann wurden ihre Augen größer. »Milan. Kommt!«

»Er sagt, er würde einzig mit seiner Durchlaucht Milan sprechen wollen, Majestät!«, rief der Hauptmann.

Und warum erzählst du es dann der Königin?

»Warum?«

»Das wollte er uns nicht sagen, Herrin.«

»Milan?« Sie wandte sich mir zu.

Ich hob die Hand. »Eine kleine Frage, auch wenn sie unwichtig erscheinen mag: Wer ist dieser ›Er‹, von dem gerade die Rede ist?«

Im Gang vor dem Hellsichtsaal wimmelte es vor Wachen, als ich eintraf. Auch etliche Magier drängten sich um die Tür, als ob sie einen Einfluss darauf hätten, was geschehen würde. Lisana übernahm sofort das Kommando, wies alle an zurückzuweichen und befahl ihren Wachen, auf jeden zu schießen, der den Raum verließ.

Ich trat zu den Magiern an der Tür. »Was ist das?«

»Ein schlüsselgebundenes Konstrukt, wenn Ihr es unbedingt wissen wollt«, sagte einer, dem offenbar nicht klar war, dass ich Leute, die einen solchen Ton anschlugen, gern in Kröten verwandelte.

»Ein schlüsselgebundenes Konstrukt, das irgendwie außerhalb seines eigenen Königreichs lebendig und real werden konnte«, stimmte jemand anders zu, der mich noch mehr irritierte. Er hatte die glatte Art eines Profis, für den unvorstellbar war, wie jemand dies nicht auf den ersten Blick erkennen konnte.

»Wie ist es dort hineingelangt?«

»Aus dem Nichts dort aufgetaucht. Es hat nicht versucht, jemanden anzugreifen, aber es will mit Laenan Milan sprechen. Wo auch immer der gerade sein mag.«

»Allerdings ist es kein besonders gutes Exemplar eines schlüsselgebundenen Konstrukts, das außerhalb seines Königreichs existiert.«

»Wieso?«

»Es ist, hm, instabil.«

»Ist der Saal leer?«

»Ja.«

»Gut.« Zu Lisana und dem Hauptmann der Wache sagte ich: »Ich klopfe fünfmal, bevor ich herauskomme. Wenn Ihr kein Klopfen hört, schießt Ihr auf alles, was kommt.« Damit stürmte ich in den Saal und schlug die Tür hinter mir zu.

Im Saal war es friedlich. Über dem Hellsichtteich in der Mitte, der still und klar war, schwebten einige Sphären mit magischem Licht. Es gab keine Fenster, aber dennoch wirkte die Luft kühl und frisch.

Das Wesen, anders konnte man es nicht bezeichnen, hielt sich auf der anderen Seite des Teiches auf. Bei meinem Eintreten fuhr sein Kopf hoch. Ich sah, dass es versuchte, Xavian darzustellen, oder eher den, der Xavian gerne wäre. Es war etwas größer, die Nase gerader, die Augen bohrender, die Finger stärker. Jedenfalls hätte es so wirken sollen, doch Teile von ihm lösten sich ständig auf, um sich gleich wieder neu zu bilden.

»Puh«, kommentierte ich bei diesem Anblick. »Netter Versuch, Xavian, aber ich glaube nicht, dass Ihr den Bogen schon raus habt, Irreales real erscheinen zu lassen.«

Es gab eine Verzögerung, bis das Wesen antwortete, wodurch der Eindruck entstand, dass meine Worte an einen anderen Ort übermittelt wurden. »Nur ein erster Ansatz«, knurrte es mit kehliger Stimme, die zu einem sprechenden Hai gepasst hätte.

»Was wollt Ihr, Xavian?«

»Ich habe Euch in Miriam gespürt.«

»Wie schmeichelhaft, dass ich einen solchen Eindruck erweckt habe. Und?«

»Ihr seid mächtiger und listenreicher, als ich dachte. Als wir uns kennen lernten, fand ich all die Legenden, die man sich über Euch erzählt, weit übertrieben.«

»Das sind sie auch. Aber ich brauche keine Legende zu sein, um zu erkennen, dass Ihr und alle, die zu Euch gehören, verrückt seid.«

Das Wesen reagierte verunsichert. »Ich habe ein Angebot für Euch.«

»Tatsächlich? Welcher Art?«

»Ich lasse Euch und die Träume in Ruhe und konzentriere mich lieber auf die Alpträume. Dafür kommt Ihr mir nicht mehr in die Quere.«

Eine Sekunde lang dachte ich darüber nach. »Ihr wollt also in anderen Reichen weitere Menschen töten und erwartet, dass wir uns da raushalten?«

»Ihr könnt nicht rund um die Uhr wachsam sein, Milan. Eines Tages erwische ich Euch, das wisst Ihr. So hingegen wärt Ihr auf der sicheren Seite.«

»Und Miriam?«, hakte ich nach. »Was ist mit ihr? Wenn sie freigelassen wird, könnten wir darüber reden.«

Das Wesen schüttelte den Kopf. Es war die mühsame Bewegung eines alten Mannes. *Oder einer grottenschlecht erschaffenen magischen Einheit, die bereits auseinander fiel.* »Ich bin kein Narr.«

»Das weiß ich zu schätzen. Eure Intelligenz scheint mir sogar das Einzige zu sein, was Euch auszeichnet. Und selbst sie hat ihre Schwächen.«

»Miriam bleibt mein. Sonnenkap bleibt mein. Den einen Feind werdet Ihr einfach so los, der andere wird auch mein.«

Ich lehnte mich am Wasserrand vor und brachte dadurch die Oberfläche zum Zittern. »Den einen Feind werde ich um den Preis von fünf Menschenleben und der Versklavung einer Träumerin los. Ihr wisst genau, dass ich bisher mit all meinen Feinden fertig geworden bin. Die Alpträume sind keine Bedrohung. Es dürfte Euch schmeicheln, wenn ich Euch verrate, dass Ihr gegenwärtig mein Gegner Nummer eins seid.«

Das hierauf folgende Geräusch hörte sich an wie Luft, die durch Öl blubbert. Es sollte ein Lachen darstellen. »Widerspenstig bis zuletzt. Ihr glaubt, ich wüsste nicht, dass Ihr versucht, Miriam vor mir zu retten? Sie ist freiwillig zu mir gekommen, Milan. Und damit bin ich quasi immun, denn wenn Ihr mich angreift, greift Ihr auch sie an.«

»Ihr wisst überhaupt nichts! Denkt daran – ich bewege mich wie ein Träumer. Ich heile wie ein Träumer. Ich kämpfe wie ein Träumer. Und wenn Ihr gründlich darüber nachdenkt – meine Träumerin ist stärker als Eure.«

»Ach ja. Dieses geheimnisvolle Wesen, das Euch stärkt und Eure Magie vor mir verbirgt. Ist das diese miese Träumerin, die gleich zu Beginn versuchte, mir Miriam abspenstig zu machen?«

»Genau die. Und ich darf Euch von ihr mitteilen, dass sie einen echten Zorn auf Euch hat.«

»Ich schlottere vor Angst.«

»Ihr seid ein Schuft und verrückt obendrein.«

»Auch das. Ihr wisst, dass wir beide uns in dieser Hinsicht kaum unterscheiden.«

»Ha!«, stieß ich aus, weil es das Einzige war, was mir in angemessener Zeit einfiel. »Ihr seid der Schuft. Und ich habe den schwarzen Peter, denn ich muss hinterher alles wieder in Ordnung bringen.«

»Nein. Wir wissen beide, wie es ist, in einer lieblosen Umgebung aufzuwachsen. Wie es sich anfühlt, als genialer Magier zurückgewiesen zu werden.«

»Genialer Magier« – von jedem anderen hätte ich das gern gehört. Es war meinem Feind tatsächlich gelungen, mein Ego aufzupäppeln. Hatte ich wirklich so erschreckend wenig, worauf ich stolz sein konnte?

Xavian blieb beim Thema. »Wir zwei kennen die Welt. Für gewisse Dinge muss man sich mitunter die Hände schmutzig machen. Wir beide kämpfen für ähnliche Dinge – wir wollen beide Frieden und Harmonie. Euer Ideal unterscheidet sich nur darin von mir, dass Ihr zu feige seid, es bis zum logischen Ende zu führen.«

»Ihr meint, ich sollte alle Könige töten?«, folgerte ich. Seine Ernsthaftigkeit hätte mir beinahe ein Lächeln entlockt.

»Schwache Könige. Armselige, kriegerische Könige, die bloß darauf aus sind, ihren Nachbarn das Land zu rauben.«

»Beurteilen wir die Menschen nach dem, was sie tun, nicht nach ihren Wünschen«, dozierte ich. Einigermaßen erstaunt lauschte ich meinen eigenen rechtschaffenen Worten.

»Wir wissen doch beide, dass man mitunter etwas Schlechtes tun muss, um das Richtige zu erreichen. Dafür übernehmen wir die Verantwortung, auch wenn die Gesellschaft uns ausgrenzt und uns Hindernisse in den Weg stellt.«

»Xavian.« Inzwischen empfand ich gar nichts mehr. »Wenn Ihr das glaubt, habt Ihr es noch nicht intensiv genug versucht. Ja, es gibt da draußen ein paar echte Ekel, aber zugleich auch eine Reihe guter Menschen. Ihr habt Euch überhaupt nicht die Mühe gemacht, Euch nach solchen Leuten umzusehen. Was das Böse anbetrifft, so fürchte ich, dass sich da Gleich zu Gleich gesellt.«

»Ihr nennt es das Böse?«

»Wenn Ihr auch nur zur Hälfte der wärt, für den Ihr Euch ausgebt, würdet Ihr diese Frage überhaupt nicht stellen.«

»Erkennt denn Ihr Euch selbst, oder lebt Ihr mit einer angenehmen Illusion?«

»Illusionen gibt es wie Sand am Meer. An manche glauben die Leute. Sie leben sogar danach. Wer die Illusion leben kann und dennoch sein wahres Selbst kennt, steht kurz vor der Erleuchtung.«

Die missgestaltete Kreatur nahm ein kummervolles Aussehen an, was eine wirklich bemerkenswerte Leistung war. »Aha. Ihr seid also entschlossen, Euch in einen sinnlosen Krieg zu stürzen. Ich respektiere Euch, Milan. Es ist schade, dass Ihr Euch nicht überwinden könnt, mir denselben Respekt entgegenzubringen.«

»Zieht Leine, Xavian«, forderte ich ihn irritiert auf. »Ich weiß nicht, was Ihr überhaupt hier wolltet.«

»Ich wollte Euch ein Friedensangebot machen.«

»Das hättet Ihr tun sollen, ehe Ihr den Krieg ausgerufen habt. Na los, verschwindet hier. Begreift Ihr nicht, dass Ihr hier nie willkommen wart und es auch nie sein werdet, Zauberlehrling?«

Einen Moment lang verzerrte sich sein Gesicht, dann entspannte es sich wieder. Ich hatte den vagen Eindruck, jemand würde seine Gedanken aus diesem Saal abziehen. Die Gestalt erschlaffte, verblasste zu feinem Nebel und verschwand, sobald Xavians Macht sie nicht mehr stützte.

Daraufhin klopfte ich fünfmal, legte mein Ohr ans Holz, um ein Geräusch zu vernehmen (es kam keins), und stieß dann vorsichtig die Tür auf. Ich blickte in ein Dutzend Flintenläufe.

»He, he, he! Beherrscht euch mal!«

Lisana versuchte, sehr königlich auszusehen. Schließlich sahen viele Leute zu. Um ihretwillen verneigte ich mich daher formvollendet und begann ebenso förmlich: »Majestät.«

»Was wollte der Magier, Herr Gouverneur?«, erkundigte sie sich mit leiser, aber klangvoller Stimme.

»Frieden. Er behält Miriam und Sonnenkap, wir lassen ihn in Ruhe.«

»Wie lautete Eure Antwort?«

»Ich habe Nein gesagt, Majestät.«

Ihr Mund wurde etwas schmaler. »Warum?«

»Weil Xavian nicht einmal merken würde, dass er einen Vertrag bricht, wenn er Euch tötet, Majestät.«

Damit fehlte mir nur noch der Köder. Und der musste natürlich ich sein. Immerhin wusste ich noch, wie man einen Turban bindet und damit Mund und Nase schützt, denn Xavian würde sicher nicht davor zurückscheuen, mir einen Sandsturm entgegenzuschicken. Lisana wünschte eine Rüstung für mich, doch ich erläuterte ihr so geduldig wie möglich, dass mich deren Gewicht in die Knie zwingen würde, während ich lieber in der Lage bleiben wollte, entweder davonzurennen oder zu kämpfen. Der wichtigste Teil am Krieg ist das Leben danach, und eines der besten Mittel zum Überleben ist ein wasserdichter Fluchtplan.

Deshalb holte ich einige ziemlich verstaubte, graue Kleider ganz unten aus einer Schublade. Grau, die Farbe der neutralen Reiche. Aus praktischen Gründen hatte ich es Weiß immer vorgezogen. Schwarze Kleidung hingegen lehnte ich seit jeher ab. Wenn ich je angefangen hätte, mich wie ein Schwarzmagier zu kleiden, wäre die Versuchung womöglich überwältigend gewesen.

In diesen Kleidern hatte ich einen König getötet. Sie wirkten irgendwie ermutigend, fast wie ein Glücksbringer. Bis auf die Tatsache, dass ich mich zu den zynischen Einzelgängern zählte, die glauben, dass jeder seines Glückes Schmied ist, und wenn man selbst doch einmal Glück hat, dann nur auf Kosten anderer.

An der Tür meldete sich eine Stimme zu Wort: »Es heißt, Ihr würdet allein losziehen?«

»Nicht ganz allein, Herr Wachtmeister.« Ich wollte nicht zeigen, wie sehr mich sein Kommen freute. »Zusammen mit Renna und einem gut geladenen Stab.«

»Ach ja. Die ewig treue Renna.« Er trat ein und sah sich in meinem Zimmer um. »Ihr wisst ja, nur Mord und Tücke haben mich in den Palast geführt, und jetzt bin ich nur hier, weil ich mich durch den Lieferanteneingang hereingeschlichen habe.«

»Gibt es dafür einen besonderen Anlass?«, fragte ich leichthin.

»Eigentlich nicht«, erwiderte er ebenso ungerührt. »Ich bin nur gerade so vorbeigekommen und hörte von meinen neuen Freunden, dass Ihr in der Stadt wärt. Ihr kennt doch meine neuen Freunde?«

»Die in Silberkap. T'omar hat so etwas erwähnt.«

»Wisst Ihr«, grinste er, »ich dachte, ich fände nie etwas, was ich meinen Enkeln erzählen kann. Nur dass ich bei der Wache war, zu viel getrunken habe und zu wenig geschlafen. Aber dann, eines Tages, da begegnete mir ein wahrer Held. Auf der Suche nach einem verrückten Magier wurde ich in den Palast gerufen, reiste schnell wie der Blitz in ferne Lande und begegnete sogar der Königin. Meint Ihr, dafür würden meine Enkel sich interessieren?«

»Bestimmt hören sie lieber etwas von Dingen, die sie kennen. Zum Beispiel von Pferden und Singvögeln.«

»Meint Ihr?« Janyvir wirkte ziemlich enttäuscht. »Na

gut …« Die ganze Zeit war sein Blick durch das Zimmer gewandert, denn ein guter Bulle sucht automatisch unablässig nach Indizien, sogar nach solchen für noch unbegangene Verbrechen. Der Turban war ihm aufgefallen. »Verflucht noch eins, was ist denn das?«

»Das«, teilte ich ihm stolz mit, während ich die Kopfbedeckung hochhob, »hätte Klopper getragen, wenn er gewollt hätte, dass jeder ihn als Mann aus Sonnenkap erkennt.«

Ich legte den Turban wieder auf den Tisch und räumte weiter einigermaßen ziellos herum. In diesem Stadium der Vorbereitung hat man viel zu viel Zeit zum Nachdenken.

»Habt Ihr Angst?«, erkundigte sich Janyvir schließlich.

»Ja.«

»Aber Ihr möchtet immer noch etwas Kompliziertes und Gefährliches angehen?«

»Ja.«

»Dann braucht Ihr vielleicht das hier.« Er streckte seine Hand aus.

Ich starrte das Ding an, das er mir anbot. Vorsichtig drehte ich es auf meiner Hand um. Es war eine kleine, silberne Blume mit vier Blütenblättern, welche am Rand jeweils scharf wie Rasiermesser waren. »Was ist das?«

»Das hat mir mein Vater geschenkt, kurz vor seinem Tod. Auch er gehörte der Wache an, aber er hat es nie bis zum Wachtmeister gebracht. Ich behaupte nicht, dass es magisch wäre oder so etwas, aber hin und wieder kommt es ganz gelegen. Die meisten übersehen es. Ich meine, Ihr werdet natürlich mit Magie und so kämpfen, aber es wäre doch schrecklich, wenn ich hier herumsitze und weiß, da draußen stirbt womöglich jemand, und ich hätte ihm vielleicht helfen können.«

»Danke. Ich meine – es wird mir eine Ehre sein, es einzusetzen. Und wenn ich die Blüte nicht zurückbringe, schneidet sich Xavian hoffentlich wenigstens damit in den Finger.«

Er lächelte nachdenklich. »Ich frage mich, wie es Soldaten ergeht, bevor sie in die Schlacht ziehen.«

»Ich nehme an, ähnlich wie mir.«

»Ihr werdet vermutlich an Orten kämpfen, wo nur Träumer hingelangen können. Aber wenn das Denken auch nur ein wenig hilft, dann erdenke ich Euch eine ganze Armee.«

»Danke.«

Sein unaufhörlich forschender Blick war an dem langen Stab hängen geblieben, der voller frischer Magie in einer Ecke stand. »*Den* nehmt Ihr aber nicht mit, oder?«

»Doch, rein zufällig durchaus.«

»Und wo ist der spitze Hut?«

»Nach reiflicher Überlegung«, erklärte ich etwas indigniert, »halte ich es für das Beste, wenn Ihr Eure Gedanken nun für Euch behaltet.«

Sagt mir Bescheid, bevor Ihr geht, hatte Lisana mich aufgefordert.

Den Stab in der Hand, Janyvirs kleinen Talisman um den Hals, den Dolch im Gürtel, die Tasche auf dem Rücken und den Schal um den Hals geschlungen, so wanderte ich in jener dunklen Nacht durch den finsteren Gang zu ihren Gemächern. Ich fragte mich, was Lisana tun würde, während ich gegen Xavian kämpfte. Vermutlich würde sie in ihrem Arbeitszimmer sitzen und beten. Genau wie T'omar, Janyvir, Saenia und alle anderen, die eine Ahnung hatten, was mir blühte. Plötzlich keimte in mir der Wunsch auf, jemanden mitzunehmen. Dadurch wäre ich immerhin stärker gegen die Versuchung gefeit, umzukehren und in heller Panik zurückzulaufen. Ich wünschte, ich könnte Rennas schützende Kräfte auf zwei Milans aufteilen. Dann hätte ich jemanden zum Reden gehabt. Es gibt eine ganz bestimmte Art von Furcht, die in einem aufsteigt, wenn man weiß, dass das Unvermeidliche bevorsteht. Doch hinter dem großen Schleier der Unvermeidlichkeit wartet ein komplettes, unentdecktes Universum aus Chancen und Fehlschlägen.

Sieh's doch mal von der positiven Seite! Wenn alles schief geht, brauchst du dich um das Morgen nicht mehr zu scheren.

Als ich an Lisanas Tür pochte, kam die Antwort so rasch, dass sie mein Kommen gespürt haben musste. Sie trug Plüschpantoffeln zum Ballkleid, doch ich konnte mein Auflachen gerade noch unterdrücken. Das Zimmer war von Zauberlicht beleuchtet, das sie allerdings so verteilt hatte, dass es eher düster wirkte. Helles Licht bereitete Lisana angeblich Augenschmerzen, wenn sie müde war.

»Milan«, begrüßte sie mich in ruhigem Ton.

»Majestät.«

Ein unangenehmes Schweigen schloss sich an.

»Mir kommt das alles so falsch vor«, meinte sie schließlich.

»Wieso das?«

»Ihr zieht aus und kämpft um meine Krone, um meinen Thron. Schon wieder. Was haben die Euch schon genützt?«

»Das wüsste ich auch gern.«

Außerdem erkundigte sie sich, ob ich tatsächlich allein gehen wollte.

»Nein«, teilte ich ihr freundlich mit. »Ich habe Renna dabei. Gewissermaßen auch Miriam. Und wenn es mir wieder einfällt, auch jeden anderen, der mir je begegnet ist.«

»Ich wünsche – nein, das klingt so überstrapaziert. Ich wünsche dies, ich wünsche jenes, das könnt Ihr bestimmt nicht mehr hören. Ich muss gewisse Dinge erfahren.«

»Zum Beispiel?«

»Wofür kämpft Ihr?«

Diese Frage erforderte angestrengtes Nachdenken. »Die passende Antwort wäre natürlich für die Liebe, das Lachen, das Gute, das Schöne und die Einzigartigkeit der Menschheit. Allerdings wissen wir beide, dass das gelogen wäre.«

»Und was wäre die ehrlichere Antwort?« Das war eine Lisana, die kaum jemand kannte. Dieses eine Mal meinte sie es ernst.

»Vielleicht kämpfe ich für ein Eckchen Gewissheit und Zufriedenheit, egal wie klein und unbedeutend, welches ich bis zum Letzten verteidigen werde. Selbst große Magier, radikale Magier dürfen Veränderungen fürchten.«

»Sagt mir, Milan, kämpft Ihr jemals für Euch?«

»Ständig! Habt Ihr das noch nicht bemerkt? Ohne mich ist mein Leben doch sinnlos«, strahlte ich sie an. »Ist das alles, oder wünscht Majestät noch tieferen Einblick in meine Seele, falls da doch noch ein Anteil ist, der ihr Frösche ins Bett setzen möchte?«

»Ihr kämpft also nicht für mich?«

Ich überlegte. »Nein«, räumte ich ein. »Tut mir Leid. Aber ...«

»Aber?« Sie ließ nicht locker.

»Ich glaube, ich kämpfe für Renna. Ich glaube, es wäre möglich, dass ich sie immer noch liebe.«

Sie verzog keine Miene, aber etwas in ihren Augen erlosch. »Nun«, äußerte sie nach einer Weile, »ich hatte nicht so oft das Vergnügen von Rennas Gesellschaft wie Ihr. Doch ich bin sicher, sie wird es wert sein.«

Ich nickte lächelnd. »Das denke ich auch. Noch etwas?«

Lisana biss sich auf die Lippe. »Ich muss wissen, nun, ob Ihr der Mätresse des Königs vergeben könnt, dass sie Euch damals, vor all diesen Jahren, das Leben zur Hölle gemacht hat.« In ihren Augen stand Hoffnung. Ihr Atem ging flacher, und die Worte klangen angestrengt.

»Der Mätresse des Königs vergeben?«, erwiderte ich. »Die Schläge, den Verrat, den Spott, die Zurückweisung und das große Spektakel? Nein. Das kann ich nicht. Niemals.«

Ihr Gesicht verschloss sich. Es gefror zu Eis, während sie sich bereits in sich selbst zurückzog. Der Zipfel von Lisanas

Seele, der sich mir so kurz enthüllt hatte, verschwand hinter der Maske ihres Amtes.

»Allerdings«, ergänzte ich und registrierte, wie sie abrupt den Kopf hob, »wäre ich möglicherweise bereit, meiner Königin zu vergeben.«

Das Lächeln, das sie mir daraufhin schenkte, spiegelte eine Freude, die ich schon lange nicht mehr an ihr gesehen hatte. Es war so lebendig, so hinreißend, wie jedes falsche Lächeln von ihr zu sein versuchte, doch dieses Mal war es echt. Sosehr ich die Mätresse von damals auch hasste – ich brachte es nicht übers Herz, diese Frau vor mir zu hassen.

Wir würden streiten. Wir würden wütend werden und uneins sein. Alte Erinnerungen würden hochkommen, neue Gemeinheiten hinzutreten. Aber heute standen wir auf derselben Seite.

13. KAPITEL

TRÄUME UND ERINNERUNGEN

Im Schutz einer Hellsichtblockade traf ich am Stadtrand ein und bemerkte sofort, dass Xavian seine Anwesenheit spürbar machen wollte. Der erste Hinweis war der brüllende Sandsturm, der durch die Straßen fegte und meine dunklen Haare in Sekundenschnelle sandfarben erscheinen ließ. Mühsam schob ich mich in den Schutz eines Torbogens, wo ich den Schal so fest wie möglich um mein Gesicht zog. Nach kurzer Sondierung des Reiches stellte ich fest, dass der Sturm nur das Nebenprodukt eines magischen Windes war, der um ein ummauertes Gebäude in der Mitte der Stadt pfiff. Wer nicht bereits innerhalb dieser Mauern war, konnte den Sturm keinesfalls durchdringen.

Die Sichtweite betrug nur wenige Fuß. Auch Töne wurden vom Sturm verschluckt. Aber in der Ferne hörte ich hin und wieder Stimmengewirr, dessen Ursprung ich nicht kannte. Dann fühlte ich es. Das entfernte Aufflammen von Träumermagie, das unzweifelhaft bewies, dass Xavian ans Werk gegangen war.

Ich hatte kein Bild, auf das ich Rennas Macht lenken konnte. Deshalb verharrte ich auf der Schwelle kauernd und kramte in meinem Hirn nach passenden Drohungen und den entsprechenden Opfern.

Angst. Eine wahre Fontäne Angst. Irgendwo war ein Haufen Leute versammelt, und alle hatten Angst. Aber hinter der Furcht schwebte ein Schatten Gier. Diese verschreckten Menschen sahen nach dem eigenen Schock eine Gelegenheit. Wofür, konnte ich nicht feststellen. Wollten sie den neuen Anführer stürzen? Oder ihn ausnehmen?

Dann spürte ich Stille. Keine geistige Stille, denn kein Gehirn ist jemals wirklich still, sondern eine Menschenmenge, die schweigend einer Stimme lauschte. Ich versuchte, mich auf diese Stille zu konzentrieren. Ich wollte Teil von ihr sein, ein weiteres Gesicht in der großen Menge. Meine Macht reagierte nur sehr zurückhaltend – ich hatte ihr kein besonders klares Bild vorgegeben. Beim zweiten Anlauf flüsterte ich vor mich hin, was ich gespürt hatte, jene einzigartige Verbindung von Gefühlen und Empfindungen, die den Ort kennzeichneten, an den ich wollte, nein, musste!

Diesmal geschah es. In einer einzigen, ewigen Sekunde löste sich die Welt auf und formte sich neu. Auch Rennas lenkende Hand war zu spüren, denn ich landete genau am Rand der Menge. Von dort aus konnte ich erkennen, was so viele Leute in den Bann schlug.

Bei meinem Auftauchen drückte ich mich mit dem Rücken an eine gewaltige, goldene Mauer. Ein zweiflügeliges, goldenes Tor war verschlossen, und von den Wehrgängen blickten riesige, goldene Krieger ungerührt auf die Menge herab. Die Menschen schoben derart, dass ich noch fester gegen die Wand gepresst wurde. Tausend, ach was, zehntausend Männer und Frauen mit den Gewändern und Schleiern der Wüste wandten sich alle einem einzigen Punkt zu. Ich legte den Kopf in den Nacken.

Xavian war ein außerordentlich eitler Mensch, stellte ich fest. Doch für jemanden, der schwarze Magie betrieb, erschienen die goldene Krone und der weiße, goldbesetzte Umhang besonders unpassend. Auch von dem goldenen Stab hielt ich nicht viel. Er konnte unmöglich einem praktischen Zweck dienen, denn jedwedes Gold leitet Magie nur unzuverlässig. Also besaß Xavian ihn nur aus purer Eitelkeit.

Darüber hinaus hatte er eine genau durchdachte Reihe glamouröser Zauber gewirkt, wozu er sich natürlich wieder Miriams Kraft bedient hatte. Das Ergebnis war ein Lichtnetz, das sein eher abstoßendes Gesicht leuchten ließ, als wäre es wunderschön, und ihn mit einem Heiligenschein umgab. Wie er diese Wirkung im Einzelnen erzielt hatte, hätten selbst die besten Magier nur schwer erkennen können. Aber schließlich wohnt auch nicht in jedem Magier eine Träumerin.

Xavian schwebte in der Luft. Hier drin wurde niemand vom Sandsturm geschüttelt, der rund um die Mauern des Gebäudes heulte. Xavians Stimme war magisch verstärkt, und mit seiner freien Hand vollführte er grandiose Gesten, als würden bloße Worte für die wunderbaren Dinge, die er sagen wollte, nicht ausreichen. Es war wirres Zeug. Obwohl seine Magie die ganze Versammlung überzog und Wogen der Zufriedenheit heranbranden ließ, während er den Anwesenden gezielt den Kopf verdrehte, wuchs mein Zorn über seine Arroganz mit jeder verstreichenden Minute.

»Bis zu diesem Augenblick«, tönte er gerade, »wart ihr blind, jeder Einzelne von euch! Ich habe euch die Augen geöffnet, und ich werde euch noch viel mehr geben!«

Ruhig und entschlossen zog ich die Tasche von der Schulter und wühlte darin herum. Meine Hand schloss sich um eine Kugel, die sich warm anfühlte. In Sturmkap hatte ich eine ganze Menge davon, die ich in den langen Jahren meines Quasi-Exils mit Hilfe von Magie ersonnen hatte. Als ich diese hier aus meiner Tasche zog, lächelte ich.

Unter dem Glas wand sich ungeduldig die Magie, die darauf wartete, herausgelassen zu werden. Niemand schien bemerkt zu haben, was ich hielt. Xavian hatte alle fest im Bann. Ich drehte die Kugel um und prüfte den kleinen Farbtupfer auf der anderen Seite. Blau. Also enthielt sie Flascheneis. Etwas umständlich kniete ich mich nieder und schaufelte verstohlen ein kleines Loch in den Sand, legte die Kugel hinein und deckte sie gleich wieder zu. Dann begann ich, mir einen Weg durch die Menge zu bahnen. Die ganze Zeit blieb ich mit dem Rücken an der Wand, hielt jedoch in regelmäßigen Abständen an, um fünf weitere Kugeln zu vergraben.

Achte nicht auf die Gefahr. Tu einfach so, als wüsstest du, was du hier machst. Wenn du aussiehst, als hätte alles seinen Sinn und wäre völlig selbstverständlich, wird dich niemand beachten. Verhalte dich zuversichtlich, selbstsicher. Es ist ein Spiel, und du hast alle Trümpfe in der Hand.

Zwei Feuerwerkskugeln, ein eingemachter Flusszauber, eine Kugel Herbeirufung, eine mit Efeu. Am Tor positionierte ich meinen Lieblingszauber, eine Faust im Glas. Sie steckte nicht in einer Kugel, sondern in einem Kegel, einer meiner stolzesten Erfindungen. Der Kegel selbst war kaum länger als meine Hand, doch er war in einzelne Segmente unterteilt, die nacheinander zerbrechen würden. Der Zauber würde schrittweise freigesetzt werden, so dass am Ende nicht nur eine, sondern etliche Fäuste zuschlagen konnten. Ich vergrub den Kegel so, dass die Spitze direkt auf das Tor zeigte. Dann mischte ich mich wieder unter die Leute.

»Die Dekadenz von Haven kann nicht länger toleriert werden!«, geiferte Xavian gerade wild fuchtelnd. »Wenn wir fertig sind, wird die ganze Leere uns als die wahren Menschen anerkennen! Hunderte von Jahren haben wir es schwer gehabt, aber das hat uns stark gemacht!«

Aha. Darum also bist du, wer du bist.

Es kam nur darauf an, überrascht zu reagieren, wenn die Zauber loslegten. Ich hatte noch eine ganze Anzahl weiterer Flaschenzauber dabei, doch die würden in der Panik vermutlich gar nicht auffallen. Meine Hellsichtblockade war noch aktiv, und Xavian würde sich so verdutzt nach allen Seiten umschauen, dass er mich kaum entdecken konnte. Dennoch behielt ich das Tuch vor dem Gesicht und versuchte, mich unauffällig durch die Menge zu schieben.

Als ich nur noch wenige, dicht gedrängte, stumme Körper von Xavian entfernt war, hielt ich an und reckte den Kopf, um ihn deutlich zu sehen, als wäre ich wirklich nur ein weiterer Zuschauer.

»Mein Volk, ich werde euch groß machen!«

»Mein Volk.« Du bist ein echter Volltrottel.

Ich dehnte meine Gedanken aus, bis meine in den Glaskugeln eingesperrte Magie reagierte. Sobald ich sie in Gedanken streifte, brachen sie auf.

Von einem Ende des Hofes kam ein Schrei. Der Flusszauber war als Erster losgebrochen. Nun bildeten sich Sandwellen, die sich kreisförmig über den ganzen Platz ausbreiteten. Es war nicht leicht, das Gleichgewicht zu halten, als der Boden sich bewegte. Rund um den Auslöser des Zaubers purzelten die Menschen in heller Panik übereinander. Xavian drehte sich um, und weil er nicht begriff, was geschah und noch in seinen eigenen Gedanken gefangen war, unternahm er zunächst überhaupt nichts. Ich beobachtete, wie er versuchte, sich einen Reim auf das Geschehen zu machen.

In diesem Moment brach der Efeuzauber los. Der Sand erwachte zum Leben, wand sich um Füße und riss mit ungebremster Wucht daran. Er zog und zerrte, grub sich in den Sand, ließ Blätter sprießen und schlängelte sich wie eine Schlingpflanze um die Knöchel der Leute.

Xavian hob die Hände, um den Efeuzauber erschreckend gründlich zurückzurufen. Während bereits seine goldenen Krieger in der Menge auftauchten, wandte er sich dem Fluss zu.

»Wo ist er?«, brüllte Xavian. Ich hatte das Gefühl, mit »er« meinte er mich, Laenan Milan. Seine Wahrnehmung streifte meine Hellsichtblockade, doch er bemerkte nicht einmal diese. Mit einem grimmigen Lächeln passte ich mich der Menge an, als die goldenen Krieger ausschwärmten, um den Menschen die Schleier wegzuziehen. Sie suchten nach einem ganz bestimmten Gesicht. Doch die Masse der Menschen schützte mich, wie ich sehr genau wusste.

Der Eiszauber brach aus. Ein großer Abschnitt der Mauer färbte sich glitzernd weiß, denn er wurde von Frost überzogen. Schon schraken die Menschen davor zurück. In diesem Augenblick regte sich der Faustzauber. Unter seiner Wucht erbebten die Tore, wankten erneut und begannen beim dritten Mal, der Wucht nachzugeben. Sie sprangen auf.

Die letzten Zauber begannen gleichzeitig. Sie waren die gefährlichsten, denn sie konnten die Menge am leichtesten in eine echte Panik versetzen. Wegen der Gefahr, die das Spiel mit dem Feuer mit sich brachte, hatte ich mich so nah an Xavian herangeschoben. Er würde versuchen, einem Teil der Wirkung zu entgehen. Indem er sich verteidigte, würde er mich beschützen und damit einen Teil seiner Kraft darauf verwenden, einem Feind beizustehen.

Aus den verkorkten Feuerwerkskugeln loderten plötzlich an entgegengesetzten Enden des Hofes zwei Feuerwände auf. Die Menschenmenge schnappte vor Schreck nach Luft und reagierte entsetzt, als das Feuerwerk hoch oben explodierte und die Funken herabregneten. Die Menschen gerieten in Panik. Um nicht niedergetrampelt zu werden, ließ ich mich mit der Menge in Richtung Tor schieben. Xavian brüllte etwas, das im allgemeinen Aufruhr unterging. Am Tor tauchten goldene Wachen auf, die versuchten, die Menge zurückzudrängen.

Ich fühlte, wie die Realität sich verschob und eine riesige Kuppel aus Macht über dem Hof entstand. Meine erschreckenden Feuerwerkszauber zerstoben an seiner Oberfläche. Aber Xavian hatte dennoch einen Fehler gemacht. Dass nichts von außen hereinkommen konnte, bedeutete nicht, dass Dinge von innen diese Kuppel nicht zerschellen lassen konnten. Ich griff in meinen Beutel und holte eine weitere Kugel heraus. Auf ihrer Unterseite stand ein kleines Blitzzeichen.

Ich grinste. Ja, damit konnte ich wirklich Leute in Panik versetzen. Es war einer meiner Lieblingssprüche. Als Gouverneur im Traum von den Stürmen, zählten Blitze zu meinem Spezialthema. Ich schleuderte die Kugel so hoch wie möglich, wobei ich sie durch eine magische Wand lenkte. Sie brachte Xavians magische Machtkuppel zum Zerspringen. Glasscherben regneten herab. Schon zogen sich die goldenen Wachen an dem Ort zusammen, von dem die Kugel aufgestiegen war, aber die Menge um mich herum war so dicht, dass sie kaum vorwärts kamen.

Der Zauber nutzte Xavians eigene Kräfte. Zuckende, weiße Blitze erfüllten den Schild und hatten im Handumdrehen all seine Magie okkupiert. Mit tödlicher Zielsicherheit rasten sie auf den Mann zu, der die Oberfläche erschaffen hatte, von der sie sich nun nährten.

Diesmal jedoch hatte ich einen Fehler begangen. Ich hatte mich zu sehr auf den Schild konzentriert und nicht mehr darauf, wo ich hinlief. So geriet ich einer Wache direkt in die Arme. Leere goldene Augen musterten mich, goldene Hände in goldenen Handschuhen rissen mir den Schal vom Gesicht. Der Krieger klappte den Mund auf, aber ich war schneller da. Noch während ich ihm mit roher Magie das Wort abschnitt, schlang ich meine Hellsichtblockade um das Wesen. Es klappte in sich zusammen.

Leider fiel das auf.

Plötzlich war Xavians Geist überall zugleich. Verzweifelt fahndete er nach mir, um zumindest die Hellsichtblockade zu entdecken, die mich so gut verbarg. Wenn er sie fand, würde es schlecht um mich bestellt sein. Andererseits wollte ich die Schlacht nach Möglichkeit in seinem Reich austragen. Deshalb gab ich die Blockade auf, hob den Stab und sandte einen Feuerstrahl in seine Richtung. Er fing den Angriff mit seinen Schilden ab und versuchte, den Boden um mich herum aufzureißen.

Aber ich war bereits in Bewegung, das heißt, ich ließ der Welt ihren Lauf, während ich an Ort und Stelle blieb. Der Boden klaffte unter mir auf, Feuer strömte heraus, um mich zu umfangen, doch es erwischte nur noch einen blassen, substanzlosen Schemen, der mir ähnelte.

Ich landete mitten im Palast – das Bild, das Tiernes Gedanken mir geliefert hatten, war perfekt gewesen. Dieses eine Mal war ich dankbar für die Tradition, wonach alle Knaben in einem bestimmten Alter zur »Inspektion« vorgeführt wurden. Das ferne Geschrei der Menge und das Brausen des Sandsturms waren weit weg. Die Flure waren dunkel und leer, aber ich sah genug. Ohne den Stab loszulassen, wischte ich mir das schweißnasse Gesicht, verschloss die Ohren vor dem Rufen der verängstigten Menschen und schlich durch das Gebäude, wobei ich Türen aufstieß und die Lage der Treppen überprüfte. Inzwischen hatte ich die Hellsichtblockade wieder wie einen Umhang über mich gezogen. Jetzt, wo der Irrsinn weiter weg war, fühlte ich mich sicher.

Ich befand mich zum ersten Mal im Palast von Sonnenkap. Im Gegensatz zu all den Höfen, wo ich Ehrengast gewesen war, oder den großen Königen, für die oder gegen die ich gekämpft hatte, war mein Heimatland das einzige Reich, das ich in dieser Hinsicht überhaupt nicht kannte, nicht einmal als Bauernsohn, der lernt, zu den Großen zu sprechen und sich vor seinem Herrn zu verneigen. Sonnenkap war das einzige Reich, in dem ich nie willkommen gewesen war.

Schließlich kam ich an eine Tür, hinter der es mir den Atem verschlug. Ich stand auf der Schwelle eines kleinen Zimmers voller Wandregale, das meiner eigenen Werkstatt in Sturmkap glich. An einer Wand hing ein kleiner Suchspiegel. In der Mitte des Raumes jedoch stand ein mannslanger Altar. Den Tod, der von diesem Raum ausstrahlte, und die Macht konnte ich beinahe riechen.

Langsam trat ich ein. Die ungute Faszination, die mich dabei erfasste, begriff ich rasch. Das Messer lag am Kopf des Altars. Aus unerfindlichen Gründen nahm ich es zur Hand, um es sofort erschrocken wieder fallen zu lassen. All diese Leben, all der Hass, all die Macht, die durch diese einfache Klinge verloren oder errungen worden waren – ihre Schatten umschwebten mich und rieten mir zur Flucht. Ich biss mir auf die Lippe, nahm das Messer erneut an mich und zwang mich, all dem zuzuhören, obwohl mir dabei übel wurde.

All diese Macht ...

Mein Handgelenk brannte heißer als je zuvor. Erschauernd legte ich das Messer wieder hin, doch den kleinen Gedanken, der mir verführerisch ins Ohr flüsterte, konnte ich nicht abschütteln.

All diese Macht ...

Überwältigt von dem plötzlichen Verlangen, diesen Raum zu verlassen, rannte ich zur Tür.

Bedenke doch, was du dann vermagst. Keine Kriege mehr, keine Kämpfe. Du wärst endlich dein eigener Herr. Du brauchst nur das Messer zu ergreifen, die Riten zu vollführen, und schon spürst du die Macht, nach der es dich insgeheim schon immer gelüstet. Deine Magie ist stark, aber nur so stark, dass du das Potenzial in der Leere spüren kannst. Nur stark genug, um dir einen kurzen Eindruck von der Macht zu vermitteln, die du haben könntest. Jener verführerische Schatten, den du kennst – du weißt schon lange, dass du ihn wahr werden lassen kannst.

Erschüttert drehte ich mich wieder um, hob die Hände, zog sie auseinander, bis eine Mauer aus goldenen Blitzen zwischen meinen Fingern hing, und schleuderte diese in den Raum. Ein Teil von mir begehrte auf, aber ich schloss die Augen und rannte davon. Ich wollte dieser Stimme, welche den Raum retten und eine solche Machtbasis nutzen wollte, nicht zuhören.

Hinter mir kam es zur Explosion. Ich rannte weiter und

fühlte bereits, wie die Welt um mich herum sich auflöste, während Xavians Geist zur Stelle der Explosion eilte. Mit dem Tosen der Magie, die mich wiederum hinweghob, wurde die Stimme in mir leiser. Zurück blieb nur die Schande. Und der Zorn. Und der Hass, der alle Zurückhaltung, alle Vernunft zu überwältigen drohte.

Ich war durch die Leere gereist, ohne etwas davon zu bemerken, und tauchte in der Wüste wieder auf. Hier wurde ich wieder von der Hellsichtblockade geschützt. Hier wütete auch kein Sandsturm. Die Sterne blinkten am Himmel über dem friedlichen Hof mit dem kleinen Brunnen. Ich zog den Schleier vom Gesicht und schüttelte mehrmals den Kopf, um den Sand aus den Haaren zu bekommen. Sand ist einfach bemerkenswert. Er kriecht an die unwahrscheinlichsten Stellen. Auch meine Schuhe waren voller Sand, was nicht nur unangenehm war, sondern auch bei jedem Schritt ein knirschendes Geräusch hervorrief.

Nun sah ich mich in dem dunklen Hof um. Von dem Haus hingen die Läden herunter, welche die Wachen zerschmettert hatten. Eine Hälfte des Gebäudes fehlte. Sie hatte sich einfach in nichts aufgelöst. Auch viele Dachziegel waren heruntergerissen. Xavian hatte zwar nicht die Milans, aber doch ihr Haus gefunden.

Dieser Anblick stärkte meine Entschlossenheit. Ich fühlte, wie die Zorneswoge zurückwich, um einer entschiedenen Klarheit Raum zu machen. Ich sah mich als Scharfrichter, der die Welt von einem Monstrum befreite. Wen scherte es, wofür ich kämpfte? Es kam nur darauf an, dass die Alternative zehnfach, nein, tausendfach schlimmer war als die Gegenwart. Miriams verdrehte Erinnerung in Form von Xavian war noch gar kein Alptraum gewesen. Ein Alptraum wusste wenigstens, dass er böse war, und brachte seinen Feinden unverhüllten, reinen Hass entgegen. Ein Alptraum verstand wenigstens sich selbst.

Diese neue Kraft jedoch würde zerstören, verderben und manipulieren, ohne überhaupt zu bemerken, was sie anrichtete.

Auch im Hof war etwas verändert. Vor dem Brunnen war ein Erdhügel aufgeschüttet, bei dem jemand ein Schild aufgestellt hatte. Blinzelnd las ich die Inschrift, denn Licht wollte ich nicht machen.

Hier ruhen die Gebeine von einem, der sich eurem Gott widersetzen wollte und dabei scheiterte. Niemand möge sich derart trotzig erheben!

Ein Grab vor einem zerstörten Haus. Rinsets Grab. Ich brauchte nicht zu fragen, sondern ich wusste es. Mein einziger Trost war, dass er tatsächlich den Tod erlitten hatte, nach dem er sich gesehnt hatte – im Dienst für die gute Sache. Vor dem Grab kniend legte ich meine Tasche ab und holte einige Kugeln heraus, die ich nacheinander überprüfte. Ich wählte ein Feuerwerk, das ich auf sein Grab legte. Auch jetzt noch schien es nur passend zu sein, dass Rinset an der ruhmreichen Jagd Teil hatte.

Aus sicherer Entfernung zerbrach ich das Glas, während ich mich bereits an einen anderen Ort des Königreiches teleportierte – wieder etwas näher an die Leere, wieder ein wenig weiter weg von Xavian. Er sollte mir folgen. Stück für Stück lockte ich ihn hinter mir her.

Das Glas zersprang. Xavians Geist umschlang mich, denn er suchte den unsichtbaren Feind, dessen er nicht habhaft wurde.

Bei meiner Ankunft zwischen Straße und Leere geriet ich ins Wanken und begriff rasch, weshalb. Xavian hatte einen Feuerring um das gesamte Königreich gezogen, um sein Volk an der Flucht zu hindern, aber auch um niemanden hineinzulassen. Ich war ein knappes Stück leereseits des Rings gelandet. Die Hitze war unerträglich.

Nur einen Schritt hinter mir wartete die Leere. Ich griff in meine Tasche, um Xavian wieder zu mir zu rufen, und fand einen weiteren Sturm im Glas. Nachdem ich meine Hellsichtblockade gesenkt hatte, warf ich die Kugel hoch und durch das Feuer. Weit oben zerbrach sie und ließ Blitze auf die stille, reglose Wüste regnen.

›Hier bin ich, Xavian! Kommt und holt mich, wenn Ihr Euch traut, Zauberling!‹

›Hütet Euch.‹ Die Stimme bebte vor Zorn.

Ich fühlte, wie die Realität sich wandelte, und sprang hastig von seinem Königreich aus in die gesegnete Kühle der Leere. Seltsam, aus der lautlosen Leere, wo es weder Hitze noch Kälte gab, in ein Königreich zu blicken, wo Feuer und Blitze wüteten. Monströse Wesen mit spitzen Zähnen entstanden dort, wo ich gestanden hatte, versprühten Gift und wollten mich zerreißen. Ich hielt stand und sah zu, wie ihre Klauen substanzlos wurden, sobald sie über die Grenzen ihres Königreichs hinausschlugen.

Wie geplant zog ich jetzt meinen Verband ab. Nachdem ich ihn in die Tasche gesteckt hatte, sandte ich einen triumphierenden Ruf nach Sonnenkap: ›Da musst du dich schon mehr anstrengen!‹ Ich legte die Tasche ab und hielt den Stab bereit, um allem zu begegnen, was er entfesseln würde.

Seine Reaktion folgte prompt. Sobald ich das Schimmern hinter mir bemerkte, das eine neue Existenz ankündigte, fuhr ich mit gesenktem Kopf herum, um ihm die Beine wegzuschlagen.

Xavian wich sofort zurück. Er steckte noch immer in seinen weißen Roben, und sein Gesicht glänzte vor Schweiß. Schließlich hatte er unerwartet all meine Flaschensprüche unterdrücken müssen. Den goldenen Stab hatte er noch bei sich, und seine linke Hand wies noch immer einen Schnitt auf, der stark dem an meinem eigenen Handgelenk ähnelte.

Als mein Stab sich rührte, blockierte er ihn sofort. Ich wirbelte zur Seite und grinste ihn an. »Ihr seid nicht besonders fit, wisst Ihr? Weder als Kämpfer noch als Schwarzmagier. Ich meine, Serein, der war ein echter Kämpfer. Eingebildet und dumm, zugegeben, aber er wusste, wie man kämpft. Ihr tastet Euch doch bloß an den Bruchstücken Eurer Raterei entlang.«

»Ihr etwa nicht?«, gab er zurück.

»Aber nein! Ich habe einen Plan!«

Ich griff an, war jedoch nur halbherzig bei der Sache. Schließlich wollte ich nur unaufhaltsam weitermachen, bis wir beide einen Punkt erreichten, wo unsere Verbindungen mit den Träumerinnen körperlich sichtbar wurden. Wenn seine Hand blutete und meine auch – erst dann konnte ich daran denken, ihn zu töten.

So war es diesmal ein schwieriger Kampf. Das letzte Mal hatten wir mit der festen Entschlossenheit derer gekämpft, die ihr Terrain kennen. Hier draußen in der Leere, wo jedem ein endloser Sturz drohte und hinter uns klauenbewehrte Schatten lechzten, trieb uns beide die Angst an.

Meine Angst entsprang den unterschiedlichsten Gründen, von denen nicht alle rational waren.

Er hatte Angst vor mir. Das freute mich immerhin.

Würde der Kampf wohl ewig weitergehen? Ich hatte ihn schon satt, bevor es losging. Ein endloses, sinnloses Ringen um Blut, Schlag auf Schlag, jeder Stoß abgewehrt und augenblicklich mit einem Gegenangriff beantwortet, Stab vor, Stab hoch …

Mein Handgelenk juckte. Xavian trieb mich zu seinem Reich zurück. Ich hielt stand und forderte seinen wirbelnden Stab heraus. Was für Gegner wir abgaben in diesem endlosen Ringen um das schlichte Überleben! Der Mann in Weiß und Gold, der ausgezogen war, um die Leere unter einer Krone zu einen. Der Mann in Grau, der viel mehr einem Schwarzmagier glich als sein skrupelloser Gegenspieler. Schlag um

Schlag teilte der Graue aus, um das korrupte, von Blutfehden geplagte System zu erhalten, das zurzeit herrschte.

Mir wurde etwas Feuchtwarmes an meinem Handgelenk bewusst. Xavian löste sich von mir und wich schnaufend zurück. Der goldene Stab in seiner Hand schien schwer zu werden. Währenddessen drehte ich mein Handgelenk um und sah zu, wie das Blut zu fließen begann. Mit den langsamen Bewegungen eines Irren, der nicht mehr darauf achtet, was er tut, zog ich den Dolch und legte ihn in meine linke Hand. Xavian hatte keinen Dolch dabei. Er packte seinen Stab fester. Mein sechster Sinn signalisierte mir, dass er seine Schilde hochfuhr. Ich imitierte seine Bewegungen exakt, umgab auch mich mit meinem Schild und lud dabei meinen Stab mit noch mehr Magie auf, damit er sich einen Weg durch Xavians Verteidigung bahnen konnte.

Das Holz in meinen Händen wurde heiß. Aus meinen Haaren und von der Spitze des Dolches sprühten Funken. Xavian holte tief Luft, griff aber nicht an. Mir wurde bewusst, wie müde er schon war.

Mit neuem Mut griff ich an und ließ den Stab auf seinen Kopf niedersausen. Er hob seinen goldenen Stab, um den Schlag abzuwehren, ehe er vorwärts drängte, weil er zum Gegenangriff übergehen wollte. Ich sprang zurück und schützte mich mit dem Stab, während die Hand mit dem Dolch auf Xavian losfuhr. Er stieß sie mit seinem Stab beiseite, und dieser Treffer war ungemein schmerzhaft für mich. Aber ich hatte ihn am Arm verletzt. Keiner von uns hatte einen Vorteil. Beide Seiten hatten bisher nur verloren. Wie es im Krieg eben ist.

Beim nächsten Angriff wirbelte er den Stab mit größerer Wucht herum. Ich wehrte ihn seitwärts ab und nagelte die Waffe mit aller Kraft an den Boden. Sobald ich nachgab, würde sein Stab hochschnellen und mir einen gefährlichen, vielleicht sogar tödlichen Hieb versetzen. Wenn Xavian jetzt nachgab, konnte ich ihm die Waffe entreißen. So drückte ich den Stab weiter nach unten, obwohl dadurch der Dolch in meiner Linken nicht zum Zuge kam. Erst nachdem ich ein Stückchen zurückgewichen war, hob ich die linke Hand. Sein Stab sauste aufwärts, doch meine Hand raste bereits auf Xavians Kehle zu. Blitzschnell schloss sich seine linke Hand um mein Handgelenk.

Noch während der eisige Schmerz meinen Schädel scheinbar zum Bersten brachte und die Welt sich verfinsterte, grinste ich triumphierend. Seine Augen weiteten sich, als er seinen fatalen Fehler bemerkte. Unser Blut vermischte sich. Renna und Miriam vermischten sich, und sobald die eisige Macht mich durchströmte, zwang ich Xavian eine Verbindung auf.

In der realen Welt sanken unsere Körper leblos auf die Straße.

In der Welt, die jetzt zählte, verknoteten sich unsere Gedanken miteinander.

14. KAPITEL

IN DER FALLE

Ich erwachte auf einem unbequemen Lager in einem Zelt, das von weißem Sonnenlicht erhellt wurde. Mein Handgelenk war geheilt. In einer Ecke des Zeltes lag ein Schwert. Ich trug blaue Kleider, die ich noch nie im Leben gesehen hatte. In einer anderen Ecke hing ein schlaffes, blaues Banner, auf dem eine silberne Taube gen Himmel strebte. Als ich mich – noch immer benommen von dem, was geschehen war – aufsetzte, bemerkte ich, dass ich eine dazu passende Silberbrosche trug, die einen blauen Mantel zusammenhielt.

Die Zeltklappe wurde zurückgeschlagen. Schon griff ich nach dem Schwert in der Ecke, doch der Mann, der eintrat, war nicht Xavian. Er trug vielmehr eine blaue Livree, die der meinen ähnelte, und salutierte bei meinem Anblick förmlich. »Guten Morgen, Herr. Seid Ihr bereit, Euch jetzt mit den Gesandten zu treffen?«

»Gesandten?«, wiederholte ich verständnislos.

»Von König Xavian.«

Meine Gedanken begannen, sich zu ordnen. »König Xavian? Hat er wahrhaftig … Gesandte geschickt, die mit König Milan verhandeln sollen?«

»Genau, Herr«, bestätigte der Mann. Er wirkte etwas irritiert, so wie ein junger Offizier, wenn der angesehene Vorgesetzte ausgesprochen langsam reagiert.

Ich erhob mich und schnallte mein Schwert um. Von weiteren Bediensteten war nichts zu sehen, und ich nahm an, dass ich in diesem Irrenhaus vermutlich jede Waffe brauchen würde, die ich auftreiben konnte.

Vor dem Zelt lagerte eine komplette Armee. Weiße Zelte, gelangweilte Soldaten in Blau, flatternde Wimpel und genau gegenüber eine Gruppe Männer in Rot. Sie verbeugten sich steif, als ich mich näherte, worauf ich ebenso förmlich reagierte. Der Schnitt ihrer Kleider entsprach dem der meinen. Hinter ihnen wehte eine rote Flagge, die mit einer goldenen Krone bestickt war. Alle trugen Kronenbroschen.

Ein großer Mann, den ich für den Anführer der Delegation hielt, hob an zu sprechen. »Seid Ihr bereit, die Schlacht hier auszutragen, Gouverneur?«

»Einverstanden«, stimmte ich zu. »Sofern Ihr mich aufklärt, wo ›hier‹ ist.«

»Dies ist der Ort, den die aufeinander treffenden Gehirne geschaffen haben. Hier beeinflusst jeder Gedanke die Realität, soweit man die Realität als real bezeichnen kann. Sind Eure Truppen bereit, in die Schlacht zu ziehen?«

Dies ist der Ort, den die aufeinander treffenden Gehirne geschaffen haben …

»Auf der einen Seite versuche also ich, diese Welt zu beeinflussen. Zusammen mit Renna. Auf der anderen Seite steht Xavian. Und auf welcher Seite ist Miriam?«

»Sind Eure Truppen bereit?«, wiederholte er.

Ich warf einen Blick auf die Männer in Blau, die mich umstanden. Sie nickten zuversichtlich. Also zuckte ich mit den Schultern: »Scheint so.«

»Dann möge die Schlacht beginnen.«

Über uns dröhnte plötzlich ein Kanonenschlag. Ich sah auf, entdeckte aber nur einen grauen Himmel, von dem der Regen prasselte. Als ich mich umschaute, war das gesamte Armeelager verschwunden und von Feldern ersetzt, die vom Krieg in matschige, braune Hügel verwandelt worden waren. Es regnete in Strömen. Schnell war ich tropfnass, doch meine Kleider hatten sich dieser unschönen Veränderung meiner Umgebung sofort angepasst. Das Schwert steckte unter einem wasserdichten Umhang, den eine hilfreiche Macht um mich gelegt hatte.

Dann hagelte es Geschosse, rundherum war die Luft voller Blei. Ich warf mich auf den Boden und suchte Deckung an einem schlammigen Abhang, wo in einer Senke eine Gruppe nasser, verdreckter Soldaten kauerte.

»Was auch geschieht, Herr!«, schrie einer, als ich den Kopf einzog, »lasst Euch nicht auf rotem Territorium erwischen! Da draußen steckt Xavian, der Euch zur Strecke bringen will.«

Mir kam ein Gedanke. Meine Hand glitt an meinen Hals. Ja, trotz dieser irrealen Welt und der vielen Verwandlungen hing Janyvirs Amulett – oder zumindest eine überzeugende Illusion davon – noch immer an meinem Hals.

»Wo finde ich Xavian?«, rief ich gellend.

»Überall! Ihr und er und Miriam und Renna sind eins! Jetzt müsst Ihr das Durcheinander nur noch entwirren!«

»Auf wessen Seite steht Miriam?«

Der Soldat zuckte mit den Schultern, während eine nahe Explosion uns mit noch mehr Schlamm überzog. Ich schloss fest die Augen und fühlte, wie etwas über meinen Fuß hüpfte. Es war ein Eichhörnchen.

Diesmal stand ich allein in einem grünen Wald. Schlammverschmiert und triefnass, aber ansonsten unversehrt. Langsam lief ich im Kreis und fürchtete schon den nächsten Wandel. Diese Welt wurde von vier Individuen erschaffen, sofern Renna und Miriam tatsächlich aktiv an der Auseinandersetzung teilnahmen und sie nicht nur nährten. Jede Sekunde übernahm ein anderer Geist die Kontrolle. Ich war nur ein Blatt, das von dieser Gedankenflut mitgerissen wurde.

Je eher ich Xavian finde und dies alles zum Ende bringe, desto besser. Ich bin mir nicht sicher, ob ich damit fertig wer-

de, wenn ein brutheißer Sommer zum Schneesturm wird. Ich frage mich, wie er klarkommt.

Ich hatte keine Ahnung, in welcher Richtung ich Xavian finden könnte. Deshalb lief ich aufs Geratewohl durch den Wald. Hohe Kiefern filterten das Licht zu einer Mischung aus goldenen Tupfen und grüner Decke. In der Ferne hörte ich einen Fluss plätschern. *Déjà-vu.*

Immer noch allein trabte ich argwöhnisch durch den Wald, jederzeit bereit, Feuer zu beschwören. Es kam mir seltsam vor, dass in einer irrealen Landschaft, die nur für einen Krieg erschaffen war, eine so friedliche Szene wie dieses sonnige Paradies hier Raum hatte. Vogelgezwitscher und summende Bienen waren zu hören, dazu gelegentlich das Hufgetrappel eines vorbeiziehenden Hirsches. Sosehr ich auch auf Kampfgeräusche lauschte, ich vernahm nichts.

Etwas stach mich. Irgendeine Fliege. Eher irritiert als verärgert drehte ich meine Hand um und suchte, an welcher Stelle der Stich saß. Dann rollte ich meinen Ärmel hoch. Am Handgelenk war immer noch eine dünne, rote Linie zu sehen, doch nun gab es eine zweite auf meiner Handfläche. Es hätte mich nicht überrascht, wenn Xavian ungefähr die gleichen Male an sich entdeckt hatte. Nun war ich doppelt so sicher, dass die Verbindung funktionierte und wir tatsächlich jeweils im Kopf des anderen steckten. Einigermaßen erleichtert ging ich weiter.

Der Wald war abrupt zu Ende. Im Schatten der letzten Bäume blieb ich stehen. Da war der Fluss, den ich von weitem schon gehört hatte. Ich erkannte das glitzernde Wasser und die beiden Gestalten, die auf der anderen Seite am Ufer standen. Dieser Teil stammte aus Miriams Gedächtnis. Es war ihr Bild.

Und da war sie auch schon. Mit leeren Augen, blasser Haut und schweißüberströmt stand sie neben Xavian. Ich habe noch nie einen echten Zombie gesehen, denn so etwas zu beschwören, ist nahezu unmöglich, aber sie kam der Vorstellung am nächsten. Xavian war genauso gekleidet wie ich, nur waren seine Kleider nicht blau, sondern rot. Mit triumphierender Miene drückte er Miriam ein Schwert in die widerstandslose Hand.

»Ihr habt einen Fehler begangen, Milan!«, rief er mir zu. »Ihr habt versucht, sie gegen mich aufzuwiegeln. Aber sie gehört immer noch mir.«

Vorsichtig watete ich in den Fluss, das Schwert in der Hand. Das kalte Wasser, das meine Knöchel umspülte, ignorierte ich. Aber auf halbem Wege blieb ich stehen.

»Es gibt keinen Ausweg für Euch, Xavian. Denn Ihr wisst nicht, wie Ihr von hier entkommt. Ich schon! Denn ich habe diesen Ort geschaffen.«

Sein finsterer Blick verriet mir, dass er bereits vergeblich versucht hatte, diese Halbwelt zu verlassen. »Ihr werdet es mir schon noch sagen«, warnte er mich. »Zweifelt nicht daran!«

Zu meiner und zweifellos auch seiner Überraschung belächelte ich diese Drohung. »Selbst wenn ich es Euch sagen würde, hättet Ihr nichts davon. Denn wenn ich untergehe, reiße ich Euch mit. Und wenn Ihr fallt, dann meinetwegen. Und ich weiß, wie ich Euch zu Fall bringe, ohne dabei eine andere Seele zu verletzen.« Dabei glitt mein Blick unwillkürlich zu Miriam.

»Ihr lugt!«, schimpfte er. »Es gibt nur einen Weg, auf dem wir von hier verschwinden können, und das ist der Tod des anderen!«

Ich hob die Arme hoch. »Dann kommt her! Bringen wir es zu Ende.«

Kopfschüttelnd wich er zurück. »Nein. So dumm bin ich nicht.«

»Das behauptet Ihr jedenfalls.«

»Ihr seid der stärkere Magier. Die Träumerin, die in Euch

steckt, macht Euch stark, weil sie mächtiger ist als meine. Aber wie alle Euresgleichen habt Ihr eine gefährliche Schwäche.«

Er winkte. Miriam trat mit leerem Gesicht auf mich zu. Sie schwebte hoch über dem Wasser. Ich sah ihr zu, ohne etwas unternehmen zu können. Xavian machte kehrt und rannte davon. Als ich ihm folgen wollte, um seinem Leben endlich ein Ende zu machen, versperrte Miriam mir den Weg. Ich wollte sie umgehen, doch da führte ihr Schwert einen tückischen Seitenhieb nach mir aus. Erschrocken sprang ich zurück.

Wie eine Maschine teilte sie einen zweiten Hieb aus, den ich ungeschickt parierte. Die Abwehr hätte mich fast eine Hand gekostet – bei den Träumen, wie stark sie war!

»Miriam, Ihr dürft ihm nicht helfen! Er ist böse!«

Das war eine kindlich vereinfachte Beschreibung von Xavian, aber schließlich war sie kaum mehr als ein Kind. Sie blinzelte langsam wie eine Schlange. Dann griff sie erneut an. Es war eine umständliche, zähe Bewegung, allerdings so vernichtend wie eine Tonne Marmor, die auf eine vorbeifliegende Taube herabpoltert. Der Nachhall meiner Parade brachte mich ins Wanken.

»Miriam! Hört mir zu! Ihr müsst gegen seine Zauber ankämpfen! Er ist in Euch, er benutzt Euch, aber Ihr seid die Stärkere! Wir zwei dürfen nicht gegeneinander kämpfen, nicht jetzt.«

»Miriam.« Eine ruhige, gelassene Stimme erklang vom Flussufer her.

Miriam drehte sich langsam um. Inzwischen stand auf ihrem Gesicht nicht mehr bloße Leere, sondern der grässliche Schatten dessen, was einst vorweggegangen war.

Renna stand am Ufer und streckte dem Mädchen einladend die Hände entgegen. »Komm mit. Kämpfe gegen die Zauber an. Du brauchst nicht zu sterben. Weder jetzt noch jemals.«

Verunsichert schwankte Miriam zwischen mir und Renna, als wüsste sie nicht, wen sie zuerst angreifen sollte. Dummerweise stand ich näher dran. Ich kippte um, weil meine Füße auf den algenbesetzten Flusskieseln ausrutschten, und landete rücklings im Flussbett, nachdem ich ihr Schwert mit aller Kraft abgewehrt hatte.

Renna hatte sich nicht von der Stelle gerührt. *Sie kann nichts tun. Sie steckt vollständig in mir. Das dort ist nur eine Projektion von ihr. Ich kann Miriam nicht verletzen, ich kann es nicht …*

»Miriam! Denk an deinen Fluchtweg!«, rief Renna ihr zu. »Wenn Xavian dich im Stich lässt – und das wird er –, musst du durch Milan entkommen. Wie kannst du entkommen, wenn du deinen einzigen Ausweg erschlägst?«

Miriam erschauerte. Patschnass richtete ich mich wieder auf und watete rückwärts durch den Fluss. Meine Gegnerin erhob wachsam ihr Schwert und biss die Zähne zusammen.

»Lauft«, flüsterte sie kaum hörbar. »Ich kann nichts dagegen tun.« Ihr Schwert fuhr hoch und holte zum Schlag aus. »Lauft!«, wiederholte sie.

Rat suchend blickte ich zu Renna und merkte, wie sich ein Gedanke in meinem Kopf formte. ›Diese Welt entspringt unseren Köpfen. Also denke!‹

Renna war ein Teil von mir, aber Renna war eine Träumerin. Dies war die verkehrte Welt, die den Köpfen der Träumer entsprang. Sie wurde von den miteinander ringenden Wünschen von Miriam, Xavian, Renna und ein wenig auch von mir gesteuert.

Als das Schwert zuschlug, duckte ich mich weg und parierte instinktiv mit meinem Schwert dort, wo der Schlag geschehen würde. Dann warf ich mich kopfüber in den Fluss. Als ich ihn zum letzten Mal registriert hatte, war er knöchelhoch gewesen, klares, kaltes Schmelzwasser.

Deshalb konnte ich wahrlich nicht damit rechnen, nun in

einer warmen, blauen Tiefe zu landen, wo meine Füße nach unten gezogen wurden und das schwere, schwere Schwert mich niederdrückte, während das Wasser an mir zerrte. Strampelnd kämpfte ich gegen das Versinken an. Weit oben berührte eine Schwertspitze die Wasseroberfläche, doch selbst die verblasste schon.

Schließlich tauchte ich prustend wieder auf. Meine Finger ließen das Schwert los, ein totes Gewicht, das trudelnd in einer unbekannten Tiefe versank. Hektisch begann ich, Wasser zu treten, und versuchte dabei zu erkennen, wo ich war. Von den anderen drei Mitspielern war nichts zu sehen.

Ein Windhauch ließ das Schilfrohr rascheln. Das flache Land, das mich umgab, war sehr still. Man hörte kaum einen Laut, abgesehen vom Summen der Insekten und dem gelegentlichen Warnruf eines Sumpfvogels, wenn ein Raubvogel ins Schilf herabschoss.

Ich kannte diesen Ort, denn ich hatte ihn schon viele Male besucht. Es waren die leeren Sümpfe von Nordkap, wo ein zurückgezogener Gouverneur das perfekte System für sicheren Profit ausgeklügelt hatte. Lass niemanden in dein Königreich außer mit besonderer Genehmigung zur Ernte der Früchte und des Schilfgrases, das in keinem anderen Königreich wächst. Sofern es sich nicht gerade um einen anderen Gouverneur handelt, der ein wenig Gesellschaft begehrt. Ja, ich kannte diesen Ort. Er entstammte meinen eigenen Gedanken.

Nachdem ich ans Ufer geschwommen war, zog ich mich hoch, obwohl das scharfe Gras mir in Hände, Arme, Knie und Gesicht schnitt. Ich würgte Wasser aus, wobei ich das Gefühl hatte, die Hälfte meiner Innereien mit auszuspeien. Dann ging es mir etwas besser.

Anschließend sank ich einfach am Ufer nieder, starrte an den Himmel und dankte den unbekannten Mächten dort oben für ein wenig Frieden. Plötzlich hatte ich nicht mehr das Gefühl, für jemand anderen zu kämpfen. Miriam war ein dummes Mädchen, und Renna manipulierte skrupellos, auch auf Kosten ihres besten Freundes, und wenn Xavian einen sinnlosen Krieg vom Zaun brechen wollte, unterschrieb er sein eigenes Todesurteil, nicht meines.

Sofort kam der nahe liegende Einwand. Die Moral. Moralisch gesehen war Miriam ein unschuldiges Wesen, das in einem Spiel gefangen saß, welches für sie zu groß war. Und Renna hatte das Recht, ihr mit allen Mitteln beizustehen, die ihr zur Verfügung standen. Außerdem, ohne Rennas Kräfte in mir hätte auch ich längst ins Gras gebissen. Moralisch gesehen – tja, auch Xavian mochte sich im Recht glauben, aber ich mit meiner überlegenen Moral konnte das alles durchschauen. Oder?

Natürlich konnte ich das. Aber ich war von mir selber abgestoßen. Ich kam mir schmutzig vor.

An einem Ort tief in mir, den ich niemals zeigte, hatte ich immer geglaubt, ich würde für das Gute kämpfen. Jetzt aber, da ich teilweise durch Menschen mit eigenen Moralvorstellungen gesteuert wurde, was entdeckte ich da? Dass die Prinzipien, für die ich so gern zu kämpfen behauptete, nur der Notwendigkeit entsprangen.

Mein ganzes Leben bestand aus der Tagesordnung anderer. Aus ihrer Moral oder ihrem Mangel an Moral. Die geringe Kontrolle, die ich angeblich hatte, war nichts weiter als ein Talent, die Pläne anderer zu vollenden, ohne dabei selbst umzukommen. Deshalb war ich in dieser irrealen Welt gelandet. Deshalb brannte mein Handgelenk. Deshalb war ich klatschnass, zitterte vor Kälte und fürchtete mich vor der nächsten Welt, in der diese Illusion sich verdüstern und der Tod nicht zum ersten, sondern zum endgültig letzten Mal nach mir greifen würde. Weil ich für andere gekämpft hatte, ohne zu begreifen, was ich tat.

Von allen Emotionen, die ich damals fühlte, war der Ärger am mächtigsten. Man hatte mich gelehrt, dass ein Magier, der seinem Ärger freien Lauf lässt, einen unvergleichlichen Angriff zustande bringen kann – allerdings um den Preis, dass er die kleine Nadel übersehen könnte, die seine Verteidigung durchbricht und ihm den Tod bringt. Ich hatte es immer vermieden, auf solche Weise zusätzliche Kraft zu erringen, denn ich hatte selbst gesehen, wie gute Magier in Wut geraten und dann im Kampf gefallen waren.

Nun aber brodelte in mir ein Zorn wie nie zuvor. Funken stoben, als der Wind meine Wut beantwortete und das Schilf peitschte.

»Wo seid Ihr, Xavian?!?«, brüllte ich. »Wo seid Ihr?«

Du Narr, flüsterte eine Stimme in meinem Kopf. Erst dachte ich, es wäre Renna. Aber bei näherem Hinsehen hörte ich nichts als meine eigenen Gedanken, die mit einer Präzision aufeinander folgten, welche mich erstaunte. *Du bist ein Narr, wenn du glaubst, du wärst nur eine Marionette. Laenan Milan, du weißt genau, dass du jederzeit hättest aussteigen können. Du hättest als Eremit in Sturmkap ausharren können, die Straßen schließen, die Grenzen versiegeln und nicht mehr belästigt werden können. Du hättest deine Bücher wegschmeißen und keine Magie mehr anrühren können, bis du immer mehr von deiner magischen Kraft verloren hättest. Du konntest alles sein, was du wolltest. Doch du hast dich entschieden – nur du, niemand anders! –, das zu werden, was du heute bist. Jetzt musst du damit klarkommen, Laenan Milan. Selbstmitleid rechtfertigt überhaupt nichts.*

Das war unbestreitbar meine eigene Stimme. *Dummes Ding.* Aber ich konnte nicht mehr wütend bleiben. Ich war mir nicht sicher, ob mich das nicht eher noch zorniger machte, wenn auch ohne die befriedigende Hitze der Emotion. Es ist nie angenehm, wenn das Bewusstsein vom Unterbewusstsein eines Besseren belehrt wird. Umso schlimmer, wenn das Unterbewusstsein auch noch Recht hat.

Ein Geräusch von rechts lenkte mich ab. Ich sah mich um.

Einige Schritte weiter flatterte ein Vogelschwarm auf. Das wäre an sich kein Grund zur Besorgnis gewesen, wenn diese speziellen Vögel mit den langen Schwanzfedern und dem tiefen Alarmruf nicht das grelle Rot eines vor Leben strotzenden Regenwaldes zur Schau getragen hätten.

Es war das irreale Rot von Xavians irrealer Armee. Plötzlich war mein Zorn verflogen. Ich kauerte im Schilf und fragte mich, was ich neben einem Schwarm tropischer Vögel noch so alles aufgescheucht hatte. Obwohl ich die Regeln dieser Welt noch nicht begriff, wollte ich kein Risiko eingehen. Auf allen vieren schlich ich durch die Binsen und blinzelte gelegentlich über sie hinweg, um zu prüfen, ob sich irgendwo noch jemand rührte. Der magische Wind, den mein Zorn heraufbeschworen hatte, war verschwunden. Schon schämte ich mich vor mir selbst, aber zugleich hörte ich ein Rascheln, das nicht von dem verbleibenden Windhauch herrührte.

Da hörte ich Stimmen.

Fünf Männer mit Krummsäbeln und todbringenden Dreizacken stapften in einer Reihe durch das Schilf und scheuchten dabei mit langen Hieben alles auf, was sich darin verstecken mochte. Anfangs hielt ich sie nur für einen weiteren Bestandteil dieser fremden Welt, einen Teil der Landschaft, aber dann bemerkte ich den roten Schal, den jeder von ihnen um den Hals trug.

Als ich mich erschrocken umsah, bemerkte ich drei weitere Gruppen, die das Schilf durchkämmten. Bei einer von ihnen stand Miriam, die sich mit leeren Augen auf ihr Schwert stützte. Sie war rot gekleidet, doch dieses Rot war so düster, dass es schon an Violett grenzte, als hätte ein verrückter Schneider es erst zur Hälfte in Blau getaucht und sich dann eines Besseren besonnen. Es schien zu schimmern, verwandelte sich zeitweise in echtes Violett, nahm sogar einen Blaustich an, wurde dann jedoch gleich wieder zu Rot, erst heller, dann wieder dunkler.

Keine Spur von Xavian.

Ich kroch tiefer ins Schilfrohr, wo ich kaum zu atmen wagte. Wieder flatterte ein Vogelschwarm auf, diesmal blau. Erstaunt sahen die Männer mit den roten Schals sich nach ihnen um. Blau war meine Farbe. Blau bedeutete, dass Hilfe nahte.

Ich hörte Miriam. »Sucht weiter! Achtet nicht auf sie! Ihr werdet ihn finden, und sie können sich nicht wehren.«

Das war nicht ihre eigene Stimme. Diese Stimme war tiefer und grollte wie die jenes halb geschmolzenen Wesens, mit dessen Hilfe Xavian mir in Haven seine Botschaft übermittelt hatte, nachdem ihm klar geworden war, wie tief er in der Patsche saß. Ich fragte mich, was wirklich geschehen wäre, wenn ich auf seine Bedingungen eingegangen wäre, pfiff mich aber sofort zurück. Das Letzte, was ich brauchte, waren Was-wäre-wenn-Gedanken!

Eine Gruppe würde mich gleich erreichen. Hilfe, es waren praktisch alle auf dem Weg zu mir. Die Nächsten waren nur noch zehn Schritte entfernt und kamen weiter auf mich zu. Ich rüstete mich für die Magie, ohne zu wissen, was dabei herauskommen würde. Auf jeden Fall wollte ich es versuchen.

Hinter der Gruppe, die mir am nächsten war, erscholl plötzlich Gebrüll. Fünfzehn oder mehr Männer – so schnell konnte ich sie gar nicht zählen – mit blauen Schals sprangen aus dem Schilf und griffen an. Auch sie schwenkten Dreizacke und Krummsäbel. Sie gingen dabei so gewieft vor wie Schuljungen im Zeltlager, was ihr Kampfgeist nur teilweise wettmachen konnte.

Sofort stürzten sich alle roten Gruppen auf die Blauen, die dadurch weit in der Minderzahl waren. Auch Miriam warf sich ins Getümmel. Sie schwang ihr Schwert mit der brutalen Rücksichtslosigkeit, die ich gerade am eigenen Leib kennen gelernt hatte. Als die letzte Gruppe Roter an mir vorbeigestürmt war, tat ich etwas, worin ich mich im Nachhinein nicht wieder erkenne. Ich bin ein praktisch veranlagter Mensch, darum habe ich keine Ahnung, warum ich nicht meine Magie einsetzte, sondern höchstpersönlich vorschnellte, um einen Roten zu Fall zu bringen, ehe ich ihm auf den Rücken sprang und seinen Kopf so fest wie möglich auf den Boden hämmerte.

Daraufhin wurde ich von drei Roten angegriffen. Ich legte meine Hände gegeneinander und riss sie, die Handflächen auf meine Feinde gerichtet, gleich wieder auseinander. Das riss die Männer von den Füßen und ließ sie in die Kämpfenden kippen. Es beruhigte mich, dass ich noch über meine Lieblingswaffe verfügte.

Miriam hatte sich umgedreht. Die Lücke, die sie hinterließ, wurde von einem Roten eingenommen. Neben ihr ging wieder jemand zu Boden, dessen Farbe ich nicht registrierte. Ich hatte nur noch Augen für Miriam.

Jetzt rückte sie auf mich zu. Dabei verblassten die Schreie der Sterbenden und das Kampfgeschrei, bis ich nur noch meinen eigenen Herzschlag wahrnahm. Ich hob die leeren Hände hoch, die von Feuer umspielt waren. Damit konnte ich sie in eine lebende Fackel verwandeln. Ich konnte ihr Herz zum Stillstand bringen oder sie mit einem Fingerschnippen in den Sumpf werfen, damit sie sich den Hals brach. Oder Blitze vom Himmel herabrufen. Ich konnte …

Nichts davon. Obwohl sie weiter vorrückte, und obwohl ich bereit war, sie zurückzuweisen, konnte ich nicht die Hände gegen sie erheben. Das Einzige, was mich zurückhielt, war ich selbst, aber das war auch genug.

»Miriam«, flehte ich sie an, während ich durch das Schilf zurückwich, obgleich mir klar war, dass ich an diesem gefährlichen Ort nicht lange rückwärts laufen konnte. Ihre roten Kleider verdüsterten sich zu Violett und wurden wieder rot. Diesmal wusste ich, dass es kein Spiel des Lichtes war.

»Miriam, ich will nicht gegen Euch kämpfen.«

Ich stand am Ufer eines Tümpels und konnte nicht weiter. Also hob ich die Hände und rief das Feuer herbei, das nach Blut lechzte.

»Ich will nicht gegen Euch kämpfen«, wiederholte ich, denn diese Worte schienen eine Wirkung auf sie zu haben. Das Violett verwandelte sich immer weiter in Blau.

Jetzt war sie auf Schwertlänge an mich herangerückt, machte jedoch immer noch keine Anstalten, mich anzugreifen. Mit quälend langsamen Bewegungen hob sie die Spitze ihres Schwertes an meine Kehle, sonst nichts. Ihr Gesicht drückte eine bizarre Unentschlossenheit aus. Meine Augen hingen an den roten Kleidern, die sie trug. Inzwischen nahmen diese ein ganz, ganz tiefes Blau an.

Mit einem Aufschrei sprang sie vor. Damit überraschte sie mich derart, dass ich mich nicht von der Stelle rührte. Sie drehte das Schwert um und rammte mir den Knauf in den Bauch. Wie eine Lumpenpuppe fiel ich in mich zusammen, bis ich japsend auf den Knien kauerte. Plötzlich war ich blind, doch der Wahnsinn endete, als ich spürte, dass es ihre Hände waren, die auf meinen Augen lagen.

»Lauft, verdammt noch mal«, zischte sie. »Bitte, lauft! Ich will Euch nicht töten ...«

Dann herrschte totale Finsternis. Ihre Stimme war verklungen. Noch immer fühlte ich die Wärme ihrer Hände auf meinen Augen, aber auch auf meinem Kinn und den Händen. Erschüttert kämpfte ich mich frei und hätte dabei beinahe einen hohen Stapel Kisten zum Einsturz gebracht. Sie schaukelten bedrohlich.

Das Einzige, wogegen ich gekämpft hatte, war eine Decke. Jede Faser meines Körpers schmerzte. Mein einziger Trost war, dass Xavian vermutlich die gleichen Qualen erduldete, die ich gerade durchmachte.

»Steh auf!«

Renna beugte sich über mich. Wir befanden uns in einem

dunklen Lagerhaus, das bis auf die Kisten, die ich beinahe umgestoßen hätte, völlig leer war. Durch die rechteckigen Fenster ganz oben in der Wand flackerte orangefarbenes Licht, als ob draußen ein Feuer loderte. Sonst gab es keine Lichtquelle, aber ich konnte die langen Gänge aus Metall im oberen Bereich und die Treppen erkennen, die zu mir herunterführten.

Unter Schmerzen setzte ich mich auf. »Du wählst dein Auftauchen mit Bedacht.«

»Ich bin nur eine Projektion«, fuhr sie mich an. »Das weißt du. Miriam ist kaum mehr als das, aber sie ist immer noch so unabhängig von Xavian, dass sie gefährlich ist. Ich hätte nicht gedacht, dass er sie die Drecksarbeit erledigen lässt, anstatt sie als Kraftquelle zu nutzen.«

»Es ist schief gegangen, oder?«, meinte ich, während ich mir den Kopf rieb. »Ich habe Xavian in diese Verbindung gezogen, damit ich ihn von Miriam trennen kann, aber wir haben es zu weit getrieben. Er hat sich zwar planmäßig von Miriam gelöst, aber er hat immer noch genug Macht über sie, um sie zu benutzen.« Renna nickte.

»Was soll ich tun?«, fragte ich müde.

»Töte Xavian. Das war immer das eigentliche Ziel.«

»Selbst wenn ich dazu erst Miriam überwinden muss?«

»Du brauchst sie nur kampfunfähig zu machen.«

Ich bedachte sie mit einem Seitenblick. Sie redete wie ein Vater, der seinem dummen Sohn erklärt, dass Geld doch nicht an Bäumen wächst oder dergleichen. »Ich denke, du warst immer diejenige, die Miriam retten wollte.«

Sie zuckte mit den Schultern. »Ich fühle mich etwas unwohl damit, wie ich dich benutzt habe. Sozusagen. Jetzt, wo wir hier sind, stelle ich fest, dass der menschliche Anteil in mir für einen Sterblichen mehr empfindet als für meinesgleichen.« Lachend wich sie meinem Blick aus. »Als ich Mensch war, habe ich dich geliebt. Nur wurde mir das erst bewusst, als ich meine Menschlichkeit verlor.«

»Es ist wahrscheinlich der falsche Zeitpunkt für diese Frage«, sagte ich leise, »aber ist es das wert, was du nun bist?«

Ihr Lächeln spiegelte ihr Glück. »Oh ja. Auf tausenderlei Weise, die ich nicht beschreiben kann, ist es das wert.«

Draußen vor dem Lagerhaus rumpelte etwas. Unsere Köpfe fuhren gleichzeitig herum. Als ich mich zurückwandte, war Renna verschwunden. *Verdammt!* Selbst eine Projektion war besser als die zermalmende Einsamkeit, wenn man nicht sicher sein konnte, wohin man geriet und zu welchem Zweck.

Ich hörte leise Schritte. Füße, die über hartes Metall tappten. Hinter einem Stapel Kisten verkroch ich mich in einer Ecke und spähte nach oben. Dort oben stand Miriam. Sie schien allein zu sein. Mit leuchtend roten Augen sah sie sich im Lager um. Ihre Kleider waren blutrot, kein Tupfer Blau zu sehen. Eine Seite ihres Gesichts war blauviolett angelaufen. Hatte Xavian sie bestraft, weil sie mich hatte entkommen lassen, oder bildete ich mir das nur ein? Da meine Gedanken mein einziger Begleiter waren, kamen sie mir so laut vor, dass ich sie geradezu flüstern hörte. Miriam hatte mich noch nicht entdeckt, aber wie lange würde das noch so bleiben?

»Milan!«, rief sie plötzlich. Das war unverkennbar Miriams Stimme. Am liebsten wäre ich aufgesprungen und hätte ihr zugewinkt, so froh war ich über diese Rückkehr zur Normalität. Aber mein Instinkt, den ich über viele Jahre hinweg im täglichen Überlebenskampf entwickelt hatte, pfiff mich zurück. *Trau ihr nicht! Sie trägt Rot. Trau ihr nicht. Sie gehört zum Feind.*

»Alles in Ordnung, Milan«, rief sie. »Ich habe seine Zauber abgeschüttelt. Ich bin bereit, an deiner Seite zu kämpfen.«

Ich verkroch mich noch tiefer im Schatten. Meine spontane Freude verschwand hinter einer Woge des Ekels. Die echte Miriam hätte Xavian niemals freiwillig bekämpft. Das wusste ich nur zu gut.

»Bitte, kommt heraus«, bettelte sie. »Ich will Euch helfen.«

Nein. Ich *will* dir *helfen. Am Ende dieses heißen Pokerspiels willst du über Leben und Tod reden.*

»Ich weiß, dass Ihr hier seid.« Jetzt schwang in ihrer Stimme eine Drohung mit. Sie war sich bewusst, dass der Versuch, sich als »geheilt« zu präsentieren, fehlgeschlagen war. Das Knurren kehrte zurück. »Ihr könnt Euch nicht ewig verstecken. Nicht vor mir. Ich bin in Euch, Ihr seid in mir. Wir alle sind eins. Diese Welt wurde von uns geschaffen, von unseren zusammengesperrten Gedanken. Ich muss mich bloß nach Euch umschauen, schon seid Ihr da. In meinen eigenen Gedanken.«

Sie begann, eine Treppe hinunterzusteigen. Ihre Tritte hallten durch das Lagerhaus bis an die Stelle, wo ich hockte. Ich schloss die Augen, um an einen anderen Ort zu gelangen. Nichts. Der Pessimist in mir reagierte nicht einmal überrascht.

Jetzt war sie unten angekommen. Inzwischen war ihre Stimme ohne jeden Zweifel die von Xavian. Nicht dem Klang nach, sondern den Worten nach. Auf eine Weise, die ich nicht begriff, sprach er durch sie hindurch.

»Wenn Ihr das hier jetzt beendet, die Verbindung aufhebt, wird Xavian Eure Familie verschonen«, erklärte sie. »Das wollt Ihr doch. Eure kostbare Familie, für die Ihr Kopf und Kragen riskiert habt. Ihr wollt doch bestimmt nicht mit ansehen, wie sie alle erschlagen werden, jedes Kind, jeder stolze Vater, jede weinende Mutter? Nicht einmal Ihr würdet sie alle für Eure falschen Überzeugungen opfern.«

Ich antwortete nicht, sondern ballte meine Fäuste und vertraute auf den Schutz der Kisten, während ich meine Ohren vor ihren – nein, seinen – Worten verschloss.

Ich werde siegen. Dann stellt sich gar nicht mehr die Frage, was aus meiner Familie wird.

»Natürlich sind es nicht einmal falsche Überzeugungen. Schließlich glaubt Ihr an gar nichts, nicht wahr, Milan?«

Plötzlich sah ich gleißendes Licht, vor dem ich zurückschreckte. Auf einem der oberen Metallgänge stand Xavian, um dessen Finger Zauberlicht leuchtete.

»Kommt raus, Milan!«, forderte er mich lautstark auf. »Ihr seid am Ende! Ihr habt Euer Bestes gegeben und Euren Feind in die Welt der Träumer gelockt, aber wie Ihr seht, beherrsche ich die Träumerin!«

Der Ärger kam zurück. Die gleiche Wut, die einem Angriff Durchschlagskraft verleiht, aber einen so blind für sich selbst macht, dass man den Dolch im eigenen Bauch kaum noch bemerkt. Im Zauberlicht konnte ich Xavian deutlich erkennen. Er sah furchtbar aus. Während ich die halbe Zeit im Wasser zugebracht hatte, verrieten die verkohlten Fetzen, die er trug, dass er durch Feuer gelaufen war. Ich fragte mich, ob die Zeit an diesem Ort eine Rolle spielte oder ob auch sie eine Illusion war, die wir Sterblichen mitgebracht hatten.

»Wir sind gar nicht so verschieden, Ihr und ich.« Wieder Xavians Stimme. Ich fühlte, wie er nach mir fahndete, und blockierte rasch seine suchenden Gedanken. Er lächelte, als er meine Abwehr entdeckte.

»Aha«, wisperte er. »Da seid Ihr also!« Seine Augen wanderten durch das Lagerhaus, bis sie an dem Stoß Kisten hängen blieben, hinter den ich mich geduckt hatte. Ich fühlte, wie die Magie anwuchs und hetzte bereits los, als der Feuerball die Kisten traf. Ringsherum regneten die Bruchstücke herab, aber ich hatte meine Schilde aufgestellt und bewegte mich rasch. Miriam drehte sich um. Sie hob ihr Schwert, aber trotz ihrer Stärke hing sie noch immer an Xavians Fäden. Jede ihrer Handlungen kam verzögert, jeder Reflex war ein wenig verlangsamt. Ich wich ihr aus und lief direkt auf Xavian zu. Schon bildete sich Feuer um meine Finger.

»Auch Ihr habt einen Fehler gemacht!«, schrie ich. »Ihr habt Euch von Eurer Träumerin gelöst, damit sie die Drecksarbeit für Euch erledigt. Jetzt gibt es nichts mehr, was Euch vor mir schützt.«

Mein erster Feuerball prallte von seinen Schutzschilden ab. Ich sah ihn mit kalkweißem Gesicht zurücktaumeln. Ihm dämmerte, dass ich tatsächlich meinte, was ich sagte. Xavian war geschwächt, ich hingegen so stark wie zu Beginn. Schon rannte er los, kam auf dem metallenen Gang jedoch ins Rutschen. Ich erreichte eine Treppe und eilte hinauf, immer zwei Stufen auf einmal nehmend, wobei ich ununterbrochen Magie abfeuerte, mal Feuer, mal Eis, mal diese netten unsichtbaren Zauber, die sich an die Schutzschilde des anderen anheften, mal subtilere Zauber, welche bis ins Blut ihres Opfers vordringen. Immer abwechselnd. Ohne Unterlass.

Mitten im Lauf packte Miriams Hand meinen Knöchel, wodurch ich unsanft zu Fall kam. Der Aufprall ließ Sterne vor meinen Augen aufblitzen, aber ich hatte mich viel zu weit in meinen Hass hineingesteigert, um den Schmerz zu registrieren, als mein Körper in der gleichen Frequenz wie das Metall vibrierte. Ohne ihre Kraft zu beachten, riss ich mich los. Xavian drohte zu entkommen. Ich war fest entschlossen, ihm zu folgen.

Als Miriam erneut nach mir langte, hob ich die Hände und warf den Kopf zurück, damit ich den Gang dort oben besser sehen konnte. Unter magischem Leuchten zog ich den Gang näher an mich heran. Das war nicht einfach – die Magie musste ausreichen, um ihn von der Wand zu lösen, aber auch, um meinen Körper nach oben zu transportieren. Doch meine Reflexe waren von Renna verfeinert, so dass es mir perfekt gelang. Meine Füße hoben sich von der Treppe, bis ich buchstäblich die letzten paar Meter zum Gang überflog. Miriam heulte unter mir wie ein Tier, dem seine Beute entwischt war.

Xavian stand am Ende des Gangs. Er hatte keinen Fluchtweg mehr. Als er herumfuhr, stand Angst in seinen Augen.

Und, wie ist das, du verdammter Mistkerl?, dachte ich heißblütig. Meine Hand schloss sich um die Treppenkante, während ich eine magische Wand beschwor, in die Miriam einfach hineinlief, um dann mit einem Klagelaut zurückzufahren. Ich näherte mich Xavian, erhielt jedoch mit einer nach hinten gestreckten Hand den Abwehrschild dort aufrecht.

»Wie fühlt sich das an?«, fauchte ich. »Wenn man nirgendwohin kann? Wie fühlt es sich an, allein zu sein? Du Mistkerl.«

Er griff mit einem Zauber an, den ich abwehrte, ohne darauf zu achten, welcher Art er war. »Du eingebildeter Mistkerl«, wiederholte ich. Die Überzeugung meiner Gefühle verlieh mir Sicherheit.

»Ihr könnt mich nicht töten«, wimmerte er. »Wir sind eins, Ihr und ich. Nur habt Ihr den einen Weg gewählt und ich den anderen. Wir sind gleich! Wir beschreiten parallele Wege entlang desselben Flusses zum selben Ziel hin! Ihr könnt mich nicht töten!«

»Das ist mir egal! Ich bin nicht Ihr! Ich hätte es sein können. Ich hätte zehnmal mehr sein können als Ihr. Aber ich bin es nicht!« Ich deckte ihn mit einer Zaubersalve ein, die sich verdickte und verfinsterte, als sie durch die Luft sauste, von seinen Schilden abprallte und ihn mit jedem Aufprall einen Schritt weiter zurückzwang. Jeder Schlag ließ ein wenig mehr Licht aus der Magieblase entweichen, die ihn schützte.

»Ich hätte der größte Schwarzmagier, der mächtigste König, der gefürchtetste Tyrann werden können. Alles, was ich wollte, aber – nein! Und jetzt glaubt *Ihr* …« Ein neuerliches magisches Aufflammen riss an seinen Schilden, um die nachlassende Abwehr zu zerfetzen. »Jetzt glaubt *Ihr*, Ihr könntet Euch nehmen, was ich zurückgelassen habe, jene Lücke, die nur darauf wartet, dass ein echtes Schwein sie ausfüllt?«

Seine Lippen formten ein Wort, doch es kam kein Laut aus seinem Mund. Schließlich begriff ich, was es war: »Bitte.«

An dieser Stelle bemerkte ich die verschiedensten Kleinigkeiten. Erstens hätte ich dieses Wort in meinen kühnsten Träumen nicht von Xavian erwartet. Zweitens leuchtete in seinen Augen die beinahe glaubhafte Leidenschaft eines Schauspielers, der seine Vorstellung gerade ein klein wenig übertreibt. Und drittens fragte ich mich – vielleicht wegen der anderen beiden Gedanken –, wie weit ich meinen Schild wohl über den Gang gespannt hatte.

Mit erhobener Hand fuhr ich herum. Miriams Schwert gefror knapp vor der Stelle, wo es sich gerade in meinen Rücken bohren wollte. Es summte durch die Luft, während sie versuchte, es durch die magische Wand zu stoßen, die ich ihr in den Weg gestellt hatte.

Diesen Moment nutzte Xavian, um über das Geländer zu springen. Er war nicht aufzuhalten. Ich konnte nicht gleichzeitig ihn angreifen und mir Miriams Schwert vom Leib halten. So warf er sich über die Brüstung in die Finsternis des Lagerhauses.

Ich hörte seinen Körper nicht aufschlagen. Was vermutlich bedeutete, dass er nicht aufgeschlagen war.

Jetzt musste ich nur noch mit Miriam fertig werden. Dazu streckte ich beide Hände vor und schob mit all meiner Magie, bis sie zurücktaumelte. Wütend griff sie erneut an. Ich duckte mich unter ihrem Schlag hindurch, packte mit beiden Händen ihr Handgelenk und versuchte, gleichzeitig zu drücken und zu drehen. Sie löste eine Hand vom Schwert, doch mein Triumphgefühl war nur von kurzer Dauer, denn nun hielt sie mir mit dieser Hand Mund und Nase zu. Mit schierer Körperkraft drückte sie mir die Luft aus der Lunge. Gewöhnlich wehre ich mich in solchen Situationen mit einer Glorie aus Feuer, aber nicht diesmal. Obwohl jeder Instinkt in mir danach verlangte, tat Laenan Milan, der Feigling, es einfach nicht.

Inzwischen ging mir schon die Luft aus. Die Anstrengung, mit beiden Händen ihren Schwertarm herunterzudrücken, tat ein Übriges. Nachdem ich meine rechte Hand befreit hatte, rammte ich ihr den Ellenbogen in den Bauch – Begleichung einer alten Rechnung. Mit einem Wehlaut krümmte sie sich zusammen und ließ kurzfristig los. Ich befreite mich. Im Nu rannte ich den Gang entlang, setzte so rasch, wie ich wagte, über die Brüstung und balancierte waghalsig auf der Kante.

Miriam hatte sich bereits wieder gefangen und hetzte auf mich zu.

»Gebt Ihr denn niemals auf?«, schrie ich.

Sie gab keine Antwort. Auch das sprach Bände. Bevor ich die Augen schloss, versuchte ich, nicht in die Tiefe zu blinzeln, betete zu jeder Gottheit, die ich je vernachlässigt hatte, und ließ los.

Ja, ich fiel, aber nach einer kurzen Zeitspanne, die sich mehr wie eine Ewigkeit anfühlte, war ich ziemlich sicher, dass ich im Lager längst aufgeschlagen wäre. Natürlich waren mir Bruchstücke aus meinem Leben vor die Augen getreten. Neben dem nachdrücklichen Eindruck, dass dies alles es nicht wert gewesen war, kam die Erkenntnis, dass ich nun schon eine ganze Weile mein Leben Revue passieren ließ – ohne dass es geendet hatte.

Deshalb schlug ich die Augen auf. Als wäre dies der Aufruf an die Realität, sich wieder mal zu zeigen, prallte ich gegen etwas, das mich bis ins Mark erschütterte. Mein Kopf dröhnte. Aber zumindest war dies nicht der zerschmetternde Aufprall, den ich erwartet hatte. Ebenso wenig wie der Ruck meiner Seele, die sich vom Körper verabschiedet hatte und nun auf dem Grund der Hölle auftraf. Denn ich war fest davon überzeugt, dass meine Seele diese körperliche Erschöpfung ebenso wenig gespürt hätte wie den Schmerz.

Während ich mich mühsam aufsetzte, stellte ich fest, dass ich blutete. An den Knien, die auf die Stufen aufgeschlagen waren, als Miriam mich festgehalten hatte. Am Kopf von dem Aufprall gerade eben. An Hand und Handgelenk aus alten

Wunden. Gewiss, es tröpfelte nur, aber das reichte aus, um mir den Magen umzudrehen und mich höchst empfindlich reagieren zu lassen. Eigentlich wäre ich versucht, dies meiner weiblichen Seite zuzuschreiben, doch die Frauen können dummerweise im Allgemeinen viel besser mit Blut fertig werden als Männer.

Benommen – mehr brachte ich momentan nicht zustande – blickte ich mich um, weil ich einen neuen abscheulichen Alptraum erwartete.

Zuallererst fiel mir die Stille auf. Ich kam mir vor, als hätte ich meinen Augen Ausgang gewährt, denn hier herrschte völlige, undurchdringliche Finsternis. Dennoch war die Stille das vorherrschende Merkmal. Noch nie hatte ich etwas so Vollkommenes, so Nachhallendes, so Lautes vernommen. Das war die Stille der Leere, die gesunde Menschen in den Wahnsinn treiben konnte. Hier hielten die Irren Hof.

Ich rief Zauberlicht herbei, da ich mich fragte, ob ich wirklich irgendwo aufgetroffen war oder ob ich immer noch fiel, ohne dies überhaupt zu merken. Meine Sinne spielten mir ohnehin schon Streiche. Ich bildete mir ein, Krabbenfüße über Marmor klickern zu hören und sah aus der Dunkelheit einen Schädel grinsen, der sich, als ich mich auf ihn konzentrierte, in Luft auflöste. Reines, ungebrochenes Nichts.

Das Licht fiel auf eine Plattform. Voller Dankbarkeit registrierte ich diesen kleinen Beweis, dass etwas hier real war. Mit dem Licht waren die Illusionen meines Verstandes gebannt und präsentierten mir eine weitaus größere Illusion, die als Realität durchgehen wollte.

Dennoch hätte ich es Illusion genannt, denn ein besserer Begriff fiel mir nicht ein. Der kleine Lichtschein um mich herum, der sich weiter ausbreitete, als meine magische Sphäre es vermochte, beschien endlose Zahnräder. Hebel. Winden. Lautlose Ketten, die sich von einer Achse zur anderen spannten und einen unsichtbaren Motor antrieben. Das nächstliegende Zahnrad war mindestens fünfmal so groß wie ich, dabei gehörte es noch zu den kleineren. Ringsherum waren unzählige surrende, schwarze Räder, die schweigend den Takt der Ewigkeit maßen.

Mich überkam ein plötzlicher, absurder Drang zu schreien, aber als ich schließlich den Mut aufbrachte, auch nur ein zaghaftes »Hallo?« zu äußern, verklang dieser Laut so prompt, dass ich mich fragte, ob ich überhaupt etwas gesagt hatte. Oder hatte ich mir das nur wieder eingebildet?

Und wessen Gedanken entspringt das hier? Diese Frage war überflüssig. Die Antwort kannte ich bereits. *Renna. Diese riesige, stumme Maschine ist die Frau, die ich geliebt habe. Sie ist, was sie ist, weil ich sie dazu gemacht habe. Der Schatten eines Menschen, aber auch so viel mehr. Und was ich Liebe nenne, ist für sie ein winzig kleiner Begriff, wie eine Erinnerung aus der Kindheit. Diese Liebe ist das Einzige, was ich an ihr noch begreifen kann.*

Dennoch fühlte ich mich hier sicher. Der Vergangenheit ausgeliefert, ja, aber zugleich vor allem abgeschirmt, was die Zukunft bringen mochte. Vor dieser Ungewissheit würde Renna mich schützen.

Ich lehnte mich an das Podest und schloss die Augen. Hier durfte ich ausruhen. Hier konnten meine Wunden heilen, und ich konnte mich auf den Kampf vorbereiten, der noch immer nicht beendet war.

Wie lange ich in dieser Welt blieb, wo meine Augen wohltuend geschlossen blieben und nichts wahrnahmen, wusste ich nicht. Aber ich wurde abrupt geweckt, um es noch freundlich auszudrücken.

Eine Katze maunzte vor meinen Füßen. Schwarz natürlich. Nachdem ich zu meiner Selbstsicherheit zurückgefunden hatte, lächelte ich sie an.

»So bald schon?«, fragte ich. »Auf in die nächste Schlacht?

Noch ein Tod? Ja, es muss wohl so sein. Es ist … moralisch notwendig.« Ich sprach dieses Wort mit der Überzeugung eines Fisches, der gerade von seinem Anführer gehört hat, er solle den Wasserfall dort hinaufschwimmen, Soldat, und zwar zackig.

Sobald ich aufgestanden war, blickte ich mich im Raum um. Das war Sonnenkap. Ich erkannte es an der Hitze, an den riesigen Nordfenstern, an den endlosen Sanddünen, an den vier Lehmwänden, die mich umgaben, und an den langen Wandteppichen, die den Raum schmückten. Und ich wusste, dass ich diesmal in meiner Fantasie steckte. Dieses Bild kannte ich aus meiner Kindheit. Ich hörte sogar die Kinder auf der Straße spielen.

Ich lächelte. In diesem Haus kannte ich jede Ecke. Hier wusste ich, wo ich was finden konnte, kannte jedes Körnchen Sand an der Schwelle und jedes dürre, braune Blatt, das im Hof um die Vorherrschaft kämpfte.

Rasch lief ich in die Küche, wo ich wie selbstverständlich die Schleuder und den Beutel kleiner Steine einsteckte, die auf dem Tisch lagen. Früher war dies eine meiner Lieblingswaffen gewesen. Auch Saenias. Meistens mogelten wir, häufig sogar unbewusst, aber selbst unter Einsatz von Magie hatten wir als gute Schleuderer gegolten. Es war eine altmodische Methode zu kämpfen, wenn man bedachte, dass es mittlerweile Gewehre und natürlich auch die Kraft der Magier gab. Hier in Sonnenkap jedoch fühlte sich die Schleuder richtig an.

Meine Familie nahm keine Notiz von mir, wofür ich dankbar war. Der kleine Brernt ging seiner Lieblingsbeschäftigung nach – in einer Ecke vor seinen kleinen Brüdern angeben, indem er vorführte, wie gut er das wichtigste Besitzstück der Familie anlegen und laden konnte, unsere erste Flinte.

Ich achtete nicht auf ihn. Schließlich war er nur Erinnerung. Stattdessen suchte ich nach Spuren von Blau und Rot.

Eine Frau am Waschbecken hatte eine blaue Perlenkette um den Hals. Ein Kind trug ein blaues Band im Haar. Ein Mann zog gerade nach einem harten Tag auf den Feldern seinen blauen Turban ab. Hier war ich auf meinem eigenen Territorium, was mir Mut machte. Deshalb ging ich zur Tür, nahm dort einen breitkrempigen Hut vom Haken und setzte ihn auf den Kopf, um vor der Sonne geschützt zu sein. Sobald ich hinaustrat, begann ich zu dampfen. Das Wasser von meinem Abstecher in den Sumpf war schon fast verdunstet, doch nun verflüchtigte sich auch noch der Rest. Ich durchquerte den Hof und betrat das Dorf, in dem ich aufgewachsen war. Während ich zusah, wie der Sand auf vertraute Weise über die Straße wehte, fragte ich mich, wo Xavian diesmal steckte.

Jemand kam um eine Ecke gerannt. Er trug Blau.

»Xavian kommt!«, schrie er. »Die Roten kommen.«

Irgendwie war es beglückend, dass meine Familie in dieser irrealen Welt auf meiner Seite stand. Schon reagierte das ganze Dorf. Erst gab es Alarmrufe, dann brüllten Männer und Frauen herum, hetzten hin und her und holten Gewehre, Schleudern, Mistgabeln, Schwerter und Speere, ehe sie zu mir auf die Straße liefen. Selbst ein paar mutige Kinder gesellten sich zu den Reihen einfacher Blauer. Mit ihren erschütternd kleinen Waffen in der Hand versuchten sie, so groß wie ihre Väter zu wirken.

Ich warf einen Blick auf die sich versammelnden Blauen und merkte, dass dies in gewisser Weise nicht nur meinem Gedächtnis entsprang. Es war meine Angst vor dem, was hätte geschehen können. Ein verzweifeltes Aufbäumen meiner Familie gegen Xavian. Meine zusammengewürfelte, zerrissene Familie, vielleicht gar das ganze Dorf gegen die Macht von Xavian. Das hier hatte mein Verstand geschaffen. Erst jetzt begann ich zu begreifen, wie leicht Erinnerungen sich verzerren ließen. Mein Verständnis für Miriam wuchs.

Prompt stellte ich mich ans Ende der Reihe, von wo aus ich

Befehle brüllte. Sie gehorchten wie programmiert. Alles wurde still, um meinen Worten zu lauschen. In die Häuser. Türen verriegeln. Läden öffnen. Wenn ihr mitten auf der Straße bleibt, habt ihr keine Chance. Versteckt euch. Ihr müsst sie überraschen.

Und helft mir, diesen Krieg zu gewinnen. Die Träume mögen uns beistehen! Das hier ist meine Erinnerung, mein Territorium. Wenn Xavian zur letzten Abrechnung kommt, wird er die volle Wucht meiner Vergangenheit und meine gegenwärtige Lage auf mich loslassen. Gesteh's dir ein, Milan, deine Vergangenheit ist ein einziges Drama. Sie wird ihm bereitwillig unter die Arme greifen.

Schweigend und gehorsam zogen die Blauen ab. Die Fenster wurden aufgestoßen, doch kein Gesicht war zu sehen, obwohl ich hundert Blicke auf mir ruhen spürte. Ich hörte Harnische klirren und belud bereits meine Schleuder, während ich zu einem Felsvorsprung trabte, wo ich oft mit Saenia gespielt hatte. Hier begann ein Pfad, der an einer hohen, roten Felswand hinauf zu einem Plateau führte, wo wir viele Male so getan hatten, als seien wir die Herrscher der Welt. Wenn ich mich richtig erinnerte, war der Aufstieg ausgesprochen schwierig. Dafür jedoch konnte man von oben aus wirklich alles ringsumher beobachten.

Das Klirren wurde lauter. Noch ehe das erste rote Pferd um die Ecke bog, hatte ich begonnen, die Schlinge zu spannen. Mein Daumen drückte gegen den Zeigefinger, um im rechten Moment loszulassen.

Zuerst kam ein Soldat in Rot. Ich ließ die Schleuder losschnellen. Der Stein traf ihn gegen den Arm, und er schrie auf. Diese kleinen Steine konnten bemerkenswert wehtun. Es folgten zehn weitere rote Wachen, dann Xavian und Miriam persönlich. Xavian war natürlich mal wieder am Ende seines Zuges, während Miriam unbekümmert nach vorn galoppierte.

»Schießt nicht auf Miriam!«, gellte mein Ruf durch die leere Straße, ehe ich Xavian anfuhr: »Das ist *meine* Erinnerung! Hier spielen wir nach meinen Regeln!«

»Schnappt ihn euch!«, donnerte Xavian. Seine Wachen galoppierten los, Miriam vorneweg. Da machte ich kehrt und rannte los. Wie früher fand ich all die vertrauten Stellen, an denen ich mich festhalten musste, um gleich einem Tier den steilen, roten Pfad hinaufzuflüchten. Der Staub ließ meine Füße ausrutschen. Nur noch von den Fingerspitzen gehalten zog ich mich von Halt zu Halt, doch es war weniger schwer als in meiner Erinnerung. Natürlich – ich war noch ein ganzes Stück gewachsen, seit ich zum letzten Mal hier heraufgeklettert war. Magisches Feuer heulte auf, und ich hörte Schreie, weil etwas explodierte, doch ich war nur aufs Klettern konzentriert. Ich wollte Xavian erwischen, mehr wusste ich nicht. Mit allen Mitteln wollte ich ihn erwischen.

Hinter mir kam jemand, eindeutig. Ich merkte es an dem gelegentlichen Keuchen und dem auffälligen Klackern fallender Steine unter mir. Das Gewehrfeuer schien bereits aus der Ferne zu kommen, aber ich hörte Xavian kreischen: »Verschwendet eure Zeit nicht an ihnen! Holt euch Milan!«

Das ist mein Territorium! Wie kannst du es wagen, in meinen Geist einzudringen!

Jetzt war ich oben. Ich rappelte mich auf. Von rotem Staub überzogen stand ich auf dem steinigen Gipfel des Felsens. Weiter unten bemühte Miriam sich wacker, mir zu folgen, doch sie kletterte zum ersten Mal. Sie wusste nicht, wo sie ansetzen sollte, und fiel immer wieder so weit zurück, wie sie schon gekommen war. Darum achtete ich nicht mehr auf sie.

Vom Rand des Felsens aus sah ich Xavian hinter einer langen Mauer hocken, welche zwei Felder voneinander trennte. Seine Roten kämpften Mann gegen Mann gegen die Blauen. Er war ganz allein.

Ohne Vorwarnung fuhr ich meine Schilde hoch, zog die

Hände zurück und deckte ihn mit allem ein, was mir zur Verfügung stand.

Mit einem solchen Angriff hatte er nicht gerechnet, denn er war gerade abgelenkt. Nach meinem Zauber hockte er auf allen vieren und würgte vor Schmerz. Obwohl ich ihn leiden sah, verspürte ich kein Mitgefühl. Ich war der Scharfrichter. Für dieses Monstrum fühlte ich nichts, es war mir gleichgültig.

»Grüßt Rinset von mir!«, forderte ich ihn lauthals auf, als ich von meinem perfekten Standort aus weitere Sprüche auf ihn herabsandte, so schnell, dass ihm keine Zeit für einen Gegenschlag blieb. Sein Gesicht verzog sich vor Schmerz, als ein Eiszauber seine fast ruinierten Schilde durchdrang. Irgendwie brachte er es fertig, ihn abzuschütteln, und versuchte, sich bäuchlings meinem Angriff zu entziehen.

Ich ließ immer neue Zauber auf ihn herabregnen. Um die Träume zu retten, die Alpträume, das Gleichgewicht, das zwischen beiden herrschte. Um zu retten, woran andere glaubten, andere, an die ich glaubte, denn das war der einzige Glaube, der mir noch geblieben war. Um mich zu retten. Und Miriam. Ein Monstrum töten. Den Teil von Milan umbringen, den es begeistert hatte, mit der Macht eines Monstrums in Berührung zu kommen, als ich Xavians Messer gehalten und die Macht des Todes gespürt hatte.

Flach atmend brach Xavian zusammen. Seine Schilde flackerten nur noch. Ich ging an letzte Kraftreserven für meinen allerletzten Zauber – da schlug mir jemand die Beine weg.

Es war Miriam. Ihre Kleider leuchteten mittlerweile strahlend weiß, weder rot noch blau. Als ihre Faust mich ins Gesicht traf, durchfuhr mich ein Schmerz, der bis in den Rücken und die Arme raste. Ich glitt auf den heißen Fels. Der Hut fiel mir vom Kopf, so dass mich kurzfristig die Sonne blendete.

»Lasst ihn in Ruhe!«, gellte sie.

Sie steht nur noch auf ihrer eigenen Seite. Keine Gnade.

»Lasst ihn in Ruhe, lasst ihn in Ruhe!«, schrie sie wieder. Sie hatte ihr Schwert erhoben, das neben mir in die Erde fuhr, denn ich hatte mich bereits weggerollt. Eine schmerzhafte, mühsame Drehung, aber immerhin rettete sie mir das Leben. Als Miriam erneut ihr Schwert hob, hatte ich die Hände oben. Wie zuvor hielt eine mächtige Faust das Schwert fest. Sie konnte es weder loslassen noch sich rühren. Das Blut lief mir übers Gesicht. Ich konnte kaum atmen, und die Luft, die ich noch bekam, war voller Staub. Als ich dagegen anhustete, ließ meine Magie ein klein wenig nach, blieb aber bestehen. Wir hatten ein Patt erreicht. Keiner von uns konnte sich rühren. Weder konnte ich ihr schaden noch sie nach mir schlagen.

Also hatte es keinen Sinn mehr, schließlich konnte ich mich nicht mehr bewegen. Wann hatte ich mich je selbst bewegen können? Ich konnte nicht einmal entscheiden, was ich als Nächstes tun wollte, sondern musste abwarten, bis jemand anders sich rührte. So war es immer gewesen. Und so würde es ewig bleiben.

Ich öffnete die Finger, bis die Magie wie Wasser durch sie hindurchrann. Plötzlich zuckte Miriams Schwert vor. Die Kraft, die es zurückgehalten hatte, war verschwunden. Ich ließ meinen Kopf nach hinten sacken. Gleich würde ich in ewigen Schlaf sinken.

Wenn ich je eine Entscheidung treffe, dann diese, dachte ich. *Es ist mir einfach egal.*

Doch der Todesstreich blieb aus. Zitternd harrte Miriam über mir aus. Ihr Schwert kratzte an meiner Haut, drang jedoch nicht tiefer. Nachdem ich mein Leben lang getan hatte, was andere Leute wünschten, war jetzt offenbar jemand anders nicht in der Lage, das Wichtigste für mich zu erledigen.

Ich hörte ein Schaben und Kratzen. Jemand hustete. Er war völlig ausgepumpt. Aus dem Augenwinkel erhaschte ich einen Blick auf Xavian, der gerade die Spitze des Felsens erreichte. Unten waren keine Schüsse mehr zu hören. Auch kein Siegesgeheul. Nur die absolute Stille der Wüste.

Xavian sah schrecklich aus. Erschüttert stellte ich fest, dass wir uns mit unseren zerrissenen Kleidern, den blutigen Gesichtern, den müden Augen und der verausgabten Magie sehr ähnlich waren. Zwei Könige, welche die Schwerter verloren hatten, die sie krönten, und nun gänzlich von den beiden schönen Königinnen abhängig waren, um ihren Thron zu erhalten. Xavian konnte vermutlich nicht einmal mehr ein Streichholz entflammen, so schlimm hatte ich seiner Magie zugesetzt.

»Töte ihn«, flüsterte Xavian mit einer Stimme wie ein Reibeisen.

»Nein.«

Renna stand gegenüber von Xavian. »Milan hat Euch nichts getan«, widersprach sie.

»Töte ihn«, wiederholte Xavian. »Er ist unser Feind.«

Unser, dachte ich. Der Gedanke war von keinem Gefühl begleitet, sondern bestätigte nur, dass ich dieses Wort kannte, dass mich zu jedem anderen Zeitpunkt belustigt oder abgestoßen hätte.

Miriam rührte sich nicht.

»Milan!«, flehte Renna. »Du bist nicht besiegt. Ich bin in dir. Du kannst weitermachen. Du musst! Es ist noch nicht vorbei.« *Als ich ein Mensch war, habe ich dich geliebt. Nur habe ich das erst begriffen, als ich meine Menschlichkeit verlor.* »Gib mir jetzt nicht auf! Laenan!«

Ich drehte meinen Kopf ein wenig, obwohl die Schwertklinge dabei an meiner Haut entlangschabte und ich mir vorkam, als ob mir bei der geringsten Bewegung das Gehirn aus den Ohren rinnen würde.

Renna stand da, wie ich sie in Erinnerung hatte – allein, aber tapfer. Sie hob eine Hand an den Hals und zog ganz vorsichtig etwas an einer Schnur heraus, damit ich es wahrnahm.

Es war eine silberne Blüte mit vier Blütenblättern. Mit rasiermesserscharfen Klingen.

Als ich den Kopf zurückdrehte, starrte ich Miriam an. Sie weinte leise vor sich hin.

Du weißt es. Du weißt, was ich tun muss, und es ist dir gleichgültig. Du weißt es.

»Töte ihn.« Xavians Stimme war kaum zu vernehmen.

Ich spürte die Magie in mir. Rennas Macht, die mich wie kaltes Feuer durchrann. Etwas Warmes, Klebriges, das mein glühendes Handgelenk umgab. Die Magie, die sich zusammenzog.

Dann rollte ich herum. Miriams Schwert folgte meiner Bewegung, aber ich befand mich bereits mitten in einem Zauber. Beim Rollen sprang ich auf, so dass mein Körper bereits mehrere Fuß über dem Boden schwebte, als ich aufhörte, mich zu drehen. Während Miriam noch versuchte, das Schwert hochzureißen, um meinen Angriff zu kontern, sprang ich vor. Ich rief Janyvirs kleines Amulett in meine Hand, fühlte, wie die Kette sich dabei spannte und riss. Seine scharfen Kanten schnitten mir die Fingerspitzen auf, doch eine Kante richtete sich nach außen. Und traf auf.

Als Miriam auf den Boden sank, war sie bereits ein totes Gewicht in meinen Armen. Überall war Blut. Wer hätte gedacht, dass eine so kleine Waffe so viel Blut fließen lassen konnte.

Ich legte sie sanft auf den Boden, während Xavian seine Wut in die Welt hinausbrüllte. Er rannte auf mich zu, um seinen verhassten Feind endlich zu erwürgen. Doch nun sah ich ihn endgültig, wie er war, als Miriam sich blutend, sterbend auf sich selbst besann.

Ich fuhr herum. Meine Hände zuckten hoch. In meinen Augen, meinem Blut, meinen Fingern stand Feuer. Ich packte ihn mit feurigem Griff und hielt ihn fest, obwohl er zappelte und schrie.

»Das ist alles Euer Tun!«, fluchte ich laut. »Ihr habt mich gezwungen, wie Ihr zu werden, und jetzt seht mich an!«

Das Feuer umloderte ihn, verzehrte ihn. Mit aller Kraft schubste ich ihn zum Rand des Felsens. Mit Donner und Feuer wünschte ich ihn fort aus dieser Welt, aus jeder Welt.

Getragen von der Wucht meiner Magie stürzte er von der Kante.

Leer und erschöpft kniete ich mich neben Miriam.

»Das ist nicht real«, flüsterte ich ihr zu. Ich warf keinen Blick zurück. »An diesem Ort ist nur real, was wir glauben.«

Ich heilte bereits. Mir wurde wärmer. Der grausame Schmerz meiner Verletzungen wich einem dumpfen Pochen. Beim Blick auf mein Handgelenk konnte ich nicht mehr unterscheiden, wessen Blut dort wem gehörte. Weißer Nebel umschlang meine Finger. Irgendwo in meinem Hinterkopf miaute eine Katze. Eine Uhr schlug die volle Stunde. Und eine lautlose Maschine zählte die Sekunden bis zum Tag des Untergangs.

Jetzt nahte die Dunkelheit, doch ob es die Finsternis des Todes, des Schlafs, der Schuld oder des Verlustes war, konnte ich nicht feststellen. Was es auch war – ich hieß es willkommen.

EPILOG

An jenem Morgen hatten wir uns zu acht in dem Schlafzimmer in Haven versammelt. Unter uns befand sich Lisana, kühl und majestätisch, mit verschränkten Armen. Dazu Janyvir, der erschöpft begriff, was er nicht verstehen wollte. Außerdem T'omar, Renna, Saenia und ich.

Ich beginne mit mir, denn mich selbst kann ich wenigstens genau beschreiben. Äußerlich war ich von jedem Bluterguss, jeder Wunde und allen Ringen um die Augen geheilt. Kein Sand in den Haaren, keine blutbefleckten Kleider, keine Mörderfarben an den Händen. Auch innerlich war ich wieder ich selbst. Keine Narben an den Handgelenken oder auf den Händen. Ich war so heil wie an dem Tag meiner Geburt.

Aber bei Nacht warf ich meinen Feinden nicht nur Tassen an den Kopf.

Anschließend komme ich zu Renna. Ihr Gesicht verriet keine Regung. Einen Arm hatte sie schützend um die nächste interessante Person gelegt, Miriam. Und es war Miriam, welche die stumm schlafende Gestalt im Bett betrachtete, deren eine Hand dort, wo das Messer sie getroffen hatte, rosarot, aber ansonsten unversehrt war. Der Körper, wenn auch nicht der Geist von Xavian, atmete friedlich mit geschlossenen Augen.

»Erzählt.« Diese Aufforderung stammte von Janyvir.

»Da gibt es nicht viel zu erzählen.«

»Versucht es.«

Ich warf einen Blick auf Saenia, die Einzige, die sich außer uns beiden inzwischen noch im Raum aufhielt. Renna und Miriam waren gegangen. Lisana und T'omar hatten »etwas zu besprechen«, wie immer, wenn man knapp einer Katastrophe entronnen ist und einen Schuldigen braucht. Würdenträger, die dies nicht bemerkt hatten, Wachen, die jenes übersehen hatten, alle möglichen Gründe, weshalb die ganze Sache außer Kontrolle geraten war. Saenia nickte.

»Der Ort, an dem Miriam starb«, erklärte ich so geduldig wie möglich.

»Ja?«

»Er ist nicht real. Das Ganze war eine Illusion. Das Blut an den Händen, der Schmerz während des Angriffs, die Schwäche. Sie hat einfach geglaubt, es müsste so sein, als sie getötet wurde.«

»Aber Miriams Körper blieb unverletzt, richtig? Jedenfalls dort. Wie also konnte das geschehen? Wie konnte sie auf diese Weise sterben, wenn sie nicht glaubte, dass sie sterben müsse?«

»Sie war doch geschwächt. Sie konnte sich nicht wehren«, warf Saenia ein.

»Sie dachte, sie müsste sterben. Nachdem Xavian fort war, hat Renna mich verlassen. Sie hat die Verbindung gelöst und ihr das Gegenteil bewiesen.«

»Und Xavian?«, fragte Janyvir gespannt. Für ihn waren solche Dinge von Bedeutung. Alles, was mit Gerechtigkeit zu tun hat, ist in seinem Metier bedeutsam.

»Xavian hatte keine Renna, die ihm klar machte, dass diese Welt eine Illusion war. Xavian hatte einen Körper, das wusste er. Als ich daher Xavian in eine lebende Flamme verwandelte, glaubte er daran. Da gab sein Geist auf.«

Ich hätte gern hinzugefügt: *Nur so konnte ich die Zauber aufheben. Xavian hatte Recht. Wenn er körperlich gestorben wäre, wäre auch Miriam umgekommen. Sie waren zu eng miteinander verknüpft. Aber weil Xavians Geist aufgab und keine Kontrolle mehr ausübte, obwohl der Körper, der den Zauber stützte, unversehrt blieb, konnte Miriam überleben. Xavians Geist ist tot. Aber das Bewusstsein ist nichts weiter als ein Funke. Die Maschine arbeitet weiter.*

Doch das alles äußerte ich nicht. Ich hatte für den Rest meines Lebens genug vom Tod.

»Du weißt, was das bedeutet?«, beharrte Saenia, als wir endlich allein durch die Gärten des Palastes wandelten. An ihrer Seite musste ich mich daran erinnern, nicht zu humpeln. Obwohl ich unverletzt war, fühlte ich noch immer zahllose eingebildete Schmerzen. Lisana gab sich größte Mühe, um Verzeihung zu bitten, ohne dieses verhasste Wort auszusprechen. Von einem Ende des Gartens bis zum anderen waren Flaschenblitze aufgehängt, deren weißes Licht nach Sonnenuntergang so hell war wie das goldene der Sonne. Lisana hatte sogar versucht, Glasblumen zu beschwören. Ich brachte es nicht über mich, ihr zu erklären, dass so etwas wirklich nicht nach meinem Geschmack war. Manchmal, lieber Träumer, können Träume einen Hauch zu nobel sein. Selbst der Rote Milan, der uns aus den Ästen einer Weide musterte, war uns zugedacht, obwohl ich fürchte, dass er ziemlich einfallslos wirkte.

»Was denn, große Schwester?« Bei ihr fühlte ich mich so sicher wie schon lange nicht mehr. Endlich fühlte ich mich ihren Wortspielen gewachsen, obwohl ein Teil von mir für alle Zeiten vor jedem Geplänkel zurückschrecken wird.

»Du warst gar nicht so ein Held. Du wusstest, dass du überleben würdest, selbst wenn Miriam dich enthauptet hätte. Dein Handgelenk hat nur geblutet, weil Renna dadurch eingedrungen war. Es war das Verbindungsglied zwischen den beiden Welten. Das ganze Gerede darüber, wie Träumer die physische Seite der Dinge beeinflussen, war reiner Humbug.«

»Nein, eigentlich nicht. Träumer erschaffen eine Welt, die

sich echt anfühlt. Wie physisch soll man denn noch werden? Die physische Welt ist das, was wir wahrnehmen. Wenn wir zufällig an etwas anderes glauben, na, wunderbar! Aber der Glaube ist Teil unserer Gedankenwelt.«

»Und Träumer beeinflussen die sinnlich wahrnehmbare Erscheinungsform unserer Welt, während wir ihre Psyche beeinflussen?«, vergewisserte sie sich gedämpft. Das hatte ein jüngerer Milan sehr viel früher einmal gesagt.

»Wer verfügt damit über die größere Macht?«, murmelte ich, um das Zitat zu Ende zu bringen. »Aber danke sehr. Ich bin mir nicht sicher, dass ich trotz all meiner Gewitztheit und allen Wissens mit dem Gedanken fertig geworden wäre, dass man mich enthauptet. Zu jenem Zeitpunkt war das alles wirklich erschütternd.«

Sie dachte über meine Worte nach – und vor allem über das, was ich nicht gesagt hatte. Schließlich kam sie zu einer Schlussfolgerung. »Ach was. Du hast geblufft. Milan gibt niemals auf.«

Schweigend spazierten wir noch eine Weile umher. Ohne es zu merken, hatten wir den Garten umrundet und begannen bereits mit der zweiten Runde. Schließlich hob sie wieder an. »Tierne ist ein guter Schüler. Er kann es weit bringen.«

»Solange er die richtige Richtung beibehält«, erwiderte ich, denn ich dachte an das Messer des Schwarzmagiers und den Lockruf der Macht, den ich in jedem wachen Augenblick verspürte.

»Und Brernt führt die Familie nach Sonnenkap zurück, nachdem der Vater nun tot ist.«

»Wollen sie ihn dort begraben?«

»Nein. In der Leere.«

»Wie ist er eigentlich gestorben?«

»Ganz friedlich. Einfach eingeschlafen.«

Nach einer Biegung setzten wir Arm in Arm zur dritten Runde an. Mehr gab es nicht zu sagen.

Rylam kehrte nach Sonnenkap zurück. Ich kann nicht behaupten, dass mir das zusagte, denn für mich war er immer noch vielleicht nicht gerade irre, aber dennoch ein verschlagener Hund in strahlender Rüstung. Da er jedoch von Corinna begleitet wurde, bestand möglicherweise Hoffnung. Janyvir bot man einen Job im Palast an, den er allerdings mit der Begründung ablehnte, er würde nur ungern Geisteskranke meucheln (seine Worte, nicht meine). Lisana sagte weder danke, noch bot sie mir Liebe, Zuneigung, Geld oder Urlaub an. Aber ich hatte mir sowieso keine großen Hoffnungen gemacht.

Und ich? Ich packte meine Siebensachen, um mich drei Wochen in Sturmkap zu erholen, ehe man mich wieder nach Haven zurückrief, um meine alte Stellung wieder anzutreten, als wäre nie etwas gewesen. Miriam und Renna verschwanden in der Nacht. Mitunter lasse ich meiner Fantasie freien Lauf, dann sind sie noch da. Manchmal.

Erschöpft kehrte ich nach Hause zurück.